NYDEGG
VERLAG

Paul Wittwer

Eiger, Mord & Jungfrau

Kriminalroman

NYDEGG
VERLAG

2. Auflage 2004

Lektorat: Urs Heiniger
Umschlaggestaltung und Satz: Rohner & Brechtbühl, Solothurn
Umschlagbild: Ferdinand Hodler
«Eiger, Mönch und Jungfrau über den Wolken»
Autorenfoto: Monika Wittwer
Druck: Ebner & Spiegel, Ulm
ISBN 3-9522295-4-7

Nydegg Verlag, CH-3006 Bern
www.nydegg-verlag.ch

Inhalt

Prolog

Seit seiner Geburt lebte Louis Blanc am Meer, in der Nähe des Strandes von Cap d'Antibes an der Côte d'Azur. Als einfacher Fischerssohn hatte er nach seiner Schulzeit den einzig denkbaren Beruf erlernt: Fischer.

Er war knapp zwanzig, als an seinem Strand die ersten Fremden auftauchten. Sie wurden zuerst mit Neugier beobachtet, später mit Skepsis gemieden und schliesslich mit der Geduld der Notwendigkeit toleriert. Louis hatte sich nie gross den Kopf darüber zerbrochen. Ohne Widerstand passte er sich dem Wandel der Zeit an. Heute pflegte er die Gärten der Ferienhäuser mit derselben Gründlichkeit, mit der er früher die Fischernetze gesäubert hatte.

Bei rund zwölf Hausbesitzern stand Louis unter Vertrag. Er hätte noch mehr Häuser übernehmen können, aber zwölf, so fand er, waren genug, und solange er sich jeden Tag eine Flasche Wein zum Essen leisten konnte, sah er keinen Grund, weitere Arbeit anzunehmen.

Er verfügte über das, was die meisten Menschen für Geld oder Ansehen aus der Hand gaben – über Zeit. Das machte ihn reicher als alle die Ferienhausbesitzer, für die er arbeitete. Ohne dass er ihn je formuliert hätte, steckte dieser Gedanke tief in seinem Bewusstsein und machte ihn stolz. Deshalb hatte er auch keine Probleme mit den Hausbesitzern. Niemals wäre es ihm eingefallen, diese ernsthaft zu beneiden. Er verrichtete zufrieden seine Arbeit und überliess die Feriengäste ihrer gestressten Ruhe.

Am Abend des ersten Mai beschäftigte er sich mit den Sträuchern im Garten der Germanns.

Bedächtig schnitt er Zweig um Zweig am Mimosenhain. Er arbeitete ohne Hast, aber mit einer konstanten Beharrlichkeit. Er ergriff das Holz mit seinen von Sonne und Wind gegerbten Händen behutsam und kräftig zugleich, zog es zu sich und führte die Baumschere, als ob jeder Schnitt vorgezeichnet wäre. Die wärmende Kraft der abendlichen Sonne stärkte seinen gebückten Rücken wohltuend, nicht wie im Sommer, wenn die lähmende Hitze jede Arbeit mühsam macht.

Von Germanns Grundstück aus bot sich der schönste Blick auf die Bucht.

«Ob sich die Germanns bewusst sind, dass sie diesem Umstand den bestgepflegten Garten in der Umgebung zu verdanken haben?», dachte Louis und schaute kurz zum Haus. Er hatte sich auf der Veranda einen Stuhl und ein Glas bereitgestellt, um bei einem Pastis den Sonnenuntergang zu geniessen.

Es bereitete ihm Mühe, sich wieder auf seine Arbeit zu konzentrieren. In der Nähe des Strandes lärmte schon seit einiger Zeit eine Schar Lachmöwen. Stets von neuem stürzten sich die Vögel aufs Wasser, um mit lautem Gekreische sogleich wieder aufzusteigen. Das Schreien der Möwen vermischte sich mit den Rufen von Kindern, die am Strand spielten.

Louis betrachtete mit kritischem Blick den Stand der Sonne und überlegte, wie viel Zeit ihm noch verblieb.

Schliesslich legte er die Heckenschere beiseite und näherte sich gedankenversunken dem Haus.

Da wurde ihm auf einmal bewusst, dass sich etwas verändert hatte.

Er hielt unentschlossen inne und blickte sich um. Das Lärmen der Lachmöwen war nur noch in der Ferne zu vernehmen. Umso deutlicher drangen jetzt die Stimmen der Kinder zu ihm hoch. Was er nun hörte, klang nicht mehr unbeschwert, aber auch nicht nach Streit.

Es klang nach Schrecken und Angst.

Unverzüglich verliess er Germanns Grundstück. Ein kurzer Naturpfad führte ans Meer. Schon bald konnte er die Kinder sehen. Einige rannten weg, die grösseren standen nahe am Ufer und starrten ins Wasser.

Da konnte er erkennen, was die Kinder derart erschreckt hatte. Wenige Meter vom Ufer trieb, mit dem Gesicht nach unten, der Körper eines Menschen. Nur Schulterpartie und Nacken ragten aus dem Wasser. Trotzdem sah Louis sofort, dass es sich um einen Mann handeln musste. Die Schultern waren breit, der Hals kräftig und die Haare kurz geschnitten. Louis spürte Erleichterung, als er die dunkle Hautfarbe bemerkte: Es konnte keiner der ihren sein, der da im Wasser trieb. Sofort schämte er sich ein bisschen für diesen Gedanken.

Als erstes schickte er die Kinder weg.

Pascal, mit dreizehn Jahren der Älteste, protestierte am hartnäckigsten: «Ich habe ihn zuerst gesehen, er ist tot.»

Bedächtig wandte sich Louis an Pascal und klopfte ihm freundschaftlich auf die Schulter: «Ich habe eine ganz wichtige Aufgabe für dich, Pascal. Lauf nach Hause und erzähl deiner Mutter, was du gesehen hast. Sie soll dann Pierre benachrichtigen.»

Obwohl Louis wusste, dass dies eine Angelegenheit für die Leute aus Nizza war, wollte er Pierre nicht übergehen. Schliesslich war er der Dorfpolizist.

«Ich bleibe, bis du ihn an Land gezogen hast», beharrte Pascal schon weniger trotzig.

«Lauf schon», sagte Louis, «und nimm die andern Kinder mit.»

Der Knabe gehorchte nun – wahrscheinlich beruhigt, dass keines der Kinder mehr zu sehen bekam als er selber. Sie rannten den Strand hinauf, schon wieder lärmend und streitend, wer als erstes wem die Neuigkeit erzählen würde.

Sobald die Kinder verschwunden waren, trat Louis entschlossen ins Wasser und schleifte die Leiche an Land. Als er den Mann auf den Rücken drehte, schrak er zurück: Das Gesicht war aufgedunsen und über dem Bauch klaffte eine grosse Wunde.

«Sieht aus wie ein ...»

Er konnte den Satz nicht fertig denken. Die aufsteigende Übelkeit verstärkte sich rasch, und er musste sich übergeben.

Erster Teil

1

Es war kurz nach zehn Uhr vormittags. Max Knecht stand zufrieden mit sich und der Welt auf dem Balkon des Zimmers 305 im Hôtel des Terrasses in Nizza und genoss in der angenehmen Wärme der aufgehenden Maisonne den freien Blick auf Strand und Meer. Der Zimmerservice hatte soeben das Frühstück gebracht und durch die offene Balkontür strömte der feine Duft von Kaffee und Croissants.

Max warf einen Blick zurück. Jeanne lag noch schlafend im Bett. Sie hatte ihm den Rücken zugewandt. In angenehmer Erinnerung an die vergangene Nacht betrachtete er ihre blosse Schulter und das braune Haar, welches sich ungebändigt auf dem Kissen ausbreitete. Ein unbestimmter, aber bekannter Schauer durchlief Maxens Lendengegend und er fühlte sich in diesem Moment stärker als der Stier, welcher ihm vom Reklameplakat auf der gegenüberliegenden Strassenseite die Stirne bot.

Er atmete tief durch und begutachtete seinen Körper. Am Bauch hatte er zwei, drei Kilo zu viel. Aber wenn er sich etwas reckte, machte er im spiegelnden Glas der halb geöffneten Verandatür keine schlechte Figur. Trotzdem würde er gleich nach dem Frühstück eine halbe Stunde schwimmen gehen. Er schob seine Sonnenbrille zurück. Die Beine behielten auch ohne die Tönung der Brille ihre braune Farbe. Er fläzte sich in einen der Liegestühle und schloss die Augen.

Er genoss dieses Nichtstun mit besonderer Genugtuung, weil er fand, dass er sich diese Ferien ganz speziell verdient hatte. Vor etwas mehr als einem Monat – am 30. März, um genau zu sein – hatte er die Bescheinigung erhalten, dass seine Dissertation über «Die Funktion der Schilddrüse nach der subtotalen Kropfoperation» endlich akzeptiert worden und er fortan berechtigt war, den Titel eines Doktors der Medizin zu tragen. Diese Arbeit hatte ihn in den letzten Jahren eine Menge Freizeit gekostet, und er war fest entschlossen, das Verpasste nachzuholen.

Deshalb hatte er dieses Mal die Gelegenheit genutzt und sich vom Beiboot der «Vergine» in Nizza absetzen lassen, anstatt – wie nach seinen früheren Arbeitseinsätzen auf dem Schiff – direkt nach Bern zurückzufliegen.

Zu seiner grossen Freude war es ihm gelungen, Jeanne zu überzeugen, ein paar Tage mit ihm zu verbringen. Jeanne stammte aus Marseille und arbeitete als Pflegerin auf der Krankenstation des Schiffes. Sie waren sich schon bei früheren Einsätzen näher gekommen, es war im Grunde nichts anderes als eine zufällige, flüchtige Bekanntschaft, und trotzdem fühlte sich Max Jeanne auf besondere Weise verbunden.

Er betrat leise das Zimmer und betrachtete sie eine Weile nachdenklich. Nein, es lag nicht nur daran, dass er sie aufregend attraktiv fand. Er erfuhr in ihrer Gegenwart eine unerzwungene Übereinstimmung wie mit noch keiner anderen Frau (und er hatte mit Frauen einige Erfahrung), sie harmonierten in Geschmack für Ästhetik und Stil, in Humor und Ärger, in Vergnügen und Ernst – und sie litten beide an der ungewissen Angst vor einer festen Bindung.

Wegen all dieser Gemeinsamkeiten war zwischen ihnen eine grössere Nähe entstanden, als er sie gesucht hatte. Vielleicht würde aus dieser Bekanntschaft etwas mehr als eine der üblichen flüchtigen Beziehungen. Aber Max war noch nicht sicher, ob er sich das wünschte.

Sein Appetit auf Croissants und Kaffee wurde stärker und so ergriff er das Tablett mit dem Frühstück und ging zurück auf den Balkon. Er füllte eine Tasse, nahm sich ein Croissant und sank erneut in den Liegestuhl.

Das war Urlaub: sich auf dem Balkon eines stilvollen Hotels in der Morgensonne aufzuwärmen wie das Reptil auf einem Felsen, mit trägem Blick der Grenzenlosigkeit des Meeres zu folgen, sich mit einem Schluck den Duft des Kaffees zu verinnerlichen und im Hinterkopf die angenehme Erinnerung an eine sinnliche Nacht. Das Leben war schön.

Er angelte sich die Zeitung vom Tablett. Nicht, dass ihn besonders interessierte, was in der Welt lief, aber er hatte jede Menge Zeit und der «Méditerranée» wurde mit dem Frühstück aufs Zimmer geliefert.

Gleich auf der Titelseite berichtete das Blatt ausführlich über einen mysteriösen Leichenfund am Strand von Cap d'Antibes. Die Leiche war vor drei Tagen ans Ufer geschwemmt und von Kindern entdeckt worden. Das kam hier zwar ab und zu vor (gemäss der Anmerkung der Redaktion war es in diesem Jahr die zweite Wasserleiche im Département Alpes-Maritimes), in diesem Fall jedoch gab es einige Besonderheiten.

Erstens war die Identität des Toten völlig unklar: Gemäss den Erkenntnissen des Polizeiarztes handelte es sich um einen jungen Mann, aller Wahrscheinlichkeit nach indischer Abstammung. Zweitens deutete Verschiedenes darauf hin, dass sich der Verstorbene kurz vor seinem Tod einer Operation hatte unterziehen müssen; aus den Spitälern der Küste lag allerdings bis zur Stunde keine entsprechende Vermisstmeldung vor. Da die Polizei vor einem Rätsel stand, bat sie die Bevölkerung um sachdienliche Hinweise und um Beachtung der Abbildung auf der nächsten Seite.

Max nahm einen tüchtigen Schluck Kaffee. Das Foto zeigte das aufgedunsene Gesicht eines jungen Mannes, eine Aufnahme, die wohl kaum zur Klärung des Falles beitragen würde.

Aber da stutzte er.

Trotz der entstellenden Veränderungen durch das Wasser war bei genauerer Betrachtung in der linken Augenbraue ein stufenartiger Unterbruch erkennbar. Bei einem der Patienten, die Max vor wenigen Tagen auf der Vergine untersucht hatte, war ihm exakt diese Besonderheit aufgefallen. Er erinnerte sich genau, denn erstens handelte sich um eine ziemlich hässliche Narbe und zweitens bilden sich solche Narben nur dann, wenn Platzwunden nicht korrekt genäht werden.

«Bei uns würde so etwas nicht vorkommen», hatte

er zu Dr. Dupont, dem medizinischen Leiter der Vergine, gesagt.

Max dachte angestrengt nach. Ali hiess der Junge mit Vornamen, der Familienname war ihm entfallen. Die Patienten auf La Vergine trugen alle so komplizierte Namen, die zu merken er sich gar nicht erst die Mühe nahm. Er sah ihn wieder vor sich: etwa siebzehn Jahre jung, nicht sehr gross gewachsen und eher schüchtern, wie die meisten Patienten des Spitalschiffs.

Zusammen mit Dr. Dupont hatte er bei den Neuankömmlingen die Eintrittsuntersuchung vorgenommen. Ali schien ihm eigentlich recht gesund, jedenfalls stellte er in der körperlichen Untersuchung keine schwere Krankheit fest. Leider hatte er nach der Eintrittsuntersuchung wie üblich keine weitere Einsicht in die Resultate der Blut- und Röntgenuntersuchungen erhalten. Dr. Dupont informierte ihn jeweils lediglich bruchstückhaft, wer an welcher Krankheit litt, wer operiert werden musste und wer zu weiteren Abklärungen aufs Festland verlegt werden sollte.

Max ärgerte sich darüber, er besass auf dem Schiff im Grunde kaum mehr Kompetenzen als ein Praktikant. Dr. Dupont behandelte ihn beinahe feindselig, vielleicht weil ihm bei entsprechender Eignung die Stelle des Chefarztes in Aussicht gestellt worden war. Andererseits hatte er keine Ahnung, ob dieser Umstand Dupont überhaupt bekannt war, und er hatte bisher keine Gelegenheit gefunden, mit ihm darüber zu sprechen.

Dr. Dupont erschien nur auf Deck, wenn er etwas zu erledigen hatte. Er war gross und schlank, um nicht zu sagen: mager und in seinem Verhalten erinnerte er Max an ein verängstigtes Pferd: Er bewegte sich scheu und ruckartig, und wenn er stillstand, schien doch jeder seiner Muskeln gespannt. Das feine Zittern seiner Hände verstärkte diesen Eindruck der Unrast und Angst. Er verschwand des Öfteren ohne ersichtlichen Grund in seine Kabine, um kurze Zeit später deutlich ruhiger und gelassener wieder zu erscheinen. Max vermutete, dass sein Kollege trank und dass man ihn möglicherweise deswegen zu ersetzen plante.

Doch das tat jetzt nichts zur Sache.

Er las den Zeitungsartikel noch einmal sorgfältig durch. Es schien ihm durchaus denkbar, dass Ali erst nach seiner Abreise nach Nizza operiert worden war. Und Lungenembolie, Herzversagen, unstillbare Blutungen und andere Zwischenfälle liessen sich letztlich nie mit Sicherheit ausschliessen.

Je länger er darüber nachdachte, desto einleuchtender erschien ihm aber die Theorie, wonach Ali auf dem Schiff gestorben und in einem Seemannsbegräbnis auf offener See beigesetzt worden war. Die Patienten der Vergine stammten meist aus Waisenhäusern, und da machte die Rückführung der Leiche in die Heimat wenig Sinn.

Unwillkürlich trat Max an die Brüstung. Seine Urlaubsstimmung war auf einmal verflogen. Er blickte aufs Meer hinaus, nicht mehr als genussvoller Betrachter, sondern als Suchender. Die Antwort auf seine Fragen schwamm irgendwo da draussen.

Er musste sich bei der Polizei melden, da gab es keinen Zweifel. Aber zuerst wollte er sichergehen, dass er sich nicht irrte. Er beschloss, sich auf der Vergine nach Ali zu erkundigen, und besorgte sich aus seinem Koffer das Adressbüchlein. Er hatte vor seiner Abreise die Telefonnummer der Vergine für seine Mutter herausgesucht. Sie machte sich noch immer grosse Sorgen, wenn er verreiste, und als bestes Beruhigungsmittel wirkte eine Adresse oder eine Telefonnummer.

Ja richtig – seine Mutter sollte er heute unbedingt auch noch anrufen. Er wusste, wie wichtig ihr ein Lebenszeichen von ihm war, und Telefonieren lag ihm besser als Kartenschreiben.

Um Jeanne nicht zu wecken, nahm er das Telefon zu sich auf die Terrasse.

«Oui», meldete sich Bruno Hartmann, mit seinem unverwechselbaren Akzent, der ihn schon mit diesem einen Wort als Deutschen verriet.

Bruno war das Mädchen für alles auf der Vergine. Er war nicht nur Telefonist und Empfangsdame, er war es auch, der bestimmte, wer wo schlief, wer wie lange Ausgang hatte und wer wann arbeitete. Er kümmerte sich um die Küche und den Operationssaal mit der gleichen Selbstverständlichkeit, mit der er die ankommende Post sortierte und – wie es wahrscheinlich zu Recht hiess – ausspionierte. Er war verantwortlich für die Sicherheit an Bord. Er kontrollierte die Papiere, die Kabinen und gelegentlich auch die Taschen der Matrosen.

Für Maxens Geschmack war Bruno im Umgang mit den Patienten und dem Personal zu grob und zu indiskret, aber wahrscheinlich galten auf einem Schiff andere Umgangsformen als im Spital.

Bruno war gross, breit, leicht übergewichtig und autoritär. Sein Führungsstil erinnerte Max stark an seine Militärzeit: jovial-oberflächlich im alltäglichen Umgang, aber wenn es drauf ankam, kompromisslos und knallhart. Dieser militärische Eindruck wurde noch verstärkt durch die uniformartige Kleidung: schwere Schuhe, dunkle Lederjacke und Hosen mit aufgesetzten Seitentaschen – auch bei dreissig Grad im Schatten. Bruno war die ideale rechte Hand des Chefs, und er wusste es. Keiner suchte Streit mit ihm.

«Max Knecht. Bruno, du kannst dein Sprechorgan auf Deutsch schalten», sagte Max.

«Hallo Max», erwiderte Bruno, «hast du Sehnsucht nach uns?»

Max dachte: «Das am allerwenigsten»; er sagte: «Natürlich, Bruno, warum sollte ich sonst anrufen?»

Als Bruno nicht gleich antwortete, fuhr er fort: «Hast du schon die Zeitung gelesen, ich meine den Méditerranée von heute Morgen?»

«Nein, warum sollte ich auch. Was in der Welt draussen passiert, berührt uns hier wenig. Oder steht etwas über mich drin – eh?» Bruno lachte.

Max erzählte ihm, was in der Zeitung stand. Bruno lachte nicht mehr, er sagte auch nichts mehr, bis Max fertig berichtet hatte. Dann fragte er mit ungewohnt klangloser Stimme: «Bist du dir sicher? Wir vermissen niemanden, die Patienten sind alle abgereist. Und soweit ich unterrichtet bin, wurde niemand operiert.»

«Natürlich bin ich nicht hundert Prozent sicher», erwiderte Max vorsichtig. «Aber auch wenn du mir sagst, dass Ali nicht mehr auf dem Schiff ist, so spricht das nicht dagegen, dass er trotzdem der Tote sein könnte. Vielleicht ist er später auf dem Festland operiert worden.»

Bruno zögerte, bevor er mit wieder gewohnt fester Stimme sagte: «Ich denke, ich sollte noch mit den andern sprechen. Ich ruf dich gleich zurück.»

Max machte sich auf eine längere Wartezeit gefasst, aber Bruno meldete sich nach wenigen Minuten. «Hör mal Max», seine Stimme klang jetzt gespannt, «wir kommen rüber. Bevor du dich mit irgend jemandem in Verbindung setzt, sollten wir uns unbedingt vergewissern, ob es sich wirklich um einen unserer Patienten handelt. Sonst kriegen wir hier an Bord eine Menge Aufregung für nichts, und das wollen wir unter allen Umständen vermeiden. Das verstehst du doch? Wer schlägt sich schon gern mit der Polizei herum? Sag mir: Wo befindest du dich jetzt?»

Max zögerte. Eigentlich hatte er keine Lust auf ein Treffen mit den Leuten der Vergine. Er blickte zu Jeanne, die sich im Halbschlaf räkelte. Schliesslich gab er die Hoteladresse an.

Bruno sagte: «Mit dem Schnellboot können wir in knapp zwei Stunden am Hafen sein. Ich würde vorschlagen, wir treffen uns um dreizehn Uhr im Restaurant ‹Chez Pierre› an der grossen Hafenmole.»

«Einverstanden», erwiderte Max widerwillig.

Bruno fügte bei: «Der Chef wünscht, dass du mit niemandem über die Sache sprichst, bis wir unsere Abklärungen gemacht haben. Ist das klar, Max?»

«Das tönt ja wie eine Warnung, Bruno.»

«Sagen wir mal, es ist etwas mehr als ein ausdrücklicher Wunsch, Max», antwortete Bruno mit nicht ganz echter Heiterkeit und sie verabschiedeten sich.

Max blieb grübelnd sitzen. An die Umtriebe hatte er nicht gedacht. Er würde sich zuerst mit den Leuten der Vergine besprechen, dann zur Polizei gehen, ein Protokoll aufnehmen und zu guter Letzt womöglich noch zur Leichenschau nach Marseille oder wer weiss wohin fahren müssen.

Er bereute es auf einmal, überhaupt die Zeitung gelesen zu haben. Plötzlich hoffte er, dass er sich getäuscht hatte, dass die Leute auf der Vergine den Ali finden und er mit der ganzen Sache nichts mehr zu tun haben würde.

Er blickte gestresst auf seine Designeruhr. Normalerweise würde er jetzt, am Donnerstagmorgen, in Bern im Operationssaal stehen und Professor Leuenberger bei der Implantation eines künstlichen Hüftgelenkes assistieren. Wenn alles nach Plan lief, hätten sie um diese Zeit bereits den zweiten Patienten unter dem Messer. Vielleicht würde ihm der Professor anbieten, einige der Operationsschritte unter seiner Aufsicht selbständig durchzuführen.

Vielleicht jedoch – und das war in der «Parkklinik Eiger» leider recht häufig der Fall – handelte es sich beim Patienten um irgendeine bedeutende Persönlichkeit und der Professor würde ihm schon beim Händewaschen erklären, warum er in diesem Fall den Eingriff persönlich vornehmen musste: «Sehen Sie, lieber Kollega Knecht, wenn Sie nach Madrid reisen, um Placido Domingo singen zu hören, und man würde Ihnen kurz vor Beginn der Vorstellung mitteilen, Herr Domingo sei zwar anwesend, aber er werde nicht auftreten, was würden Sie da sagen?»

Professor Leuenberger würde ihn bei dieser Frage kurz anblicken – nicht direkt, sondern via den Spiegel über dem Waschtrog. Dann würde er seine Hände besonders bedächtig mit der Bürste reinigen und, bevor Max Zeit hätte, etwas zu erwidern, gleich selber mit triumphierender Stimme antworten: «Sie kämen sich betrogen vor, stimmts? Und sehen Sie: Herr Berrides aus Cordoba ist extra hierher geflogen, um sich von mir persönlich operieren zu lassen. Ich kann Ihnen deshalb heute keine Gelegenheit geben, das Skalpell zu führen.»

Die Leute liessen es sich eine Stange Geld kosten, um von Professor Leuenberger operiert zu werden – man sprach von bis zu dreissigtausend Franken pro Eingriff –, aber immerhin bot er für das Honorar eine persönliche Leistung. Es gab genügend andere Beispiele, wo der Chirurg nur bis zum Wirken der Narkotika am Operationstisch stand, danach den Eingriff seinem Oberarzt oder Assistenten überliess und erst wieder auf der Rechnung als Operateur erschien.

An dieser Stelle unterbrach Max seine Grübelei. Es ärgerte ihn, dass er im Urlaub seiner Arbeit nachsann. In der Badehose auf dem Balkon zu sitzen, behagte ihm bedeutend besser, als schwitzend und mit müden Beinen stundenlang im Operationssaal zu stehen, und das Problem um Ali würde sich bestimmt auch rasch klären lassen.

Er blickte mit Wehmut zu Jeanne, seufzte unglücklich und beschloss, als Nächstes seine Mutter anzurufen.

*

La Vergine kreuzte mit gedrosselten Motoren ausserhalb der Zwölfmeilenzone vor der Küste Südfrankreichs. Die Vergine war ein Schiff, das, wo immer es auftauchte, Aufsehen erregte. Beim Bau der Schiffshülle waren bekannte Designer am Werk gewesen. Trotz seiner Grösse – die Länge über alles mass über fünfzig Meter und es gab vier Decks über und zwei Decks unter Wasser – lag es flach und leicht auf dem Wasser. Die schnittige Form der Aufbauten und die getönten Scheiben der Fenster verstärkten den sportlichen Eindruck.

Die Innenausstattung war vor allem in den beiden obersten Decks – reserviert für den Besitzer, seine Mitarbeiter und persönlichen Gäste – exklusiv: Messing, Teak und Chromstahl, wo man hinsah, perfekt verarbeitet und mit Sicherheit nicht ab Stange geliefert.

Die Kabinen für weitere Gäste, die Gemeinschaftsräume und die Krankenstation lagen im Mittelteil, wo jeweils auch die Patienten und ihre Betreuer untergebracht wurden. Die Mannschaftsräume schliesslich lagen in den unteren Decks und die meisten Besatzungsmitglieder waren noch nie auf der Brücke, geschweige denn in den Luxuskabinen des Besitzers gewesen. Gangways und Treppen waren so konzipiert, dass dieser Bereich des Schiffes nur über wenige, abschliessbare Verbindungsgänge zu erreichen war.

An diesem Tag genoss die Mannschaft die angenehmen Seiten des Seemannsdaseins. Die Patienten waren abgereist und die damit verbundenen Arbeiten längstens erledigt. Die Männer sonnten sich auf den Taurollen im Bug des Schiffes, spielten Karten und feilschten in gutmütigem Streit um ihre Einsätze.

Keiner von ihnen bemerkte etwas von der nervösen Hektik, die auf dem obersten Deck des Schiffes ausgebrochen war.

Bruno Hartmann sass mit Karl Frentzen und dem Kapitän im Funkraum. Sie diskutierten heftig. Bruno hatte den Chef informiert und sie erwarteten gespannt dessen Rückruf.

«Ich denke, es ist nun an dir, die Sache wieder in Ordnung zu bringen», wandte sich Bruno gehässig an Karl Frentzen.

Karl erwiderte nicht minder aggressiv: «Ich verstehe das nicht. Schliesslich ist es nicht das erste Mal ...»

«Sieh nur zu, dass keine weiteren Leichen an der Küste auftauchen», zischte Bruno. «Als ob wir nicht schon genug andere Probleme hätten ...»

Hier verstummte Bruno, denn Dr. Dupont betrat den Raum. Sein schlacksiger Körper wankte gefährlich, als er über die Schwelle trat. Er hielt die eine Hand leicht nach vorne gestreckt, und es entstand der Eindruck, als ob er sich ständig um sein Gleichgewicht bemühte. In seiner linken Hand trug er ein dünnes Bündel Papiere.

Er blickte in die Runde und meinte: «Was ist denn das für eine traurige Gesellschaft? Ihr macht den Eindruck von Rekruten, denen der Ausgang gestrichen wurde.»

Er war unrasiert und das dünne halblange Haar schien an seiner Kopfhaut zu kleben. Er war sich nicht bewusst, dass er selber in dieser Gesellschaft den traurigsten Anblick bot.

Karl antwortete: «Das wäre nur halb so schlimm, wenn ...»

Bruno unterbrach ihn scharf: «Das ist kein Problem, um das sich unser Doktor kümmern muss. Wir wollen ihn nicht unnötig belasten. Er hat schon genug um die Ohren.»

Dr. Dupont ging nicht weiter darauf ein und fragte, indem er seine Papiere auf den Tisch legte: «Seit wann interessiert ihr euch für meine Krankengeschichten?»

In diesem Moment klingelte das Telefon. Bruno ergriff den Hörer und sagte nur: «Oui.»

Dann hörte er schweigend zu. Zwischendurch gab er eine knappe Antwort wie «Ja» und «Sicher nicht». Schliesslich sagte er: «O.k., Chef, ich habe verstanden. Wir bringen das in Ordnung.» Er legte auf und blickte entschlossen in die Runde.

«Nun, was hat er gesagt», fragte Karl nervös.

«Wir sollen Klartext mit ihm sprechen», sagte Bruno vage.

«Wovon sprecht ihr eigentlich?», fragte Dr. Dupont etwas interessierter.

«Das lass unsere Sorge sein», erwiderte Bruno, «sieh einfach zu, dass mit den Papieren des Ali Shayahan alles in Ordnung kommt. Von ihm benötigen wir eine einwandfreie Spur zurück nach Indien.»

«Warum lassen wir nicht einfach die Krankengeschichte verschwinden?», warf Karl ein.

«Weil wir im Moment noch immer damit rechnen müssen, dass die Polizei nachfragen könnte», antwortete Bruno. «Es darf jetzt nicht die geringste Unklarheit geben. Wir haben die Operation gemeldet und die Flugbewilligung für den Transport erhalten. Das ist alles offiziell und protokolliert.» Er fügte mit scheinheiligem Lächeln an: «Wir können jetzt nicht einfach einen Patienten verschwinden lassen. Schliesslich haben wir ja nichts zu verbergen.»

Dann wandte sich Hartmann wieder an Dr. Dupont: «Du sollst Verbindung mit unserem Büro in Delhi aufnehmen. Die Leute dort sind informiert. Sie benötigen lediglich Angaben zur Operation und zur Nachbehandlung. Karl und ich fahren mit dem Schnellboot zum Festland. Wir werden erst gegen Abend zurückkehren.»

Der sichtlich verwirrte Kapitän verstand nicht genau, worum es ging, und er war erleichtert, als ihm Bruno auftrug, die genaue Position des Schiffes sowie den Kurs nach Nizza zu berechnen. Sie liessen Dr. Dupont im Funkraum zurück und bereiteten die Abfahrt vor.

Karl machte das Schnellboot startklar. Es war am Heck des Schiffes mit einem schwenkbaren Hebekran befestigt. Innert weniger Minuten konnte es zu Wasser gelassen werden.

Bruno stieg ein Deck tiefer und wandte sich nach achtern. Nach wenigen Schritten öffnete er eine Tür in der Seitenwand der Gangway und betrat eine Besenkammer mit allerlei Putzzeug. Er verriegelte die Tür sorgfältig von innen. Dann betätigte er einen Schalter an der Rückwand des Raumes. Mit einem leisen Ruck öffnete sich die rechte Wand und gab den Weg frei zu einer geheimen Treppe in der Aussenwand des Schiffes, die den direkten Abstieg vom dritten Deck bis in die Tiefe des Rumpfes erlaubte.

Bruno stieg hastig hinab bis zu einer Luke, die durch ein elektronisches Schloss gesichert war. Er tippte den sechsstelligen Code ein, und die Tür öffnete sich mit leisem Surren. Er befand sich nun direkt unter dem Maschinenraum, das Stampfen der Motoren dröhnte unangenehm laut. Rasch schritt er zu einer weiteren Tür, welche mit dem gleichen Code zu öffnen war.

Er musste sich ducken, um in den nächsten Raum zu gelangen. Die Tür schloss sich hinter ihm automatisch. Es wurde still. Der Maschinenlärm war nur noch wie aus weiter Ferne zu vernehmen, eher ein Vibrieren als ein Geräusch.

Der Raum lag im Halbdunkel und wurde spärlich erhellt durch den flimmernden Schein von drei Monitoren, welche in einem Schaltpult eingelassen waren. Bruno befand sich in der geheimen Sicherheitszentrale der Vergine. Von hier aus liessen sich die wichtigsten Punkte des Schiffes mit Kameras und Mikrofonen überwachen.

Ohne die Bildschirme zu beachten, schritt Bruno zum Wandschrank. Im oberen Fach lag ein Stapel Papiere, im unteren Fach einige Waffen mit passender Munition. Er überlegte kurz, bevor er sich einen Pass, welcher ihn als Gustav Matisse auswies, und eine kleine Pistole mit Magazin in die Jackentasche schob.

Er trat zum Schaltpult und drückte ein paar Knöpfe. Die Bilder auf den Monitoren wechselten. Auf dem ersten Monitor war nun der Kommandoraum ersichtlich. Deutlich erkannte er den massigen Rücken des Kapitäns. Bruno drückte eine weitere Taste und die Geräusche aus dem Kommandoraum wurden hörbar. Er schaltete Gerät A auf Aufnahme.

Dann stellte er den nächsten Monitor ein. Auf dem

Bildschirm erschien ein Gang mit mehreren Türen. Bruno wusste, dass die erste Türe in die Kabine des Chefarztes führte. Er schaltete auch hier Bild und Ton auf Aufnahme. Man konnte nicht vorsichtig genug sein; Dr. Dupont schien in den letzten Monaten nervöser als sonst. Nach einem kontrollierenden Blick über die übrigen Geräte verliess er den Raum.

Karl erwartete ihn schon im Schnellboot, welches nun seitlich an der Vergine bereitlag. Das Boot tänzelte auf den Wellen und das schnaubende Brummen der Motoren verstärkte den Eindruck der Nervosität.

Kaum war Bruno an Bord, brausten sie mit der vollen Kraft von dreihundert PS in Richtung Festland.

*

Max sass in einem der bequemen Sessel im Chez Pierre und nippte an einem Pastis. Seine schlechte Laune war verflogen. Aus seinem Vorsatz, schwimmen zu gehen, war zwar nichts geworden, dafür hatte er aufs Angenehmste mit Jeanne gefrühstückt und danach war ihnen genügend Zeit übrig geblieben, noch einmal ins Bett zu schlüpfen, gemeinsam zu duschen und Pläne für die folgenden Tage zu schmieden.

Er hatte Jeanne beiläufig das Bild im Méditerranée gezeigt und vom Treffen mit den Leuten der Vergine gesprochen, aber sie zeigte kein Interesse. Max hoffte plötzlich stark, dass er sich täuschte. Die Fotografie war alles andere als eindeutig, und es gab eine Menge dunkelhäutiger Immigranten in Frankreich. Schliesslich stammte auch Jeanne aus Nordafrika und im Chez Pierre wurde er von einem Marokkaner bedient.

Er blickte sich um. Die meisten Restaurants am Quai waren um diese Jahreszeit noch halb leer oder geschlossen, aber im Chez Pierre herrschte emsiges Treiben. Das Lokal war eine bekannte Adresse und beliebt bei allen Leuten, die gerne sehen und gesehen werden. Die Stühle und Tische waren so ausgerichtet, dass jeder Platz freie Sicht auf die vorgelagerte Mole bot. Die teuersten Bootsliegeplätze lagen unmittelbar gegenüber. Etwas seitlich davon gab es einige öffentliche Anlegeplätze. Hier machte Halt, wer Grossauftritte mochte.

Max liebte Grossauftritte. Der Gedanke, vor all den Leuten ins schnittige Beiboot der Vergine einzusteigen, gefiel ihm.

Er war deshalb ziemlich enttäuscht, als er plötzlich Brunos Stimme hinter sich hörte.

«Hallo, Max, gehen wir!»

Max drehte sich um und lachte. Er hätte Bruno fast nicht wieder erkannt. Er trug bunte, kurze Hosen, Strandschuhe, T-Shirt, Baseballmütze und eine dunkle Sonnenbrille.

«Hallo, Bruno, bist du übers Wasser gelaufen oder willst du mit dieser Kleidung die Glaubwürdigkeit bei der Polizei steigern?», neckte Max.

Bruno schien nervös. Er ging nicht weiter auf den Scherz ein und meinte trocken: «Wir sollten uns beeilen. Karl ist irgendwo da draussen mit einem Segelboot unterwegs, und als Erstes müssen wir ihn finden.»

Da Bruno keinerlei Anstalten machte, sich zu ihm zu setzen, erhob sich Max.

«Was hat denn Karl mit der Sache zu tun?», fragte er. Karl Frentzens Funktion auf dem Schiff war ihm nie ganz klar gewesen. Ganz offensichtlich fällte Bruno die Entscheide und Karl nickte bloss Zustimmung.

«Er hat deinen Inder an Land gebracht, darum», antwortete Bruno kurz angebunden und marschierte in Richtung Parkplätze und Taxistände.

Max folgte ihm widerstrebend.

«Jetzt verstehe ich gar nichts mehr. Wenn der Ali – wie hiess er doch gleich – Bruno?»

Bruno antwortete nicht sofort. Er sah sich nach einem Taxi um: «Ich habe weiss Gott nicht alle Namen im Kopf …»

Er winkte einem Taxi, aber der Fahrer beachtete ihn nicht. Bruno fluchte und rief ihm einige deftige Kraftausdrücke nach.

Max wunderte sich. Es war im Allgemeinen nicht Brunos Art, Namen einfach zu vergessen, und es war auch nicht Brunos Art, wegen einem verpassten Taxi die Fassung zu verlieren.

Er fragte trotzdem weiter: «Wie ist das möglich, ich meine, wenn der Ali-wie-auch-immer abgereist ist, wieso wurde er dann an Cap d'Antibes angeschwemmt?»

«Wir verstehen das auch nicht, Max, deshalb müssen wir zunächst Karl finden», erwiderte Bruno spürbar ungeduldiger. «Ausserdem ist für mich klar, dass du dich täuschst. Ich habe jedenfalls auf dem Foto keine Ähnlichkeit mit einem unserer Passagiere festgestellt. Aber da du anscheinend ganz scharf darauf bist, deine Urlaubstage im grenzenlosen Dschungel der hiesigen Polizeibüros zu verbringen und Freude daran hast, mehrseitige Fragebogen auszufüllen, will ich ...»

Hier brach er ab und stürzte auf die Strasse. Es gelang ihm, das Taxi anzuhalten.

Bruno riss die Beifahrertür mit einem Ruck auf und kommandierte: «Zum Fischerhafen.»

Max hatte kaum richtig Zeit, auf dem Rücksitz Platz zu nehmen, als das Taxi schon losfuhr.

«Zum Fischerhafen?»

«Ich hatte in der Nähe einige Besorgungen zu erledigen», antwortete Bruno, ohne sich umzusehen.

«Hast du den Artikel gelesen?», riskierte Max eine weitere Frage.

«Ja, hab ich.» Bruno zog das «Ja» entnervt in die Länge. Er zeigte absolut keine Gesprächsbereitschaft und gab sich wortkarg, bis Max das Fragen resigniert aufgab.

Die wenigen Minuten bis zum Ziel sassen die beiden Männer schweigend im Taxi und starrten grübelnd aus dem Fenster. Im Fischerhafen angekommen, stiegen sie aufs Motorboot um. Max beschlich plötzlich ein schlechtes Gewissen: Bruno war verärgert über die Umtriebe, und er konnte ihn sogar verstehen.

Während Bruno mit verbissener Miene aufs Meer hinausstarrte, beschloss Max, die schönen Seiten der Bootsfahrt zu geniessen. Im Taxi hatte er geschwitzt und an Deck wehte nun ein erfrischender Luftzug. Das Boot schoss leicht durchs Wasser und die Entfernung zum Ufer vergrösserte sich rasch. Die Leute schmolzen zu Punkten, und bald waren nur noch die hellen Flecken der Häuser zu erkennen.

Max wunderte sich nicht besonders, dass sich Bruno auf keine weitere Diskussion einliess. Es war nicht das erste Mal, dass er auf seine Fragen keine Antworten erhielt. Anfangs hatte er das noch persönlich genommen, aber mit der Zeit hatte er begriffen, dass es auf der Vergine wohl das eine oder andere Geheimnis gab.

So hatte er bei einem seiner früheren Einsätze auf dem Schiff beobachtet, wie eines Nachts das Beiboot schwer beladen ausgelaufen und eine Stunde später mit sichtbar weniger Tiefgang zurückgekehrt war. Sie befanden sich damals in der Nähe der afrikanischen Küste. Er hatte Bruno später gefragt, was los gewesen sei. «Nichts, was dich zu interessieren hätte», hatte er zur Antwort gekriegt. Max vermutete, dass sich einige der Männer ihr Gehalt mit Schmuggeln aufbesserten.

Die Mannschaft war bunt zusammengewürfelt, und selbst Dr. Dupont schien ihm alles andere als ein normaler Arzt zu sein. Offenbar hatte man auf der Vergine nicht nur ein Herz für mittellose Waisen aus Indien, sondern auch ein Herz für suchtkranke Ärzte aus Frankreich. Denn immerhin gehörte ja die Vergine mit ihrer Krankenstation einer wohltätigen Organisation.

Nun verlangsamte Bruno die Fahrt. Max unterbrach seine Grübeleien und sah sich um. In der Ferne waren einige Segelboote zu erkennen.

«Hast du Karl entdeckt?»

«Ich bin nicht sicher», antwortete Bruno. «Hol mir bitte mal das Fernglas, es sollte auf dem Kartentisch in der Kabine liegen.»

Die Kajüte war nicht gross, aber komfortabel eingerichtet. Es gab eine kleine Küche mit Gaskocher und Kühlschrank, einen Kartentisch, eine Toilette und eine Schlafgelegenheit für zwei Personen im Bug.

Das Fernglas lag auf dem Kartentisch. Beim Nähertreten fiel Maxens Blick auf eine Halterung an der Seite des Tisches. Sie enthielt einige Getränkeflaschen. Max hatte plötzlich Lust auf einen Pastis mit Eis. Er hielt die Flasche einen Moment in der Hand, stellte sie aber wieder zurück.

«Besser zuerst Bruno fragen», sagte er sich, denn der konnte wegen derartigen Kleinigkeiten manchmal fürchterlich aufbrausen.

Er packte das Fernglas und stieg die Treppe hoch. Er musste sich ducken, um nicht an den Türrahmen zu stossen. Als er den Kopf nach draussen strecken wollte, kriegte er einen schweren Schlag auf die Stirne. «Der Türrahmen», war sein erster Gedanke und er blickte nach oben.

In dem Moment, als er erkennen konnte, was ihn getroffen hatte, verlor Max Knecht das Bewusstsein, und er fiel mit voller Wucht zurück in die Kajüte.

2

Der Bremgarten-Friedhof in Bern lag direkt neben der Universitätsklinik, besser bekannt unter dem Namen Inselspital oder einfach Insel, wie die Berner den riesigen Klinikkomplex zu nennen pflegten. Diese enge Nachbarschaft von Spital und Friedhof führte unweigerlich zu verschiedenen Anspielungen. Böse Zungen behaupteten, die Zahl der Abdankungen verlaufe parallel zur Bettenbelegung. Die Gräberreihen bezeichnete man gerne als die gesammelten Werke der Chirurgen, und es hiess, der schnellste Weg zum Friedhof führe durchs Inselspital.

So ergab es sich von selbst, dass man den südlichen Friedhofseingang, welcher am nächsten zum Spital lag, Lieferanteneingang nannte. Er wurde vornehmlich von den Angestellten der Insel benutzt, die bei schönem Wetter ihre Mittagspause in den weitläufigen und stillen Anlagen des Friedhofs verbrachten.

Die Mittagspause war längst vorbei, als Doktor Franco Weber eiligen Schrittes durch den Lieferanteneingang den Friedhof betrat.

Am Eingangstor zögerte er kurz: Um zur Abdankungshalle zu gelangen, musste er die ganze Anlage durchqueren. Er konnte zwar das Gebäude schon von hier aus sehen, denn das Laub an den Bäumen hatte noch kaum zu spriessen begonnen, aber keiner der drei vor ihm liegenden Kieswege führte ihn direkt zum Ziel. So wagte er einen vorsichtigen Tritt in den Rasen. Der Boden war feucht und morastig. Bei diesen Verhältnissen konnte er sich keine Abkürzung leisten. Es blieb ihm nichts anderes übrig, als dem umständlichen Zickzack der Wege zu folgen, und er wandte sich widerwillig nach rechts.

Mit grossen Schritten eilte er den Gräberreihen entlang, seine Hast stand in krassem Gegensatz zur Ruhe des Friedhofs. Er hielt den Kopf gesenkt und den schmalen Oberkörper leicht nach vorne geneigt, als ob er gegen einen kräftigen Wind antreten müsste, obwohl es doch fast windstill war. Nur auf den Weggabelungen blickte er kurz auf, um sich zu orientieren. Die blauen Augen bildeten einen unerwarteten Kontrast zu den kurzen, schwarzen Haaren und sein Aussehen verriet die nordisch-mediterrane Mischung seiner Gene.

Leicht ausser Atem erreichte er die Abdankungshalle. Vor dem Schild mit der Anschrift Kapelle II hielt er inne und horchte durch die geschlossene Tür. Gedämpfte Orgelmusik drang an sein Ohr.

Schon beim Betreten des Friedhofs war ihm klar geworden, dass er zu spät kommen würde. Zudem musste er jetzt beschämt feststellen, dass er für den Anlass nicht ganz passend gekleidet war. Der graue Rollkragenpullover und die schwarze Lederjacke mochten ja noch durchgehen. Aber seine vormals schwarzen Jeans hatten durch das wiederholte Waschen viel Farbe verloren. Im Schwarz einer Trauergemeinde musste dies einen erbärmlichen Eindruck erwecken, und seine dunkelbraunen Stiefel wirkten geradezu lächerlich.

Er warf den Kopf zurück. Trotzig verscheuchte er die

aufkommenden Schuldgefühle, schliesslich hatte er die Einladung zur Abdankung erst gestern erhalten und es hatte ihm grosse Mühe bereitet, sich an einem gewöhnlichen Freitagnachmittag so kurzfristig zwei freie Stunden zu verschaffen.

Vorsichtig drückte er die Klinke.

Er dankte im Stillen dem Sigristen, als das befürchtete Knarren ausblieb. Leise schlüpfte er in die Kapelle und setzte sich auf den nächstgelegenen Platz in der hintersten Sitzreihe. Offenbar hatte niemand sein Eintreten bemerkt, Trauergäste und Pfarrer sassen mit gesenkten Häuptern auf ihren Stühlen und lauschten der Musik.

Die Abdankung fand, wie angekündigt, in engstem Rahmen statt. Franco Weber zählte insgesamt fünfzehn Personen – er und der Pfarrer eingeschlossen. Kapelle II war die kleinste der drei Abdankungshallen, sie bot kaum mehr als dreissig Personen Platz. Trotzdem wirkte die versammelte Trauergemeinde verloren, wahrscheinlich, weil die Leute nicht beisammen sassen, sondern verstreut in den Reihen. Er schloss daraus, dass sich die Gesellschaft entweder nicht kannte oder aber zerstritten war.

Maxens Mutter sass ganz vorne.

Obwohl Franco sie seit Jahren nicht mehr gesehen hatte, erkannte er sie selbst von hinten sogleich. Noch immer trug sie ihr dünnes Haar in einem geschlungenen Knoten aufgesteckt. Die schmalen Schultern hingen leicht nach vorn und wegen des gebeugten Oberkörpers entstand der Eindruck, als ob sie sich zu verstecken versuchte. Diese Haltung war ihm schon früher aufgefallen, als er noch ein häufiger Gast bei den Knechts gewesen war.

Er überlegte kurz. Sein letzter Besuch musste nun über fünf Jahre zurückliegen, in der Zeit, als er mit Max studierte. Er hauste damals in einer kalten Mansarde und war dankbar, wenn er sich in eine warme Stube setzen konnte. Frau Knecht empfing ihn stets mit offenen Armen und umsorgte ihn wie ihren eigenen Sohn.

Die Knechts stammten ursprünglich aus der Tschechoslowakei, aus einer Stadt nahe der österreichischen Grenze. Irgendwann nach dem Einmarsch der Russen in Prag entschlossen sie sich zur Flucht in den Westen, um ihrem noch ungeborenen Sohn Maximilian – so hiess Max mit vollem Namen – eine bessere Zukunft zu sichern. Soweit sich Franco erinnern konnte, war Herr Knecht einige Jahre nach der Emigration verstorben, und die Mutter war ganz für Max da.

Die beiden lebten in einer einfachen Dreizimmerwohnung in Ostermundigen, in einer eigenen kleinen Welt, wie es Franco schien. Sie arbeitete hart, um Maxens Studium zu finanzieren, und er blieb ihr stets dankbar dafür. Erst kürzlich hatte Max ihm erzählt, dass er seine Mutter zu einer Kreuzfahrt in die Karibik eingeladen hatte.

Das war typisch Max.

Wenn er etwas machte, dann gleich etwas Ausgefallenes, Grosses. Er liebte es, wenn er grosszügig sein konnte, auch sich selber gegenüber. Kaum verdiente er sein eigenes Geld, gab er es sorglos aus. Er nutzte die Freiheiten eines allein stehenden Arztes mit schier kindlicher Unbeschwertheit, leistete sich einen schicken Sportwagen, trug Designerkleider aus Italien und speiste mit Vorliebe in gediegenen Restaurants. Teures und Ausgefallenes übte auf ihn eine starke Anziehungskraft aus, obschon oder vielleicht weil er aus bescheidenen Verhältnissen stammte.

Sicher hatte er auch die Anstellung in der Parkklinik Eiger aus diesen Gründen angenommen. Es war bekannt, dass dort die besten Anstellungsbedingungen in der Stadt geboten wurden.

Die Parkklinik Eiger war *das* Privatspital auf dem Platz Bern, klein, aber sehr vornehm. Sie beherbergte lediglich fünfunddreissig Betten, doch es gab kaum eine Therapie oder Operation, die dort nicht vorgenommen werden konnte. Zahlreiche national und zum Teil international bekannte Ärzte behandelten die exklusive Kundschaft. Der typische Patient der Parkklinik verlangte Qualität und Diskretion und fragte nicht nach dem Preis.

Die Leitung bemühte sich offensichtlich erfolgreich, jeden Patienten nach seinen Wünschen zu versorgen. Das Spital genoss nicht nur in der Schweiz, sondern auch im Ausland einen ausgezeichneten Ruf. Zum Patientenkreis gehörten Persönlichkeiten aus Politik, Wirtschaft und Showbusiness. Man erzählte sich, dass die amerikanische Aussenministerin und der russische Botschafter schon im gleichen Bett gelegen hätten – natürlich nicht zur gleichen Zeit, aber immerhin.

Franco hatte beobachtet, wie Max in der gediegenen Atmosphäre dieses Spitals auflebte, während bei ihm, der auch schon in der Parkklinik zu tun gehabt hatte, der ganze Pomp eher Fluchtgedanken weckte.

Und trotz allem hatte Max auf Franco eigentlich nie

protzig gewirkt, und trotz aller Unterschiede verstanden sie sich immer wieder bestens. Vielleicht lag dies an der offenen Art, wie Max auf Leute zuging, vielleicht aber auch an ihrer langjährigen Beziehung. Während des Studiums hatten sie nicht nur Prüfungen zusammen vorbereitet, sondern manche Vorlesung gemeinsam geschwänzt und sich bei Bedarf gegenseitig aus der Patsche geholfen. Wenn sie auch nach dem Studium unterschiedliche Wege gegangen waren, verloren sie sich doch nie ganz aus den Augen. Man traf sich bei Tagungen und Kongressen, bei Anlässen gemeinsamer Bekannter oder hatte beruflich miteinander zu tun. Allerdings waren ihre Kontakte im Laufe der Zeit seltener und wohl auch oberflächlicher geworden.

Franco vermutete, dass dies mehr an ihm selber als an Max lag. Er hatte sich verändert, nahm nach seiner Scheidung alles ein bisschen ernster. Jedenfalls beeindruckten ihn die üblichen Prahlereien unter Kollegen nicht mehr so wie früher, als er jeweils kräftig mithielt, wenn es darum ging, spektakuläre Notfälle zu kommentieren oder bewältigte Operationsmarathone aufzuzählen. Während den ersten Assistenzjahren hatte sein ganzer Einsatz der Klinik gegolten. Was ausserhalb des Spitals geschah, hatte ihn kaum interessiert. Das Ergebnis war ein steiler Aufstieg im Beruf und ein Scherbenhaufen in der Ehe.

Seit damals zweifelte er häufiger und ernsthafter an seinen Ansichten über Erfolg und Misserfolg. Und Maxens plötzlicher Tod zeigte, wie schnell alles vorbei sein konnte und wie lächerlich es war, sich auf später zu vertrösten.

«Ich glaube an ein Leben vor dem Tod» war einer von Maxens Lieblingssprüchen gewesen und er hatte entsprechend gelebt.

Franco musste sich eingestehen, dass er Max oft nicht richtig ernst genommen hatte, aber nun gab er ihm vollkommen Recht. Und jetzt empfand er erstmals das Gefühl echter Trauer.

Tief in Gedanken sass Franco in der Kapelle. Die Worte des Pfarrers, der unterdessen seine traurige Pflicht erfüllte, drangen wie aus weiter Ferne zu ihm und verklangen ungehört. Auch das schwermütig schleppende Seufzen der Orgel vermochte ihn nicht zu fesseln.

Dieser letzte Akt des Abschiednehmens war ihm stets fremd geblieben. Seit Jahren war er nicht mehr an einer Abdankung gewesen, obwohl er in seiner Tätigkeit als Arzt fast täglich Menschen sterben sah.

Ob er hier etwas verdrängte oder ob es daran liegen mochte, dass ihm seine Arbeit eine durchaus positive Seite des Sterbens aufzeigte? Der Tod als Endpunkt nicht nur des Lebens, sondern auch des Leidens? Während in dem einen Krankenzimmer der Tod als Hauptfeind erschien und wie ein Schreckgespenst unter allen Umständen vertrieben werden musste, wurde er im Zimmer nebenan herbeigesehnt und als Erlöser begrüsst.

Franco betrachtete die schmale Figur von Frau Knecht. Hier lag die Sache anders: Sein Studienkollege Max war kein Patient, und soviel Franco wusste, überhaupt nicht krank gewesen. Wie schrecklich musste für die Mutter sein Tod sein! Die Frau tat ihm Leid, noch fast mehr als Max selber.

«Für alle unfassbar aus dem Leben gerissen», hatte sie ihm persönlich geschrieben und ihn gebeten – das Wort «bitte» war unterstrichen – zur Abdankung zu erscheinen.

Franco fragte sich einmal mehr, auf welche Art wohl Max gestorben sein könnte. In diesem Alter an einer Krankheit zu sterben, verstiess grundsätzlich gegen die Regel, für Kinderkrankheiten war man zu alt und für Altersgebrechen zu jung. Mit dreissig starb man nicht einfach so, Franco kannte die Statistiken: Die weitaus häufigsten Todesursachen in diesem Alter bildeten Unfälle und Suizid. Er erinnerte sich nicht, ob der Pfarrer etwas in der Richtung erwähnt hatte, und bereute, dass er nicht genauer hingehört hatte.

Die Stille riss ihn jäh aus seinen Gedanken.

Die Orgelmusik hatte ausgesetzt und die Leute erhoben sich. Offenbar war die Trauerfeier nun zu Ende. Der Pfarrer schritt an ihm vorbei dem Ausgang zu. Maxens Mutter folgte in gebücktem Gang. Sie wurde begleitet von einer Frau, die Franco nicht kannte. Sie schien etwas älter als Frau Knecht und glich ihr stark. Wahrscheinlich handelte es sich um ihre Schwester. Beide Frauen waren schlank, um nicht zu sagen: mager und trugen dasselbe feine Gesicht. Die Augen sassen tief in den Höhlen und verliehen dem Gesichtsausdruck eine eigenartige Intensität.

Er beobachtete, wie sich Frau Knecht unsicher umsah. Als sich ihre Blicke trafen, schien sie sich leicht zu entspannen. Sie nickte ihm kurz zu und entschwand aus seinem Blickfeld.

Auch die andern Trauergäste hatten sich erhoben und strebten dem Ausgang entgegen. Franco folgte am Schluss.

Abgesehen von Frau Knecht kannte er auch eine jüngere Frau mit verweinten Augen flüchtig. Sie arbeitete als Krankenschwester im Lindenhofspital und er konnte sich gut vorstellen, dass es sich um die letzte der zahlreichen Freundinnen von Max handelte. Er wusste nicht recht, ob er sie grüssen sollte oder nicht, und war dankbar, als sie mit gesenktem Kopf an ihm vorbeischritt. Sie wurde begleitet von einem Kollegen, den er ebenfalls oberflächlich kannte, einem Anästhesisten aus der Parkklinik Eiger.

Sie nickten einander stumm zu.

Erst beim Hinaustreten bemerkte Franco, dass ihn fror. Die Kapelle war nicht geheizt gewesen und draussen wehte jetzt ein kühler, feuchter Wind. Es roch nach Schnee, obgleich doch Mai war und überall Tulpen blühten. Nur für kurze Augenblicke drang ein Sonnenstrahl durch eine Lücke in der Wolkendecke und verbreitete über dem Friedhof für einen Moment ein warmes, freundliches Licht. Die Kapellenglocke klang scherbelnd über die Gräber und vermochte den nahen Verkehrslärm eines normalen Freitagnachmittags nicht ganz zu übertönen.

Ein trostloser Abgang, dachte Franco. Er nahm sich vor, gelegentlich seinen letzten Willen zu verfassen: keine Beerdigung, und wenn schon, dann nicht an einem Freitagnachmittag. Besser wäre ein kleiner Apéro – umrahmt von heller Musik – mit ein paar feinen Häppchen. Als er sich aber nun ein belegtes Brötchen vorstellte, wurde ihm plötzlich übel, und er verwarf die Idee vom Apéro mit Imbiss rasch wieder. Mit Bestimmtheit jedoch wünschte er keine bleibende Stätte unter dem Boden, seine Asche sollte vom Winde über die Berge verweht oder von der

Aare in den Rhein und von dort in die Weite des Meeres getragen werden.

Währenddessen hatten sie das Gemeinschaftsgrab erreicht.

Nachdem sich die kleine, stumme Schar etwas unbeholfen um den Stein der Namenlosen formiert hatte, sprach der Pfarrer ein kurzes Gebet und legte eine Nelke nieder. Frau Knecht weinte still vor sich hin und stützte sich schwer auf den Arm ihrer Begleiterin. Der Pfarrer näherte sich ihr und sprach einige tröstende Worte. Er ergriff kurz ihre Hand, danach schritt er mit gesenktem Haupt zur Kapelle zurück. Damit war die Feier endgültig beendet.

Franco blieb unschlüssig stehen. Er hätte sich am liebsten gleich davongeschlichen. Andererseits wollte er Frau Knecht sein Beileid persönlich aussprechen und hoffte auch zu erfahren, wie Max gestorben war.

Kaum war der Pfarrer gegangen, löste sich Frau Knecht von ihrer Begleiterin und trat zu ihm.

Er erschrak, als er sie aus der Nähe sah. Sie schien um Jahrzehnte gealtert. Ihr Haar war grau und noch dünner geworden. Dunkle Ringe liessen die geröteten Augen hohl erscheinen und sie machte einen gebrechlicheren Eindruck denn je. Er fragte sich, ob es tatsächlich nur die Trauer war, die sie derart zeichnete, oder ob sie nicht zusätzlich an einer Krankheit litt.

«Ich möchte Ihnen mein Beileid aussprechen, Frau Knecht», begann Franco und wahrheitsgemäss fügte er an: «Ich kann es nicht glauben.»

«Ich danke Ihnen, Franco.»

Sie sprach ihn immer noch mit Vornamen an, was ihm

ganz natürlich vorkam. Ihre Augen füllten sich mit Tränen. Obwohl Franco solche Situationen gewohnt war, wurde er verlegen.

«Wenn ich etwas für Sie tun kann, Frau Knecht ...»

Sie unterbrach ihn mit einem müden Lächeln: «Bitte sehr. Sie könnten sehr viel für mich tun, Franco. Ich möchte Sie um einen Gefallen bitten. Aber heute fühle ich mich nicht in der Lage, mit Ihnen darüber zu sprechen. Ich wäre froh, wenn Sie in den nächsten Tagen einmal Zeit hätten, mich zu besuchen.»

Sie hielt inne, um sich zu schnäuzen. «Ich brauche Ihren Rat, bitte sehr ...»

Hier wurde ihr Gespräch unterbrochen. Ein Mann, den Franco schon irgendwo gesehen hatte, war zu ihnen getreten.

«Entschuldigen Sie uns bitte», sagte er bestimmt und fast autoritär zu Franco, bevor er Frau Knecht die Hand reichte und mit weicherer Stimme fortfuhr: «Liebe Frau Knecht, ich möchte Ihnen noch einmal mein Beileid ausdrücken.»

Er wandte sich wieder an Franco: «Ihr Sohn hat für uns gearbeitet. Ich bin der medizinische Leiter der Klinik Eiger. Doktor Saurer.»

Jetzt erst erkannte Franco seinen Kollegen.

Es war eigenartig, wie stark sich die Kleidung bei bestimmten Leuten auf ihr Erscheinen auswirkte. Bisher hatte er Dr. Saurer immer im weissen Kittel gesehen und wohl deshalb war ihm seine Statur nicht besonders aufgefallen. In der Berufsschürze war er ein stattlicher Mann Mitte fünfzig und, obgleich nicht grösser als Franco, doch eine eindrucksvolle Persönlichkeit.

Aber hier auf dem Friedhof, in warmer Kleidung und etwas knapper Jacke, wirkte er eher massig als gross. Das lag einerseits am leichten Übergewicht, aber noch viel mehr an seinem auffallend kurzen Hals und den ebenfalls kurzen Extremitäten. Sein dünnes, farbloses Haar war nach hinten gekämmt, um die beginnende Kahlköpfigkeit zu verbergen. Er trug eine Brille mit einem stillosen Horngestell und sah eher aus wie ein Buchhalter als wie ein Arzt. Die schmalen Lippen verliehen dem Gesicht trotz leichter Pausbäckigkeit einen harten Zug.

Dieser Eindruck wurde noch verstärkt durch die kleinen, blassbraunen Augen, die Franco jetzt scharf, aber ausdruckslos fixierten.

Franco spürte, welche Frage den Mann beschäftigte, als er auch ihm kondolierte. Offenbar hatte ihn Dr. Saurer ebenfalls nicht erkannt, denn er fragte: «Habe ich Sie nicht schon in unserer Klinik gesehen?»

«Doch, doch, ich arbeite zurzeit bei Professor Weigert. Wir betreuen gelegentlich Patienten bei Ihnen, ich bin ein Studienkollege des Verstorbenen. Weber ist mein Name.»

Dr. Saurer lächelte erstmals kurz und drückte ihm die Hand. Er wollte etwas sagen, besann sich aber anders und wandte sich wieder an Frau Knecht.

«Für uns ist es noch immer unfassbar. Ihr Sohn hat beste Arbeit geleistet, und er war überall so beliebt. Es tut mir aufrichtig Leid. Ich möchte Ihnen jetzt nur so viel sagen: Wenn Sie irgendwelche Hilfe brauchen, dann wenden Sie sich an mich oder an Frau Bolliger, das ist unsere administrative Leiterin. Sie wird sich in den nächsten Tagen sowieso bei Ihnen melden. Die Parkklinik schliesst für ihre Angestellten grosszügige Versicherungen ab, und es gibt da noch einige Formalitäten zu regeln. Ich weiss, es ist ein schwacher Trost, aber ich kann Ihnen sagen, dass Sie sich mindestens finanziell nicht zu sorgen brauchen.»

Frau Knecht antwortete nicht. Dr. Saurer sprach eilig weiter, wohl in der Hoffnung, mit seinen Worten das Weinen zu verhindern.

Franco wandte sich ab und betrachtete den Stein des Gemeinschaftsgrabes: ein kubischer Betonklotz von knapp zwei Metern Höhe auf einem rechteckigen Podest, ebenfalls aus Beton. Einfacher hätte man die Endgültigkeit und Trostlosigkeit des Todes nicht darstellen können. Er konnte sich gut vorstellen, welche Einstellung der Künstler zum Jenseits hatte: bestimmt kein erstrebenswerter Zustand. Ob sich diese Einstellung mit der Kirche vertrug?

Franco suchte nach keiner Antwort, denn er hörte, wie sich Herr Saurer von Frau Knecht verabschiedete.

Frau Knecht war sichtlich verwirrt und stammelte: «Danke sehr, ich danke Ihnen, Herr Doktor.»

«Und jetzt entschuldigen Sie mich bitte, die Arbeit ruft», erwiderte Dr. Saurer bedauernd und schritt eilig zum Friedhofstor, wo eine dunkle Limousine mit laufendem Motor auf ihn wartete.

Als Franco wieder zu Frau Knecht trat, sagte sie mit gebrochener Stimme: «Ich möchte jetzt nach Hause gehen, bitte sehr. Ich melde mich in den nächsten Tagen bei Ihnen. Darf ich Sie in der Klinik anrufen, bitte sehr?»

«Wann immer Sie wollen.»

«Ich bin Ihnen so dankbar, Franco», sagte sie mit unsicherer Stimme. Sie drückte seine Hand fest und wiederholte: «Ich danke Ihnen, Franco. Ich werde Sie anrufen.» Dann wandte sie sich dem Ausgang zu, wo ihre Begleiterin wartete.

Francos Weg führte in die andere Richtung. Er hielt einen Moment inne und sah sich um. Die Trauergesellschaft hatte sich aufgelöst. Der Tod von Max hatte diese Menschen, die sich sonst nie begegnet wären, kurz zusammengeführt. Jeder stand in einer andern Beziehung zu Max und würde sein eigenes Andenken behalten.

Er überdachte noch einmal Frau Knechts Äusserung. Ihre Stimme hatte so eindringlich geklungen, dass ihre Worte in seinem Kopf nachhallten. Er fragte sich, wofür sie ihm so sehr dankte und warum sie ihn noch anrufen wollte. Aber sosehr er sich auch anstrengte, er konnte sich nicht ausdenken, was ihn mit dieser Frau weiter verbinden sollte, und noch viel weniger, woher ihre Dankbarkeit rührte.

Mittlerweile war der Friedhof menschenleer. Es war jetzt noch kühler geworden, die Wolkendecke hatte sich geschlossen. In der einsetzenden Dämmerung wirkte der Friedhof kalt und abweisend. Die wenigen andern Besucher, die noch zugegen gewesen waren und verstohlen neugierige Blicke auf die Trauernden geworfen hatten, sassen längst irgendwo an der Wärme.

Entschlossen wandte sich Franco zum Gehen. Nicht nur die Kälte machte ihm zu schaffen. Vom Friedhof aus konnte er das Bettenhochhaus des Inselspitals sehen.

Er ertappte sich dabei, wie er bereits wieder an seine Arbeit dachte.

*

Aus sicherer Entfernung hatte Karl Frentzen beobachtet, wie sich Frau Knecht von dem jungen Mann, der als Einziger braune Schuhe trug und zu spät eingetroffen war, verabschiedete. Er atmete auf. Damit endete sein Auftrag für heute.

Er genehmigte sich einen Schluck aus seinem Flachmann. Ihm war fürchterlich kalt, und er sehnte sich nach der Sonne am Mittelmeer. Seine Finger waren steif und ungeschickt geworden. Er steckte die Kamera umständlich in die Innentasche seines weiten Mantels. Er bewegte sich langsam, damit die Äste des Kirschlorbeers, hinter welchem er sich versteckt hielt, nicht zu sehr in Bewegung gerieten.

Er gab sich grosse Mühe, alles richtig zu machen, denn er wusste, er stand seinerseits in gewissem Sinne ebenfalls unter Beobachtung. Er durfte sich keine Fehler mehr leisten. Die Panne mit der Leiche ging klar auf sein Konto, denn er war für die Entsorgung zuständig. Der Sack musste sich geöffnet haben, anders konnte er sich das Auftauchen des Inders nicht erklären.

Er genehmigte sich noch mal einen kräftigen Schluck. Er spürte die Wärme des Branntweins bis in die Fingerspitzen, seine Hände wurden ruhiger. Nachdenklich betrachtete er den Flachmann: Vielleicht war es doch nicht nur die Kälte, die ihm zu schaffen machte.

Er spähte wieder nach dem jungen Mann, der nun ganz alleine auf dem Platz stand. Mit seiner leicht gebückten Haltung und der fast schäbigen Kleidung machte er trotz der beachtlichen Körpergrösse einen verlorenen Eindruck. Er starrte der um Jahre älteren Frau Knecht nach, und Karl fragte sich, in welcher Beziehung die beiden zueinander stehen mochten.

«Egal», sagte er sich, als er sah, wie der Unbekannte mit raschen Schritten verschwand.

Nachdem er sich nochmals vergewissert hatte, dass alles gut verstaut und niemand in Sichtweite war, verliess er sein Versteck und trat auf den Weg hinaus. Ohne Eile schritt er dem Parkplatz entgegen, wo er seinen Wagen vor über zwei Stunden verlassen hatte.

Als er das Grab des Unbekannten erreichte, warf er einen verstohlenen Blick darauf.

*

Das Inselspital in Bern war mehr als ein Stadtspital.

Vor über sechshundert Jahren als kleines Hospiz für bedürftige Kranke gegründet, war es im Laufe der Jahrhunderte stetig gewachsen. Dreizehn Betten zählte das Hospiz bei seiner Gründung, heute bildete die Insel mit ihren rund tausend Betten eines der grössten Spitalzentren der Schweiz.

Für sämtliche medizinische Belange und für alle Altersstufen standen spezialisierte Kliniken, Polikliniken und Beratungsstellen bereit. Die Liste der Abteilungen schien endlos und zeugte von den Fortschritten der Medizin, aber auch von den damit verbundenen Problemen. Vom ungeborenen Kind bis hin zum Greis, vom Hochbegabten bis zum Dementen, vom Spitzensportler bis zum übergewichtigen Phlegma, ob zu viel oder zu wenig, ob krank oder gesund – für jedes Problem und jedes Problemkind existierten Spezialisten und Berater.

Angegliedert an die Kliniken fanden sich verschiedenste Ausbildungsstätten und Forschungsabteilungen. Sie beschäftigten in ihren Labors alle möglichen Berufsleute, vom Tierpfleger bis zum Quantenphysiker.

Jeden Tag strömten Scharen von Angestellten, Patienten und Angehörigen in die Insel. Über sechstausend Menschen verdienten hier ihr Brot, und gegen dreitausend Schüler, Lehrlinge und Studenten belegten die verschiedenen Ausbildungsstellen.

In und um die Klinik hatten sich mehr und mehr auch nichtmedizinische Betriebe angesiedelt: elf Restaurants, zwei Bankfilialen, eine eigene Poststelle, zwei Kirchen, drei Coiffeursalons, die Schreinerei, die Malerei und die Schlosserei, verschiedenste Reparaturabteilungen, die Feuerwehr, der Strahlenschutz und noch vieles mehr. Das Inselspital hatte sich zur Stadt in der Stadt entwickelt.

Entsprechend dem steten Wachstum war auch der Bedarf an neuen Gebäulichkeiten gestiegen. Die ursprünglichen Landreserven waren längst überbaut worden und wie ein bösartiges Geschwür hatten sich die Abteilungen und Büros in die benachbarten Quartiere ausgebreitet.

Hatte es trotz allem an Raum gefehlt, stockte man auf oder ersetzte bestehende Gebäude durch Hochhäuser. Die vertikale Expansion gipfelte vor dreissig Jahren im gut zwanziggeschossigen Bettenhochhaus, welches alle andern Bauten deutlich überragte und daher nicht nur zum Kernstück, sondern zum eigentlichen Wahrzeichen der Insel avancierte.

In diesem Hochhaus waren unter anderem die Notaufnahme für Erwachsene, diverse Operationszentren und zwölf verschiedene Kliniken untergebracht. Eine dieser Kliniken umfasste die Abteilungen für Herz-, Gefäss- und Transplantationschirurgie. Sie belegte mit ihren Büros, Sprechzimmern, Labors, Operationssälen und Bettenstationen insgesamt drei Stockwerke.

Die Bettenstation der Herzklinik lag im sechzehnten Stockwerk.

Es war kurz vor achtzehn Uhr, als Dr. Franco Weber sein Büro auf der Abteilung Süd betrat. Wegen der Beerdigung hatte er sich zwar vorsorglich für den Rest des Nachmittages abgemeldet, doch er wusste, niemand würde während der Abwesenheit seine Arbeit erledigen, und es war selbstverständlich, dass er an diesem Abend zurückerwartet wurde.

Und ob er erwartet wurde!

Schon beim Öffnen der Bürotür hörte er das drängende Piepen seines Suchers. Während er aus der Jacke schlüpfte, ergriff er den Telefonhörer und wählte seine Nummer. «Weber», sagte er möglichst knapp, um damit wenigstens ansatzweise seinen Unmut auszudrücken. Er schaltete den Apparat auf Lautsprecher und begann sich umzuziehen.

«Franco, wo steckst du?», meldete sich mit vorwurfsvoller Stimme Mark Ackermann, der Dienst tuende Assistenzarzt. «Wir benötigen deine Hilfe in der Notaufnahme. Ich habe hier einen achtzigjährigen Patienten mit einer akuten Durchblutungsstörung am Bein. Das Gefässröntgen habe ich bereits veranlasst. Die Leistenarterie ist verschlossen ...»

Franco musste sich alle Mühe geben, um nicht ungehalten zu reagieren. Am liebsten hätte er in den Hörer geschrien: «Verdammt noch mal, was kümmert mich das Bein eines Achtzigjährigen, wenn vor weniger als zwei Stunden die Asche eines knapp einunddreissigjährigen Mannes zu Grabe getragen wurde.»

Sein Massstab für die Wichtigkeit der Dinge war durcheinander geraten und er würde diesen Massstab neu definieren müssen; er wusste aber, dies würde mehr Zeit beanspruchen, als ihm im Moment zur Verfügung stand.

«Soll ich gleich den Operationssaal benachrichtigen?»

Franco realisierte, dass Mark die Frage wohl schon zum zweiten Mal stellte. Er riss sich zusammen. Mark war heute an keiner Abdankung gewesen.

«Wie dringend ist es deiner Meinung nach?», fragte er, während er die weisse Schürze überzog und einige Utensilien in die Tasche schob. «Ist das Bein gefährdet?»

«Der Patient hat starke Schmerzen und ich fühle keinen Puls in der Kniekehle ...»

«Sag mir, seit wann genau hat er Schmerzen?», unterbrach Franco seinen Kollegen.

«Ich glaube, seit gestern oder so, vielleicht auch etwas länger.»

«Und wie sieht das Bein aus?», fragte Franco weiter, während er den Stoss Berichte auf dem Schreibtisch zu sich heranzog.

«Nun, das Bein ist blass und der Fuss ziemlich kalt.»

«Kälter als der andere Fuss?»

«So präzis weiss ich das nicht», antwortete Mark schon weniger schwungvoll.

«Und wie ist die Sensibilität? Spürt der Patient die Berührungen am Bein noch normal?» Franco setzte seine Unterschrift unter den ersten Bericht.

«Nun ja, ich glaube, er hat die Berührungen noch gespürt, aber ich habe das nicht extra getestet. Der Radiologe meint, es sehe nicht gut aus.» Es klang hilflos.

«Hör mal, Mark», sagte Franco mit bestimmter Stimme, «wir müssen wissen, ob das Bein gefährdet ist oder nicht. Das finden wir nicht beim Betrachten des Röntgenbildes heraus, sondern bei der Untersuchung des Patienten. Wir behandeln Patienten ...»

«...und nicht Röntgenbilder», unterbrach ihn Mark. Es war einer von Francos Lieblingssprüchen.

«Vervollständige doch bitte die klinischen Untersuchungen und in der nächsten halben Stunde schaue ich bei dir vorbei.»

Franco legte auf.

Seit fünf Monaten war er stellvertretender Oberarzt an der Klinik für Herz-, Gefäss- und Transplantationschirurgie am Inselspital. Er war der jüngste Oberarzt, den die Klinik je beschäftigt hatte. Er hatte in einigen kritischen Situationen die richtige Entscheidung getroffen. Professor Weigert, der Direktor der Klinik, war auf ihn aufmerksam geworden und hatte ihm nach und nach mehr Verantwortung übertragen. Franco war ehrgeizig genug gewesen, diese Chancen zu nützen. Als ihm schliesslich die Oberarztstelle angeboten worden war, hatte er sich nicht zweimal bitten lassen.

Anfänglich hatte er vor allem gegenüber den älteren Kollegen, die schon länger auf einen solchen Karrieresprung gewartet hatten, keinen leichten Stand. In der Zwischenzeit hatten diese aber mit oder ohne Neid anerkennen müssen, dass Franco nicht durch seinen Ehrgeiz oder die Gunst des Klinikleiters zu ihrem Vorgesetzten geworden war: Er besass das klinische Gespür und die nötige Ausdauer, die es braucht, um im Klinikalltag nicht nur zu bestehen, sondern auch zu glänzen.

Er sah rasch die losen Notizzettel auf seinem Schreibtisch durch: Auf der Intensivpflegestation und in der Neurologischen Klinik sollte er noch je einen Patienten beurteilen, dann die Austritte vom Samstag mit den Abteilungsärzten besprechen und schliesslich waren da noch zwei Anrufe, die er zu beantworten hatte.

Er ordnete die Papiere neu. Die Telefonate und der Patient auf der Neurologie konnten warten bis morgen. Damit blieb ein Arbeitspensum, das an diesem Abend zu bewältigen war.

Er blickte kurz aus dem Fenster. Der trockene Ostwind hatte die Wolken weggefegt und zum ersten Mal seit Wochen herrschte eine ungetrübte Fernsicht. Obwohl er die beeindruckende Aussicht vom Bettenhochhaus aus gewohnt war, hielt er einen Moment inne. Eiger, Mönch und Jungfrau präsentierten sich in ihrer ganzen Majestät. Die von der Abendsonne beschienenen Schneefelder standen in leuchtendem Kontrast zum dunkelgrünen, schon im Schatten liegenden Mittelland.

Die schier perfekte Harmonie des Ausblicks tat ihm weh. Heute war irgendwo in seinem Innern eine Wunde aufgerissen worden. Mit der Logik des Mediziners fragte er sich, was ihn wo verletzt haben könnte.

«Blödsinn», sagte er lauter als beabsichtigt zu sich selber. Da gab es keine Wunde. Er litt an einem Schmerz, der auf keinem Röntgenbild und in keinem Laborbefund fassbar sein würde – ein Schmerz, den er bisher seinen Patienten, nicht aber sich selbst zugestanden hatte.

Entschlossen schritt er zur Tür. Zuerst musste er sich nun auf die Abteilung und anschliessend zu Mark Ackermann auf den Notfall begeben.

Es war deutlich nach achtzehn Uhr, als Franco sein Büro verliess. Trotzdem bemerkte man auf der Abteilung noch nichts vom bevorstehenden Feierabend, geschweige denn vom nahen Wochenende. Im Stationszimmer herrschte der übliche, freitagabendliche Hochbetrieb. Das Abendessen für die Patienten wurde abgeräumt und das Pflegepersonal traf Vorbereitungen für die Nacht.

Der leitende Arzt, Dr. Adrian Zimmer, begann eben seine abendliche Visite bei den Privatpatienten. Er war heute der Dienst tuende Oberarzt und somit für Notfälle und Unvorhergesehenes verantwortlich. Es gab aber die ungeschriebene Abmachung, dass die älteren Kollegen alles, was ihnen ungelegen kam, an die jüngeren und vor allem an den jüngsten Oberarzt delegierten. Franco ahnte deshalb nichts Gutes, als Adrian Zimmer auf ihn zusteuerte.

«Guten Abend, Franco. Du solltest als Erstes im Aufwachraum Visite machen», sprach ihn Adrian an. «Beim Patienten, den du heute Morgen operiert hast, gibts anscheinend Probleme. Du weisst schon, der Patient, dem du im Bauch eine Gefässprothese eingesetzt hast.»

Als Franco nickte, fuhr Zimmer fort: «Er scheidet zu wenig Urin aus. Da du der Operateur bist, habe ich vorläufig nur etwas mehr Infusionsflüssigkeit verordnet. Ich will dir nicht ins Handwerk pfuschen.»

Franco glaubte so etwas wie Schadenfreude in Zimmers Stimme zu hören. Aber vielleicht trübte seine momentane Befindlichkeit das Wahrnehmungsvermögen, denn sie beide verband kein besonders herzliches Verhältnis. Zimmer hatte nie einen Hehl daraus gemacht, dass er Francos Beförderung missbilligte, und es gab noch andere Gründe, warum Franco Kollega Zimmer nicht besonders mochte. Zimmers Qualitäten als Arzt bezweifelte zwar niemand, noch unbestrittener aber war sein Egoismus. Er legte kräftig Hand an, wo er Prestige und Profit witterte, bei den allgemein versicherten Patienten dagegen beschränkte sich sein Einsatz aufs Minimum.

Franco liess sich seinen Ärger nicht anmerken, als er antwortete: «Danke, Adrian, ich werde mich um den Mann kümmern.»

Im Stationszimmer besprachen die Abteilungsärzte Petra Schweizer und Heiner Zurflüh mit dem Pflegepersonal die letzten Verordnungen für die Nacht und für die am Samstag austretenden Patienten.

«Hallo, Franco», begrüsste ihn Petra aufgeräumt, «gut, dass du da bist. Die Austrittspapiere liegen in unserem Büro, es fehlt nur noch deine Unterschrift. Mit dem Verbandwechsel in Zimmer 109 habe ich absichtlich gewartet, du wolltest doch noch einen Blick auf die Wunde werfen, oder wie siehts aus?»

«Doch, natürlich, du fängst schon mal an, ich komme

nach, sobald ich im Aufwachsaal fertig bin», erwiderte Franco, während er die Fieberkurven der frisch operierten Patienten durchsah.

«Heiner, kommst du gleich mit», wandte er sich an Zurflüh, der für den Aufwachraum verantwortlich war.

Kaum waren sie auf den Flur getreten, steuerte eine Schwester auf sie zu. Bevor sie den Mund öffnen konnte, sagte Franco: «In dreissig Minuten habe ich Zeit für Sie, Schwester Karin.»

«Meinetwegen brauchen Sie sich nicht zu beeilen», erwiderte diese schlagfertig, «aber die Angehörigen von Frau Lanz sind da. Sie sind mit ihnen um achtzehn Uhr zu einem Gespräch verabredet.»

Frau Lanz hatte er glatt vergessen. Sie litt an einem schweren Herzklappenfehler und eine Operation war unumgänglich. Er beabsichtigte den Eingriff mit der Patientin, deren Ehemann und den erwachsenen Kindern zu besprechen.

«Bitte sagen Sie der Familie, sie sollen unten im Restaurant noch eine Tasse Kaffee trinken», meinte er, indem er auf die Uhr blickte. «In einer Stunde werde ich für sie da sein. Ich tue mein Möglichstes, um pünktlich zu sein.»

Sie schritten weiter und Franco wandte sich an Heiner: «Was ist deiner Meinung nach mit Grandjean nicht in Ordnung?»

Herr Grandjean war der frisch operierte Patient im Aufwachraum.

«Nun, ich weiss nicht recht», wand sich Heiner, «er hat Bauchschmerzen. Der Blutdruck ist zwar ordentlich, aber der Puls zu schnell. Er hat seit der Operation drei

Liter Flüssigkeit erhalten und trotzdem kaum mehr als einen Deziliter Urin ausgeschieden. Irgendwo muss die Flüssigkeit ja sein – vielleicht eine Sickerblutung in der Naht ...»

«Hat er Fieber?», unterbrach Franco.

«37,5° C – nichts Aussergewöhnliches nach diesem Eingriff.»

Heiner Zurflüh war etwas älter als Franco. Eigentlich hatte er auf die Oberarztstelle, die nun Franco bekleidete, spekuliert, denn er war der Assistenzarzt mit den meisten Dienstjahren. Dementsprechend war ihr Verhältnis nicht ganz unproblematisch und Franco liess Heiner möglichst selbständig arbeiten. Aber bei den Patienten, die er selber operiert hatte, delegierte Franco die Verantwortung nur sehr ungern, zumal er den Eindruck hatte, dass es Kollege Zurflüh eine gewisse Genugtuung bereitete, wenn bei seinen Patienten nicht alles optimal lief.

Francos Hirn arbeitete auf Hochtouren. Eine undichte Naht war so ziemlich das Letzte, was sich ein Chirurg nach einer Gefässoperation wünschte.

«Hast du schon einen Ultraschall veranlasst?», fragte er besorgt, denn mit dieser Untersuchung liesse sich eine Blutung im Bauch ohne weiteres erkennen.

«Nein, diese Entscheidung wollte ich dir überlassen. Ich wusste allerdings nicht, dass du so spät zurückkehren würdest», rechtfertigte sich Heiner.

«Das geht klar», meinte Franco versöhnlich, «ich habe auch nicht damit gerechnet.»

Er dachte kurz ans Begräbnis und stellte fest, dass ihn die

Sorgen um seine Patienten bereits wieder mehr beschäftigten als der Tod seines Studienkollegen, und er fragte sich, ob das als gutes oder schlechtes Zeichen zu werten war.

Er nahm sich vor, die Antwort darauf später zu suchen.

Auf weitere Fragen an Heiner verzichtete er. Er hatte schon zu oft erfahren, dass dieser giftig reagierte, wenn er ihn gleich behandelte wie die jüngeren Assistenten. Allerdings bereitete ihm dieses vorsichtige Getue zunehmend Mühe, denn er war von Natur aus kritisch und hatte wenig Verständnis für Leute, die jede Frage als persönlichen Angriff auffassten.

Inzwischen hatten sie den Aufwachsaal erreicht. Wie immer war es in diesem Zimmer ruhig, es wurde nur leise gesprochen. Franco schätzte diese konzentrierte Atmosphäre. Das Team setzte sich aus besonders fähigen und gut ausgebildeten Schwestern und Pflegern zusammen, denn hier wurden die frisch operierten Patienten beobachtet und gepflegt, bevor sie in ein Krankenzimmer auf der Abteilung verlegt wurden.

Suchend sah er sich um und war dankbar, Schwester Dimitra zu erblicken. Die schlechte Laune, die ihn eben noch zu beschleichen drohte, begann sich zu verflüchtigen. Er arbeitete gern mit ihr zusammen. Dies lag nicht nur an der Art, wie sie die Arbeit anpackte, sondern ebenso sehr an den ausdrucksvollen Augen, welche ihn im Moment erwartungsvoll anblickten. Franco kannte sich selber gut genug, um zu bemerken, dass er ihretwegen in letzter Zeit öfter als unbedingt nötig im Aufwachsaal vorbeischaute.

«Wie siehts bei euch aus?», wandte er sich gleich an sie. «Wie ich gehört habe, bereitet euch Herr Grandjean Kummer?»

«Anfänglich verlief alles normal», antwortete Schwester Dimitra besorgt, «aber seit gut drei Stunden scheidet er kaum mehr Urin aus. Er ist sehr unruhig geworden. Ich glaube, er hat Bauchschmerzen.»

Zu dritt traten sie an das Bett.

Franco sprach den Patienten an. Dieser hatte ziemlich hohe Dosen Schmerzmittel erhalten und war entsprechend schläfrig. Auf die Frage, ob er Schmerzen habe, nickte er aber heftig.

«Ich werde mir mal Ihren Bauch ansehen», erklärte Franco, indem er die Bettdecke zurückzog. Er untersuchte ihn sorgfältig, denn vor allem im Unterbauch reagierte der Patient auf jede Berührung mit Stöhnen. Vorsichtig klopfte Franco den Bauch ab. Dann betrachtete er den Urinbeutel, welcher seitlich am Bett hing.

Schliesslich meinte er erleichtert: «Gott sei Dank. Die Harnblase ist prallvoll. Ich denke, er scheidet so wenig Urin aus, weil der Blasenkatheter verstopft ist. Kein Wunder, ist Herr Grandjean unruhig geworden. Das erklärt auch die Schmerzen und den schnellen Puls. Ich vermute, wenn wir den Blasenkatheter spülen, ist das Problem behoben.»

Und zum Patienten gewandt meinte er: «Gleich wird es besser.»

Der Katheter war rasch gespült. Tatsächlich floss fast ein Liter Urin aus der Harnblase ab. Auf die Frage, ob die Schmerzen nachgelassen hätten, nickte Herr Grandjean dankbar.

Gerne wäre Franco noch etwas im Aufwachsaal geblieben. Aber die Arbeit rief und deshalb sagte er zu Schwester Dimitra: «Ich schaue später noch mal vorbei», und dachte, vielleicht reicht es dann zu einem kurzen Schwatz.

Zusammen mit Heiner Zurflüh verliess er den Aufwachsaal. Sie sprachen kein Wort. Eigentlich war klar, dass dieser Schaden durch den Assistenten hätte bemerkt und behoben werden können. Es brauchte dazu weder Ultraschall noch Operation. Es brauchte nur eine genaue Untersuchung des Bauches, des Blasenkatheters und eine Portion gesunden Menschenverstand.

Aber es war nicht Heiners Art, sich zu entschuldigen, und nicht Francos Art, dessen Versäumnis auszukosten. Zudem war die Erleichterung darüber, dass keine der befürchteten Komplikationen vorgelegen hatte, so gross, dass sich Franco gar nicht mehr über seinen Kollegen ärgern mochte. Beide hingen ihren eigenen Gedanken nach und sie trennten sich wortlos auf dem Flur.

Franco begab sich auf direktem Weg zur Notfallstation.

Langsam machte sich nun doch der Feierabend bemerkbar. Der Bürotrakt, den er durchqueren musste, war längst verlassen und still. Erst als er sich der Notaufnahme näherte, hörte er von ferne ein dumpfes Rumoren, das sich allmählich zu bekannten Geräuschen und Stimmen verstärkte.

Als er die Türe zur Notfallstation öffnete, schlug ihm die von Desinfektionsmittel, Schweiss und Blut geschwängerte Luft wie eine Welle entgegen. Es herrschte der übliche, abendliche Hochbetrieb. Sämtliche Räume waren belegt. In den Gängen sassen und standen Patienten mit ihren

Angehörigen und beobachteten die Vorbeigehenden mit angespannten Blicken. Franco vermied es, in die von Angst, Schmerz, Hoffnung und auch von Aggression gezeichneten Gesichter zu blicken. Er fand Mark in der Koje elf.

Der Patient, ein älterer Herr, schien die Sache gelassen zu nehmen. Er sass am Bettrand und liess die Beine baumeln. Franco stellte sich vor und es zeigte sich, dass er den Patienten von früher kannte. Dieser hatte sich schon vor zwei Jahren wegen ähnlicher Probleme am Bein operieren lassen müssen. Franco hatte ihn auch damals betreut – allerdings noch in der Funktion als Assistenzarzt.

Ein bekanntes Gesicht zu sehen, tat dem Patienten offenbar sehr wohl, denn er wurde gleich gesprächig und meinte: «Ein schönes Gedränge haben Sie hier. Geht das jeden Abend so?»

«Nicht ganz», antwortete Franco bereitwillig, «aber die Freitagabende sind immer besonders schlimm. Einerseits ist die Unfallhäufigkeit am Freitag erwiesenermassen am höchsten und andererseits macht das bevorstehende Wochenende die Leute nervös.»

Und zu Mark gewandt fuhr er fort: «Nun, Mark, wie siehts aus?»

Mark schilderte seine neuesten Befunde. Demnach war die Sache nur halb so schlimm. Die Durchblutung im Bein war zwar schlecht, aber genügend. Ein notfallmässiger Eingriff war nicht notwendig.

Franco beschloss, den Patienten ein bis zwei Tage zur Beobachtung und zur Behandlung mit Medikamenten auf seine Abteilung aufzunehmen. Kam es im Verlauf zu keiner Besserung, würde man die Operation im Rahmen des regulären Operationsprogrammes in der nächsten Woche durchführen können. Nachdem er mit Mark die Verordnungen für die Nacht besprochen hatte, verliess er die Notfallstation.

Der Verbandwechsel auf der Abteilung war rasch erledigt, und er erschien zum vereinbarten Gespräch mit Frau Lanz und deren Angehörigen nur eine Viertelstunde zu spät. Anschliessend stand lediglich noch Büroarbeit an, so konnte er sich jetzt Zeit nehmen und auf diese Weise die Familie für ihr Warten entschädigen.

Kurz nach einundzwanzig Uhr machte er eine letzte Visite im Aufwachsaal. Herrn Grandjean ging es bedeutend besser. Die Bauchschmerzen waren weg und er hatte reichlich Urin ausgeschieden. Franco hätte gern noch etwas mit Dimitra geplaudert, aber der Schichtwechsel stand bevor und sie war mit den Vorbereitungen für die Übergabe beschäftigt.

Es wurde dreiundzwanzig Uhr, bis er die Austrittsberichte durchgesehen hatte und mit seiner Arbeit so weit war, dass er dem hohlen und doch drückenden Gefühl in der Magengrube Beachtung schenken konnte. Für einen Moment fragte er sich, ob ihn wirklich nur der Hunger plagte oder ob ihm noch etwas anderes auf dem Magen lag.

Er kam zum Schluss, dass ihn der Hunger plagte. Nach einem kurzen Gedanken an den leeren Kühlschrank in seiner Wohnung machte er sich auf den Weg zum Personalrestaurant.

*

Praktisch zur gleichen Zeit schlenderte ein zufriedener Karl Frentzen durch die Stadt. Für einmal hatte Bruno an seiner Arbeit nichts auszusetzen gehabt.

Nach der Beerdigung war Karl unverzüglich zum Bahnhof gefahren, hatte im Schnellservice den Film entwickeln lassen, um dann die Aufnahmen gemeinsam mit Bruno durchzusehen. Bruno kannte die meisten der Abgebildeten, nur zwei Gesichter waren ihm neu. Er betrachtete die Aufnahmen der beiden Unbekannten aufmerksam.

«Krankenschwester, würde ich raten», sagte er, indem er auf Dr. Adamis Begleiterin tippte. «Sicher eine Geliebte von Knecht, was denkst du, Karl?»

«Ich glaube auch. Bestimmt stand sie ihm sehr nahe. Sie heulte am Grab als Einzige, abgesehen von der Mutter. Aber die beiden scheinen sich nicht näher zu kennen, jedenfalls sprachen sie nicht miteinander. Ich vermute, die Frau können wir vergessen.»

Nur an dieser Stelle reagierte Bruno verärgert und bemerkte scharf: «Wir vergessen gar nichts, Karl.» Etwas freundlicher fuhr er fort: «Ich kenne Dr. Adami recht gut. Er war schon einige Male bei uns auf dem Schiff. Ich frage ihn, das ist überhaupt kein Problem.»

Er legte das Bild beiseite und betrachtete grübelnd die Aufnahme mit Franco Weber: «Diesen Mann kenn ich nicht. Könnte das ein Bulle sein?»

Er reichte das Bild Karl. Karl schüttelte den Kopf: «Wohl kaum. Er kam als Einziger zu spät. Er hat mit Frau Knecht und Dr. Saurer gesprochen, scheint beide zu kennen. Ich tippe eher auf einen Angestellten der Parkklinik, möglicherweise ein Arbeitskollege von Max Knecht.»

«Sehr gut», nickte Bruno und schien beruhigt. Er klopfte Karl kurz auf die Schulter: «Gute Arbeit, Karl. Für heute reichts. Mach dir einen schönen Abend. Ich habe noch zu tun.»

Er steckte die beiden Aufnahmen in die Jackentasche und überreichte Karl einen Umschlag mit zweihundert Schweizer Franken.

«Als Extraprämie für die gelungenen Bilder.»

Karl atmete erleichtert auf. Langsam schien sich die Lage zu entspannen.

3

Franco war ausnahmsweise früher da.

Frau Knecht hatte ihn bereits am Samstagmorgen nach der Beerdigung in der Klinik angerufen und auf ein baldiges Treffen gedrängt. Sie hatte ihm nochmals erklärt, dass sie ein grosses Anliegen habe, ihn aber nicht im Beisein ihrer Schwester sprechen wollte. So hatten sie sich auf heute Montag dreizehn Uhr am Gemeinschaftsgrab verabredet.

Franco setzte sich auf eine Bank in der Nähe und starrte grübelnd in die Gräberreihen. Den Sinn der Grabsteine hatte er nie ganz begriffen: Waren es die Angehörigen, die derart gewichtige Gedankenstützen benötigten, um sich der Verstorbenen zu erinnern, oder keilten sich die Verstorbenen mit solchen Klötzen über den Tod hinaus ins Leben der Hinterbliebenen?

Er erinnerte sich beruhigt, dass ihm seine Eltern vor nicht allzu langer Zeit mitgeteilt hatten, sie hätten sich vorsorglich einen Urnenplatz in der Betonwand des Friedhofs von San Rocco gekauft.

Mit schlechtem Gewissen dachte er an die Eltern. Er sollte sie etwas öfter besuchen. Sie liessen ihn zwar in Ruhe, und er schätzte das, aber er wusste auch, wie wichtig ihnen ein gelegentliches Telefonat oder ein Besuch von ihm war. Er war als einziges der drei Kinder in der Schweiz geblieben, seine beiden Schwestern lebten in Deutschland und in Amerika.

Nach der Pensionierung seines Vaters hatten sich seine Eltern nach San Rocco, dem Heimatdorf seiner Mutter, zurückgezogen. Sie wohnten im Tessin in einer malerischen Umgebung, reisten trotzdem gerne und hatten in den letzten Jahren halb Europa besucht. Die beiden waren zu beneiden. Francos Schuldgefühle verflüchtigten sich – und liessen dem nächsten Unbehagen Raum: Maxens Tod hatte in der Tiefe seines Wesens eine Stimmung entfacht, die er, obwohl er sie noch nicht genau zuordnen konnte, nicht besonders mochte, denn er wusste, seine Grundfesten wurden dadurch ins Wanken gebracht.

In der Zeit, als seine Scheidung lief, hatte er etwas Ähnliches erlebt. Damals war es die Arbeit gewesen, die ihm wieder festen Boden unter den Füssen gegeben hatte. Er hatte gearbeitet wie ein Tier und sich selber erfolgreich überzeugt, dass diese Grundlage ausreichte, um ein zufriedenes Leben zu führen.

Unwillkürlich schaute er auf die Uhr.

Spätestens zum Röntgenrapport um halb drei sollte er wieder in der Klinik sein. Zwei seiner Patienten würden dort besprochen werden, und seine Beurteilung würde gefragt sein. Er versuchte sich die Röntgenaufnahmen vorzustellen, aber in seinem Kopf drängten sich andere Bilder in den Vordergrund: Bilder von Max Knecht, Bilder vom Leben und Bilder vom Sterben. Diese Gedanken machten ihn unruhig und er musste sich zwingen, sitzen zu bleiben.

In diesem Augenblick tauchte Frau Knecht am Eingang auf.

Heute schien sie gefasster und nicht mehr derart hilflos wie vor drei Tagen. Nachdem sie sich begrüsst hatten, legte sie zunächst einen Strauss frischer Rosen auf den Sockel des Gemeinschaftsgrabes. Sie standen einen Moment schweigend nebeneinander.

Frau Knecht wandte sich vom Grab ab und sagte: «Wenn es Ihnen recht ist, gehen wir, bitte sehr, einige Schritte durch den Friedhof. Es spricht sich leichter im Gehen.»

Franco nickte stumm und sie gingen für eine Weile still nebeneinander her. Er überlegte sich schon, wie er das Gespräch eröffnen sollte, da fragte Frau Knecht unvermittelt und ohne ihn anzusehen: «Interessiert es Sie zu erfahren, wie Max verunglückt ist?»

Er antwortete leise: «Ehrlich gesagt habe ich mir seit dem Eintreffen Ihres Briefes darüber Gedanken gemacht. Ich habe keine Ahnung …»

«Er ist beim Segeln in Südfrankreich verunfallt», unterbrach ihn Frau Knecht fast schroff. «Die Polizei von Nizza hat mich benachrichtigt. Er ist erschlagen worden. Das heisst, eine Stange hat ihn am Kopf getroffen. Es sei eine häufige Unfallursache beim Segeln.»

Ihre Stimme zitterte. «Eine Stange, die am Mast befestigt ist und offenbar ausschwenken kann. Der Polizist hat mir gesagt, wie das Ding heisst. Ich weiss es nicht mehr.»

Hier versagte ihre Stimme und eine Träne rollte über die blasse Wange.

«War es der Baum, der ihn am Kopf getroffen hat?»

«Ja genau, jetzt, da Sie es sagen, kann ich mich erinnern – der Baum.»

Sie sah ihn erstaunt an. Es war, als hätten sie diese Worte in die Gegenwart zurückgeholt.

«Verstehen Sie etwas davon? Ich meine vom Segeln und so?»

Natürlich verstand er etwas davon. Er hatte den Segelschein vor Jahren erworben und auch einmal als betreuender Arzt an einer Atlantiküberquerung teilgenommen.

«Ich habe etwas Erfahrung. Der Baum ist Bestandteil der Takelage, das heisst der Einrichtung, die das Segel hält. Das Hauptsegel hat meist die Form eines Dreiecks und wird an zwei Kanten aufgespannt: Da ist vorne der Mast, an welchem das Segel hochgezogen wird. An seiner unteren Seite wird das Segel durch eben diesen Baum gehalten. Der Baum ist vorne am Mast so befestigt, dass er nach der einen oder andern Seite ausschwenken kann. Dadurch wird es möglich, das Segel in den richtigen Winkel zum Wind zu stellen. Können Sie mir folgen?»

«Ja, ja», antwortete Frau Knecht, «aber ich kann mir, bitte sehr, trotzdem nicht vorstellen, wieso diese Stange jemanden tödlich verletzen kann.»

«Nun, wie gesagt, der Baum ist vorne mit dem Mast verbunden, nach hinten aber frei beweglich», erklärte Franco. «Bei einem Wendemanöver zum Beispiel schwenkt der Baum um den Mast herum, von der einen Bootsseite auf die andere. Vor allem bei kräftigen Winden kann dies mit sehr viel Wucht geschehen. Hat man den Kopf auf Höhe des Baumes, kann es einen treffen. In einem Moment der Unaufmerksamkeit wird dann der Segler durch die Wucht des Aufpralls nicht selten aus dem Boot geschleudert. Wahrscheinlich ist nicht alleine der Schlag am Kopf, sondern der unerwartete Sturz ins kalte Wasser ...»

Franco hielt inne, denn er sah, wie sich die Wangenmuskulatur von Frau Knecht spannte und sich ihre Augen röteten.

«Ich bin wohl mit meinen Erklärungen etwas zu konkret gewesen?»

«Nein, nein, bitte sehr, Franco», antwortete Frau Knecht, «ich bin Ihnen sehr dankbar für Ihre Ausführungen. Wissen Sie, ich habe mir viele Gedanken darüber gemacht und ich konnte mir bis jetzt den Ablauf des Unfalles überhaupt nicht vorstellen. Vielleicht bin ich ja auch deshalb misstrauisch geworden.»

«Was meinen Sie mit misstrauisch?»

«Nun, ich hatte plötzlich so eine Idee, dass dieser Unfall möglicherweise gar kein Unfall war, dass jemand Max absichtlich getötet haben könnte ...»

Frau Knechts Stimme versagte beinahe und Franco konnte nicht sagen, ob es Trauer, Wut oder Angst war, was da mitklang. Er blieb einen Moment stehen und musterte sie erstaunt.

Sie hielt ebenfalls inne.

«Das ist eine längere Geschichte. Bitte sehr, darf ich Sie zu einer Tasse Kaffee einladen?», fragte sie eindringlich. Sie befanden sich nun am Osteingang des Friedhofs und das Restaurant Forsthaus lag ganz in der Nähe.

«Gerne.» Franco fror es schon wieder leicht.

«Ich habe mir so meine Gedanken gemacht – und da will ich natürlich Ihre Meinung hören.»

«Wenn ich Ihnen helfen kann ...», antwortete Franco bereitwillig. Aber innerlich blätterte er eifrig im Psychiatriebuch und vergegenwärtigte sich die verschiedenen möglichen Trauerreaktionen.

Für direkt Betroffene ist es oft schwierig, einen Unfall als Schicksalsschlag zu akzeptieren, und sie suchen nach einem Schuldigen. Selbstvorwürfe sind in dieser Situation sehr häufig, aber ebenso oft werden andere Leute oder besondere Umstände für das Unglück verantwortlich gemacht.

Er wandte vorsichtig ein: «Ich nehme an, der Unfall wurde genau untersucht, vielleicht gab es sogar Zeugen. In solchen Fällen liegt gewöhnlich ein Untersuchungsbericht vor.»

«Ja, ja. Natürlich. Die Polizei hat alles untersucht. – Für die ist der Fall abgeschlossen.»

Die Antwort klang verbittert.

Unterdessen waren sie beim Restaurant angelangt. Der grosse Andrang zum Mittagessen war vorbei und viele Plätze frei. Frau Knecht wählte einen Tisch in der Ecke, und sie liessen sich nieder.

Sie bestellte einen Tee mit Rum.

Franco staunte. Ein Tee passte ins Bild, das er sich unbewusst von Frau Knecht gemacht hatte, der Rum aber erweiterte dessen Rahmen auf unerwartete Weise. Es wurde ihm klar, dass er Frau Knecht eigentlich überhaupt nicht kannte. Wenn er bei Max zu Besuch gewesen war, hatte sie ihn jeweils mütterlich umsorgt. Mit ihren aufgesteckten Haaren war sie ihm schon damals alt und kleinbürgerlich nett erschienen, auf ihre Art festgefahren, und mit dem ständigen «bitte sehr» stellte sie sich auch sprachlich als Dienerin vor.

Aber es gab offenbar auch eine andere Frau Knecht mit eigenen Bedürfnissen und Wünschen. Trotzdem musste durch den Tod des einzigen Kindes, der einzigen Bezugsperson überhaupt, eine ungeheure Leere aufgerissen worden sein.

Franco fühlte sich unwohl.

Keinesfalls wollte er ihr Psychiater werden, geschweige denn die Lücke stopfen, die durch den Tod von Max in ihrem Leben entstanden war. Die Vorstellung, im Leben einer einsamen Frau, die Ehemann und Sohn verloren hatte, eine bedeutende Rolle zu spielen, machte ihm Angst. Er hätte jetzt ebenfalls einen Schnaps ertragen, aber in Anbetracht der Arbeit, die noch auf ihn wartete, bestellte er einen Espresso.

Als der Kellner ausser Hörweite war, sprach Frau Knecht: «Ich denke, ich sollte ein wenig ausholen, damit Sie meine Gedanken verstehen können, bitte sehr.»

Sie musterte ihn mit kritischem Blick. «Als ich mich entschloss, jemanden um Rat zu fragen, habe ich übrigens gleich an Sie gedacht. Erstens sind Sie der einzige von Maxens Freunden, den auch ich kenne.»

Sie machte eine Pause. «Oder vielleicht überhaupt sein einziger Freund?»

Franco antwortete nicht. Eigentlich hätte er sich bis jetzt nicht direkt als Maxens Freund bezeichnet. Es gab Dinge an Max, die er ganz klar kindisch – um nicht zu sagen: daneben – fand. Auf der andern Seite hatte er eine Herzlichkeit und eine Natürlichkeit ausgestrahlt, die vielen, wenn nicht sogar den meisten seiner Kollegen fehlte. Und deshalb hatte sich Franco trotz aller Unterschiede in seiner Nähe stets wohl gefühlt, hatte mit ihm über Dinge gesprochen, die er mit niemandem sonst hätte besprechen können. Er hatte mehr als einen Kollegen verloren.

Frau Knechts Stimme riss ihn aus seinen Gedanken.

«Zweitens vertraue ich Ihnen. Als Sie damals, vor den Prüfungen, Max aufsuchten, haben wir verschiedene Male zusammen gegessen. Diese unbeschwerten Tischrunden sind mir in lieber Erinnerung. Ich hatte bei meiner Arbeit weiss Gott wenig Abwechslung und es fehlte mir manchmal an geistiger Nahrung, wenn Sie wissen, was ich meine.»

Franco nickte. Er konnte sich gut vorstellen, wie ermüdend es sein musste, am Fliessband der Grosswäscherei neun Stunden pro Tag Laken und Berufsschürzen der Hotels und Spitäler der halben Stadt Bern durch die Mangel zu drehen.

Sie sprach weiter: «Mir ist damals aufgefallen, wie Sie komplizierte Dinge ganz einfach erklärten. Dank Ihnen habe ich unter anderem begriffen, warum den alten Herrn Friedli das «Bum, Bum» aus Maxens Stereoanlage, nicht aber das ständige Dröhnen der Lüftungsanlagen aus der nahen Fabrik störte, warum nachts alle Katzen grau sind, warum ich von der Schokolade nur abends Magenbrennen kriege und noch vieles mehr. Nicht nur bei medizinischen Fragen wussten Sie Rat. Ohne es zu merken oder zu beabsichtigen, haben Sie mir manchen wertvollen Tipp gegeben.»

Sie machte eine Pause, um den Kellner die Getränke servieren zu lassen.

«Und was wollten Sie mir bitte erzählen?», fragte Franco, dem solcher Ruhm peinlich war und der eigentlich schon wieder in der Klinik hätte sein sollen.

Frau Knecht schaltete sofort um: «Nun, ich weiss gar

nicht recht, wo ich beginnen soll. Sie wissen, Max ist in Südfrankreich, an der Côte d'Azur, gestorben. Er verbrachte dort einige Urlaubstage. Zuvor hatte er auf der Jungfrau gearbeitet.»

«Auf der Jungfrau?», fragte Franco etwas irritiert, «seit wann zog es Max in die Berge?»

«Ich spreche, bitte sehr, nicht von der Jungfrau in den Alpen», erklärte Frau Knecht und zum ersten Mal huschte ein Lächeln über ihr Gesicht. «Hat Ihnen Max nie davon erzählt? ‹Jungfrau›, so nannte Max bei sich die Vergine. La Vergine, das ist ein Schiff, oder besser gesagt eine schwimmende Krankenstation auf dem Mittelmeer, auf dem regelmässig Ärzte der Klinik Eiger im Einsatz standen. Ich glaube, diese Arbeit war für sie mehr eine Abwechslung als eine Herausforderung.»

«Ja, ich habe von diesem Schiff gehört», erwidert Franco knapp. Und mit der Absicht, das Gespräch nicht völlig ins Uferlose abgleiten zu lassen, fragte er fast nachsichtig: «Und Max leistete wieder einen Einsatz auf dieser Jungfrau?»

«Ja, natürlich – ich schweife ab», bemerkte Frau Knecht und Franco war es etwas peinlich, dass sie ihn durchschaute.

«Wie gesagt, Ende April arbeitete Max auf der Vergine. Sie hatten einige Patienten aus Indien zur Behandlung an Bord. Diese Leute werden auf dem Schiff kostenlos untersucht und behandelt, sogar Operationen werden unentgeltlich durchgeführt. Max untersuchte in der Regel die Neuankömmlinge und verordnete die notwendigen Therapien.»

Frau Knecht trank einen Schluck Tee und fuhr fort: «Nach diesem Einsatz hatte Max einige Tage Urlaub in Nizza eingeplant.»

Hier machte sie eine Pause und ihr Blick verlor sich im Raum, als ob sie in die Vergangenheit zurückblicken könnte. Ihre Stimme zitterte.

«Am Tag des Unfalls rief er mich an. Das war vor elf Tagen, am 4. Mai, um genau zu sein. Er war ziemlich aufgeregt. Zwei Tage zuvor war ganz in der Nähe eine Leiche ans Meer gespült worden. Die Polizei tappte bezüglich Identität der Leiche im Dunkeln. Am 4. Mai erschien deshalb ein Artikel mit Foto in der lokalen Presse und man bat die Bevölkerung um Mithilfe. Max berichtete mir, beim Toten handle es sich möglicherweise um einen Patienten der Vergine.»

Frau Knecht kramte in ihrer Tasche und zog eine herausgerissene Zeitungsseite aus dem Méditerranée hervor. «Diese Seite hat mir, bitte sehr, der zuständige Inspektor aus Nizza freundlicherweise mit den Sachen von Max zugestellt.»

Sie reichte Franco das lose Blatt. Es handelte sich um die letzte Seite der Ausgabe vom 5. Mai. Sie enthielt eine Sammlung verschiedener kurzer Meldungen. Ein Artikel war rot umrandet.

Es war der Bericht über den Segelunfall.

«Diesen Abschnitt hat der Inspektor rot angestrichen», erklärte Frau Knecht. «Und den andern habe ich angestrichen.» Dabei deutete sie auf eine ebenfalls rot markierte Kurzmeldung auf der gleichen Seite.

Franco las zunächst den ausführlicheren Artikel zu

Maxens Unfall: «Tragischer Segelunfall in Nizza. Schweizer Arzt getötet», lautete der fette Titel. Ein Motorbootführer hatte ein führerloses Segelboot vor der Küste Nizzas bemerkt. Erst nachdem er sich dem Boot genähert hatte, entdeckte er den Mann, der halb auf dem Bootsrand und halb im Wasser lag. Der Tote hatte eine grosse Platzwunde an der Stirn aufgewiesen und am Baum wurden Blutspuren gefunden, Blut, welches eindeutig vom Toten stammte. Gemäss den Untersuchungen der Polizei konnte der Unfall eindeutig rekonstruiert werden, Hinweise auf ein Verbrechen lagen nicht vor. Es wurde erwähnt, dass es sich beim Toten um einen Arzt aus der Schweiz handelte und dass er das Boot gemietet hatte.

Danach überflog Franco den kürzeren Abschnitt. Er enthielt die Meldung, wonach der Tote von Cap d'Antibes noch immer nicht identifiziert worden und auch weiterhin keine Vermisstmeldung eingegangen sei. Die Bevölkerung wurde um sachdienliche Hinweise gebeten.

Frau Knecht wartete, bis Franco aufblickte. «Nach der Nachricht vom Tod meines Sohnes hatte ich zunächst unser letztes Telefongespräch ganz vergessen – bis ich diese Zeitungsseite zugestellt erhielt.»

Sie atmete tief durch. «Max rief mich wenige Stunden vor seinem Unfall an und berichtete, er habe wegen diesem toten Inder Kontakt mit der Vergine aufgenommen. Dort vermissten sie zwar niemanden, aber trotzdem hatten sie noch am gleichen Tag ein Treffen in Nizza vereinbart.»

Abermals machte Frau Knecht eine Pause, bevor sie bedeutungsvoll sagte: «Von einer Segelfahrt war nicht die Rede.»

Sie sah ihn fragend an. «Finden Sie das, bitte sehr, nicht sehr merkwürdig? Ich meine, wieso mietet Max ein Segelboot, wo er sich doch mit jemandem treffen wollte?»

«Vielleicht wurde das Treffen verschoben», mutmasste Franco.

«Eben nicht», widersprach Frau Knecht unerwartet heftig. «Ich habe nachgefragt. Die Leute der Vergine waren während seiner Abwesenheit im Hotel und haben sich nach ihm erkundigt. Sie haben eine Nachricht hinterlassen, dass er sich bei ihnen melden sollte.»

Er schwieg und sie fuhr fort: «Nun, bitte sehr, vielleicht denken Sie, ich hätte zu viel Phantasie. Aber dieser Gedanke, dass irgend etwas nicht stimmte, liess mir einfach keine Ruhe. Plötzlich hatte ich die Idee, die beiden Ereignisse könnten in einem Zusammenhang stehen.»

Sie zögerte: «Nachdem ich den Artikel über den Toten gelesen hatte, kontaktierte ich die Polizei in Nizza. Sie versprach mir, der Sache nachzugehen. Vor vier Tagen erkundigte ich mich erneut. Es sei alles sorgfältig nachgeprüft worden, gab man mir den Bescheid, der Tote stamme nicht von der Vergine.»

Sie nahm einen kräftigen Schluck und fuhr fort: «Max hatte sich schon bei früheren Aufenthalten auf der Jungfrau über gewisse Dinge gewundert. Zum Beispiel, dass ihm nach der Eintrittsuntersuchung der weitere Kontakt mit den Patienten verboten worden war – angeblich wegen der möglichen Ansteckungsgefahr. Max stellte aber nie ansteckende Krankheiten fest. Ausserdem hatte er, glaube ich, ein gespanntes Verhältnis zum leitenden Arzt, und auch über die restliche Mannschaft äusserte er sich nicht nur vorteilhaft. Es habe nicht selten Streitereien an Bord gegeben.»

Sie sah ihn eindringlich an. «Finden Sie das alles nicht auch merkwürdig?»

Franco wusste nicht, was er antworten sollte. Er blickte auf das lose Blatt.

Die Tatsache, dass die beiden Artikel auf der gleichen Seite der Zeitung standen, war der einzige Zusammenhang, den er im Moment erkennen konnte. Max war ein Unfall widerfahren, der jedem Segler passieren konnte. Ein tragischer Unfall, weiter nichts.

Aber er wollte Frau Knecht nicht enttäuschen. «Ich weiss nicht recht. Wir neigen dazu, für alles, was geschieht, eine Erklärung zu suchen. Gerade bei tragischen Unfällen fragt man sich, warum sie passieren mussten. Diese Ungewissheit ist unerträglich, und natürlich sucht man einen Grund für das Geschehene.»

Er bemerkte, wie sich in ihrem Gesicht Frustration abzeichnete, und er fügte deshalb an: «Ich kann mir gut vorstellen, dass auf diesem Schiff einige Dinge anders ablaufen als in einem Spital. Ich kann mir auch vorstellen, dass für uns Europäer alle Inder untereinander eine gewisse Ähnlichkeit aufweisen und sich Max getäuscht haben könnte. Aber ich kann mir nur schwer vorstellen, dass ein solcher Segelunfall absichtlich herbeigeführt worden ist.»

Frau Knecht konnte ihre Enttäuschung nicht verbergen. Während des Gespräches hatte sie sich aufgerichtet und ihr sonst blasses und stilles Gesicht hatte Farbe bekommen.

Als nun Franco seine Zweifel äusserte, sackte sie sichtlich zusammen.

Sie räusperte sich, bevor sie sprechen konnte. «Ich möchte Sie, bitte sehr, um zwei Dinge bitten, Franco. Max hat viele Bücher und andere Dinge, mit denen ich nichts anzufangen weiss. Ich bitte Sie, seine Sachen durchzusehen und alles, was Sie gebrauchen können, mitzunehmen. Ich glaube, es würde mich trösten, wenn ich wüsste, dass das eine oder andere von Maxens Büchern bei Ihnen stände. Bitte sehr, vielleicht verstehen Sie das.»

Es klang fast vorwurfsvoll, im Sinne von «wenigstens das sollten Sie verstehen».

«Ein Mensch muss doch Spuren hinterlassen. Ich meine, von seinem Leben. Es muss doch, bitte sehr, etwas bleiben, das ...» Sie brach ab.

Franco reichte ihr sein Taschentuch und wartete, bis sie fortfuhr: «Zudem wollte ich Sie bitten, Genaueres über dieses Schiff in Erfahrung zu bringen. Ich frage mich, ob sich da nicht schon andere Leute gewundert haben. Möglicherweise könnten Sie sogar mit den Leuten sprechen, die mit Max auf der Vergine gearbeitet haben. Aber auch mit einer Adresse wäre ich schon mehr als zufrieden.»

Ihre Stimme klang wieder entschlossen, als sie anfügte: «Ich will einfach mehr über die schwimmende Jungfrau und mehr über die letzten Tage von Max wissen.»

«Sie hat eine fixe Idee», dachte Franco beunruhigt. Laut sagte er: «Wäre es da nicht besser, die Polizei einzuschalten?»

Es hörte sich ziemlich hilflos an.

«Für die ist der Fall Max Knecht abgeschlossen. Ich glaube nicht, dass sich dort noch jemand für meine Zweifel interessiert», antwortete Frau Knecht bitter.

Franco fühlte sich nicht sehr wohl in seiner Haut.

Allzu gut spürte er, wie unglücklich Frau Knecht war. Er hielt ihre Ideen für ziemlich abwegig, wollte aber vermeiden, ihr einen Korb zu geben. Er fürchtete damit ihre Einsamkeit noch zu vergrössern. Er konnte sich nicht einfach so davonmachen. Er musste ihr eine Halteleine zuwerfen, so sehr es ihm auch widerstrebte.

«Ich werde mich mal umhören, Frau Knecht.»

«Ich bin Ihnen so dankbar, Franco», erwiderte Frau Knecht mit solcher Inbrunst, dass er ein schlechtes Gewissen bekam ob seines halbherzigen Angebotes.

Er schaute auf seine Uhr. Es war kurz vor halb drei Uhr. Er winkte den Kellner herbei und meinte gestresst: «Ich sollte unbedingt zurück in die Klinik.»

Frau Knecht war noch nicht ganz zufrieden.

«Bitte sehr, könnten Sie es richten, schon in dieser Woche vorbeizukommen», bat sie ihn, während sie dem Ausgang zustrebten. «Ich plane nämlich, zu meiner Schwester nach Brünn zu ziehen. Sie ist ebenfalls allein stehend. Ich werde demnach nicht mehr sehr lange in Bern bleiben und möchte Maxens Sachen so rasch als möglich verteilt wissen.»

Franco war erleichtert. Er hatte schon befürchtet, er sei ihre einzige verbliebene Bezugsperson. Die Abwehrhaltung, die dieser Gedanke hervorgerufen hatte, wich.

Er gab sich einen Ruck: «Am Mittwochnachmittag habe ich ausnahmsweise frei, da könnte ichs einrichten.»

Frau Knecht atmete auf: «Sagen wir um zwölf Uhr, dann essen wir gemeinsam zu Mittag. Kommen Sie doch, bitte sehr, mit Ihrer Frau.»

«Nein, nein, ich werde alleine kommen», sagte Franco rasch.

Sie sah ihn fragend an.

«Ich erkläre es Ihnen am Mittwoch, es ist eine längere Geschichte und ich sollte schon …»

«Lassen Sie es gut sein, Franco», unterbrach sie ihn. «Gehen Sie nur zu Ihren Patienten.»

Sie verabschiedeten sich.

Franco hastete dem Inselspital zu. Es gelang ihm erst nach einigen Schritten, richtig durchzuatmen. Er konnte sich selber nicht erklären, warum ihn Frau Knecht – oder vielleicht eher deren Schicksal – dermassen unter Druck setzte. Warum hatte er nicht einfach «Nein» gesagt? Lag es an ihrer offensichtlichen Hilflosigkeit oder an seiner eigenen?

Er stellte dankbar fest: Je näher er dem Spital kam, desto besser gelang es ihm, seine Gedanken wieder auf die Probleme des Klinikalltags auszurichten.

*

Frentzen fluchte.

Frau Knecht war nicht allein. Gerade noch sah er, wie sie sich von Weber – den Namen des Mannes wusste er inzwischen – verabschiedete.

Er blickte auf die Uhr. Über eine Stunde hatte sie auf dem Friedhof verbracht. Er wusste nicht, wann und wo sie Weber getroffen hatte, ob zufällig oder nicht; er wusste nicht, wie lange, und schon gar nicht, worüber die beiden gesprochen hatten. Kurz: er wusste ganz klar zu wenig. Wie zum Teufel sollte er das Bruno erklären?

Karl war Frau Knecht bis zum Friedhof gefolgt und hatte es, nachdem er sie in Richtung Gemeinschaftsgrab schreiten sah, vorgezogen in seinem Wagen zu warten. Zum einen war es noch immer recht kühl, zum andern befanden sich um diese Zeit nur wenige Leute auf dem Friedhof, und das machte es für ihn schwierig, unbeachtet zu bleiben.

Mechanisch griff er an die Brust und angelte den Flachmann aus der Jackentasche. Er genehmigte sich einen kräftigen Schluck und überlegte, ob er etwas Wichtiges verpasst haben könnte. Er beschloss, dass dies nicht der Fall sein konnte.

Die Frage, wieviel Frau Knecht eigentlich wusste, blieb noch immer offen. Sie alle hatten damals einen tüchtigen Schrecken gekriegt, als die französische Polizei nachfragte, ob einer ihrer Patienten vermisst würde. Wie sich herausstellte, hatte sich eine gewisse Frau Knecht aus Bern bei der Gendarmerie in Nizza erkundigt, ob der Tote von Cap d'Antibes identifiziert worden sei und ob nicht eine Vermisstmeldung von der Vergine vorliege.

Man brauchte kein Genie zu sein um den Hergang der Geschichte zu klären. Der Auszug aus der Telefonzentrale des Hôtel des Terrasses bestätigte, dass Max Knecht an seinem Todestag nur zwei Telefonate geführt hatte: Ein erstes Gespräch mit der Vergine und gleich danach ein Ferngespräch nach Bern zu seiner Mutter. Das

Gespräch mit der Vergine hatte fünfzehn Minuten gedauert, das Gespräch mit seiner Mutter zwölf.

So wurden er und Bruno kurzfristig nach Bern beordert, um Frau Knecht zu beobachten und vor allem auch, um ihre Bezugspersonen zu erfassen.

Keine sehr schwierige Aufgabe, wie es sich herausstellte. Ihr Bekanntenkreis schien klein, was durch die fast kümmerlich wirkende Schar der Trauergäste eindrücklich illustriert wurde. Und bis zum heutigen Tag gab es keinerlei Hinweise, wonach sie in der Sache Vergine noch etwas unternommen hätte

Karl dachte angestrengt nach. Bruno hatte irgendwie in Erfahrung gebracht, dass Weber ein Studienkollege von Max Knecht war. Wie Bruno zu seinen Informationen gelangte, blieb für Karl ein Rätsel; Hauptsache, sie wussten mit Sicherheit, dass dieser Doktor für sie nicht gefährlich werden konnte.

So betrachtet, war ihm heute nichts Wesentliches entgangen. Trotzdem fürchtete er Brunos Fragerei, die äusserst unangenehm werden konnte.

Noch bevor er den Parkplatz in angemessenem Abstand hinter Frau Knecht verliess, beschloss er, das Auftauchen von Weber Bruno gegenüber nicht zu erwähnen.

*

Francos Nachmittag war reserviert für den Röntgenrapport, Arbeiten in der Poliklinik und eine erste Visite bei den neu aufgenommenen Patienten.

Die Eintrittsvisiten beanspruchten viel Zeit. Die Patienten wurden meist im Laufe der Woche operiert; das bedeutet Gespräche führen mit Betroffenen und Angehörigen, Rücksprache nehmen mit eventuell beteiligten Spezialisten und instruieren der Abteilungsärzte und des Pflegepersonals. Diese regulären Arbeiten wurden immer wieder unterbrochen durch Unvorhergesehenes. Zweimal musste Franco alles stehen und liegen lassen, weil er zur Notfallstation gerufen wurde.

Zu guter Letzt bat ihn sein Chef, Professor Weigert, zu sich, um ihm mitzuteilen, dass er wegen einer wichtigen Sitzung die Vorlesung vom Mittwoch an Franco delegieren müsse.

«Ich bedaure die kurzfristige Ankündigung. Aber es geht in dieser Besprechung um die Zukunft unserer Experimentalabteilung. Wie Sie wissen, fehlen im Moment überall finanzielle Mittel und unsere Forschungsabteilung steht wegen der Sparmassnahmen auf der Abschussliste. Ich persönlich finde es eine Katastrophe, dass die Uni die Forschung mehr und mehr aus den Händen gibt. Sollte diese Entwicklung andauern, werden bald einmal nur noch dort Fortschritte gesucht, wo ein rentables Marktpotential vorhanden ist.»

Der Professor machte eine kurze Pause. «Ich weiss, Sie sind im Augenblick ziemlich belastet. Trotzdem muss ich Sie bitten, die Vorlesung zu übernehmen. Sie werden den Staatsexamenskandidaten den aktuellen Stand der Herzklappenchirurgie beizubringen haben.»

Franco stöhnte innerlich, als er antwortete: «Das lässt sich richten.»

Professor Weigert fragte unvermittelt: «Alles in Ordnung, Herr Weber? Sie wirken in letzter Zeit etwas abgespannt, oder täusche ich mich?»

Franco kannte die Menschenkenntnis seines Chefs, es war sinnlos, der Frage auszuweichen.

Er erzählte ihm in kurzen Zügen von Max Knechts tragischem Tod und davon, dass ihn Frau Knecht gebeten hatte, einige Dinge für sie zu erledigen. Er wollte nicht zu ausführlich werden, dazu fehlte nicht nur ihm, sondern auch dem Professor die Zeit.

So sagte er nur: «Dieser Todesfall geht mir näher, als ich zunächst dachte, jedenfalls habe ich Mühe, einfach zur Tagesordnung überzugehen. Vielleicht liegt es auch daran, dass sich Frau Knecht an mich zu klammern scheint.»

Professor Weigert antwortete: «Ich schlage vor, Sie nehmen sich ein paar Tage frei.» Er lächelte und fügte hinzu: «Ich meine, lieber nicht gerade heute und morgen. Aber warum nicht über Auffahrt oder Pfingsten? Ich kann mich nicht erinnern, wann Sie den letzten Urlaub bezogen haben.»

Franco nickte: «Ich danke Ihnen. Ich werde es mir überlegen.»

Er verliess das Büro nachdenklich.

Sein letzter Urlaub lag mehr als ein Jahr zurück. Pfingsten frei, das hörte sich nicht übel an.

Als er sich jedoch überlegte, was er an diesen freien Tagen unternehmen könnte, kam ihm nichts Schlaues in den Sinn. Einmal mehr musste er feststellen, dass sich sein Leben aufs Spital beschränkte. Bis jetzt hatte ihn das wenig gestört, aber heute erschreckte ihn dieser Gedanke, und so verdrängte er ihn schleunigst wieder.

Er biss sich beharrlich durch seine Arbeit. Er hatte keine Zeit, an etwas anderes zu denken, geschweige denn an das Gespräch mit Frau Knecht. Es war kurz vor Mitternacht, als er die letzten Dias für die Vorlesung vom Mittwoch zusammengesucht hatte.

Erst jetzt bemerkte er, dass er hungrig war. Seit Mittag hatte er nichts mehr zu sich genommen. Ihn gelüstete nicht nach irgendwelchen Fertigmahlzeiten oder Sandwiches.

Wenn er um diese Zeit noch etwas Warmes essen wollte, blieb ihm nichts anderes übrig als der Gang ins Nachtrestaurant des Spitals.

*

Unter den Leuten, die Nachtarbeit leisteten, herrschte eine stille Solidarität, die im Tagbetrieb fehlte. Diese besondere Verbundenheit zeigte sich auch im Nachtrestaurant. Selten ass jemand alleine an einem Tisch, man rückte buchstäblich zusammen. Oft bildeten sich um ein Uhr in der Früh gemütliche Tischrunden, die wahrscheinlich nicht nur Franco den fehlenden Familientisch ersetzten.

Die Angestellten des Restaurants trugen viel zu dieser familiären Atmosphäre bei. Auch sie befanden sich in einer speziellen Situation. Zum Teil leisteten sie die Nachtarbeit aus finanzieller Notwendigkeit, zum Teil aus reiner Nachtschwärmerei. Jedenfalls gaben sie sich meist Mühe, das Dienst tuende Personal zu verwöhnen.

Franco hatte im Laufe der Jahre einige von ihnen

näher kennen gelernt. Heute standen Frau Liechti und Herr Schneiter hinter der Theke.

Frau Liechti mochte er besonders gern. Sie war etwas über vierzig, klein, mit unvorteilhafter Frisur und unvorteilhafter Brille auf einer noch unvorteilhafteren Nase. Sie besass eine krächzende Stimme und ging mit den Gästen nicht gerade zimperlich um. Es machte ihr sichtlich Spass, wenn sie einen Professor, der auf eine rasche Bedienung drängte, in die Schranken weisen konnte.

Anfangs hatte Franco sie wegen ihrer rabauzigen Art für einen Drachen gehalten. Erst später merkte er, dass Frau Liechti gegen aussen eine stachelige, raue Schale zeigte, im Kern aber eine humorvolle Frau mit einem ausgeprägten Gerechtigkeitssinn war. Je besser er sie kannte, desto mehr bewunderte er, wie sie ihr Leben als allein erziehende Mutter meisterte.

«Warum noch nicht im Bett, junger Mann?», begrüsste sie ihn tadelnd.

«Irgendetwas hat mich ins Nachtrestaurant getrieben. Ich weiss nicht, ob es der Hunger war oder die Sehnsucht nach Ihnen.»

Sie lachten und Franco fühlte, dass es ihnen beiden wohl tat.

Er bestellte sich ein Rindsplätzli mit Nudeln.

Bis sein Essen zubereitet war, plauderten sie munter weiter. Frau Liechti erzählte ihm, dass ihre Tochter in diesem Sommer die Abschlussprüfung als Coiffeuse absolvieren werde – und dass sie danach endgültig nur noch für sich allein zu sorgen hätte.

«Ich könnte im Grunde auch eine Arbeit tagsüber annehmen – wie alle normalen Leute», meinte sie gut gelaunt.

«Das können Sie uns nicht antun. Was wäre das Nachtrestaurant ohne Sie!»

«Ha, Sie ewiger Heuchler», entrüstete sich Frau Liechti. «Ich weiss genau, dass Sie sich an meiner Stelle eine knackige Bardame wünschen.»

Sie fuchtelte mit der Bratkelle durch die Luft. «Aber merken Sie sich eines: Hübsche Frauen können nicht kochen.»

«In diesem Fall sind Sie eine Ausnahme», sagte Franco schlagfertig.

«Sie doppelter Heuchler!» Sie wandte sich an Herrn Schneiter, der hinter der Kasse sass: «Hast du das gehört, Werner! Gibt es so etwas tatsächlich? Dieser Mensch denkt wohl, er könne sich mit seinen Schmeicheleien eine Zusatzportion erschleichen. Da täuscht er sich aber gewaltig. Wir sind unbestechlich.»

Sie lamentierte weiter und schöpfte ihm eine extra grosse Portion Nudeln. Franco begab sich zur Kasse und sah sich nach einer Sitzgelegenheit um.

Es war ihm unangenehm, als er Heiner Zurflüh alleine an einem Tisch sitzend entdeckte. Eigentlich hatte er keine Lust, mit ihm zu speisen, aber er sah keine weiteren bekannten Gesichter und das Restaurant war zu klein, um jemanden einfach übersehen zu können. So steuerte er mit gemischten Gefühlen auf den Kollegen Zurflüh zu.

Seine gute Laune drohte sich zu verflüchtigen.

«Ist es erlaubt?», fragte er möglichst unverfänglich.

«Nur zu», antwortete Heiner ebenso unverbindlich.

Sie redeten über einige dienstliche Dinge, bis ihn Heiner unvermittelt auf das Begräbnis von Max ansprach: «Schade um Max, findest du nicht auch?»

Franco nickte. Er hatte nicht gewusst, dass sich die beiden gekannt hatten.

«Vor drei Jahren besuchten wir zusammen einen Tenniskurs.» Heiner schob seinen Teller beiseite und angelte sich einen Zahnstocher. «Seither spielten wir im Sommer ab und zu ein Match. Max spielte nicht schlecht, und es war auch sonst kurzweilig mit ihm. Meist gingen wir nach dem Spiel noch auf ein Bier in die Stadt. Du weisst, wie der Max ist, oder besser gesagt war: Wir tranken das Bier nicht einfach im Tennistreff, sondern auf der Bellevueterrasse, und wir knabberten nicht an Salzstengeln, sondern an hausgemachten Grissini.»

Hier hielt Heiner inne und musterte Franco kurz, um dessen Reaktion auf seine bisherigen Worte abzuschätzen. Als Franco vage nickte, fuhr er fort: «Im Grunde war er ein Snob, bereit, den doppelten Preis zu bezahlen, wenn das Label stimmte. Eine Uhr oder ein Kleidungsstück ohne Markennamen, da schaute er gar nicht erst hin.»

Franco konnte nicht antworten. Erstens hatte er den Mund voll und zweitens schmerzte es ihn, dass Heiner Zurflüh so über Max sprach, vielleicht auch, weil er nicht ganz Unrecht hatte.

«Ich bin überzeugt, die Stelle im Eiger hat er nur aus

Prestigegründen angenommen. Und die Ausflüge auf das Luxusschiff hat Max bestimmt nicht aus Mitleid für die armen Waisen unternommen.»

«Meinst du seine Arbeit auf der Vergine?», unterbrach ihn Franco interessierter.

«Ja, genau, so heisst das Schiff.» Heiner Zurflüh blickte überrascht auf. «Jugendliche aus der Dritten Welt werden zu einer Art Kreuzfahrt eingeladen und medizinisch versorgt. So hat es mir Max jedenfalls erzählt. Und da waren auch junge Frauen dabei, die für Stimmung sorgten. Er hat mehr als einmal damit geprahlt, was für tolle Frauen jeweils an Bord gewesen seien.»

Franco hätte am liebsten den Tisch gewechselt. Aber er hatte Frau Knecht versprochen, sich umzuhören, und so fragte er: «Warst du eigentlich auch schon mal auf der Vergine?»

«Hab ich dir nie von meinem Ausflug erzählt?», fragte Heiner zurück.

Franco schüttelte den Kopf.

«Vor knapp einem halben Jahr wurde Dr. Zimmer von der Parkklinik Eiger beauftragt, den Operationssaal und die Krankenstation auf dem Schiff auf Vordermann zu bringen. Die Parkklinik unterhält nämlich nebenbei einen exklusiven medizinischen Dienst ausserhalb des Spitals: Sie arrangiert medizinische Einrichtungen für Private. Die Zahl der Leute, die sich mehr als eine einfache Hausapotheke leisten können und wollen, scheint stetig zuzunehmen. Ein gut eingerichtetes Krankenzimmer, eine kleine Intensivpflegestation oder gar ein Operationssaal gehören bei einer gewissen Schicht zur erweiterten Einrichtung des Hauses – ungefähr wie für uns das Badezimmer mit separater Toilette. Das Eiger besorgt in solchen Fällen das nötige Gerät und Know-how und bei Bedarf auch die Wartung und den Betrieb. Zu diesem Kundenkreis gehört die Vergine.»

Heiner schien richtig in Fahrt zu kommen.

«Dr. Zimmer sollte die Einrichtungen und das Material kontrollieren, sowie das Personal über allfällige Neuerungen instruieren. Zudem fehlten einige Instrumente und Apparate. Zimmer bat mich, die Dinge für ihn zu besorgen und im Eiger bereitzustellen. Und jetzt stell dir das vor: Für einige Scheren, Klemmen und ein Laborgerät, nicht viel grösser als ein Toaster, fliegt ein Helikopter von Bern ans Mittelmeer. Für derlei Luxus benötigt man mehr als Kleingeld.»

Heiner Zurflüh senkte die Stimme: «Als Lohn für meine Bemühungen flog ich gemeinsam mit Max gratis zur Vergine. Max war dafür verantwortlich, dass die gelieferten Dinge richtig installiert und verstaut wurden. Wir erhielten beide eine Entschädigung von fünfhundert Schweizer Franken. Max hat mir erklärt, Trinkgelder in dieser Grössenordnung seien keine Seltenheit. Für seine medizinischen Einsätze auf der Vergine erhielt er dreitausend Schweizer Franken bar auf die Hand. Es scheint, der Besitzer des Schiffs scheute keinerlei Kosten.»

«Wem gehört dieses Schiff eigentlich?», fragte Franco.

«Ich weiss nicht, einer Kirche oder einem Hilfswerk. Jedenfalls dient es dem Ziel, Kranken aus Entwicklungsländern eine adäquate Therapie zu ermöglichen; so genau weiss ich es auch nicht. Durch die Behandlung auf einem Schiff erspare man sich mühsame Formalitäten. Aber vielleicht kann ich dir bald mehr erzählen.»

Hier machte Heiner Zurflüh eine längere Pause. Franco spürte genau, auf welche Frage Heiner wartete. Er wollte nicht der Spielverderber sein, und obwohl es ihm widerstrebte, fragte er artig: «Wie denn das?»

«Zimmer hat mich angefragt, ob ich die Stelle von Max übernehmen möchte», sagte Heiner nicht ohne Stolz.

«Warum nicht», antwortete Franco, «eine Anstellung mit Reisemöglichkeiten gibt es in unserem Beruf selten.» Innerlich freute ihn die Perspektive, Heiner nicht mehr täglich sehen zu müssen. Er teilte ihm aber dennoch seine Bedenken mit: «Ich fürchte, rein beruflich gerätst du im Eiger in eine Sackgasse. Du bist der Diener all dieser Belegärzte und je unauffälliger du dich verhältst, desto besser; einzig der Lohn stimmt natürlich.»

Heiner Zurflüh ging nicht näher auf Francos Bemerkung ein. Entweder hatte er nicht zugehört oder er war heute tatsächlich in Hochstimmung: «Der Ausflug auf das Schiff war übrigens ein unvergessliches Erlebnis. Allein der Helikopterflug über die Alpen. Es war ein absolut klarer Tag und ...»

An dieser Stelle unterbrach das Piepen des Suchers seine Schwärmereien.

«Mist!», sagte er und wischte sich den Mund sauber.

Als sich Heiner erhob, sagte Franco rasch: «Ich wünsche dir eine ruhige Nacht, falls wir uns nicht mehr sehen sollten.»

«Danke, gleichfalls», antwortete Heiner und eilte zum Telefon.

Franco kam der Anruf sehr gelegen. Heiner Zurflüh wusste offensichtlich nicht sehr viel mehr über die Vergine als er selber.

4

Seit dem Tod ihres Sohnes ging es Frau Knecht körperlich und psychisch schlecht. Sie litt an Schlafstörungen und schmerzhaften Muskelverspannungen. Ihr Hausarzt hatte ihr neben Aufbaupräparaten eine Physiotherapie verschrieben. Nicht nur die Fangopackungen und die anschliessende Massage taten ihr gut und halfen ihr, in diesen schweren Tagen zurecht zukommen.

Frau Felber war eine nette, einfühlsame Therapeutin. Sie verstand es, ihre Patienten körperlich zu lockern, aber auch in ein befreiendes Gespräch zu verwickeln. Frau Knecht konnte ihr ihr Leid klagen und nach und nach ihre ganze Lebensgeschichte erzählen: von ihrem Mann, einem sensiblen, stillen Menschen, der nach der Flucht in den Westen den Boden unter den Füssen verlor, zu trinken begann, und so für die kleine Familie bald zur Belastung wurde; von der Schwierigkeit, eine Arbeit zu finden, die sich mit der Erziehung ihres Sohnes und der Besorgung des Haushaltes unter einen Hut bringen liess; von der Erleichterung, als ihr Mann dann vor über fünfzehn Jahren an einer Alkoholvergiftung starb.

Sie hatte damals keine Trauer, eher Gewissensbisse verspürt. Ihr Leben lang fühlte sie sich schuldig. Max hatte sie deswegen oft verspottet. Seiner Meinung nach war jeder Mensch für sich selbst verantwortlich.

Der berufliche Erfolg ihres Sohnes half ihr, zu einem

gewissen Selbstbewusstsein zurückzufinden. In den letzten Jahren, nachdem Max das Studium beendet hatte, unterstützte er sie grosszügig. So konnte sie ihr Arbeitspensum reduzieren und ein einigermassen normales und angenehmes Leben führen.

Jetzt war sie ihres Lebensinhaltes beraubt und schon mehr als einmal hatte sie grübelnd das Fläschchen mit den Schlaftabletten zur Hand genommen. Aber der trotzige Entschluss, den Ungereimtheiten um den Tod ihres Sohnes auf den Grund zu gehen, hielt sie in der Welt zurück.

Während Frau Felber ihre verspannte Nackenmuskulatur massierte, erzählte Frau Knecht auch von ihrem kürzlichen Treffen mit Franco und von der Enttäuschung, weil er ihre Zweifel nicht zu verstehen schien.

«Ist das der Mann, der jeweils auf Sie wartet?», fragte Frau Felber beiläufig.

«Ich verstehe nicht, was Sie meinen», erwiderte Frau Knecht irritiert. «Doktor Weber arbeitet, bitte sehr, in der Klinik und er hat keine Zeit, mit mir zur Therapie zu kommen. Er ist Oberarzt auf der Herzchirurgie am Inselspital, wissen Sie», erklärte sie nicht ohne Stolz.

«Merkwürdig», meinte Frau Felber.

«Was soll daran merkwürdig sein?», fragte Frau Knecht, indem sie sich etwas zur Seite drehte und Frau Felber erstaunt ansah.

«Nun, während ich Ihren Rücken massiere, blicke ich jeweils aus dem Fenster, – etwa so», antwortete Frau Felber, indem sie weiter massierte und gleichzeitig zum Fenster blickte. «Und jedesmal, wenn Sie bei mir in Behandlung sind, steht dort unten ein Mann, gleich an der Ecke. Ich habe angenommen, er warte auf Sie.»

Frau Knecht stützte sich etwas auf. «Das möchte ich mir ansehen. Bitte sehr.»

Die Physiotherapie-Praxis lag im ersten Geschoss. Die Fenster waren im unteren Bereich mit einer milchglasartigen Folie versehen, so dass man von der Strasse keinen Einblick in die Praxis hatte. In der oberen Hälfte war das Glas klar. Frau Knecht trat ans Fenster und schaute nach unten.

«Welchen Mann meinen sie?», fragte sie Frau Felber.

«Na, den grossen dort – mit den dunklen Haaren. Jetzt blickt er nach oben.»

Nun konnte Frau Knecht den Mann sehen. Es schien, als blickte er einen Moment zu ihnen hoch, dann wandte er sich ab und schlenderte gemächlich um die Ecke.

«Den kenne ich nicht, bitte sehr», sagte Frau Knecht irritiert.

Sie blieb noch eine Weile am Fenster stehen, aber der Mann tauchte nicht mehr auf.

«Wohl ein Zufall», meinte Frau Felber leichthin, «und nun legen Sie sich wieder hin. Es bleiben uns noch fünf Minuten. Ich massiere an Ihren Fusssohlen die Zonen für Schlaf und Ruhe, damit Sie heute Abend besonders tief schlafen können.»

Frau Knecht legte sich wortlos auf die Liege. Sie war verwirrt, weil sie der Gedanke an diesen Mann beunruhigte. Frau Felber massierte sanft ihre Fusssohlen. Sie versuchte sich zu entspannen und schloss die Augen, aber das Gesicht des Mannes erschien ihr dadurch nur noch deutlicher.

Die Therapeutin merkte nicht, dass sich bei ihrer Patientin jeder einzelne Nackenmuskel zunehmend verspannte.

5

Am Mittwoch stand Franco zeitig auf, denn das volle Programm wartete auf ihn.

Kurz vor sechs Uhr begann er seine Visite bei denjenigen Patienten, die am Vortag operiert worden waren oder über Nacht irgendwelche Probleme geboten hatten.

Um acht hielt er die Vorlesung über die neuen Möglichkeiten der Herzklappenchirurgie. Obwohl dieses Thema rein inhaltlich keine besondere Herausforderung bot, hatte er sich gewissenhaft vorbereitet. Nur zu gut erinnerte er sich an seine eigene Studentenzeit, wo er langweilige Vorlesungen grosszügig geschwänzt hatte.

Es lag ihm daran, den angehenden Ärzten nicht nur die Krankheiten und die therapeutischen Möglichkeiten, sondern auch die Menschen mit ihren Beschwerden und Ängsten näher zu bringen, und er hatte deshalb zwei seiner Patienten gebeten, mit ihm in die Vorlesung zu kommen. Als Lohn für seine nächtlichen Bemühungen erntete er am Schluss seiner Ausführungen einen kräftigen Applaus.

Gleich nach der Vorlesung begab er sich zurück zur Bettenstation, um nach den neu eingetretenen Patienten zu sehen. Es war kurz nach neun und er hoffte zunächst auf einen kräftigen Kaffee und einen Schwatz mit den Schwestern.

Er wurde nicht enttäuscht.

Wie immer um die Pausenzeit hatte sich das Abteilungspersonal in der Stationsküche versammelt. Schon im Gang hörte er ein fröhliches Durcheinander von Stimmen, und ein angenehmer Geruch von Kaffee und frischem Brot wehte ihm entgegen.

Er trat ein und staunte. Der Tisch war liebevoll gedeckt mit Tischtuch, Frühstücksgedeck, frischen Semmeln, Käseplatte, Marmelade, Butter und einem üppigen Strauss frischer Frühlingsblumen. Auf der Anrichte standen ein paar Geschenke bereit.

«Hoppla», entfuhr es Franco, «da komme ich ja goldrichtig. Was gibt es denn hier zu feiern? Könnte es sein, dass ich meinen eigenen Geburtstag vergessen habe?»

«Deinen nicht, aber den von Schwester Dimitra», erwiderte Kaspar, der Oberpfleger. «Wir dürfen uns auf ihre Kosten den Bauch füllen.»

Franco wandte sich gleich an Dimitra: «Wenn ich das gewusst hätte, wäre ich nicht mit leeren Händen gekommen. Aber ich gratuliere Ihnen trotzdem herzlich. Darf man fragen, wie alt …»

«Darf man nicht», antwortete Dimitra schnippisch.

«Sicher keine fünfzig», schätzte Franco, erntete von allen Seiten fröhliche Empörung, bekam aber keine Antwort. Er liess nicht locker und meinte: «Ich erinnere mich, als ich zwanzig wurde …»

«Jetzt versucht er es mit zweifelhaften Komplimenten», unterbrach ihn Dimitra und machte ein entrüstetes Gesicht; aber in der Tiefe ihres Blickes war keine Empörung zu sehen.

Franco genoss es, dass ihre Augen für einen Moment auf ihm ruhten.

«Ich gebs auf», seufzte er. «Schliesslich kommt es ja auch nicht auf das Alter an. Beim Menschen ist es wie beim Wein, der richtige Jahrgang zählt.»

Frau Kramer, die Älteste im Pflegeteam, nickte eifrig Zustimmung: «Endlich einer, der es kapiert hat.»

Das Lachen mischte sich mit neuen Sprüchen, Hänseleien und fröhlichem Geplauder.

Franco fühlte sich wohl in dieser Runde und er hätte den ganzen Vormittag dort sitzen mögen. Aber noch bevor die Kaffeepause vorbei war, verabschiedete er sich, um zusammen mit seinen Assistenzärzten die neu eingetretenen Patienten zu begrüssen.

*

Herr Grossenbacher zählte noch keine vierzig Jahre, die grau melierten Schläfen liessen ihn jedoch älter erscheinen. Das störte ihn überhaupt nicht, denn sie verliehen ihm eine gewisse Seriosität und im Geschäft mit Antiquitäten ging nichts über Seriosität. Deshalb achtete er peinlich genau auf seine äussere Erscheinung und überliess in dieser Beziehung nichts dem Zufall. Im Grunde überliess er überhaupt nichts dem Zufall.

«Zufälle gestalten nur dann unser Leben, wenn es uns an Voraussicht und Intelligenz mangelt. Der Mensch kann als einziger Erdenbewohner seinen Weg selber bestimmen.» Er war stolz, dass er diese Meinung nicht nur predigte, sondern auch praktizierte, und es störte ihn nicht, dass ihn gewisse Leute deswegen für überheblich hielten. Doch die Ereignisse der letzten drei Monate hatten diese Weisheit zuerst ins Wanken gebracht und später förmlich pulverisiert.

Er betrachtete sich ihm Spiegel.

Seine Haut war blass und leicht aufgedunsen. Er realisierte diese Veränderungen mit wachsendem Unbehagen, nicht nur, weil sie seiner Meinung nach das Resolute in seinem Gesichtsausdruck schwächten. – Etwas anderes störte ihn viel mehr.

Er sah so aus, wie er war: krank.

Er zupfte den Ausschnitt des Morgenrocks etwas auseinander und streckte sich. Wiederum musterte er kritisch sein Spiegelbild, als ob die nun sichtbare Goldkette und der seidene Pyjama beweisen sollten, dass er kein gebrochener Mann war.

Alles andere als zufrieden setzte er sich auf den Bettrand. Es behagte ihm ganz und gar nicht, im Zimmer herumzusitzen und auf die Arztvisite zu warten. Aber Frau Dr. Schweizer hatte ihn gebeten, sich nicht anzuziehen, bis ihn der zuständige Oberarzt, ein gewisser Dr. Weber, untersucht hatte.

Er schaute unwillig auf seine Uhr, eine Cartier Jahrgang 1960. Er hatte sie vor vier Jahren für fünfzehntausend Franken erworben und er hätte sie problemlos für fünfundzwanzigtausend weiterverkaufen können, aber weil die Uhr seinen Jahrgang trug, behielt er sie für sich. Er konnte sich solche Liebhabereien leisten, denn seine Kunst- und Antiquitätenhandlung lief ausgezeichnet. Er kaufte und verkaufte, durchlitt ab und zu eine schlaflose

Nacht, wenn er das eine oder andere Objekt teuer erworben hatte, fand aber meist einen Käufer, der den geforderten Preis bezahlte. Sein Instinkt und seine Kenntnisse liessen ihn nicht im Stich. Er konnte sich nicht erinnern, wann er das letzte Mal mit Verlust verkauft hatte.

Alles schien ihm zu gelingen. Bis vor drei Monaten schätzte er sich denn auch als ausserordentlich glücklichen Menschen ein. Warum, verdammt noch mal, konnte es nicht mehr so sein?

Es hatte schleichend nach Weihnachten begonnen. Zuerst hatte er sich einfach nur müde gefühlt. Er dachte an eine verschleppte Grippe und schluckte fleissig die Vitamine, welche ihm seine besorgte Frau auftischte. Dann musste er sich einen Mittagsschlaf gönnen, etwas, das andere Geschäftsleute in seinem Alter sich schon längst zur Gewohnheit gemacht hatten. Trotzdem wurde er zunehmend schlapper und plötzlich schwollen seine Beine an.

Da suchte er seinen Hausarzt und Kunden Doktor Lecerf auf.

Dieser stellte ausser einem etwas hohen Blutdruck und den geschwollenen Knöcheln zunächst nichts Besonderes fest und sprach aufmunternde, beruhigende Worte. Sie unterhielten sich weniger über seine Krankheit als vielmehr über das Bild von Alberto Giacometti, das Lecerf vor drei Jahren bei ihm erworben und nun in seinem Sprechzimmer hängen hatte.

Doch bei der nächsten Konsultation, als es um die Besprechung seiner Blutwerte ging, machte der Arzt ein ernstes Gesicht. Herr Grossenbacher befürchtete schon, an Krebs erkrankt zu sein, und war deshalb zunächst ungemein erleichtert, als ihm der Doktor eröffnete, seine Nieren seien entzündet.

Aber es kam schlimmer, als er es sich je gedacht hatte. Die geschwollenen Beine und die Müdigkeit waren lediglich der Anfang. Es folgten unzählige Besuche bei Spezialisten, Untersuchungen, Gewebsentnahmen, Behandlungen mit starken Medikamenten – und trotz allen Bemühungen ging es ihm und seinen Nieren immer schlechter. Er hatte sich mit seiner ganzen Willenskraft gegen die Krankheit gestemmt, aber diese ignorierte seinen Widerstand gnadenlos und schritt stetig voran.

Er fühlte sich ohnmächtig und hilflos. Er hatte gebetet und geflucht. Er hatte die Medikamente einer ganzen Woche die Toilette runtergespült und der Medizin abgeschworen, bis sich Atembeschwerden einstellten und er einsehen musste, dass er ohne die vielen Tabletten nicht mehr leben konnte.

Seit einer Woche arbeiteten seine Nieren so schlecht, dass die Dialyse unumgänglich geworden war. Dialyse – das bedeutete dreimal in der Woche auf der Nierenstation zu liegen und während Stunden zu beobachten, wie das Blut durch einen Plastikschlauch in das Innere einer Maschine gesaugt und anschliessend gereinigt zurück in seinen Körper gepumpt wurde.

Morgen sollte ihm am Arm eine Kunststoffvene eingepflanzt werden, um den Anschluss an die Maschine zu vereinfachen und den Blutaustausch zu optimieren. Er hatte nicht nur die Patienteninformation studiert, er hatte sich im Internet zusätzliches Material besorgt. Es war nicht ermutigend.

Es ging Schritt um Schritt rückwärts.

Innert weniger Wochen war er vom erfolgreichen, selbständigen und selbstbewussten Unternehmer zum verängstigten und verzweifelten Kranken verkommen. Anstelle von geschäftlichen und gesellschaftlichen Verpflichtungen füllten Dialyse- und Arzttermine seine Agenda.

Das konnte und wollte er nicht akzeptieren. Er hatte eine Familie, die er liebte und die ihn brauchte. Seine beiden Kinder gingen noch zur Schule und seine Frau würde das Geschäft nicht alleine weiterführen können. Er durfte sich nicht unterkriegen lassen. Bis jetzt hatte er für jedes Problem eine Lösung gefunden und auch jetzt blieb ihm noch Hoffnung auf einen Ausweg.

Seit zwei Wochen stand er auf der Warteliste zur Nierentransplantation. Bis ein geeignetes Organ zur Verfügung stand, konnte es zwar Jahre dauern, aber er hatte von Fällen gehört, wo die Transplantation schon kurz nach der Aufnahme auf die Warteliste stattgefunden hatte.

Eigenwillig warf er den Kopf zurück. Er würde es schaffen.

In diesem Moment öffnete sich die Türe, und das Ärztekarussell trat ein.

Frau Schweizer und ihr Unterassistent wurden begleitet von acht weiteren Ärzten. Frau Schweizer hatte es ihm erklärt. Bei der Eintrittsvisite erschienen alle Ärzte der Abteilung. So wusste im Notfall ein jeder von ihnen über die anwesenden Patienten Bescheid. Zudem hatte dieses System den Vorteil, dass sie voneinander lernen konnten.

Dr. Weber stellte sich vor und setzte sich zu ihm auf den Bettrand, während sich der Begleittross raschelnd und tuschelnd am Fussende des Bettes zu einem Halbkreis formierte. Frau Schweizer trat ans Bett und fasste in kurzen Worten seine Krankengeschichte zusammen.

Dr. Weber hörte geduldig zu. Ab und zu blickte er auf und nickte verstehend.

Herr Grossenbacher war erstaunt. Er hatte einen Chirurgen erwartet, der mindestens in seinem Alter, wenn nicht älter war. Aber Dr. Weber war bedeutend jünger. Er wusste nicht recht, ob ihn das beunruhigen sollte.

Als Frau Schweizer mit ihren Erläuterungen fertig war, nahm Dr. Weber seinen Arm und erklärte ihm den geplanten Eingriff und die möglichen Komplikationen. Er machte ihn auf die Vereinbarung aufmerksam, die jeder Patient vor der Operation zu unterzeichnen hatte. Diese Vereinbarung enthielt eine Zusammenstellung der Risiken des Eingriffs und mit der Unterschrift bestätigte der Patient, dass er vollumfänglich aufgeklärt worden war und bei allfälligen Komplikationen den Chirurgen nicht belangen würde.

Noch bevor er mit seinen Ausführungen zu Ende war, unterbrach ihn Herr Grossenbacher ungeduldig: «Ich habe das alles gelesen und längst unterschrieben. Ich hatte eigentlich gehofft, dass mir das alles erspart bliebe und ich bald eine neue Niere bekäme. Was schätzen Sie, wie lange ich darauf warten muss?»

«Ich weiss es nicht», antwortete Dr. Weber ausweichend. «Sie haben leider eine recht seltene Blutgruppe, und es kann durchaus Monate dauern, bis ein geeignetes Organ zur Verfügung steht. Es könnte aber auch sein, dass Sie schon morgen zur Transplantation aufgeboten werden.»

Herr Grossenbacher schoss das Blut in den Kopf. Etwas machte ihn aggressiv, vielleicht der vor Gesundheit strotzende Ärztetross, vielleicht der nachsichtige Ton in der Stimme des Doktors, vielleicht aber auch die Tatsache, dass seine Zukunft von einem Mann abhängen sollte, der so viel jünger war als er selber.

Er brauste auf: «Sie können schön reden. Natürlich spielt das für Sie keine Rolle, ob ich ein paar Wochen oder ein paar Jahre warten muss. Sie gehen nicht dreimal die Woche zur Blutwäsche. Sie schlucken nicht zwölf Tabletten am Tag, und Sie haben keine Familie zu Hause, die Sie …»

Hier brach er ab. Er zwang sich zu einem Lachen und fuhr beherrscht fort: «Ich werde diesen Eingriff wohl oder übel durchführen lassen. Wenn es jedoch eine Möglichkeit gäbe, die Aussicht auf eine neue Niere zu verbessern, dann bin ich zu allem bereit.»

Dr. Weber erwiderte knapp: «Ich verstehe Ihre Ungeduld. Aber es existieren Krankheiten und Umstände, die mit allen Mitteln der Welt nicht zu ändern sind und die wir akzeptieren müssen.»

«Ach ja», erwiderte Herr Grossenbacher jetzt zynisch: «Zum Glück haben wir unsere Götter in Weiss, die mit gerechtem Sinn verteilen und über Leben und Tod bestimmen. Und die natürlich alle gleich behandeln – das heisst: mit wenigen Ausnahmen, wie zum Beispiel Bundesräte oder Bill Gates, die hätten morgen ein neues Organ. Aber dass ich zwei Kinder habe, die ich über alles liebe, das zählt nicht auf eurer gerechten Liste …»

Er schwieg plötzlich, nicht, weil er alles gesagt hatte, sondern weil ihm die Stimme versagte.

«Wollen Sie meine Antwort hören?», fragte Franco Weber gereizt.

Herr Grossenbacher schüttelte den Kopf. «Ich möchte jetzt alleine sein.»

Dr. Weber erhob sich abrupt und verliess ihn mit den Worten: «Wir sehen uns bei der Operation.»

Herr Grossenbacher blickte noch zur Türe, als sich diese schon längst geschlossen hatte. Es war das erste Mal, dass er so unerwartet die Beherrschung verloren hatte.

*

Franco Weber sass im Bus und starrte aus dem Fenster. Die Strasse führte aus dem Stadtzentrum, vorbei an typischen Vorstadthäusern mit ihren gepflegten Kleingärten. Blumen, Sträucher und Bäume sorgten für erfrischende Farbtupfer im Stadtgrau. Sein Blick sprang von Baum zu Baum, von Haus zu Haus – aber was er sah, drang nicht bis zu seinem Hirn. In Gedanken weilte er noch immer in der Klinik.

Das Gespräch, oder besser gesagt: der kurze Streit mit dem nierenkranken Herrn Grossenbacher belastete ihn. Auf der einen Seite konnte er den Mann und dessen grosse Mühe, seine Krankheit zu akzeptieren, verstehen und selbst der Wunsch nach einer neuen Niere war verständlich. Andererseits zeugten die geäusserten Vorwürfe von einem Verhalten, mit dem er sich in zunehmendem Masse konfrontiert sah: Die Begehrlichkeit der Patienten nahm ständig zu.

«Warum tun Sie nichts dagegen? Wenn nicht sofort etwas geschieht, gehen wir zu einem andern Arzt! Ich habe das Recht auf diese Untersuchung. Ich will eine Therapie ...», tönte es häufig vorwurfsvoll, wenn er den Leuten zu erklären versuchte, dass sie sich gedulden oder gar mit ihrer Krankheit abfinden müssten.

Francos Reaktionen auf diese Ansprüche fielen unterschiedlich aus. Wenn er sich nach einer durchgearbeiteten Nacht als Erstes eine Klage über das wenig schmackhafte Frühstück anhören musste oder wenn er nach einem komplizierten Notfalleingriff vorwurfsvoll auf einen verpassten Termin angesprochen wurde, platzte ihm gelegentlich der Kragen. Nicht selten traf es dann den Falschen.

Dieses Gefühl hatte er auch bei Herrn Grossenbacher. Er hatte ungehalten reagiert, dabei war die Verzweiflung dieses Patienten durchaus verständlich. Er hätte sich seine Bemerkung von wegen Dinge akzeptieren verkneifen sollen und beschloss, sich zu entschuldigen. Er nahm sich vor, noch am gleichen Abend ins Spital zu fahren, um diese Unstimmigkeit vor der morgigen Operation aus der Welt schaffen. Er konnte sich vorstellen, dass das gestörte Vertrauensverhältnis für den Patienten mindestens so belastend sein musste wie für den Operateur.

Der Bus hielt an und Franco stieg aus.

Er blickte sich um. Das Quartier hatte sich in den vergangenen Jahren kaum verändert. Die Häuser, der Lichteinfall der Sonne, der Geruch, alles kam ihm vertraut vor und weckte in ihm eine unangenehm deutliche Erinnerung an Max. Er sah ihn plötzlich neben sich, die Studententasche vollgestopft mit Büchern, den Kopf voller Träume und Flausen.

Erst als er vor einer der Eingangstüren stand und die Namensschilder studierte, fand er zurück in die Gegenwart. Frau Knecht wohnte noch im gleichen Haus wie vor sechs Jahren, nur dass sie einige Stockwerke höher gezogen war.

Mit gemischten Gefühlen betrat er das Treppenhaus. Er freute sich nicht besonders auf den bevorstehenden Besuch. Wenn Frau Knecht nicht angedeutet hätte, dass sie bald von Bern wegzöge, hätte er das Treffen so lange wie möglich vor sich hergeschoben.

Der Kram von Max interessierte ihn kaum. Er hatte seine eigenen Bücher und Möbel und konnte sich nicht vorstellen, unter Maxens Sachen etwas Brauchbares zu finden. Er würde das eine oder andere Buch mitnehmen, um Frau Knecht nicht zu enttäuschen.

Diesen Teil seiner Mission konnte er rasch erfüllen.

Die zweite Bitte, die Frau Knecht geäussert hatte, kam ihm erst im Treppenhaus wieder in den Sinn. Er hatte sich noch nicht umgehört, jedoch wenigstens mit Dr. Zurflüh gesprochen. Für einmal war ihm der Gedanke an Kollege Zurflüh angenehm.

Während er zur Wohnung hochstieg, knurrte sein Magen immer heftiger. Er war so richtig hungrig und würde zur Genugtuung von Frau Knecht mit Appetit essen können. Er gönnte ihr dies von Herzen, trotzdem überlegte er sich vorsorglich seinen Rückzug. Das Versöhnungsgespräch mit Herrn Grossenbacher lieferte ihm einen willkommenen Vorwand, sich frühzeitig davonzumachen.

Zufrieden mit seiner Strategie drückte er die Klingel.

Frau Knecht begrüsste ihn herzlich. Die Freude stand ihr ins Gesicht geschrieben, aber auch die Spuren der vergangenen Tage und Nächte. Sie sah erschöpft aus und erschien Franco älter und grauer als am vergangenen Freitag. Er überreichte ihr den Blumenstrauss, den er unterwegs besorgt hatte, plötzlich unsicher, ob das Mitbringsel überhaupt passend war.

Frau Knecht schien sich über die Blumen zu freuen und komplimentierte ihn in die Küche. «Raten Sie mal, was ich für Sie gekocht habe, bitte sehr?» Sie sah ihn erwartungsvoll an.

In der Luft hing ein würziger Dampf. Franco musste keinen Blick in den Kochtopf werfen, er kannte den Geruch seit seiner Kindheit.

«Sauerkraut mit Speck», erwiderte er ohne zu zögern.

Es war in der Studentenzeit eines seiner Lieblingsgerichte gewesen. Aber er war eher peinlich berührt als erfreut, denn er befürchtete, dass durch das Wecken der Erinnerungen die Trauerreaktion verstärkt werden könnte, und vielleicht noch mehr befürchtete er, dass Frau Knecht ihn bemuttern wollte.

«Ich werde nicht heulen beim Essen», beruhigte ihn Frau Knecht.

Franco schien einmal mehr, sie lese seine Gedanken. Er schwieg ertappt.

Sie fuhr fort: «Wissen Sie, ich versuche das Geschehene nicht zu verdrängen. Wir müssen uns der Vergangenheit stellen, sonst wird sie uns zur Last …»

Sie hielt einen Moment inne und als er nichts erwiderte, fragte sie ihn: «Oder denken Sie da anders?»

Franco fand keine passende Antwort. «Ich denke in der Regel eher an die Gegenwart und an die Zukunft als an die Vergangenheit», sagte er schliesslich ausweichend.

«Wahrscheinlich haben Sie Recht», stellte Frau Knecht fest. «Die Jugend soll an die Zukunft denken und uns Alten bleibt letztlich nichts als die Vergangenheit, bitte sehr.»

Dann begann sie das Essen aufzutischen. Sie tat sehr beschäftigt und redete mehr als üblich. Sie erzählte ihm von der Therapie, von Frau Felber und schliesslich auch von jenem Mann, der sie angeblich beschatte.

«Ich habe mich schon gefragt, wer sich wohl für mich interessieren könnte.»

«Vielleicht ein heimlicher Verehrer», antwortete Franco leichthin.

Frau Knecht sah ihn erstaunt an. In ihrem Gesicht erschien für einen Moment ein Ausdruck, den Franco nicht genau einordnen konnte: War es Ärger oder Enttäuschung?

«Dafür scheint mir der Mann zu jung, bitte sehr. Er war sicher keine dreissig», lachte sie gezwungen.

Franco kam sich nach seiner Bemerkung daneben vor. Zudem beeindruckte ihn die Geschichte nicht besonders.

Frau Knecht bemerkte seine Unsicherheit, und so verschwieg sie ihm ihr Unbehagen. Sie wechselte das Thema.

«Gleich nach dem Essen fahren wir in die Stadt zu seinem Studio.»

«Zum Studio?»

«Na, Maxens Studio. Max hat sich an der Junkerngasse eine Dachwohnung gemietet. Oder dachten Sie, er habe noch immer bei mir gelebt?»

«Nein, natürlich nicht», erwiderte Franco nicht ganz ehrlich. Wenn er Max etwas zustellen musste, hatte er ihre Adresse verwendet und er hatte ganz selbstverständlich angenommen, Maxens Sachen befänden sich hier in ihrer Wohnung. Nun musste er sich damit abfinden, dass dieser Besuch länger dauern würde als geplant.

Sie assen einen Moment schweigend.

Schliesslich meinte Frau Knecht: «Und jetzt erzählen Sie mir, bitte sehr, seit wann Sie wieder alleine sind. Ich glaube, Max hat gar nie davon gesprochen.»

«Da gibt es leider nicht sehr viel zu erzählen. Ich frage mich manchmal selber, wie es so weit kommen konnte.»

Es war eine kurze Geschichte. Ganze zwei Jahre hatte seine Ehe mit Eveline gedauert. Sie hatten sich gegen Ende des Studiums kennen gelernt und ein Jahr später geheiratet, ein unnötig übereilter Entscheid. Beide realisierten bald, dass ihnen der Beruf wichtiger war als die Beziehung.

Die Zeit, die sie gemeinsam verbrachten, wurde immer knapper und ihre Kommunikation beschränkte sich zunehmend auf gegenseitige Vorwürfe wie «Warum hast du keine Butter gekauft», «Wer bringt die Wäsche zur

Schwiegermutter», «Wer reinigt das Badezimmer» und so weiter. Sie lebten sich rasch auseinander und nach zwei Jahren Ehe pflegten sie ein Zusammenleben, schlechter als in einer unbefriedigenden Wohngemeinschaft.

Frau Knecht hörte sich das alles mit einem ungläubigen Staunen an.

«Wenn man Sie so kennt, Franco – ich kann das gar nicht glauben, bitte sehr, sicher war …»

«Ich war einfach zu sehr auf meinen Beruf fixiert und ich denke, meiner Frau ging es genau gleich. Heute weiss ich, dass ich einen Fehler gemacht habe.»

Franco gab sich locker, aber die Kränkung war noch da. Der Gedanke an diese Zeit tat weh, nicht nur, weil Eveline wirklich eine tolle Frau war, sondern auch, weil er sich als Versager fühlte.

Seit über drei Jahren lebte er wieder alleine. Die Trennung hatte ihm zwar Freiheiten, aber auch Isolation gebracht. Er machte später einige flüchtige Bekanntschaften, nichts Ernstes. Sein Bekanntenkreis reduzierte sich mehr und mehr auf das Spital, und heute befürchtete er ernstlich, es würde für ihn mit der Zeit unmöglich, sein Leben mit jemandem zu teilen.

Aber das wollte und brauchte er nicht mit Frau Knecht zu diskutieren.

So erzählte er nur noch, dass Eveline wieder verheiratet und trotz Mann und Kind wieder berufstätig war.

«Sie ist eine kluge Frau. Sie macht nicht zweimal den gleichen Fehler und hat jetzt einen Lehrer zum Mann», schloss Franco. «Für mich ist es wohl besser, wenn ich noch einige Zeit Junggeselle bleibe.»

«Nun seien Sie nicht so ungeduldig», erwiderte Frau Knecht.

Sie wechselten das Thema und nach dem Essen drängte er zum raschen Aufbruch. Er verzichtete auf das Dessert, musste aber Frau Knecht erlauben, ihm ein grosses Stück von dem Kuchen, den sie für ihn gebacken hatte, einzupacken.

Frau Knecht parkte ihren Wagen etwas ausserhalb der Stadt, am Aargauerstalden. Von dort war die Junkerngasse innert weniger Minuten zu Fuss erreichbar. Beide genossen den kurzen Spaziergang an der frischen Luft und das Gespräch wurde spürbar lockerer. Sie blieben ab und zu stehen, um den malerischen Ausblick auf den historischen Stadtkern zu geniessen.

Die Junkerngasse lag an der bevorzugten Südostseite der Altstadt. Die Häuser gehörten vornehmlich alteingesessenen Berner Familien, Juristen, Ärzten und Geschäftsleuten. Es war eine ruhige Strasse, und im Gegensatz zur übrigen Altstadt gab es hier kaum Geschäfte oder Restaurants.

Frau Knecht blieb vor einem der stattlichen Häuser stehen. Die Eingangstüre – eine massive Eichentür – war abgeschlossen und sie kramte in ihrer Tasche nach dem Schlüssel.

Franco suchte vergeblich nach den Anschriften der Mieter. Erst im Flur fanden sich die Namen der Bewohner auf glänzenden Messingschildern. «Das deutet nicht auf häufigen Mieterwechsel hin», dachte Franco. «Dr. med. M. Knecht» las er im Vorbeigehen auf dem obersten Schild.

Vor der Wohnungstüre zögerte Frau Knecht. «Ich hatte noch nicht die Kraft, die Wohnung aufzusuchen», entschuldigte sie sich, als sie die Türe aufschloss.

Franco trat ein und staunte.

Was er sah, war nicht einfach ein Studio im Dach, sondern vielmehr eine grosszügige, neu renovierte Maisonette-Wohnung mit allem Komfort. Unten, das heisst im vierten Stockwerk, lagen Wohnraum und Küche mit Bar, Schlafzimmer und Bad waren im Dachgeschoss untergebracht. Die grossen Fenster eröffneten einen herrlichen Ausblick auf die Aare.

Die Einrichtung war geschmackvoll und exklusiv: ein Glastisch mit passenden Ledersesseln, eine Le-Corbusier-Liege und ein Schreibtisch, eingelassen in eine Bücherwand. Auf dem Schreibtisch lagen einige Bücher und Dokumente, im Übrigen herrschte eine strenge Ordnung.

Frau Knecht steuerte sofort auf den Schreibtisch zu und räumte Bücher und Blätter zusammen. «Ja, ja, das ist Max», klagte sie ohne Groll, «immer unordentlich. Er hat es nie gelernt. Vielleicht habe ich ihn zu sehr verwöhnt. Es ist noch keine zwei Wochen her, als ich das letzte Mal …»

Sie hielt inne und murmelte: «Merkwürdig.»

«Was ist merkwürdig?», fragte Franco, der die Buchtitel studierte.

«Als Max verreiste, brachte er mir die Wohnungsschlüssel – nur zum Blumengiessen, wie er meinte. Natürlich bin ich gleich anderntags hierher gefahren, habe aufgeräumt und alles sauber gemacht. Die Unordnung auf dem Schreibtisch ist neu. Ich glaube nicht, dass ich das übersehen hätte.»

Sie rieb sich die Stirn: «Wäre es möglich, dass ausser mir noch jemand einen Schlüssel besitzt?»

«Vielleicht seine Freundin?»

«Max hatte zurzeit keine feste Freundin, wenigstens soweit ich im Bilde bin», erwiderte Frau Knecht nachdenklich und nahm einige Dinge zur Hand. «Das Postbuch, die Mappe, seine Agenda – ich denke, es ist alles da.»

Sie schüttelte den Kopf: «Ich schaue lieber oben nach.»

Sie stieg die Treppe hoch und erschien nach kurzer Zeit wieder. «Die Sammlung der Swatchuhren im Nachttisch ist unberührt. Merkwürdig ist das trotzdem. Ich könnte schwören, dass ich alles aufgeräumt hatte.»

Sie verharrte grübelnd vor dem Bücherregal. «Oder werde ich dermassen vergesslich?», fragte sie besorgt.

Franco versuchte, sie zu beruhigen: «Bestimmt besitzt noch jemand einen Schlüssel zur Wohnung. Aber wenn Sie meinen, jemand könnte sich unerlaubterweise in der Wohnung aufgehalten haben, dann sollten Sie die Polizei benachrichtigen.»

Frau Knecht war unschlüssig. «Es fehlt nichts, da bin ich überzeugt. Ich werde sicherheitshalber mit Herrn Ledergerber sprechen. Er ist der Vermieter und wohnt im Parterre. Er ist ein netter Mensch und es ist durchaus denkbar, dass Max ihn gebeten hatte, ihm etwas nachzusenden. – Aber bitte sehr, derartige Wünsche hätte er ruhig bei mir anbringen können.» Es hörte sich beleidigt an.

Sie wandte sich wieder an Franco: «Sehen Sie sich in aller Ruhe um. Ich werde nur einige persönlichen Dinge und diese zwei Möbelstücke», wobei sie auf die Liege und das Regal mit Schreibtisch zeigte, «mit nach Brünn nehmen. Den Rest, das heisst, was Sie nicht gebrauchen können, wird Ende Monat die Brockenstube abholen.»

Franco beschlich ein eigenartiges Gefühl. Es waren noch keine zehn Tage her, seit Max beerdigt worden war, und nun sollten seine Habseligkeiten verteilt werden. Er fühlte sich nicht wohl in der Rolle des Erben und zögerte: «Ich weiss nicht recht ...»

Frau Knecht, die sein Unbehagen spürte, unterbrach ihn: «Tun Sie es – mir zuliebe, bitte sehr. Sie können mir glauben, es schmerzt mich weniger, wenn ich weiss, dass die Dinge zu jemandem gelangen, der Max gekannt hat. Ich stelle mir dann vor, wie dadurch ab und zu jemand an ihn denkt.»

Sie fasste ihn am Arm und bat ihn fast eindringlich: «Vor allem die Bücher sollten Sie sich ansehen. Nehmen Sie alles, was ihnen nützlich erscheint, bitte sehr. Es verpflichtet Sie zu nichts. Max wäre einverstanden. Wenn Sie es nicht für mich tun wollen, dann vielleicht für Max.»

Franco fühlte sich ertappt, abermals hatte sie ihn ziemlich gut durchschaut. Er wollte auf keinen Fall weitere Verpflichtungen eingehen, wollte ihr nichts schuldig bleiben, da lag auch einer der Gründe für seine Skrupel. So wandte er sich entschlossen den Büchern zu und sagte mit fester Stimme: «Doch ja, ich suche mir gern einige Bücher aus.»

Sie schien zufrieden: «Legen Sie die Bücher einfach auf den Fussboden. Ich lasse sie Ihnen später zukommen. Ich bitte Sie, wirklich ganz frei zu wählen.»

Sie schritt zur Tür und sagte: «Ich muss mit Herrn Ledergerber einige Formalitäten regeln. Ich hoffe, die Wohnung vor Ende Juni abgeben zu können.»

Franco entschied sich rasch.

Die Bibliothek war nicht von überwältigender Qualität. Die Bücher stammten grösstenteils aus der Studienzeit. Offensichtlich hatte Max später nur das Nötigste dazugekauft. Die wenigen Fachbücher, die vorhanden waren, besass er selber oder er kannte sie gut genug, um zu wissen, dass sie ihm nicht dienten. Er legte einen anatomischen Atlas, ein Buch über Tropenkrankheiten und zwei medizinhistorische Bücher zur Seite.

Bei der Durchsicht der Bücherreihen fiel sein Blick auf eine Ansichtskarte, die im Regal lehnte. Sie zeigte einen kitschig-schönen Anblick der Berner Alpen mit Eiger, Mönch und Jungfrau im Zentrum. Mit natürlicher Neugier ergriff er die Karte. Sie war adressiert und frankiert, im Übrigen aber unbeschrieben.

Etwas erstaunt studierte er gerade die Adresse, als Frau Knecht zurückkehrte.

«Herr Ledergerber hat die Wohnung nicht betreten», bemerkte sie als Erstes und inspizierte das Türschloss. «Und eingebrochen hat auch niemand», stellte sie sachlich fest. «Also lässt mich mein Gedächtnis langsam im Stich. Kann man dagegen eigentlich etwas unternehmen?»

Franco war irritiert und er legte die Karte ins Gestell zurück. Es dauerte einen Moment, bis er begriff, dass ihre Frage ernst gemeint war.

«Das fragen Sie lieber Ihren Hausarzt als den Chirurgen», antwortete er ausweichend. «Ich weiss lediglich, dass sich dieses Problem nicht mit dem Skalpell lösen lässt. Zudem hat das Vergessen auch seine gute Seiten.»

Frau Knecht nickte: «Da mögen Sie Recht haben.»

Sie packte die Bücher, die Franco ausgewählt hatte, in eine Kiste. Sie war noch nicht zufrieden. Am liebsten hätte sie ihm alles mitgegeben. Erst nachdem sie ihn hatte überzeugen können, die B&O-Stereoanlage und die Sammlung der Swatchuhren anzunehmen, verliessen sie die Wohnung.

Franco trat vor das Haus und wartete auf Frau Knecht, die Herrn Ledergerber noch einige Dokumente überbrachte. Er sah sich das Gebäude von aussen an: ein vornehmes Altstadthaus von zeitloser Eleganz. Über Jahrhunderte hatte seine Fassade nicht geändert, unabhängig, ob im Innern Luxus oder Armut, Freude oder Elend herrschte – buchstäblich eine steinerne Miene.

Und dennoch: Haus und Wohnung gefielen Franco. Er fragte sich, wie hoch der Mietzins sein dürfte, als Frau Knecht am Eingang erschien. Er eröffnete ihr, dass er von der Altstadt direkt in die Klinik zurückfahren würde.

So blieb ihnen noch der kurze gemeinsame Weg zur Bushaltestelle. Durch einen engen Durchgang gelangten sie in die Gerechtigkeitsgasse. Nach wenigen Metern erreichten sie eine Konditorei.

«Bitte sehr. Ich möchte hier eine Kleinigkeit einkaufen. Kann ich Ihnen etwas besorgen?», wandte sich Frau Knecht an ihn.

Er winkte dankend ab und da er sah, dass im Geschäft ein ziemliches Gedränge herrschte, sagte er: «Ich warte draussen.»

Er stützte sich an einen der Laubenbögen und schaute zu, wie sich Frau Knecht in die Reihe der Wartenden stellte. Dann betrachtete er den endlosen Strom von Menschen, der sich durch die Lauben wälzte. Es war eine seiner Lieblingsbeschäftigungen, Menschen zu beobachten.

Nichts hatte ihn je stärker interessiert als der Mensch.

So betrachtet hatte er den idealen Beruf gewählt. Haare, Augen, Nasen, Brüste, Beine, Gangbilder, Kleider, Schuhe, Taschen, Brillen, Ärger, Freude, Gleichgültigkeit, Sympathie, Interesse, Trauer – eine endlose Reihe von Facetten und Schattierungen, unmöglich zu ordnen und zu katalogisieren und doch irgendwo in eine Ordnung gebracht – überwältigend und herausfordernd. Seit er sich erinnern konnte, hatte er versucht, die Menschen zu erfassen, zu verstehen und vielleicht auch zu durchschauen.

Viele Passanten blieben vor dem Schaufenster der Konditorei stehen und besahen sich die köstlichen Auslagen: Berner Haselnusslebkuchen, feine Törtchen, belegte Brote, Pralinen – alles in kleinen, schmackhaften Portionen präsentiert. Franco ahnte, welche Entscheidungsprozesse in den Köpfen der Leute abliefen: Das Appetitzentrum wurde voll stimuliert, das Kontrollzentrum versuchte zu bremsen oder einfacher gesagt: Die Lust rang mit der Vernunft.

Klassisch war die dickliche Dame mit dem Hund. Bereits Meter vor dem Geschäft verlangsamte sie ihren Gang, schaute begierig in das Schaufenster, schritt aber tapfer vorbei, offenbar fest entschlossen, heute stark zu bleiben. Sie ging noch einige Schritte weiter, blieb schliesslich stehen, tätschelte den Hund, machte kehrt und betrat mit einem glücklichen Seufzer die Konditorei. Franco verkniff sich ein Lachen.

Andere Leute kamen ganz klar in der Absicht, etwas einzukaufen, wieder andere schritten am Schaufenster vorbei, ohne auch nur einen Blick in die Auslage zu werfen.

Ein Mann fiel ihm besonders auf. Er kam mit raschem Schritt die Gasse hoch und blickte suchend in jedes Geschäft. Auch vor der Konditorei hielt er einen Moment inne. Dann wandte er sich plötzlich um und blickte prüfend in die Runde. Für einen kurzen Moment trafen sich ihre Blicke.

Franco glaubte im Gesicht des Mannes eine Reaktion zu erkennen, er hätte nicht sagen können, ob es ein Erstaunen oder ein Erschrecken war. Er überlegte sich, ob er den Mann möglicherweise kannte. Nicht selten traf er in der Stadt seine Patienten, doch dieses Gesicht kam ihm nicht bekannt vor.

Er hatte zwar kein besonderes Namengedächtnis, aber Gesichter vergass er im Allgemeinen nicht wieder. Der Mann war etwa in seinem Alter, mit knapp einem Meter siebzig deutlich kleiner, aber athletischer gebaut. Die Haare waren von einem farblosen Blond und kurz geschnitten. Die Narben an den Wangen deuteten auf eine durchgemachte Akne. Die blauen Augen blickten stechend unter den spärlichen Augenbrauen hervor. Am auffallendsten aber waren die kleinen, tief angesetzten Ohren.

Franco sah dem Mann grübelnd nach. Er ging mit leicht nach vorne gebücktem Oberkörper und hastigen, kurzen Schritten – alles in allem eine Erscheinung, die ihm mit Sicherheit in Erinnerung geblieben wäre.

Er rief sich ins Gedächtnis, wie ihm Frau Knecht beim Mittagessen erzählt hatte, dass ihr möglicherweise jemand nachstellte. Aber ihre Beschreibung passte in keiner Weise zu diesem Mann.

Unvermittelt blickte er zur Konditorei.

In der Zwischenzeit hatte Frau Knecht ihre Einkäufe erledigt. Er beobachtete, wie die Verkäuferin ihr half, einige belegte Brote in eine Schachtel zu packen. In ihrem dünnen, in farblosem Blau gehaltenen Regenmantel war sie die Unauffälligkeit in Person.

Der Gedanke, dass sich jemand für diese Frau interessierte, erschien ihm absurd.

*

Karl lehnte sich in seinem Autositz zurück. Er hing schon wieder am Flachmann und fixierte mit stumpfem Blick den leeren Wagen.

Seit knapp einer Woche beobachteten sie Frau Knecht. Das war an sich keine sehr schwierige Aufgabe, aber die Altstadt von Bern verunmöglichte diese Arbeit beinahe. Es waren weniger die unzähligen Winkel und Gassen, die ihm zu schaffen machten, als vielmehr die weitläufige Fussgängerzone mit ihren Laubengängen, Geschäften und Marktständen. Im Auto, hinter einer getönten Scheibe, wäre alles viel einfacher gewesen.

Dass ihre kürzliche Kontrolle in Maxens Wohnung offensichtlich unbemerkt geblieben war, erleichterte ihn zunächst ungemein.

Und dann dieser Beinahe-Crash vor der Konditorei!

Frau Knecht im Geschäft und Weber direkt hinter ihm, so richtig in die Zange genommen.

Karl hasste Frau Knecht, hasste Dr. Weber und hasste Bern. So richtig wohl fühlte er sich nur auf See. Landaufenthalte brachten lediglich Scherereien. Das war heute nicht anders als vor Jahren, als er in Hamburg einen Barmann niedergestochen hatte. Später konnte er sich an nichts mehr erinnern, so besoffen war er gewesen. Nur dank Bruno hatte er seine Freiheit vorzeitig zurückerlangt. Er hatte sich damals vorgenommen, zu Bruno zu halten, was auch geschehen werde. Aber seit der Sache mit Max Knecht kam ihm Bruno manchmal richtiggehend unheimlich vor.

Er genehmigte sich abermals einen kräftigen Schluck.

Zum Glück war das Ganze hier bald vorbei. Die Beschattung von Frau Knecht ergab nichts Bemerkenswertes. Sie verliess ihre Wohnung einzig, um Einkäufe zu tätigen oder um zur Therapie zu gehen, und sie plante, zu ihrer Schwester nach Brünn zu ziehen.

Karl rechnete damit, bald auf die Vergine zurückzukehren.

6

Zwei Tage später stand Franco wie jeden Freitag den ganzen Morgen im OP. Sein Programm – drei Bypassoperationen und eine Schrittmachereinlage – dauerte bis kurz nach vierzehn Uhr. Die Eingriffe verliefen problemlos und er beendete seine Arbeit deutlich früher als geplant. In gelöster Stimmung machte er sich auf die Suche nach etwas Essbarem. Die Personalrestaurants hatten bereits geschlossen und so besorgte er sich Sandwich und Cola in der Cafeteria. Gleich anschliessend machte er eine erste Visite bei den frisch operierten Patienten. Es blieb ihm sogar Zeit, kurz mit Schwester Dimitra zu plaudern.

Seine Laune wurde immer besser.

Auf der Abteilung kam zwar dann vorübergehend eine gewisse Hektik auf: da ein Patient, der beurteilt werden musste, hier ein unklarer Laborbefund, dort eine Anfrage von Angehörigen über das Befinden ihres Vaters und so fort. Franco erledigte die anstehenden Probleme aber mit Leichtigkeit. Schon begann er sich zu überlegen, was er mit einem verlängerten Feierabend anfangen könnte, als ihn der Anruf von Dr. Zimmer erreichte.

«Hör mal, Franco», ertönte die besorgte Stimme seines Kollegen durch den Hörer. «Ich stecke echt in der Klemme.»

Wenn Zimmer das zugab, musste es wohl stimmen.

«Die Gefässoperation beim Reusser ist komplizierter,

als ich dachte. Ich werde einen Teil der Arterie ersetzen müssen. Ich kann das nicht delegieren. Na, du weisst schon, es ist der Vater unserer Frau Dr. Sommer.» Er seufzte hörbar.

Franco konnte sich eine gewisse Schadenfreude nicht verkneifen. Zimmer riss gern an sich, was Rang und Namen hatte. Umso grösser war dann jeweils sein Stress, wenn nicht alles nach Programm verlief. Es hörte sich allerdings echt verzweifelt an, als er weitersprach.

«Ich kann unmöglich von hier weg und im Eiger liegt ein italienischer Diplomat im OP, bereit zur Nierentransplantation. Ich wurde bereits zweimal angerufen. Heiner Zurflüh könnte zwar schon mal ohne mich beginnen. Falls es bei mir jedoch länger dauert, wäre er nicht in der Lage, die Operation selbständig durchzuführen.»

Franco fühlte sich auf der einen Seite geschmeichelt, auf der andern Seite passte es ihm nicht besonders, für Kollega Zimmer die Kastanien aus dem Feuer zu holen. Dieser gab bei Problemen gerne den andern die Schuld, verlief hingegen alles glatt, war es sein Verdienst. Nicht selten tauchte er erst gegen Ende des Eingriffs auf, wenn der grösste Teil der Arbeit erledigt war. Er liess sich dann alles erklären und offerierte freundlichst, den Operationsbericht zu verfassen. Damit beförderte er sich zum verantwortlichen Chirurgen, und natürlich ging so auch das Honorar auf sein Konto. Zeichneten sich aber Schwierigkeiten ab, verzichtete er grosszügig auf jede Verantwortung.

Trotzdem war für Franco klar, diese Bitte konnte er ihm nicht abschlagen: Hier zählte jede Minute und es gab im Grunde nichts zu diskutieren. Es ging nicht um sein Verhältnis zu Zimmer, sondern um einen Patienten, dem sich die einmalige Chance bot, ein neue Niere zu erhalten. Jeder Zeitverlust erhöhte das Risiko einer Abstossungsreaktion unnötig.

Aber so ganz alles wollte sich Franco diesmal nicht bieten lassen, und er antwortete entschlossen: «Einverstanden, Adrian. Ich gehe ins Eiger. Doch wenn ich diese Arbeit beginne, dann führe ich sie zu Ende. Du weisst, wie ich das meine. Ich bin der verantwortliche Chirurg.»

Für einen Moment wurde es still in der Leitung. Franco konnte sich vorstellen, was in Kollege Zimmer vorging.

«In Ordnung, Franco», erklang seine gequälte Stimme, «natürlich komme ich dir helfen, sobald ich hier fertig bin.»

Franco zweifelte daran, erwiderte aber nichts. Er hatte sowieso schon deutlich mehr gesagt als üblich. Es war das erste Mal, dass er sich in einer solchen Situation gewehrt hatte, und er wunderte sich über sich selber.

In aller Eile delegierte er die dringenden Arbeiten. Heiner Zurflüh würde ihn auf der Abteilung vertreten. Er hielt es für sinnvoll, auch Professor Weigert zu informieren, denn die Operation würde voraussichtlich den restlichen Nachmittag beanspruchen.

Sein Chef war nicht eben erfreut. Nachdem ihm Franco die Situation erklärt hatte, meinte er unwillig: «Ganz klar, die Operation darf nicht verzögert werden. Aber ich bin überhaupt nicht glücklich, dass derartige Notfälle unsere Leute beanspruchen. Wir werden die

Zusammenarbeit mit der Parkklinik gelegentlich überdenken müssen.»

Franco machte sich auf den Weg zum «Eiger». Er war nicht mehr bester Laune.

Die Parkklinik Eiger lag in einem bevorzugten Villenquartier im Süden der Stadt Bern, in einem Quartier, wo Leute residierten, die Ruhe und Diskretion suchten. Diejenigen Häuser, welche nicht von Privatpersonen bewohnt wurden, dienten als Botschaften ferner Länder oder als Firmensitze renommierter Kanzleien. Hohe Zäune und Überwachungskameras zeugten von Wohlstand, Macht und auch von der Angst der Besitzer.

Am Rande des Quartiers – am Abhang über der Aare – befand sich, umgeben von einem grossen Park mit altem Baumbestand, die Parkklinik Eiger. Durch die spärlichen Lücken im Bretterzaun konnte man einen Blick auf das Gebäude werfen, auf einen typischen Sandsteinbau aus der Jahrhundertwende: massive klassizistische Elemente, aufgelockert durch die Leichtigkeit des Jugendstils.

Bei der Anfahrt von der Nordseite schien die Parkklinik nicht besonders gross, man bekam lediglich die drei obersten Stockwerke zu Gesicht. Weitere vier Geschosse befanden sich unterhalb des Eingangs, eingelassen in den Hang. Dieser Teil der Klinik war zu einem späteren Zeitpunkt angebaut worden und weit geräumiger als das ursprüngliche Gebäude. Die neuen Räume beherbergten unter anderem die moderne Infrastruktur mit Operationssälen, Intensivpflegestation, Röntgenabteilung und Therapieräumen.

Franco wunderte sich von neuem, welch schlichten Eindruck die Parkklinik von aussen erweckte, man vermutete eher eine gepflegte Pension als ein gut ausgerüstetes Spital in diesem gefälligen Bau. Dabei genügten die medizinischen Einrichtungen der Parkklinik dem höchsten Standard und standen denjenigen des Universitätsspitals in nichts nach. Nur die gepflegte Parkanlage und die Preisklasse der geparkten Autos liessen den Komfort und die vornehme Kundschaft der Parkklinik erahnen.

Franco verliess das Taxi, ohne zu bezahlen, selbstverständlich ging die Rechnung direkt ans Eiger. Der Service der Parkklinik war in jeder Beziehung perfekt.

Die Eingangshalle erstrahlte in dezentem, sauberem Luxus: glänzende Marmorböden, deSede-Stühle mit glattem Lederbezug, raffinierte indirekte Beleuchtung und ein Gourmet-Bistro für Patienten und Besucher.

Selbst die Dame am Empfang war durchgestylt von der blondierten Scheitel bis zur hochhackigen Sohle und einzig der Name «Eva», eingraviert auf dem glänzenden Schild über dem perfekt geformten Busen, erinnerte daran, dass man sich noch auf der Erde befand.

Eva sprach ihn sogleich an: «Guten Tag, Herr Doktor Weber. Sie werden in Saal vier erwartet. Nehmen Sie bitte den Lift Nummer drei.»

Das war eine der Eigenheiten der Parkklinik. In den Aufzügen waren keine Schalttafeln angebracht, sie wurden von der Zentrale am Empfang gesteuert. Auf jedem Stockwerk gab es eine Gegensprechanlage, und man bestellte sich den Aufzug von Stockwerk drei zum Erdgeschoss oder vom Erdgeschoss ins dritte Untergeschoss zu den

Operationsräumen und so weiter. Dies gehörte zu den zahlreichen Sicherheitsvorkehrungen, mit welchen die kranke High Society vor ungebetenen Besuchern geschützt wurde.

Als Franco zum ersten Mal hier operierte, war von ihm eine Personalakte mit Foto angelegt worden, ausführlicher als jene im Inselspital. Die renommierte Kundschaft der Parkklinik liess diese Massnahmen nötig werden und man schickte sich darein.

Die Lifttüre schloss sich und mit einem leisen Surren glitt die Kabine nach unten.

Auch der Operationstrakt glänzte in sauberer Perfektion. Franco kleidete sich rasch um und betrat Saal vier.

Er begrüsste die Equipe. Als Anästhesist wirkte Dr. Adami, den er an der Beerdigung gesehen hatte, als leitender technischer Operationsassistent stand ihm Herr Colombo zur Seite. Die übrigen Leute des Teams kannte er nicht. Dr. Rubi, sein Assistenzarzt, befand sich im zweiten Ausbildungsjahr zum Orthopäden. Er würde ihm keine grosse Hilfe sein.

Der Patient lag tief narkotisiert auf dem Operationstisch. Franco störte dies, er war sich gewohnt, die Operation mit dem Patienten persönlich zu besprechen. Doch dieses Vorgehen war in der Parkklinik nicht üblich. Die Vorgespräche führte der Direktor persönlich und es war zudem nicht Francos Aufgabe, zu beurteilen, ob das Organ zu diesem Patienten passte. Das entschieden die Immunologen, die mittels aufwändiger Laboruntersuchungen den optimalen Empfänger auswählten.

Franco war lediglich der Handwerker, der die kranke Niere herausnehmen und die gespendete Niere einpflanzen musste. Hauptsache, die unterschriebene Einverständniserklärung des Patienten liegt vor, dachte er, als er die Formulare durchsah. In Zeiten der Haftpflichtflut war die Unterschrift des Patienten für den Chirurgen mindestens so wichtig wie der Schleudersitz für den Piloten im Kampfjet.

Er sah sich die Dokumente der Niere an. Sie waren in Französisch abgefasst: Organentnahme vor weniger als acht Stunden in Brüssel, in einem Universitätsspital. Nachdem in Belgien für dieses Organ kein geeigneter Empfänger gefunden worden war, kamen die Daten in die internationale Vermittlungszentrale. In Italien fand sich schliesslich der ideale Patient, der bestand jedoch auf einer Operation in der Schweiz. Er war vor vier Stunden mit dem Flugzeug aus Turin angekommen. Das Organ befand sich seit einer Stunde in Bern.

Alle zeitlichen Limiten waren erfüllt, die Operation konnte beginnen.

Bevor er den Operationssaal wieder verliess, um im Vorraum die Hände zu waschen, vergewisserte er sich mit einem Blick auf den Instrumententisch, dass das benötigte Material bereitlag. Er hatte eigentlich gehofft, dass sein Assistent in dieser Zeit schon mal die Haut eröffnen könnte. Aber nachdem ihm Dr. Rubi erklärt hatte, dass er erstmals bei einer Nierentransplantation assistierte, kam dieses Vorgehen nicht in Frage.

Das chirurgische Händewaschen beanspruchte gut fünf Minuten Zeit und brachte eine willkommene Verschnaufpause. Während dem Einseifen seiner Hände sah Franco aus dem Fenster. Dank der Hanglage hatte man auch im dritten Untergeschoss einen freien Blick über den Park. Der gepflegte Rasen, umgeben von Tulpenbeeten und allerlei blühenden Sträuchern, ergab im Licht der spätnachmittäglichen Sonne ein traumhaftes Bild. Sogar ein Teich mit Seerosen fehlte nicht und Franco fühlte sich versetzt in den Garten Monets.

Einziger Störfaktor in dieser prachtvollen Anlage bildete der Helikopter, der etwas abseits vom Gebäude zum Abflug bereitstand. Eben startete der Pilot die Turbine. Franco rieb die Hände langsamer, er wollte sich den Abflug nicht entgehen lassen. Obwohl er schon unzählige Helikopterstarts gesehen hatte, faszinierte ihn immer wieder, wie sich das unförmige, tonnenschwere Gestell in den Himmel schraubte.

In der unübersehbaren, grellorangen Rettungskleidung hastete in geduckter Haltung ein Sanitäter über den Rasen zum Hubschrauber. Die Tür zum Rücksitz wurde von innen geöffnet und der Rettungssanitäter stieg ein. Der Mann, der die Tür bediente, lehnte sich etwas nach vorne, um die Türe wieder zu schliessen. Dabei wurde für einen kurzen Moment sein Kopf sichtbar, ein Blondschopf mit auffallend tief sitzenden Ohren. Der Kopf verschwand, die Türe wurde geschlossen und wenige Sekunden später hob der Helikopter ab.

Franco rieb sich grübelnd die seifigen Hände und starrte weiter aus dem Fenster, auch dann noch, als der Hubschrauber schon längst ausser Sichtweite war. Irgendwo in seinem Kopf war eine Erinnerung geweckt worden. Franco vergegenwärtigte sich noch einmal das Bild des startenden Hubschraubers.

Da stockte ihm der Atem: Es war das Gesicht des Mannes im Helikopter, das ihm bekannt vorgekommen war. Diese tief sitzenden Ohren, das fahle Blond der Haare und die auf diese Distanz nur erahnbaren Aknenarben: Das Gesicht gehörte dem Mann, den er vor zwei Tagen in der Stadt gesehen hatte, als er mit Frau Knecht unterwegs gewesen war.

Er wusste nicht weshalb, aber er war irritiert. Mechanisch wusch er seine Hände fertig und in Gedanken versunken betrat er den Operationssaal.

Während Herr Colombo seine Schürze band, wandte sich Franco an Dr. Adami: «Wurde es mit diesem Helikopter gebracht?»

Adami sah ihn erstaunt an: «Wie, was meinst du?»

Franco realisierte, dass er sich klarer ausdrücken musste: «Ich meine, wurde das Organ, die Niere, mit dem Helikopter gebracht, der eben abhob.»

Adami schüttelte den Kopf. «Die Niere kam mit einem Learjet von Brüssel zum Flughafen Belpmoos. Ich persönlich habe dort auf den Transport gewartet und die Kiste mit Blaulicht in die Klinik gefahren.»

«Woher ist denn der Helikopter gekommen?», fragte Franco weiter.

Adami zuckte die Schultern: «Was weiss ich. Hier landen jeden Tag Hubschrauber.»

«Einer der Helfer im Helikopter kam mir bekannt vor.»

«Wäre ja erstaunlich, wenn du das Personal der Rettungsflugwacht nicht langsam kenntest? Oder nicht? Bern ist schliesslich keine Millionenstadt.»

Dr. Adami hatte ganz Recht. Natürlich konnte man in Bern innerhalb einer Woche zweimal dem gleichen Mann begegnen. Franco ärgerte sich, dass er wegen einem bekannten Gesicht gleich die Fassung zu verlieren drohte.

«Was ist bloss mit mir los?», fragte er sich besorgt, während er an den Operationstisch trat. Er gab sich einen Ruck. Er musste seine Fragen aufschieben, seinen Kopf leeren und sich jetzt voll auf die Operation konzentrieren.

«Aber irgendwann brauche ich eine Antwort», schoss es ihm durch den Kopf, «genau wie Frau Knecht.»

Dann griff er zum Messer und beugte sich über den Patienten. Kaum fühlte er das kühle Skalpell in der Hand, tauchte er ein in eine andere Welt. Während er auf der Lende des Patienten die ungefähre Schnittlinie abschätzte, sah er vor seinem geistigen Auge in der Tiefe des Körpers die kranke Niere; er durchlief die Schichten zwischen Haut und Niere, sah die Varianten der Gefässverläufe und anderer anatomischer Besonderheiten, begegnete unerwarteten Problemen und überdachte die ganze Operation in Sekundenschnelle.

Entschlossen und mit einem schnellen Schnitt eröffnete er, nach einem kurzen informativen «Ich beginne» in Richtung des Anästhesisten, die Haut. Schritt um Schritt präparierte er sich in die Tiefe.

Seine Konzentration und seine Gedanken richteten sich ganz auf die Arbeit und sein Horizont schränkte sich ein, auf die wenigen Quadratzentimeter Mensch unter seinen Händen.

*

Karl sass auf dem Rücksitz des Hubschraubers und blickte aus dem Fenster. Sie gewannen rasch an Höhe. Die Parkklinik Eiger wurde immer kleiner und bald verlor er sie im Häusermeer der Stadt aus den Augen. Er lehnte sich zurück. Er war zwar eingeklemmt zwischen Kisten und Bündeln mit allerlei medizinischem Material, aber das störte ihn nicht: Er war allzu froh, Bern hinter sich zu lassen.

Er hatte die Beseitigung von Knecht ebenso wenig begriffen wie alle andern Aktionen seit Alis Tod. Während er die urtümlichen Formen der nahenden Alpengipfel betrachtete, verdrängte er das Bild des toten Max aus seinen Gedanken. Im Grunde erging es ihm auf der Vergine besser als je, er musste nur seinen Job machen und keine Fragen stellen.

*

Der Eingriff verlief glatt und ohne Komplikationen. Dr. Zimmer erschien nicht mehr.

Die letzten Schritte der Operation, den Verschluss der Unterhaut und der Haut, überliess Franco seinem Assistenten, während er im Vorraum den Operationsbericht diktierte. Die stark geschrumpfte Niere hatte sich problemlos entfernen lassen. Der schwierigste Teil der Operation hatte auch diesmal darin bestanden, die Blutgefässe und den Harnleiter an das transplantierte Organ anzuschliessen. Mit den Anweisungen zur Nachbehandlung schloss er seinen Bericht.

Bevor er sich umzog, sah er noch einmal nach seinem Patienten. Er kontrollierte die Wunde und den Urinsack und vergewisserte sich bei Dr. Adami, dass Kreislauf und Atmung normal funktionierten. Er teilte ihm mit, dass Dr. Zimmer die weitere Betreuung übernehmen würde. Dann bedankte er sich beim gesamten Team und verabschiedete sich.

Ein Blick auf die Uhr zeigte ihm, dass der Eingriff alles in allem über vier Stunden gedauert hatte. Der Abendrapport von achtzehn Uhr im Inselspital war längst vorbei. Er kehrte mit dem Lift zur Eingangshalle zurück, wo er zunächst Heiner Zurflüh anrief. Dieser versicherte ihm, dass alles in Ordnung war.

«Wir haben nicht mehr mit dir gerechnet, Franco. Was jetzt noch auf deinem Schreibtisch liegt, kann ohne weiteres bis morgen warten. Doch falls du Lust hast, bist du herzlich eingeladen, die Berichte, die ich für dich visiert habe, noch einmal durchzulesen.»

Der letzte Satz tönte zynisch. Franco ging nicht darauf ein.

«Ich danke dir, Heiner. Ich bin echt froh, wenn ich jetzt noch etwas an die frische Luft komme.»

Für einmal war er Zurflüh wirklich dankbar. Nach über zwölf Stunden Arbeit, wovon gut zehn Stunden stehend am Operationstisch, fühlte er sich abgespannt und müde. Das kommende Wochenende leistete er Notfalldienst, und er würde die Tage mehr oder weniger im Spital verbringen. Er sehnte sich nach Zerstreuung.

Am Empfang bot ihm Eva an, ein Taxi zu bestellen. Obwohl er noch nicht wusste, wohin er fahren würde, nahm er das Angebot dankend an und setzte sich mit einer Cola ins Bistro.

Er erwog kurz, Frau Knecht anzurufen, denn ausser dem Wochenenddienst beschäftigte ihn auch das Narbengesicht. Er verwarf den Gedanken rasch, wahrscheinlich hatte sie in der Zwischenzeit kaum etwas Wesentliches herausgekriegt und er selber war im Grunde auch nicht weiter als vor zwei Tagen.

Oder doch?

Seine Beobachtung durch das Fenster des Operationstraktes hatte seine Meinung über Frau Knecht zu ändern begonnen. Er hatte sie bis jetzt nicht nur nicht ernst genommen, er hatte sie für nicht ganz zurechnungsfähig gehalten. Und nun konnte er sie plötzlich verstehen, konnte ihr sogar nachfühlen; und dies einzig, weil er das Narbengesicht heute noch einmal gesehen hatte.

Er fragte sich zweifelnd, ob dieser Meinungsumschwung einer wissenschaftlichen Prüfung standhalten würde. Wohl kaum, denn Dr. Adami hatte völlig Recht, wenn er meinte, Bern sei klein genug, dass man dem gleichen Menschen zweimal begegnen könne.

Und doch unterschied sich diese Begegnung von anderen zufälligen Begegnungen. Lag es am Gesichtsausdruck des Mannes, an seinen Augen, am Zeitpunkt der Begegnungen, an den Örtlichkeiten? Irgendwo versteckte sich etwas Besonderes, das glaubte Franco zu spüren. Aber es widerstrebte seiner methodischen Denkweise, seinem Instinkt zu vertrauen, und er befürchtete, sich etwas einzubilden, was nicht war.

Er sah sich forschend um, als ob er sich vergewissern müsste, dass mit seiner Wahrnehmung alles in Ordnung war. Das eine oder andere Gesicht im Bistro kam ihm bekannt vor, sei es aus der Regenbogenpresse oder aus der Tageszeitung.

Eben in diesem Moment traf ein neuer Patient ein. Eva eilte herbei, begrüsste ihn in fliessendem Englisch. Zwei Portiers kümmerten sich um das umfangreiche Gepäck und schon kam der Klinikleiter angerauscht.

«Wie war die Reise, Mister Blame, das Zimmer steht bereit. Professor Kummer wird in einer Stunde bei Ihnen vorbeischauen, Mister Blame ...» und so weiter und so fort, Dr. Saurer war die Unterwürfigkeit in Person.

Der Tross verschwand schwatzend im Aufzug.

Franco realisierte, dass es sich beim Patienten um den bekannten Schauspieler aus England handelte. Die Ankunft des Stars hatte im Foyer die ins Stocken geratene Konversation neu entfacht. An den Tischen begann ein Raunen und Tuscheln, das Franco an einen unerwarteten Windstoss im welkenden Herbstwald erinnerte.

Er selber hatte auch schon mit prominenten Leuten zu tun gehabt und nach seinen Erfahrungen war er nicht mehr besonders erpicht auf diese Art Kundschaft. Er hatte es mehr als einmal erlebt, dass die Diskussionen über eine mögliche Narbe länger dauerten und für mehr Aufregung sorgten als die Operation selbst. Natürlich konnten diese Fragen für Leute, die im Rampenlicht standen, sehr wichtig sein. Aber das Ganze kam ihm doch zu oft wie ein riesiges Theater vor, und das Theaterspielen hatte er schon in seiner Schulzeit gehasst.

Während er seinen Gedanken nachhing, stand plötzlich Saurer vor ihm. Der Chefarzt begrüsste ihn in aufgeräumter Stimmung und mit überschwänglichem Dank.

«Wir sind Ihnen so dankbar, Herr Kollega Weber, dass Sie für Doktor Zimmer eingesprungen sind. Wie ich gehört habe, ist alles bestens verlaufen. Ich habe von Ihnen ja nichts anderes erwartet. Ich hoffe, wir werden in Zukunft vermehrt Gelegenheit zur Zusammenarbeit haben.»

Franco war sich nicht ganz sicher, ob der letzte Satz ehrlich gemeint war. Er hatte den Eindruck, Saurer betrachte ihn mehr forschend als wohlwollend. Aber vielleicht lag das nur an seinen kühlen, kleinen Augen.

Seine Antwort fiel unfreundlicher aus als beabsichtigt: «Ich betrachte meine Tätigkeit hier als Ausnahme.»

Dr. Saurer stutzte und wechselte rasch das Thema. Er erkundigte sich nach dem Ergehen von Frau Knecht: «Wie ich gehört habe, kümmern Sie sich jetzt um sie. Ich finde das grossartig. Sie tut einem ja wirklich Leid, die Ärmste. Natürlich bereitet es ihr Mühe, den Tod ihres Sohnes zu akzeptieren, und sie macht sich zusätzlich ganz unnötige Sorgen. Aber man weiss ja, welche Auswirkungen ein solcher Schicksalsschlag haben kann.»

Franco hatte keine Lust, mit ihm über Frau Knecht zu diskutieren. So nickte er nur.

Saurer musterte ihn neugierig. «Wie nahe stehen Sie eigentlich der Familie Knecht? Ich meine, die gute Frau scheint doch ziemlich, eh, verschroben.»

Franco suchte nach einer Antwort. Obwohl er selber bis vor kurzem der gleichen Ansicht war, widerstrebte es ihm jetzt, Saurer Recht zugeben.

Dieser neigte sich vor und sagte mit vertraulicher Stimme: «Wenn ich richtig verstanden habe, glaubt sie tatsächlich, die Polizei hätte nicht ganze Arbeit geleistet.

Es steht natürlich jedem Menschen frei, zu denken und zu sagen, was er will. Wiewohl ich Ihnen sagen kann, dass sie sich damit ins eigene Fleisch schneiden könnte.»

«Ich verstehe Sie nicht ganz.»

«Unsere Versicherung beabsichtigt, Frau Knecht in den nächsten Wochen eine grössere Geldsumme auszubezahlen, dies natürlich erst, wenn die Untersuchungen zum Unfall abgeschlossen sind. Wenn Sie, Herr Kollege, eine Möglichkeit sehen, ihr zu helfen, dann lassen Sie es mich wissen. Sie können mit meiner Unterstützung rechnen.»

Mit diesen Worten verabschiedete er sich.

Franco sah ihm nachdenklich nach. Was genau hatte ihm Saurer eigentlich mitteilen wollen? Wenn sich herausstellte, dass der Tod von Max Knecht vielleicht doch kein Unfall war, dann würde Frau Knecht keine Versicherung ausbezahlt. Sorgte sich Saurer in seiner Grosszügigkeit um Frau Knechts Rente? Oder waren da die Ängste, dass etwas mit Max Knecht nicht stimmen könnte, und die Sorgen um den guten Ruf der Parkklinik?

Franco konnte seine Gedanken nicht zu Ende spinnen, denn in diesem Moment erklang aus dem Lautsprecher Evas Stimme: «Das Taxi für Doktor Weber ist da.»

Er erhob sich und schritt dem Ausgang entgegen.

Als er das Gebäude verliess, hatte er das seltsame Gefühl, beobachtet zu werden.

*

Nachdem Franco das Eiger verlassen hatte, beabsichtigte er zunächst, in die Stadt zu fahren. Wenig später änderte er seine Meinung unvermittelt und bat den erstaunten Taxichauffeur, ihn am Strassenrand abzusetzen.

Während der kurzen Fahrt hatte er einen grundsätzlichen Entscheid gefasst: Fortan wollte er Frau Knecht ernst nehmen und bemüht sein, sie wirklich zu unterstützen. Im Grunde war auch er ein Skeptiker, der offene Fragen schlecht ertrug.

Wenn er Frau Knecht helfen wollte, musste er mehr erfahren über diese Leiche von Cap d'Antibes und mehr wissen über den Unfall von Max Knecht. Aber mit derartigen Nachforschungen und Ermittlungen war er nicht vertraut, und er benötigte jemanden, der sich in diesem Gebiet auskannte. Er hatte gleich an Aldo gedacht und er vergewisserte sich mit einem kurzen Anruf, dass dieser zu Hause war.

Aldo Girardi war sein einziger Jugendfreund, sie waren im gleichen Dorf aufgewachsen. So verschieden ihre Charaktere auch gewesen sein mochten, sie hatten etwas gemeinsam, das sie von Anfang an tief verbunden hatte: In ihrem Dorf waren sie beide Aussenseiter gewesen.

Aldo war das einzige uneheliche Kind in der Gemeinde. Seine Mutter war Italienerin und arbeitete im Service der Dorfkneipe. Obwohl jedermann wusste, dass der Metzger der Vater des kleinen Aldo sein musste – die Ähnlichkeit wurde mit den Jahren immer deutlicher –, konzentrierte sich die ganze Verachtung des Dorfes auf Angela Girardi und ihren Aldo. Franco war fünf Jahre alt gewesen, als seine Familie ins Dorf zog. Weil sein Vater bei der Bahn arbeitete, betrachteten ihn die Kinder der eingesessenen Bauern stets als Fremdling.

So bildeten Franco und Aldo eine beliebte Zielscheibe für allerlei Streiche. Nur schon ihre fremdartigen Namen schienen ein Reizwort zu sein, und dass sie beide recht gute Schüler waren, verstärkte die Abneigung der Dorfjugend zusätzlich. Die Situation besserte sich erst, als sie den Sprung an die Mittelschule schafften.

Aldo absolvierte schliesslich eine Lehre als Elektrotechniker und bildete sich später zum Computerspezialisten fort. Er entwickelte ein Gerät zur Stimmenerkennung und gründete im Alter von vierundzwanzig Jahren seine eigene Firma, spezialisiert auf Sicherheitstechnik. Seine Erfindung brachte nicht sehr viel ein und so arbeitete er im Moment teils als Techniker und teils als Privatdetektiv.

Trotz unterschiedlichem Werdegang blieb zwischen Aldo und Franco die brüderliche Vertrautheit der Jugendzeit bestehen.

Girardis Wohnung lag im Dachgeschoss eines gut hundertjährigen Wohnblocks im vornehmen Kirchenfeldquartier und strotzte vor Gemütlichkeit. Das lag nicht so sehr an Aldo als vielmehr an seiner Lebensgefährtin Isabella. Sie war gebürtige Neapolitanerin und verkörperte alle Vorurteile über Südländerinnen schlechthin: dunkelhaarig, hübsch, stolz, etwas mollig, eifersüchtig und eine Spur konservativ. Sie war es, die den Haushalt in Schwung hielt, und entsprechend war die Wohnung eingerichtet: stilvoll, jedoch leicht überladen mit allerlei Nippsachen, Familienfotos und Bildern.

Isabella arbeitete als Dolmetscherin im Bundeshaus und nebenbei auch für Aldo. Die beiden waren ein erfolgreiches Team. Isabellas Stelle verschaffte Aldo Zugang zu

Leuten, Dokumenten und Netzwerken, die für ihn sonst unerreichbar gewesen wären.

Franco beneidete Aldo um diese Frau. Es war spürbar, dass sie das Nest warm hielt, und heute war Franco in der Stimmung, in der er sich gern an einen warmen, vollen Busen geschmiegt hätte.

Sie begrüssten sich herzlich. Aldo hatte eine Flasche Barolo bereitgestellt, aus der Küche duftete es nach Knoblauch und Basilikum.

«Du isst doch eine Kleinigkeit mit uns, Franco», sagte Aldo mehr als Feststellung denn als Frage; und als Isabella kurz verschwand, fügte er bedeutungsvoll hinzu: «Ich hätte riesige Lust auf eine Partie Schach.»

Er sah Franco erwartungsvoll an.

Schach war eine ihrer gemeinsamen Leidenschaften. Normalerweise hätte Franco sofort eingelenkt, aber heute wand er sich: «Ich weiss nicht ...»

«Wegen Isabella brauchst du dir keine Sorgen zu machen», unterbrach ihn Aldo, «die hat wegen dem Besuch des italienischen Aussenministers jede Menge Arbeit und ist bestimmt ganz glücklich, wenn wir sie in Ruhe lassen.»

Franco zögerte. Zum einen beschäftigte ihn im Moment etwas anderes, zum andern wollte er Isabella nicht verärgern. Sie hatte sich gut mit Eveline verstanden, und so war es damals kein Problem gewesen, wenn er mit Aldo stundenlang Schach gespielt hatte. Seit er alleine zu Besuch kam, hatte sie schon mal unüberhörbar geseufzt, wenn sich die beiden Männer hinter das Brett verzogen. Das war vielleicht einer der Gründe, warum Franco in den letzten Monaten bei den Girardis ein seltener Gast geworden war.

«Es geht mir nicht nur um Isabella», meinte Franco grübelnd. Er wusste nicht so recht, wo er beginnen sollte.

Aldo hatte ihm offenbar nicht zugehört. Er sagte scherzend und doch mit echter Besorgnis in seiner Stimme: «Du musst wieder jemanden mitbringen – aber achte darauf, dass sie sich mit Isabella gut versteht.»

Franco zweifelte, ob sich sein Freund mehr um Isabella als um ihn sorgte. Unwillkürlich musste er an Dimitra denken. Für einen Moment tauchte ihr Gesicht in aller Deutlichkeit vor ihm auf. Die Vorstellung, mit ihr zusammen hier zu sitzen, behagte ihm.

«Und was ist mit mir?», fragte er mit gespielter Empörung.

«Für dich gibt es kein Problem. Du darfst dafür jede Menge Schach spielen», antwortete Aldo lachend.

«Was verschafft uns das unerwartete Vergnügen?», fragte Isabella, als sie die Gläser auftischte.

Franco beobachtet Aldo beim Entkorken der Flasche, aber man sah ihm an, dass er mit seinen Gedanken ganz woanders war. Er sagte: «Ich brauche eure Hilfe.»

Aldo kostete einen kleinen Schluck vom Wein und blickte kritisch über den Glasrand: «Das letzte Mal, als du das Gespräch so eröffnet hast, liegt gut drei Jahre zurück. Erinnerst du dich?»

Franco sah ihn verständnislos an.

Aldo neckte: «Wenn ich nicht genau wüsste, dass du alleine lebst, würde ich jetzt vermuten, du willst dich scheiden lassen.»

Franco winkte ab: «Nein, heute geht es ausnahmsweise nicht um mich.»

Er erzählte den beiden alles: von Max, von seiner Art zu leben, von seiner Arbeit, von seinem Unfall, von der Abdankung und natürlich vom Treffen mit Frau Knecht. Sie assen bereits Pestospaghetti, als Franco seine Geschichte beendete. Er schaute erwartungsvoll auf Aldo.

Aldo schien wenig interessiert. Er sagte, indem er in den leeren Teller guckte, als ob dort ein Blick in die Zukunft möglich wäre: «Wir leben in einer Welt der Zufälle und Zufälle gibt es in beiden Richtungen, wenn ihr wisst, was ich meine.»

Isabella und Franco sahen einander fragend an.

«Du sprichst in Rätseln, mein Lieber», sagte Isabella schliesslich.

Aldo sah auf: «Nun, ich meine es gibt Zufälle, die Dinge in Verbindung bringen, welche im Grunde nichts miteinander zu tun haben – wie zum Beispiel ein Verkehrsunfall, der zwei Leute zusammenführt, oder wie zwei Zeitungsartikel, welche durch Zufall auf der gleichen Seite stehen. Der Zufall kann aber auch verwischte Spuren wieder auffrischen – oder absichtlich Getrenntes wieder zusammenfügen.»

Isabella sagte: «Ehrlich, Aldo, ich weiss nicht, was du damit sagen willst, aber gib dir keine Mühe, ich glaube, der Barolo hat mein Hirn benebelt. Ich kann dir nicht folgen.»

Aldo schien etwas beleidigt, liess aber nicht locker. «Ich wollte nur sagen, dass Zufälle sowohl hilfreich als auch irreführend sein können.»

«Sehr richtig», antwortete Isabella betont ernst.

Franco und Isabella lachten. Aldo betrachtete die beiden kopfschüttelnd.

«Gehen wir einfach davon aus, dass die beiden Artikel nicht zufällig auf der gleichen Seite stehen, und decken wir die Zusammenhänge auf. Vielleicht finden wir am Schluss heraus, dass der verantwortliche Redaktor noch eine fünfzeilige Mitteilung benötigte, um die Zeitungsspalte zu füllen. Und der Mann, der Frau Knecht folgt, entpuppt sich als heimlicher Verehrer – zwar etwas verschroben, aber eigentlich ein netter Kerl. Hauptsache, wir finden die Erklärungen. Ist doch im Grunde ganz einfach.»

Jetzt war Franco der Beleidigte: «Ich kenne dich gar nicht so zynisch, Aldo. Ich denke, den Instinkt darf man nicht vernachlässigen. Ich glaube, wir sollten Frau Knecht helfen. Es geht ja vor allem darum, dass sie Gewissheit erhält, wie diese schlussendlich aussieht, ist zweitrangig.»

Franco konnte auf einmal verstehen, wie einsam sich Frau Knecht gefühlt haben mochte, als sie realisierte, dass keiner sie ernst nehmen wollte. In versöhnlicherem Ton fügte er an: «Aldo, wenn du an der Fährte gerochen hast und dann sagen kannst, hier stinkt es nicht, dann will ich dir glauben und die Geschichte fahren lassen. Aber solange du nicht daran gerochen hast, kannst du nicht beurteilen, ob was faul ist.»

Aldo grunzte: «Du mit deinem Spürsinn.»

Franco war erleichtert. Er wusste, Aldo würde ihm helfen.

Sie prosteten einander zu und begannen Pläne zu schmieden. Die Frage war nur, wo sie ihre Nachforschungen beginnen sollten. Sie hatten ausser Vermutungen nichts in der Hand.

Aldo schlug vor, dass er Frau Knecht für einige Tage unauffällig beobachten könnte. Falls der unbekannte Mann wieder auftauchte, würde er ihm folgen und seine Adresse ausfindig machen. Wenn man erst wusste, wer der Mann war, würde vieles einfacher. Frau Knecht wollte er später informieren. Er befürchtete, sonst verpatze sie möglicherweise alles, was Franco allerdings bezweifelte.

Aldo notierte die Adresse. Für eine dauernde Beobachtung fehlte ihm im Moment die Zeit, aber er wollte sich regelmässig im Quartier umsehen. Er versprach Franco zudem, nachzuforschen, ob er etwas Zusätzliches über die Vergine in Erfahrung bringen könnte.

Unterdessen war es spät geworden. Isabella verabschiedete sich vorzeitig und die beiden Freunde liessen es sich nicht nehmen, doch noch eine Partie Schach zu spielen.

Franco spielte unkonzentriert und verlor schon nach wenigen Zügen einen Bauer. Nach einer halben Stunde war die Partie entschieden. Aldo war trotz dem Sieg nicht zufrieden.

«Was ist los mit dir, Franco, so schlecht hast du schon lange nicht mehr gespielt.»

«Mein Kopf ist zu voll, Aldo, es tut mir Leid. Die Revanche müssen wir ein anderes Mal nachholen. Ich denke, ich mach mich lieber auf den Heimweg.»

Aldo zuckte die Schulter: «Manchmal verstehe ich

dich nicht. Du flickst kranke Herzen, aber bei dir selber scheint das nicht zu funktionieren.»

Als Franco nicht antwortete, fuhr er fort: «Statt dein Leben etwas leichter zu nehmen, lässt du dich von den kranken Gedanken einer einsamen alten Frau anstecken. Ich fürchte beinahe, ihr beide habt den gleichen Schaden.»

Normalerweise hätte Franco eine solche Bemerkung weggesteckt, aber heute traf sie ihn empfindlich. Er spülte den Ärger hinunter, indem er den Wein in einem Zug austrank.

Er sagte giftiger als beabsichtigt: «Du verstehst das nicht und ich versteh das selber nicht. Aber bitte fühle mir jetzt nicht auf den Zahn. Ich habe jetzt weder Lust noch Zeit, meine Gefühle vor dir oder vor mir zu entblössen. Alles, was ich von dir verlange, sind ein paar Informationen.»

Aldo meinte friedfertig: «Ist ja in Ordnung. Die wirst du kriegen.»

Franco stand auf und sagte schroff: «Ich muss dafür sorgen, dass ich zu meinem Schlaf komme. Morgen gehts früh los.»

Aldo klopfte ihm auf die Schulter: «Ich gehe der Sache nach, das verspreche ich dir. Und du, Franco, spann etwas ab. Ich fürchte, sonst folgst du Max – mit oder ohne Unfall – vor der Zeit auf den Friedhof nach.»

*

Franco trat den Heimweg zu Fuss an. Aldo hatte angeboten, ihn nach Hause zu fahren, aber er brauchte jetzt

Zeit, um die Eindrücke zu ordnen, und das gelang ihm am besten im Gehen. Über eine Zwischenstrasse erreichte er die Kirchenfeldbrücke. Autos, Velos und Gruppen von Nachtschwärmern kreuzten seinen Weg. Trotz des regen Verkehrs beschlich ihn ein Gefühl der Einsamkeit.

Er dachte einmal mehr an Frau Knecht.

Diese Frau, die ihr ganzes bisheriges Leben ihrer Familie gewidmet hatte, stand nun alleine da. Sie hatte über Jahre eine Arbeit verrichtet, die vielleicht nur durch ihren Sohn einen Sinn erhalten hatte. Ihre Einsamkeit musste unerträglich sein.

Franco spürte in diesem Moment eine innere Verbundenheit mit ihr, die ihn noch zusätzlich bedrückte – und er ahnte weshalb. Er musste sich eingestehen, dass ein guter Teil seines Mitgefühls für Frau Knecht auch etwas mit seiner eigenen Situation zu tun hatte. Auch er war allein. Auch er fragte sich manchmal, wozu oder für wen er seine Arbeit verrichtete.

Auf der Brücke blieb er auf halber Strecke stehen und genoss den stimmungsvollen Ausblick über die Aare zur Altstadt. Auf der andern Seite und im Dunst der Nacht nur unklar an den Lichtern zu erkennen, zeichnete sich der moderne Teil der Stadt mit seinen Hochbauten und Kaminen ab. Auch die blinkenden Positionslichter auf dem Dach des Bettenhochhauses der Universitätsklinik waren zu sehen.

Franco schritt weiter.

In Gedanken jedoch war er jetzt in der Klinik, bei seinen Patienten, seinen Operationen und seinen Projekten. Auch Herr Grossenbacher mit der kaputten Niere beschäftigte ihn noch immer. Wie lange würde er mit seiner Blutgruppe auf eine neue Niere warten müssen? Ein paar Monate oder ein paar Jahre? Oder würde er an einer Komplikation sterben, bevor ein geeignetes Organ gespendet wurde?

Es war, als steckte ihn die Ungeduld des Patienten an, und er beschleunigte seinen Schritt; dabei rammte er beinahe einen auf dem Trottoir geparkten Wagen. Erschrocken hielt er inne und stellte fest, dass er bereits die halbe Stadt durchquert hatte. Seine Beine trugen ihn nach Hause, während sein Hirn im Inselspital Visite machte. Es war, als ob sein Geist in einer andern Welt lebte als sein Körper.

«Verrückt», murmelte er und fragte sich ernsthaft, ob diese Bezeichnung auf ihn zutraf, und schon begann er von neuem in seinen Hirnwindungen zu forschen.

Vielleicht war er ein allzu rationaler Mensch, bei dem sich zu viel im Kopf abspielte und bei dem das Herz zu kurz kam. Er versuchte angestrengt auf sein Herz zu hören. Aber er spürte lediglich denselben ziehenden Schmerz in seiner Brust, wie meistens, wenn er über sein Leben nachdachte.

Seine Gedanken kehrten noch einmal zu Frau Knecht zurück. Die Frau beeindruckte ihn irgendwie. Vielleicht weil sie ihn mehrmals überraschend klar durchschaut hatte?

«Sie hat einen guten Instinkt», sagte Franco zu sich selber, quasi als Schlusspunkt seiner Überlegungen. Und das schien ihm ein Grund mehr, sie ernst zu nehmen, ob Aldo sie nun als Spinnerin betrachtete oder nicht. Wenigstens in diesem Punkt hatten ihn seine Gedankengänge weitergebracht.

Inzwischen war er zu Hause angelangt. Er bewohnte das dritte Geschoss eines massiven Wohnblocks aus der Jahrhundertwende im vorderen Länggassquartier. Trotz schlichter Bauweise strahlten Gebäude und Wohnungen einen gewissen Stil aus. Die Böden waren mit solidem Parkett belegt, die Zimmer hoch und die Decke zierte eine einfache Stuckatur.

Neben der geschmackvollen, aber schnörkellosen Möblierung setzten farbige Bilder und einige Skulpturen starke Akzente. Franco war kein leidenschaftlicher Sammler, aber Darstellungen von Körpern und Menschen hatten ihn seit jeher fasziniert, sei es als anatomische Zeichnung, als Skizze, Fotografie, Abstraktion, Skulptur oder wie auch immer.

Eine Wohnung voller Menschen und dennoch still und leer.

Franco stand einen Moment unschlüssig im Wohnzimmer. Er war zu aufgewühlt, um jetzt einfach ins Bett zu liegen. So schaltete er das Radio ein und mixte sich einen Drink.

Er betrat den Balkon und horchte in die Nacht.

In der Ferne heulte ein Motor auf, vom Güterbahnhof erklang ein metallisches Quietschen, im Übrigen schien die Stadt um diese Zeit still und verlassen. Die dunklen Silhouetten der Nachbarhäuser wirkten kalt und abweisend.

Er nippte an seinem Glas und guckte zu den Sternen. Ein Gefühl der Bedeutungslosigkeit beschlich ihn und er flüchtete zurück ins Wohnzimmer. Aus dem Radio sang eine gefühlvolle Stimme «If I could turn back the hands of time, you would still be mine ...»

Die Musik weckte in ihm eine ungewisse Sehnsucht. Maxens Zeit war allzu abrupt abgelaufen, für ihn hätte er die Zeiger der Zeit gerne zurückgestellt.

Und für ihn selber?

Franco wollte sich nicht nach vergangenen Zeiten zurücksehnen. Für ihn würde morgen ein neuer Tag anbrechen und er wollte vorwärts blicken. Aber er sollte sich endlich eine Denkpause gönnen, seine Gedanken neu ordnen.

Er nahm sich vor, noch am nächsten Tag mit Professor Weigert zu sprechen, um auf das Angebot, über Pfingsten einen verlängerten Urlaub zu beziehen, zurückzukommen.

Die Idee, einige Tage auszuspannen, beruhigte ihn. Erneut betrat er den Balkon.

Nun hatte der Sternenhimmel ein neues Gesicht bekommen. Franco sah darin nicht mehr seine Bedeutungslosigkeit, sondern die Unendlichkeit seiner Möglichkeiten. Er brauchte seine Uhr nicht zurückzudrehen. Er wollte aus seiner Zeit das Beste machen.

Er hatte das Gefühl, an einem Wendepunkt angelangt zu sein.

7

Die Arbeit verlangte Francos volle Aufmerksamkeit. Seit dem Abend bei Aldo und Isabella vor sechs Tagen hatte er das Spital kaum verlassen. Er schlief in seinem Büro auf dem Klappbett und verpflegte sich in den Personalrestaurants. Nur zum Wäschewechsel suchte er seine Wohnung auf.

Das ausgefüllte Tagespensum wurde durch ein zusätzliches Projekt bis an die Grenze seiner Belastbarkeit überladen.

Zusammen mit Professor Weigert war Franco daran, eine neuartige Operationstechnik am Herzen einzuführen. Gestern hatten sie bei einem Patienten ein verstopftes Herzkranzgefäss überbrückt. Der Eingriff an sich – die so genannte Bypassoperation – war keine Neuheit, die Innovation lag im Zugang zum Herzen: Sie operierten, ohne den Brustkorb zu eröffnen.

Dazu verwendeten sie die endoskopische Operationstechnik, eine Vorgehensweise, die sich für Gelenksoperationen und Eingriffe am Bauch längst bewährt hatte. Aber um diese Methode am Herzen anzuwenden, hatten sie zahlreiche Schwierigkeiten zu überwinden gehabt. So hatten sie unter anderem geeignete Instrumente, besondere Anästhesieverfahren und neuartige Nahttechniken entwickeln müssen. Die Operation war zunächst an Schweinen erprobt worden. Erst nachdem die Tierversuche erfolgreich verlaufen waren, wagten sie den Eingriff am Menschen.

Ihr erster Patient war der sechzigjährige Spenglermeister Peter Bühler.

Franco hatte ihn vor dem Eingriff über die Vorteile der neuen Methode aufgeklärt – immer vorausgesetzt, dass der Eingriff gelingen würde: kein zersägtes Brustbein, keine Schläuche im Brustkorb, kleinere Narben, weniger Schmerzen und vor allem eine kürzere Nachbehandlungszeit.

Er hatte ihm aber auch erklären müssen, dass bei Problemen unter Umständen der Brustkorb doch noch eröffnet würde, dass in diesem Fall mit einer deutlich längeren Narkosedauer zu rechnen wäre und schliesslich bei einer neuen Methode nicht alle Komplikationen vorauszusehen seien. Und Herr Bühler hatte schlussendlich auch wissen müssen, dass er, als erster nach dieser Methode operierter Patient, unter Umständen mit einer gewissen Publizität zu rechnen hätte.

Zu Francos grosser Erleichterung hatte Herr Bühler trotz alledem eingewilligt und sogar mit Begeisterung reagiert: «Ich bin dabei. Was Sie mir da erklären, gefällt mir. Wissen Sie, wir beide haben einen ähnlichen Beruf. Auch ich flicke defekte Leitungen. Auch bei uns änderten sich Methoden und Materialien im Laufe der Zeit und auch ich habe immer wieder Neues ausprobiert und nach unkonventionellen Lösungen gesucht. Das schärft den Geist. Selbst wenn sich nicht alles Neue bewährt, allein die neue Erfahrung bringt einen gewissen Fortschritt. Ich vertraue innovativen Leuten.»

Franco hatte aufgeatmet: «Ich kann Ihnen versichern,

Sie sind morgen der bestbetreute und bestbeobachtete Patient des ganzen Inselspitals.»

Herr Bühler hatte abwesend genickt: «Vielleicht kann ich von Ihrer Technik etwas Brauchbares übernehmen. Ich habe mir schon oft überlegt, wie es möglich wäre, Leitungen zu flicken, ohne gleich die ganze Wand aufzuspitzen.»

Das war vorgestern gewesen; gestern war Herr Bühler operiert worden und heute spazierte er im Gang des Spitals auf und ab. Und morgen Freitag, rechtzeitig zur Wochenendausgabe, war die Pressekonferenz angesagt.

Dabei ging es der Klinik nicht nur um die Publizität. Vom Erfolg dieser Operation hing sehr viel mehr ab. Geplant war vorerst eine Serie von fünf Eingriffen. Sollten diese «Tests» erfolgreich verlaufen – so hatte Professor Weigert Franco gegenüber angedeutet – würde er die Möglichkeit erhalten, eine neue Abteilung zu eröffnen, die «Abteilung für minimal invasive Herzchirurgie».

Die zusätzlichen finanziellen Mittel zu mobilisieren, beanspruchte im Moment beinahe mehr Energie und Geduld als die Organisation des Eingriffs an sich. Die Politiker vom Wert dieser Sache zu überzeugen, war eine grössere Herausforderung, als einen Christen zum Islam zu bekehren. Franco war optimistisch. Der Erfolg würde ihnen Recht geben.

Aber Franco hatte nicht nur aus Idealismus und Forschertrieb seine Freizeit geopfert. Wenn alles normal verlief, würde er der Leiter dieser neuen Abteilung werden, und dann war der weitere Aufstieg nur noch eine Frage der Zeit.

Franco stand jetzt an der Schwelle zur absoluten Topkarriere – zum Professor für Herzchirurgie.

Gerade in diesen Tagen spürte er einmal mehr, wie ihn der Ehrgeiz packte und beflügelte. Die ganze Woche stand er im Dauereinsatz, doch er fühlte kaum Müdigkeit. Im Gegenteil – der gestrige Erfolg verlieh ihm zusätzlichen Antrieb. Nach der Krise vor knapp einer Woche hatte ihm seine Tätigkeit wieder festen Boden unter die Füsse gegeben, und er stürzte sich kompromisslos in seine Arbeit, als ob sich damit alle seine Probleme lösen liessen.

Er schritt in Richtung Operationssaal.

Es war kurz nach achtzehn Uhr und eigentlich hatte er sich an diesem Abend mit Aldo verabredet. Aber vor gut zwanzig Minuten hatte ihn Dr. Fischer, der Dienst tuende Oberarzt, angerufen und ihn gebeten, einen dringenden Eingriff zu übernehmen. Auf dem Notfall lag ein Patient mit einer akuten Durchblutungsstörung. Fischer selber steckte «noch tief in einem Bauch». Vor einundzwanzig Uhr war nicht mit ihm zu rechnen, voraussichtlich zu spät für den Notfallpatienten.

Franco hatte ohne Bedenken zugesagt. Der Eingriff dauerte zwar nur kurz, aber er würde ihm einen geeigneten Vorwand liefern, das Treffen mit Aldo zu verschieben. Er beabsichtigte sowieso, noch einmal das Material für die morgige Pressekonferenz durchzusehen. Im momentanen Trubel kamen ihm die Sorgen von Frau Knecht nicht mehr so dringend vor. Max war tot, und daran konnte niemand etwas ändern. Aldo würde das verstehen.

Franco plante, ihm nicht nur für heute Abend eine Absage zu erteilen. Bei Gelegenheit wollte er ihn zudem überzeugen, die Sache mit Max ganz zu übernehmen. So hatte Frau Knecht einen kompetenten Ansprechpartner, der ihr bestimmt mehr Zeit widmen konnte als er selber, und er würde seine Kräfte voll auf die Klinik konzentrieren können.

Er betrat den Operationssaal.

Die Unzufriedenheit, die ihn vor wenigen Tagen nach dem Besuch bei Aldo beschlichen hatte, schien sich aufzulösen. Noch zwei, drei Tage und er war wieder der gleiche Franco Weber wie vor Maxens Beerdigung.

Die Assistenzärztin Karin Senn erwartete ihn bereits: «Hallo, Franco. Ich hoffe, ich habe alles zu deiner Zufriedenheit vorbereitet.»

Franco warf einen Blick auf den Instrumententisch und das Operationsfeld. Er nickte anerkennend: «Karin, du machst das ja wie eine alte Routinière», und zwinkerte dabei in Richtung Schwester Olga, der technischen Operationsassistentin. Er ahnte, die korrekte Vorbereitung verdankte er eher der erfahrenen Operationsschwester als der jungen Assistenzärztin.

Er wandte sich an Karin: «Du hast das auch schon gemacht – ich meine, die Leistenarterie freigelegt, oder täusche ich mich?»

Sie nickte: «Vor drei Wochen, wir operierten den Meier gemeinsam. Es war das gleiche Problem, ein Verschluss in der Leistenarterie. Nur war der …»

«Ja, ich erinnere mich», unterbrach Franco, «dann kannst du schon mal anfangen, während ich die Hände wasche. Leg den Schnitt nicht zu tief unter der Leiste, zeig mal, nein, etwas höher – ja, genau, und …»

In diesem Moment piepte sein Sucher.

Frau Garcia, verantwortlich für den Materialnachschub im OP, fragte hilfsbereit: «Wie lautet Ihre Nummer? Ich gehe für Sie ran.»

«2525 – vielen Dank», antwortete Franco, «und falls Herr Girardi anruft, richten Sie ihm bitte aus, das Treffen von heute Abend finde nicht statt. Ich werde mich nach der Operation bei ihm melden.»

Frau Garcia verliess den Operationssaal in Richtung Telefon, während sich Franco zum Waschtrog begab. Kaum hatte er die Hände eingeseift, meldete Frau Garcia: «Es ist Herr Girardi. Er ist mit Ihrem Vorschlag gar nicht einverstanden. Er wünscht Sie persönlich zu sprechen. Er war sehr hartnäckig.»

Franco wollte zunächst protestieren, entschied sich aber anders und ging selber ans Telefon, fest entschlossen, Aldo einen Korb zu geben.

Doch der liess nicht locker: «Es gibt mindestens zwei Gründe, warum wir uns heute Abend sehen sollten, Franco.»

«Und was sind das für Gründe? Hast du bahnbrechende Neuigkeiten?»

«Nein. Viel besser als das. Erstens haben wir den ersten richtig schönen Frühsommerabend in diesem Jahr, und zweitens bin ich alleine. Du weisst ja, der italienische Aussenminister weilt in der Schweiz und Isabella ist fast pausenlos gefordert. Da die Herren heute Abend gemeinsam dinieren, arbeitet sie bestimmt bis nach Mitternacht.»

Franco erwiderte nichts und Aldo fuhr fort: «Ich hab

mir gedacht, wir sollten wieder mal zusammen im «Schwellenmätteli» eine Forelle essen gehen – mit einer guten Flasche Weisswein dazu. Wir könnten sogar im Freien sitzen, wenn du einen warmen Pullover mitbringst.»

Als Franco noch immer nicht antwortete, meinte Aldo mit eindringlicherer Stimme: «Ich reserviere einen Tisch, hole dich an der Notfallpforte ab und bringe dich anschliessend ins Spital zurück. Hey, Franco, Fachidiot. Der Sommer ist da. Falls du es noch nicht bemerkt hast.»

Franco fühlte sich ob derart viel Hilfsbereitschaft schon fast bevormundet, und sicher hätte er sich jetzt erst recht gesträubt, wenn der Vorschlag nicht von Aldo gekommen wäre. Von ihm, und wahrscheinlich nur von ihm, konnte er diese hartnäckige Bemutterung akzeptieren.

Und er musste ihm Recht geben. Er kannte die Aussenwelt nur noch durch die Lamellen der halb verdunkelten Rapportzimmer und die abgetönten Scheiben des Operationssaals. Manchmal, wenn er spätabends das Spital verliess, stellte er erstaunt fest, wie warm es war, wie es nach blühenden Blumen roch, und realisierte, dass die Jahreszeit gewechselt haben musste.

Zudem hatte er eigentlich einen echten Grund zum Feiern: Herrn Bühler ging es ausgezeichnet. So sagte er Aldo nach kurzem Zögern zu und sie verabredeten sich auf acht Uhr beim Spitaleingang.

Nach erneutem Händewaschen betrat er abermals den Operationssaal. Karin Senn bereitete das Eröffnen der

Leistenarterie vor. Sie unterbrach ihre Arbeit, als er an den Operationstisch trat.

Er sagte: « Mach ruhig weiter. Ich assistiere dir.»

Sie nickte und erklärte ihm ihr Vorgehen. Franco hörte nur mit einem Ohr hin. Er dachte an Aldos Worte. Das vom Fachidioten hatte ihn getroffen. Natürlich waren sein Horizont, seine Befindlichkeit, sein ganzer Lebensrhythmus bestimmt durch die Probleme im Klinikalltag. War er deswegen ein Fachidiot?

Zum ersten Mal interessierte es ihn zu wissen, was seine Assistenten von ihm hielten. Er beobachtete Karin Senn. Sie war völlig vertieft in ihre Arbeit. Ihre Hände führten die Instrumente ruhig und präzis. Für eine Assistentin im zweiten Jahr stellte sie sich ausserordentlich geschickt an.

«Findest du, ich sei ein Fachidiot, Karin?», fragte er unvermittelt.

Karin schaute ihn erstaunt an. «Mach ich etwas falsch?»

Sie hatte seine Frage nicht begriffen beziehungsweise auf sich bezogen und ihre Gegenfrage beruhigte ihn.

In diesem Moment piepte sein Sucher abermals.

Frau Garcia erklärte bereitwillig: «Bin schon unterwegs.»

Franco nickte ihr dankbar zu. Zu Karin sagte er: «Nein, ich finde, du machst deine Sache gut. Was ich wissen möchte, ist, ob du mich für einseitig hältst?»

«Um das zu beurteilen, müsste ich deine privaten Interessen und Beschäftigungen kennen. Aber darüber sprichst du ja kaum. – Schere bitte», sagte sie im gleichen

Zug zu Schwester Olga und wandte sich wieder der Operation zu. Damit schien das Thema für sie erledigt.

Franco gab ihr Recht. Er sprach nie über private Dinge. Vielleicht weil bei ihm kein Leben ausserhalb des Spitals existierte? Oder weil er lieber über die Probleme seiner Patienten als über seine gescheiterte Ehe sprach?

Hier meldete sich Frau Garcia zurück: «Schon wieder jemand, der Sie persönlich sprechen will, diesmal eine Frau, Frau Knecht. Sie sagt, sie möchte Ihnen etwas Wichtiges mitteilen, Genaueres wollte sie mir nicht sagen.»

Franco überlegte kurz. «Ich glaube, ich kann dich noch einmal für einen Moment alleine lassen. Du musst mir versprechen, bei der kleinsten Unsicherheit ...»

Karin unterbrach ihn: «Geh ruhig ans Telefon. Wenn ich nicht klarkomme, warte ich auf dich. Ich habe keine Lust, mehr zu flicken als unbedingt nötig.»

Franco verliess den Operationssaal, gespannt darauf, mit welchen Neuigkeiten Frau Knecht aufwartete.

Sie meldete sich mit aufgeregter Stimme: «Guten Abend, Franco. Ich muss Ihnen, bitte sehr, was erzählen ...»

*

Beinahe pünktlich verliess Franco das Inselspital. Aldo erwartete ihn vor der Notfallpforte in seinem in die Jahre gekommenen Alfa Romeo Cabriolet. Er hatte das Verdeck geöffnet und winkte ihm zu.

Sie starteten unverzüglich in Richtung Schwellenmätteli. Aus dem Autoradio erklang ein sommerlicher Ohrwurm, und Aldo sang kräftig mit.

Der Fahrtwind führte allerlei verlockende Düfte an Francos Nase. Auf den Strassen, in den Cafés – überall schienen die Menschen glücklich und ausgelassen. Allmählich liess sich Franco von Aldos Lebensfreude anstecken und dankte ihm im Stillen für seine Hartnäckigkeit.

«Wir suchen uns eine ruhige Ecke», bestimmte Aldo, als sie im Restaurant anlangten.

Sie setzten sich an einen der Tische unmittelbar an der Aare. Auf der gegenüberliegenden Seite des Flusses eröffnete sich ein herrlicher Blick auf das Matte-Quartier.

Früher hatten am Wasser die Ärmsten der Stadt gehaust, später lag hier der bevorzugte Wohnort der Künstler und Kleinhandwerker und jetzt beherrschten Yuppies die Szene. Entsprechend bunt war das Publikum im etwas heruntergekommenen Restaurant, dessen hauptsächlicher Charme in der Lage bestand.

Aldo kannte einige der Anwesenden und winkte nach links und rechts.

Der Geruch von gebratenem Fisch und die Frische des Aarewassers verströmten einen so typischen, würzigen Duft, dass sich Franco ohne die Speisekarte einzusehen für eine Forelle entschied. Während Aldo die Karte studierte, beobachtete Franco den raschen Lauf des Wassers. Das Rauschen des Flusses schluckte die Geräusche der Stadt, aber auch die Gespräche an den Nachbartischen.

Franco sagte beeindruckt: «Stetes Rauschen und doch Stille, stete Bewegung und doch Ruhe – eigenartig, wie sich hier Widersprüche auflösen, findest du nicht?»

«Widersprüche machen das Leben interessant, vorausgesetzt, wir akzeptieren sie – sie sind unerträglich, wenn wir sie aus der Welt schaffen wollen.»

Franco sah seinen Freund überrascht an. Aber bevor er dessen Weisheit kommentieren konnte, trat der Kellner an ihren Tisch, um die Bestellung aufzunehmen. Zugunsten einer guten Flasche Weisswein verzichteten sie auf den Aperitif.

Nachdem sie das Essen bestellt hatten, kam Aldo zur Sache. Er überreichte Franco ein paar lose Blätter, es war nicht überwältigend viel Material. Er meinte entschuldigend: «Viel neue Information kann ich dir leider nicht bieten. Aber ich habe schliesslich noch andere und – verzeih bitte – wichtigere Fälle zu bearbeiten.»

Franco nahm den Bericht zu Maxens Unfall zur Hand.

Aldo sagte mit zufriedener Stimme: «Hier steht alles drin, was die Polizei weiss.»

«Wie zum Teufel ...?»

«Berufsgeheimnis ...», unterbrach ihn Aldo. Mit weniger Stolz fügte er an: «An die Akten des toten Inders kam ich leider nicht heran.»

Franco überflog den Bericht zu Max Knechts Unfall.

Am Nachmittag des 4. Mai unternahm ein gewisser Monsieur Scuderi, Besitzer der gleichnamigen Bootswerft, mit dem Kunden Fragonard eine Spritzfahrt. Sie kurvten ohne Ziel auf dem Meer herum. Etwas östlich von Nizza begegneten sie einem Segelboot, wobei den beiden auffiel, dass der Segler anstatt zu sitzen am Bootsrand lag, den Kopf halbwegs im Wasser. Sie waren keine Sachverständigen, aber sie vermuteten sogleich, dass mit dem Mann auf dem Segelboot etwas nicht stimmte.

Der Polizeiarzt stellte später fest, dass der Tod schon mehr als dreissig Minuten früher eingetreten sein musste. Als einziger Anhaltspunkt für die Todesursache fand sich eine Prellmarke an der Stirn. Die später durchgeführte Obduktion zeigte, dass der Mann einen Schlag an die Stirn erhalten hatte, letztendlich aber ertrunken war.

Nach der Einschätzung der Gerichtsmedizin dürfte sich ein klassischer Segelunfall ereignet haben: ein Schlag an den Kopf durch den Baum – dort fanden sich tatsächlich Blutspuren – der Segler fällt bewusstlos zurück, unglücklicherweise so, dass der Kopf ins Wasser zu liegen kommt. Es fanden sich keine Zeichen einer Fremdeinwirkung.

Der Bootsverleiher identifizierte den Toten als den Mann, dem er das Boot gegen eine Kaution von fünfhundert Francs ausgeliehen hatte. Er hatte keinen Anlass gehabt, an dessen Fähigkeiten zu zweifeln, der Kunde habe das Boot geschickt aufs Meer hinaus gelenkt.

Beim Toten handelte es sich um einen Arzt aus der Schweiz. Er logierte im Hôtel des Terrasses zusammen mit einer jungen Frau namens Jeanne Thierry. Die beiden arbeiteten zusammen auf der Krankenstation eines Hochseeschiffes. Frau Thierry hatte den Nachmittag in der Stadt verbracht und konnte kaum Auskunft geben, sie stand unter Schock.

Im Hotel wartete ein gewisser Monsieur Matisse auf den Schweizer Arzt. Herr Matisse gehörte zur Besatzung des gleichen Schiffes. Der Arzt habe ihn zu sprechen gewünscht, er wisse aber nicht, in welcher Angelegenheit. Herr Matisse war ebenfalls sehr betroffen. Da er den

Toten kannte, anerbot er sich freundlicherweise, die Formalitäten zu erledigen und die Hotelrechnung zu begleichen.

Die Untersuchungen waren wenige Tage später abgeschlossen und Maxens sterbliche Reste konnten zur Beisetzung in die Schweiz überführt werden.

Franco legte die Blätter beiseite und schwieg.

«Ein trostloser Abgang», sagte er schliesslich betroffen.

«Trostlos?», fragte Aldo erstaunt. «Gibt es einen schöneren Tod, als irgendwo auf dem tiefblauen Ozean ohne Schmerz und Leiden ins Jenseits zu segeln?»

«Da magst du Recht haben», erwiderte Franco. «Aber der Bericht ist so, wie soll ich sagen, sachlich.»

Aldo staunte: «Das muss doch so sein. Stell dir vor, der Polizist würde noch seine Gefühle zu Papier bringen. Das dient doch der Sache nicht. Oder schreibst du in deinen Operationsberichten etwas über Befindlichkeit und Lebensumstände der Patienten?»

Franco widersprach nicht, aber es schmerzte und ärgerte ihn, dass Aldo seine Stimmung nicht nachempfand. Es ärgerte ihn vielleicht auch deshalb, weil Aldo Recht hatte. Im Spital verlangte er auch sachliche Entscheide und Berichte.

Schliesslich fragte er: «Siehst du irgendwo einen Haken?»

Aldo antwortete: «Abgesehen davon, dass es selten Unfälle ohne offene Fragen gibt, nein.»

Franco meinte grübelnd: «Vielleicht wurden ja einfach die falschen Fragen gestellt.»

Aldo war etwas verwirrt. «Wie meinst du das?»

Franco blickte einen Moment zur Aare. Er versuchte sich an die Worte von Frau Knecht zu erinnern.

«Wenn ich mich richtig entsinne, zweifelte Frau Knecht nicht in erster Linie am Unfall selber. Bedenken kamen ihr eigentlich erst in Zusammenhang mit dem unbekannten Toten von Cap d'Antibes. Max wusste möglicherweise etwas Wichtiges und starb, bevor er es jemandem, das heisst der Polizei, mitteilen konnte. Das ist zusammen mit der nicht angekündigten Segelfahrt der eigentliche Auslöser ihrer Zweifel. Die Frage wäre daher nicht, ob Max Knecht verunfallt ist, sondern was er von diesem Toten wusste. Wir können Maxens Tod im Grunde erst dann als gewöhnlichen Unfall akzeptieren, wenn wir sicher sind, dass er nichts von Bedeutung mitzuteilen hatte.»

Er versuchte sich ernsthaft in die Lage von Frau Knecht zu versetzen. Der Sohn ruft an, ist aufgeregt, weil er etwas Wichtiges weiss. Er verspricht, bald Genaueres zu berichten. Eine spannende Geschichte bahnt sich an – und da stirbt er.

«Du hattest Recht mit deiner Theorie!»

Aldo blickte ihn belustigt an: «Ich weiss, ich habe stets Recht, und meine Theorien stimmen immer. Aber welche Theorie sprichst du jetzt an?»

«Dass der Zufall Zusammenhänge herstellen kann. Um den richtigen Zusammenhang zu erkennen, muss man aber Vorkenntnisse haben. Nehmen wir als Beispiel die beiden Zeitungsartikel, die mir Frau Knecht gezeigt hat. Du hast gesagt, sie stehen auf der gleichen Seite, weil es dem Redaktor so passte. Das ist durchaus möglich und sogar wahrscheinlich. Aber für Frau Knecht könnte auf diese Weise ein Zusammenhang hergestellt worden sein, den nur sie alleine erkennen kann. Das ist doch interessant! Für alle andern bleibt der Zusammenhang unsichtbar. Frau Knecht wusste mehr als die Polizei, mehr als der Redaktor und mehr als der normale Zeitungsleser. Das erinnert mich an das Sprichwort ‹Nur der Wissende kann sehen›. Da ist schon was dran.»

Aldo wiegte den Kopf hin und her und lächelte fast etwas mitleidig: «Ich habe ja noch nie mit Frau Knecht persönlich gesprochen. Trotzdem machen deine Vermutungen den Unfall noch nicht zum Verbrechen. Da gehst du mit mir einig?»

Franco erwiderte hartnäckig: «Man kann nur etwas suchen, wenn man weiss, was man sucht, und erst recht nur etwas finden, wenn man es sucht. Oder etwa nicht?»

Aldo schien nicht zu verstehen.

«Wenn wir davon ausgehen, dass kein Unfall vorliegt, dann muss sich vor oder bei dieser Segeltour etwas Wichtiges zugetragen haben. Es gibt da einen Zeitraum von zwei Stunden, worüber wir keine Informationen haben.»

Franco sah den Bericht noch einmal durch. Schliesslich meinte er: «Interessant wäre es auch zu wissen, welche Windstärke an diesem Tag herrschte. Darüber steht im Bericht leider nichts.»

«Was spielt denn das für eine Rolle?»

«Um das Bewusstsein zu verlieren, musste Max einen ziemlich heftigen Schlag erhalten haben. Dass der Baum mit entsprechender Wucht zuschlagen konnte, das setzt ziemlich windige Verhältnisse voraus. Wenn Max nur benommen gewesen wäre, dann hätte er doch seinen Kopf schleunigst wieder aus dem Wasser gezogen.»

Aldo pflichtete ihm für einmal bei: «Das kann ich für dich überprüfen.»

Der Kellner brachte die Forellen und sie legten die Papiere zur Seite. Eine Weile assen sie schweigend und beobachteten abwesend den Fluss. Der Fisch schmeckte ausgezeichnet und sie kamen auf ganz andere Dinge zu sprechen.

«Ich besuche übrigens einen Kochkurs», erklärte Aldo stolz.

Franco staunte: «Du! Ich hatte immer den Eindruck, dich interessiert alles rund um den Kochherd – von der Steckdose bis zur Herdplatte – aber nicht, was drauf steht.»

«Genau aus diesem Grund mache ich ja den Kurs!»

Aldo genoss Francos verdutzten Gesichtsausdruck.

«Es ist ganz einfach. Isabella arbeitet gern und verdient zurzeit deutlich besser als ich und abgesehen davon auch deutlich mehr, als wir zum Leben brauchen. Das heisst, ich bin nicht mehr so sehr auf die Arbeit als Privatdetektiv angewiesen. Ich will mich wieder mehr den Dingen zuwenden, die mich wirklich interessieren – den technischen Aspekten.»

«Und da findest du in einem Kochkurs den idealen Einstieg?»

«Blödsinn. Der Kochkurs qualifiziert mich als Hausmann. Und nebenbei entwickle ich einen neuen, intelligenten Bewegungsmelder, der unterscheiden kann zwischen Mensch und Tier. Das bringt in der Sicherheitstechnik einen bedeutenden Fortschritt, braucht aber noch ziemlich Zeit und Geld. Isabella arbeitet voll, ich amte nebenbei als Hausmann. So haben wir beide, was wir wollen.»

«Ihr zwei seid zu beneiden», erwiderte Franco mit ehrlicher Bewunderung. «Was mach ich bloss falsch ...»

«Das war gar nicht so einfach», unterbrach ihn Aldo. «Du stellst dir nicht vor, welcher Kämpfe es bedurfte, um Isabellas Vorherrschaft in der Küche niederzuringen. Und erst die designierte Schwiegermutter! Sie will nicht begreifen, dass ein Mann zu Hause arbeiten kann. Ich glaube, es existiert gar kein italienisches Wort für Hausmann. Aber ich sage dir: Mein neues Gerät wird super. Wenn das einmal im Handel ist, können wir uns Koch und Butler leisten ...»

Aldo kam ins Schwärmen und Erklären. Francos Interesse hielt sich in Grenzen. Er hatte noch nie das Bedürfnis nach einer Diebstahlsicherungsanlage gehabt.

Erst als sie die Teller geleert hatten, griff Franco zum nächsten Blatt, das Aldo mit «Inder» betitelt hatte. Es enthielt lediglich die Pressemitteilungen aus den lokalen Zeitungen und zwei Adressen: die des Gerichtsmedizinischen Institutes in Nizza und die des Reporters.

Aldo kommentierte: «Es war schwieriger, als ich gedacht hatte. Der Fall ist in Bearbeitung. Es dürfen offiziell keine Auskünfte gemacht werden. Aber auch inoffiziell ist scheinbar so gut wie nichts bekannt, und das ist tatsächlich aussergewöhnlich.»

«Weshalb sollte das aussergewöhnlich sein?»

«Es gibt eine Menge ungelöste Fälle in jedem Polizeidepartement. Und praktisch zu jedem dieser Fälle existiert eine inoffizielle Meinung. Diese kommt manchmal der Wahrheit recht nahe. Aber in diesem Fall ist gar nichts bekannt. Ich habe bei einem Reporter des Méditerranée nachgefragt. Der Fall wird vom Institutsleiter persönlich bearbeitet und man munkelt, es gäbe wohl gerade deshalb noch keinen Obduktionsbericht. Die Leiche ist in Nizza. Der Fall soll demnächst an die übergeordnete Stelle in Paris weitergeleitet werden.»

«Vielleicht könnte ich das Problem einem Kollegen von der Gerichtsmedizin stecken. Ein Studienkollege ist Oberassistent bei Professor Bauerfeind, dem Leiter für forensische Medizin. Ich werde mit ihm sprechen.»

«Ich käme da als Privatperson und erst recht als Privatdetektiv ohnehin nicht weiter. Ihr Mediziner, ihr steckt doch alle unter einer Decke.»

«Schön wäre es», erwiderte Franco und dachte an die Verhältnisse in der Klinik.

«Ich habe auch Erkundigungen zur Vergine eingeholt», unterbrach Aldo seine Gedanken. «Das Schiff hat Heimathafen in Panama und ist als Vergnügungsschiff registriert. Und stell dir vor, der Kahn gehört einer Hilfsorganisation, oder mindestens hat die das Schiff gechartert. Die Organisation heisst ‹Fondation monacale› mit Sitz in Monaco, der Adresse nach in einem Spital, dem ‹Hôpital monacal›. Ich habe in dieser Klinik angerufen. Es meldete sich ein Anrufbeantworter. Was sagst du dazu?»

«Ziemlich ungewöhnlich», staunte Franco. «Ich kenne jedenfalls kein Spital, das sich nicht eine Telefonistin leisten würde. Aber Hôpital könnte vielleicht auch eine Art

Heim sein. Ich glaube, im Französischen wird der Begriff für beides verwendet.»

Aldo war mit Francos Erklärung zufrieden. Etwas anderes beschäftigte ihn: «Mich wundert schon, dass sich eine wohltätige Organisation ein derartiges Schiff leistet.»

Er zeigte Franco eine Aufnahme des Schiffes.

«Woher hast du denn die Aufnahme?», fragte Franco, während er das Schiff bewunderte.

«Internet machts möglich. Die Werft in Neapel macht mit dem Kahn Reklame: Exklusivität und Hightech mit Stil.»

«Apropos Foto», sagte Franco erschrocken, «Frau Knecht hat mich heute angerufen. Im Gepäck von Max fand sich ein Film von seinem Aufenthalt in Nizza. Sie behauptet auf einer der Aufnahmen den Mann zu erkennen, den sie vor der Physiotherapie sah.»

Aldo betrachtete immer noch fasziniert die Aufnahme des Schiffs. Er fragte wie beiläufig, aber mit leichtem Spott in seiner Stimme: «Wie gut sieht man eigentlich noch mit etwas über sechzig Jahren?»

«Jedenfalls besser, als du es dir gerade vorstellst. Auf den Aufnahmen sei zudem die Frau zu sehen, mit welcher Max seine letzten Tage in Nizza verbrachte. Möglicherweise könnte sie uns weiterhelfen.»

Franco räumte die Papiere zusammen: «Bis jetzt haben unsere Nachforschungen mehr Fragen aufgeworfen als Fragen beantwortet. Das alleine müsste doch für dich als Detektiv schon Anreiz genug sein, um weiter zu forschen. Findest du nicht?»

«Du mit deinem Forschertrieb!» Aldo hob das Glas:

«Ich stelle mich für eine Forschungsreise zur Verfügung. ‹Die Suche nach der Frau von Nizza›. Hört sich doch spannend an? Vive la France.»

Sie nahmen beide einen kräftigen Schluck.

Damit war das Thema Max Knecht fürs Erste abgeschlossen. Franco erzählte Aldo von seiner neuartigen Operationsmethode, und danach plauderten sie über Gott und die Welt, genossen den Sommerabend und liessen sich zu guter Letzt ein Schachbrett bringen, um bei Kaffee und Grappa eine Partie zu spielen.

Franco gewann.

8

Frau Knecht hatte sich ausserordentlich gefreut über seinen Anruf. Es war das erste Mal, dass Franco sie kontaktiert hatte und nicht umgekehrt. Mehr als alle Versprechungen zeigte ihr dieser Anruf, dass er sie vielleicht doch ernster nahm, als sie zunächst gedacht hatte.

Sie waren auf heute Samstag im Panoramarestaurant des Inselspitals verabredet.

Das Restaurant lag im obersten Geschoss des Bettenhochhauses und bot einen herrlichen Rundblick, nicht nur über die Stadt; bei klarer Sicht war in der Ferne die eindrückliche Silhouette der Berner Alpen zu sehen. Entsprechend beliebt war das Lokal bei den Patienten, dem Personal und natürlich auch bei den Besuchern. Vor allem bei schönem Wetter war es oft schwierig, einen freien Platz zu finden.

Frau Knecht hatte Glück. Es war kurz nach Mittag, die meisten Angestellten, die hier gegessen hatten, waren an ihre Arbeit zurückkehrt, und der Besucherstrom traf später ein. Frau Knecht interessierte das Panorama nicht. Sie setzte sich so, dass sie den Eingang überblickte.

Franco kam zehn Minuten später.

Wegen der Berufskleidung erkannte sie ihn nicht sogleich. Im Arztkittel wirkte er nicht nur älter, sondern auch ernster. Sie erschrak. Sie hatte in ihm noch immer Maxens Studienkollegen gesehen. Aber wie er so am Eingang stand und sich suchend umsah, wurde ihr zum ersten Mal bewusst, dass es nicht mehr derselbe Franco Weber war, den sie vor Jahren gekannt hatte. Sie war sich nicht sicher, welcher der beiden ihr besser gefiel.

Sie winkte ihm zu.

Ein erkennendes Lächeln huschte über sein Gesicht. Sie spürte ein schmerzhaftes Stechen in der Brust: Warum konnte es nicht ihr Sohn sein, der hier mit sicherem Schritt zwischen den Tischreihen auf sie zusteuerte. Sie gab sich einen Ruck. Jetzt bloss nicht weinen, es würde niemandem weiterhelfen.

Sie begrüssten einander herzlich.

«Wie geht es Ihnen?» fragte Franco als Erstes mit echter Anteilnahme.

«Es ist sehr schwierig für mich», gestand Frau Knecht. «Am besten geht es mir, wenn ich beschäftigt bin. Deshalb arbeite ich wieder Teilzeit in der Wäscherei. Mein Arzt hat mir zudem dazu geraten, einen Hund zu halten. Ich werde wahrscheinlich seinen Rat befolgen, aber bestimmt nicht, bevor ich zu meiner Schwester gezogen bin. Und dort werde ich vielleicht ohne weiteres auf ein Tier verzichten können. Wir werden ja sehen. – Und wie stehts bei Ihnen, bitte sehr?»

«Ich habe eine ziemlich strenge Woche hinter mir – aber immerhin habe ich auch das Gefühl, dass sich die Arbeit gelohnt hat.»

Er machte eine Pause. Frau Knecht las offenbar keine Zeitungen, sonst hätte sie hier eingehakt. Er hätte ihr gern von seiner Operation vom Mittwoch und der anschliessenden Pressekonferenz erzählt. Doch es wurde ihm bewusst, dass sie beide zurzeit absolut nicht die gleichen Probleme hatten.

So sagte er: «Die Sache mit Max beschäftigt mich schon; ich meine allein die Tatsache, dass das Leben so plötzlich enden kann. Ich erlebe das zwar jeden Tag im Spital. Doch ob ein Patient oder ein Freund stirbt, das lässt sich nicht vergleichen. – Es stellen sich einem plötzlich Fragen.»

«Von welchen Fragen, bitte sehr, sprechen Sie?», fragte Frau Knecht, als Franco schwieg.

«Wofür wir leben, wofür wir arbeiten und wie wir unsere wertvolle Zeit verschwenden – unter anderem.»

«Bitte sehr, in Ihrem Beruf stellt sich diese Frage doch kaum», erwiderte Frau Knecht etwas erstaunt.

«Sie haben Recht, solange ich arbeite, stellen sich diese Fragen nicht. Aber das Leben besteht ja nicht nur aus Arbeit ...»

Er hielt grübelnd inne. Schliesslich meinte er: «Vielleicht macht einen die Arbeit im Spital auch zu anspruchsvoll. Durch die tägliche Erfahrung mit der Vergänglichkeit des Lebens möchte man sein Leben besonders – wie soll ich sagen – wertvoll gestalten. Gerade dieses Bemühen macht einen oft unzufrieden – möglicherweise, weil die wertvollsten Momente im Leben nicht planbar sind.»

«Das verstehe ich jetzt ganz gut», nickte Frau Knecht. «Ich würde es sogar noch krasser formulieren: Die wertvollsten Momente im Leben erkennen wir erst, wenn sie vorbei sind.»

Beide verstummten in stiller Übereinstimmung.

Franco brach das Schweigen: «Im Moment brauche ich aber nicht nur geistige Nahrung.» Er fasste den vorbeieilenden Kellner am Arm und bestellte Kuchen und Kaffee.

Sie unterhielten sich einige Zeit übers Essen, bis Frau Knecht zur Sache kam. «Wie ich Ihnen schon am Telefon gesagt habe, nichts Überraschendes und trotzdem eine Art Bestätigung für mich», bemerkte sie mit einer gewissen Zufriedenheit, als sie den Umschlag mit den Aufnahmen aus ihrer Handtasche zog.

«Die Qualität ist, bitte sehr, nicht überragend. Die Bilder stammen aus einer dieser Wegwerfkameras. Max benutzte auf Reisen häufig derlei Apparate.»

Sie blickte Franco erwartungsvoll an.

Franco sah die Aufnahmen zweimal durch. Es waren sieben Bilder, tatsächlich von nicht sehr guter Qualität. Drei der Fotos zeigten eine junge Frau am Strand: braune Haare, dunkler Teint, eine tolle Figur; ganz nach Maxens Geschmack, dachte Franco.

«Ich nehme an, dies ist Jeanne, die Freundin von Max?»

«Ich denke auch, aber ich weiss es nicht mit Sicherheit. Ich selber habe sie nie gesehen. Max hat nur einmal von ihr gesprochen. Ich glaube, es war keine sehr ernsthafte Beziehung. Sie hat sich nach seinem Tod nie bei mir gemeldet.»

«Eine attraktive Frau mit einer fröhlichen Ausstrahlung», stellte Franco fest.

«Ich weiss es nicht», antwortete Frau Knecht leise. Ihre Stimme zitterte.

Rasch blätterte Franco weiter.

Die beiden nächsten Bilder zeigten die typische Landschaft der Côte. Schliesslich kam er zur letzten Aufnahme: Jeanne mit wehendem Haar auf einem Motorboot, im Hintergrund ein dunkelhaariger Mann am Steuer. Die Aufnahme war etwas unscharf, wahrscheinlich, weil sich der Fotografierende ganz vorne auf dem Bug des fahrenden Bootes befunden hatte.

«Ist das der Mann, den Sie vor der Physiotherapie gesehen haben?» Franco streckte ihr die Aufnahme entgegen und tippte auf den Steuermann. Seine Gesichtszüge waren nur schwer zu erkennen.

Frau Knecht nickte: «Die Reihenfolge der Bilder ist übrigens verkehrt. Dies ist die erste Aufnahme, bitte sehr. Max hat mir am Telefon erzählt, dass er mit Jeanne vom Beiboot der Vergine nach Nizza gebracht wurde. Ich nehme deshalb an, der Mann gehört zur Besatzung der Vergine.»

Sie betrachtete die Aufnahme aufmerksam und sagte: «Die Übereinstimmung ist einfach verblüffend. Vielleicht gerade weil die Aufnahme unscharf ist, sieht der Mann völlig gleich aus wie damals, als ich ihn aus dem Fenster der Physiotherapie erblickt habe. Trotz aller Vorbehalte bin ich ziemlich sicher, bitte sehr.»

Franco wandte ein: «Könnte es nicht sein, dass dieser Mann ebenfalls ein Angestellter der Parkklinik ist, ein Arbeitskollege von Max, welcher in Bern wohnt?»

Frau Knecht schüttelte den Kopf: «Nein – ist er nicht. Daran habe ich auch schon gedacht und die Aufnahme Doktor Saurer gezeigt. Er kennt den Mann nicht.»

Franco staunte einmal mehr über diese Frau. In ihrer Unscheinbarkeit traute man ihr ein so zielstrebiges Vorgehen gar nicht zu.

«Dann fragt sich, wer der Mann ist und was er von Ihnen wollte.»

Sie tippte auf die Aufnahmen: «Herr Saurer bat mich um einen Abzug. Er will sich in der Parkklinik umhören. Schliesslich arbeiten immer wieder Leute aus seinem Spital auf der Vergine.»

Franco fragte unvermittelt: «Haben Sie mit Doktor Saurer auch über mich gesprochen?»

Erstaunt sah ihn Frau Knecht an: «Ja, natürlich, bitte sehr. Aber ich habe ihm lediglich erzählt, dass Sie mir beim Aufräumen helfen. – Ich musste ihn übrigens in erster Linie aufsuchen wegen der Versicherung. Und da darf ich mich wirklich nicht beklagen. Die Parkklinik Eiger hatte für Max eine Lebensversicherung in der Höhe von dreihunderttausend Franken abgeschlossen. – Für mich ist das unglaublich viel Geld, ich müsste fast zehn Jahre dafür arbeiten, bitte sehr – trotzdem würde ich gern darauf verzichten …»

Sie brach ab und sagte rasch: «Damit wird es mir unter anderem auch möglich sein, Ihre Bemühungen zu honorieren.»

«Das will ich auf gar keinen Fall», protestierte Franco, «sonst höre ich auf der Stelle auf. Aber mein Freund, der Privatdetektiv, von dem ich Ihnen erzählt habe, der wäre bestimmt froh, wenn seine Leistungen entschädigt würden. Im Gegensatz zu mir lebt er von dieser Arbeit.»

«Das ist doch selbstverständlich, bitte sehr. Er soll ruhig alle seine Auslagen in Rechnung stellen. Wie heisst er übrigens?»

«Aldo Girardi. Ich hoffe, Sie lernen ihn bald kennen. Ich werde ihm die Aufnahmen noch heute zustellen. Es besteht eine gewisse Chance, dass er den Mann identifizieren kann.»

Falls er in einer Verbrecherkartei registriert ist, dachte Franco.

Frau Knecht fragte ihn unvermittelt: «Wie gut kennen Sie Herrn Saurer eigentlich, bitte sehr?»

«Eigentlich überhaupt nicht. Ab und zu habe ich Kontakt mit ihm, in seiner Funktion als Leiter der Parkklinik.»

«Sein Werdegang würde mich interessieren. Ich meine, schon einmal etwas Negatives über ihn in der Zeitung gelesen zu haben», sagte Frau Knecht. «Ich wäre Ihrem Freund dankbar, wenn er auch in dieser Beziehung nachforschen könnte.»

Franco verstand nicht ganz, wonach Frau Knecht suchte. Er fragte: «Denken Sie an seinen beruflichen Werdegang?»

«Nein, nicht ausschliesslich. Mich interessiert, bitte sehr – einfach alles», antwortete Frau Knecht schlicht.

9

Mit «Front» bezeichneten die Einheimischen die Häuserreihe mit den zahlreichen Restaurants am grossen, verkehrsfreien Platz in der Altstadt von Bern, umrahmt von Bundeshaus, Geschäftshäusern und Banken. Vor allem bei schönem Wetter war die Front der Strassencafés ein beliebter Treffpunkt. Tagsüber wurde der Mittelteil des Platzes belegt durch Marktstände, abends diente er als Plattform für Strassenmusikanten, Jongleure, Zauberer, Prediger, Aktivisten und andere Leute, die gerne gesehen oder angehört werden wollten.

Franco und Aldo sassen an einem Tisch in der hinteren Reihe der Pizzeria «Zum Italiener». Aldo brannte darauf, Franco seine Entdeckungen zu zeigen. Nun war er jedoch gestresst, denn als sie sich auf diesen Dienstagabend verabredet hatten, da hatte er nicht daran gedacht, dass seine Schwiegereltern in spe – nach dem Willen von Isabellas Mutter sollten sie es schon längstens auch auf dem Papier sein – in Bern weilten und Isabellas Vater heute Abend seinen Geburtstag feierte. Isabella würde ihn in einer Stunde abholen.

Sie bestellten ein Antipasto, beobachteten kurz das bunte Treiben auf dem Platz und steckten ihre Köpfe zusammen.

Der Mann, der Max und Jeanne nach Nizza gebracht und den Frau Knecht sehr wahrscheinlich vor der Physiotherapiepraxis in Bern gesehen hatte, war tatsächlich ein Angestellter der Vergine und vor allem kein unbeschriebenes Blatt. Er hiess Bruno Hartmann, stammte ursprünglich aus Berlin und hatte sich vor zwei Jahren in Deutschland abgemeldet – mit unbekanntem Ziel. Es existierte eine Akte, er war also vorbestraft, aber Aldo war bis jetzt nicht an diese Papiere herangekommen.

«Ich vermute, die Einträge ins Strafregister wurden ohne Prozess gelöscht», bemerkte Aldo. «Dieses Vorgehen ist bis vor kurzem vor allem in Zusammenhang mit Zeugen der Mafia und der Drogenszene angewendet worden.»

Franco staunte.

«Aussage gegen Straffreiheit», meinte Aldo. «Natürlich stecken Hartmanns ursprüngliche Unterlagen noch irgendwo. Aber ich zweifle, ob ich da ran komme. Ich werde an seinen früheren Wohnorten nachforschen. Vielleicht finde ich dort eine Anklage, die noch nicht gelöscht worden ist.»

«Ob Max etwas damit zu tun hatte?»

«Womit meinst du?»

«Ich meine, mit Drogenhandel und so ...»

«Die Frage kannst du besser beantworten als ich.»

Franco dachte an Max, an sein grossspuriges Leben, an seine Liebe zum Geld, aber auch an seine fast kindliche Aufrichtigkeit.

«Ich glaube nicht», sagte er nicht ganz überzeugend.

Sie schwiegen einen Moment.

«Wir wissen wenig, was dieser Bruno für ein Mensch ist. Nur wegen einer gelöschten Akte darf man nicht gleich das Schlimmste denken», sagte Franco schliesslich.

«Trotzdem, Bruno scheint ein schwerer Junge zu sein, Franco. Er hat eine Akte im Register der Bundesanwaltschaft. Das heisst, es ging da nicht einfach um einen Velodiebstahl oder um eine Geschwindigkeitsüberschreitung. Es ging eher um Rauschgifthandel, ein Gewaltverbrechen, um Sprengstoff oder was weiss ich. Und meine Nase sagt mir: Vorsicht. Vielleicht wäre es einen neuerlichen Versuch wert, die Polizei zu orientieren.»

Als Franco nicht reagierte, fuhr er fort: «Verlieren werden wir damit nichts. Entweder die Sache entpuppt sich als halb so wild oder als Spitze eines Eisberges. Ist Ersteres der Fall, haben wir uns nicht für nichts die Hacken abgelaufen, ist Zweiteres der Fall, können wir von hier aus sowieso nicht viel ausrichten. Wenn weitere Abklärungen nötig sind, wäre das dann eine internationale Angelegenheit.»

Franco staunte: «Das hört sich doch spannend an!»

Aldo suchte in seinen Unterlagen, während er weitersprach: «Einfach so aus Neugier den Kopf in ein Wespennest zu stecken, darauf kann ich verzichten – ich weiss nämlich, dass man dabei einen zerstochenen Kopf kriegt. Und selbst wenn es kein Wespennest wäre – du weisst gar nicht, wie oft ich mich abrackere für nichts und wieder nichts. Zuerst Nachforschungen, und wenn sich die Sache als Irrtum erweist, Abbruch der Übung – sehr oft ohne Honorar, wohlverstanden. Weisst du, es gibt eine Menge neugieriger Leute, aber nur wenige davon sind grosszügig.»

«Hör schon auf zu jammern. Frau Knecht wird dich

bezahlen», unterbrach ihn Franco und erzählte ihm von der Versicherung.

«Das ist ja ein Ding.» Aldo machte grosse Augen. «Fast den Drittel einer Million. Ich glaubs einfach nicht. Warum krieg ich nie eine derartige Bescherung?»

Franco erwiderte nichts, er fand die Bemerkung unpassend. «Frau Knecht liegt viel daran, Klarheit über den Tod ihres Sohnes zu bekommen», fuhr er ernsthaft fort. «Ich bin überzeugt, du wirst ein anständiges Honorar inklusive Gefahrenzulage kriegen.»

Aldo blieb skeptisch: «Mir scheint, die schenkt ihr Geld eher einer Freikirche, als dass sie damit einen Privatdetektiv bezahlt.»

Franco verstand seine Zweifel. Tatsächlich hatte ihre Erscheinung wenig Weltgewandtes. «Der Schein trügt, Aldo», sagte er, «ich kenne Frau Knecht.»

«Du mit deiner Menschenkenntnis», spottete Aldo, aber es klang versöhnlich.

Franco schob seinen Teller beiseite und starrte auf den Platz. Der Hobbyartist, der seine Jonglierkünste zeigte, wirbelte die Keulen durch die Luft und versuchte mit allerlei Sprüchen das Publikum zu fesseln. Franco schaute ihm zu, aber seine Gedanken waren woanders.

«Du hattest Recht mit deiner Idee!», sagte Franco heftig und fasste Aldo so fest am Arm, dass dieser erschrak.

Aldos Gesicht war ein einziges Fragezeichen: «Ich verstehe dich nicht. Ich meine, ich habe viele Ideen und ich habe immer Recht, aber ...»

«Die Forschungsreise nach Frankreich, Aldo», unterbrach ihn Franco. «Einer von uns sollte sich die Sache ansehen, mit den Leuten sprechen, den Puls der Geschichte fühlen …»

«Jetzt versteh ich dich besser. Du möchtest dir auf Kosten von Frau Knecht einen Urlaub organisieren. Und du bildest dir ein, du würdest mehr herauskriegen als die Polizisten. Sicher haben die etwas übersehen, das Doktor Superschlau unverzüglich aufspürt», hänselte Aldo mit freundschaftlichem Hohn.

«Denk an das Sprichwort ‹Nur der Wissende kann sehen›.»

«Es fragt sich, ob du ob all der vagen Vermutungen nicht langsam Gespenster siehst. Man kann auch zu viel sehen, wenn ich dir das mal von Mediziner zu Mediziner sagen darf.»

Franco überhörte Aldos Sticheleien: «Ich wollte über Pfingsten sowieso einen verlängerten Urlaub beziehen – ich fürchte, sonst nehme ich meine Freitage mit ins Grab.»

Aldo lehnte sich vor: «Ich gebe dir jetzt einen guten Rat: Besser ein paar Ferientage mit ins Grab nehmen als in den Ferien sein Grab schaufeln.»

Franco beobachtet unruhig den Gaukler, der sich zum Feuerspeien vorbereitete, und sagte: «Ich könnte bei dieser Gelegenheit dem Gerichtsmedizinischen Institut in Nizza einen Besuch abstatten. Ich denke, es wäre ein reelle Möglichkeit, Genaueres über den Toten von Cap d'Antibes zu erfahren.»

«Ich bewundere deinen Eifer, Franco. Aber wenn Du schon eine Reise in den Süden planst, dann wäre ich gerne dabei. In zwei Wochen habe ich jede Menge Zeit.

Bis dann muss ich meinen Bericht zum Sicherheitskonzept im neuen Geschäftshaus an der Rathausgasse abgeliefert haben.»

«In zwei Wochen ist zu spät. Da werde ich Dienst schieben müssen. Nein, entweder wir gehen Ende nächster Woche oder wir lassen es bleiben – oder ich gehe allein.»

In diesem Moment fauchte der Feuerschlucker seine Stichflamme mit solcher Heftigkeit aus dem Mund, dass Franco zusammenschrak. Der Gaukler hatte es bemerkt und verbeugte sich mit einem zufriedenen Grinsen.

Franco grinste zurück.

«Ich hab noch was», sagte Aldo, indem er Franco ein weiteres Blatt überreichte. «Du kannst es gelegentlich an Frau Knecht weiterleiten, damit sie sieht, dass ich nicht untätig gewesen bin. Vielleicht hilft ihr die eine oder andere Stelle weiter.»

Auf dem Papier standen verschiedene Adressen und weitere Angaben zur Vergine.

Franco hatte kaum zu lesen begonnen, als Isabella zu ihnen trat.

«Seid ihr schon wieder auf Spurensuche?», fragte sie in einem Ton, als hätte sie die beiden beim Indianerspiel ertappt.

Aldo seufzte: «Da siehst du den Lohn für meine Bemühungen. Als Trost für die nicht erhaltenen Spesen ernte ich den Spott meiner lieben …»

«Krisenstimmung», unterbrach ihn Franco, indem er sich an Isabella wandte. «Aber du kannst uns helfen. Wir planen eine Reise in den Süden und suchen noch eine Dolmetscherin. Aldo wird uns leider nicht begleiten können, aber ich denke, wir beide kommen auch ohne ihn zurecht.»

Aldo entriss Franco das Blatt und protestierte: «Wenn ihr zwei ohne mich verreist, mache ich nicht mehr mit.»

Jetzt entriss Isabella Aldo das Blatt. «Was steht denn da so Wichtiges drauf?»

Sie begann zu lesen: «Bruno Hartmann = Angestellter auf der La Vergine. La Fondation monacale = gemeinnützige Organisation, Monaco, zur ...»

Sie hielt inne und erläuterte mit nachsichtiger Stimme: «Monacal – im Sinne von ‹zu Monaco gehörend› schreibt sich anders. Wenn schon, hiesse das monégasque. Wir sagen in Deutsch ja auch monegassisch. Monacal, wie es hier steht, bedeutet etwas ganz anderes. Der Ausdruck leitet sich ab von monastère und bedeutet mönchisch. Etymologisch gesehen ...»

«Ist ja gut», unterbrach Aldo. «Ich verzichte freiwillig auf die Reise. Und auch dir, Franco, rate ich dringend, mit Isabella nur ein Land zu bereisen, dessen Sprache sie nicht kennt. Ich warne dich. Wenn du mit Isabella nach Frankreich gehst, wirst du alles über die französische Grammatik, aber garantiert nichts Neues zum Fall Max Knecht erfahren.»

Mit gespielter Beleidigung legte Isabella das Blatt beiseite. «Dann eben nicht. Ich habe sowieso keine Lust auf eine Reise mit euch personifizierten Kulturbanausen.»

In dieser Art stritten und diskutierten sie weiter, bis Isabella zum Aufbruch drängte.

*

Als sich die drei Freunde an der Front trennten, studierte zehntausend Meter über ihnen Bruno Hartmann gemächlich die Speisekarte. Der Grund für die ausführliche Lektüre war nicht, dass die Karte besonders interessant oder reichhaltig gewesen wäre, sondern der Umstand, dass Bruno jede Menge Zeit hatte.

Unterdessen kannte er den Ablauf der Reise zur Genüge. Der Flug von Paris nach Kalkutta dauerte um die zehn Stunden. Das Abendessen wurde frühestens über der Türkei serviert. Er sass nun seit einer Stunde im Flugzeug und seine Schätzung, wonach er sich im Moment über der Schweiz befinden sollte, war richtiger, als er vermutete.

Er blickte nach oben und vergewisserte sich, dass die Mappe sicher in ihrem Fach lag.

Die Mappe war sein wichtigstes Gepäckstück. Er behielt sie im Auge und wenn er schlief, nahm er sie zu sich auf den Schoss. Sie enthielt Bargeld und medizinische Dokumente.

Die Fondation monacale unterstützte die Krankenstationen verschiedener Waisenhäuser grosszügig, verlangte aber im Gegenzug eine Auflistung der erbrachten medizinischen Leistungen. Soweit Bruno unterrichtet war, hing die Höhe der Spenden vom Umfang dieser Listen ab.

Nicht zuletzt deshalb liebte er diese Reisen. Er spürte bei seinen Besuchen, welche Macht von ihm – oder genauer gesagt vom mitgeführten Geld ausging. Er wurde überall mit Respekt behandelt. Die Leute in den Heimen versuchten ihm den Aufenthalt so angenehm wie möglich zu gestalten, lasen ihm seine Wünsche von den Augen ab.

Anfangs überkam ihn mehrmals die Versuchung, die Dokumente, welche er zu überbringen hatte, zu studieren, aber bis jetzt hatte er es unterlassen, die verschlossenen Couverts zu öffnen. Man hatte ihm erklärt, dass sein Vorgänger gerade deshalb gefeuert worden sei.

«Seine Neugierde hat ihn übrigens nicht nur den Job gekostet», hatte ihm Bruder Rohner, der ihm jeweils die Mappe aushändigte, bedeutungsvoll zugeflüstert.

Immerhin wusste Bruno, dass es sich um medizinische Akten handelte. So lautete jedenfalls die Anschrift und so sollte er auch Auskunft geben: medizinische Unterlagen, vertrauliches Material, welches nur in der Gegenwart eines Vertrauensarztes gesichtet werden durfte. Bis zum heutigen Tag war er nie kontrolliert worden.

Wenn das Kleingeld stimmte, wäre Bruno auch mit einer Leiche im Koffer nach Kalkutta geflogen.

*

Frau Knecht wartete seit einer halben Stunde. Sie sass angespannt auf dem Stuhl und fuhr zusammen, als Frau Bolliger, Dr. Saurers rechte Hand, die Tür öffnete und sie mit einem knappen «Bitte» hineinführte.

Der Chefarzt sass hinter seinem mächtigen Schreibtisch und blätterte geschäftig in einem Stoss Unterlagen. Er sah erst auf, als Frau Knecht schon einen bangen Moment vor dem Schreibtisch gestanden hatte. Er begrüsste sie freundlich und hiess sie auf einem der Besucherstühle Platz zu nehmen.

Frau Knecht beschloss, sich kurz zu fassen, und brachte

ihr Anliegen vor: «Ich möchte, bitte sehr, die Vergine besuchen. Bestimmt können Sie mir sagen, wie ich auf dieses Schiff gelangen kann.»

Dr. Saurer sah überrascht auf.

«Ich glaube, ich verstehe Sie nicht ganz», antwortete er, zum ersten Mal verunsichert, wie Frau Knecht erstaunt feststellte.

«Ich möchte La Vergine einen Besuch abstatten», wiederholte sie.

«So viel habe ich verstanden», sagte Dr. Saurer gedehnt und blickte sie nun forschend an. «Aber ich verstehe nicht, was Sie dazubringt, diesen Wunsch zu hegen.»

«Ich möchte Genaueres über die letzten Tage meines Sohnes erfahren. Ich kann seinen Unfall nicht akzeptieren, vielleicht könnte mir die Reise auf das Schiff helfen, seinen Tod zu verstehen. Bitte sehr, ich stelle mir vor ...»

Dr. Saurer lehnte sich vor und unterbrach in väterlichem Ton: «Liebe Frau Knecht, ich gebe Ihnen einen ernsthaften Rat – und zwar als Arzt: Benutzen Sie Ihre Kräfte, um die Zukunft aufzubauen und nicht um in der Vergangenheit zu wühlen. Das bringt Ihnen ebenso wenig wie Ihrem Sohn.»

«Nur noch diese Reise zur Vergine, bitte sehr, dann geb ichs auf», erwiderte Frau Knecht und blickte unsicher zu Boden.

«Nun gut», sagte Herr Saurer schliesslich. «Frau Bolliger wird Ihnen die Adresse der Organisation, welcher das Boot gehört, angeben. Schreiben Sie denen – und Sie dürfen getrost meinen Namen als Referenz verwenden.

Ich werde mein Möglichstes tun, allerdings – versprechen kann ich Ihnen nichts.»

Indem er dies sagte, war er aufgestanden und zur Tür getreten. Die Sitzung war beendet.

«Ich danke Ihnen», sagte Frau Knecht.

Während sie beobachtete, wie Frau Bolliger für sie die Adresse notierte, kamen ihr ernsthafte Zweifel an ihrem Vorhaben.

10

Im Grunde liebte Franco seinen Beruf. Es gab jedoch die Momente, in denen er sich ernsthaft fragte, warum aus ihm nicht ein Konservator, ein Jurist oder, wenn schon ein Mediziner, dann doch wenigstens ein Pathologe hatte werden können.

Diese Momente traten nicht allzu häufig, aber immer etwa zur gleichen Zeit auf, vorzugsweise zwischen zwei und vier Uhr in der Früh. Der Auslöser dieser tiefen Zweifel an seiner Berufswahl war akustischer Art – das eindringliche Summen des Telefons. Obgleich vom ersten Rufton bis zu seinem Erwachen wahrscheinlich keine fünf Sekunden verstrichen, durchlebte er in dieser kurzen Zeit eine unfreiwillige Reise vom Tiefschlaf in den Wachzustand.

Er konnte sich nicht daran gewöhnen. Er hatte alles durchgetestet: vom urtümlichen Telefon mit den zwei Metallglocken über den Klassiker mit dem melodiösen Crescendo bis hin zum modernen Handy mit individueller Musik. Es nützte ihm nichts: Erreichte ihn ein Anruf im Tiefschlaf, durchlief er vom ersten Klingeln bis zum Abheben des Hörers einen kurzen, Schweiss treibenden Alptraum.

In der Nacht vom 30. Mai zum 31. Mai erging es ihm nicht anders, aber diesen Alptraum würde er Zeit seines Lebens nicht wieder vergessen. Das lag nicht so sehr am Traum als vielmehr an dem, was folgte.

Er hing mit klammen Fingern an einem schmalen Felsband, als sein Telefon klingelte. Unter ihm öffnete sich eine weite Tiefe, aus der ihm das Bettenhochhaus des Inselspitals entgegenragte. Er hatte eigentlich keine Wahl, denn griff er zum Telefon, würde er den Halt verlieren. Aber entgegen seinen Überlegungen suchte seine linke Hand instinktiv nach dem Hörer. Da glitt seine rechte Hand ab, er stürzte in die Tiefe. Sein letzter Gedanke war die Frage, warum er diesen Reflex, den Griff zum Telefon, nicht hatte unterdrücken können. Dann fand er sich schwitzend am Bettrand sitzend wieder, die linke Hand bereits am Hörer.

In diesem Moment war er hellwach.

«Weber», sagte er mit tonloser Stimme, während er schon mal das Licht anknipste und nach Schreibzeug und Notizpapier langte.

«Reusser, IP Nord», meldete sich die Nachtschwester. «Ich rufe Sie an im Auftrag von Doktor Braun, dem Anästhesisten. Ich soll Ihnen ausrichten, Herr Bühler sei in einem kritischen Zustand. Er wurde auf die Intensivpflegestation verlegt. Er ist nicht bei Bewusstsein. Herr Braun bittet Sie, ins Spital zu kommen, um mit ihm das weitere Vorgehen zu besprechen.»

«Wo finde ich den Patienten?»

«Auf Station vier.»

«Sagen Sie Herrn Braun, ich komme sofort.»

Franco legte auf und stürzte in die Kleider.

Um keine Zeit zu verlieren, verzichtete er auf Socken und Hemd. Die Schlüssel für den Wagen und die Tiefgarage steckten in seiner angetragenen Hose. Kaugummi, Rasierzeug und Aftershave lagerten im Handschuhfach seines Wagens. Falls er bei der Lichtsignalanlage halten musste, würde er die Zeit nutzen, um sich notdürftig zu rasieren. Aber um diese Zeit waren die Ampeln ausgeschaltet, und als er um Viertel nach drei durch die Notfallpforte hastete, war er unrasiert.

Schon beim Öffnen der Türe zu Raum vier der Intensivpflegestation ahnte er Schlimmstes. Statt des hektischen Treibens, welches normalerweise bei kritischen Situationen aufkam, herrschte Stille. Die Betroffenheit war den vier um ein Bett stehenden Personen von weitem anzusehen.

Dr. Braun sagte: «Er ist gestorben. Tut mir Leid.»

«Was ist passiert?», fragte Franco und griff mechanisch nach der blassen Hand des regungslosen Herrn Bühler.

«Ich weiss es nicht», antwortete Braun. «Laut Nachtschwester betätigte er um zwei Uhr dreissig die Glocke und beklagte sich über Kopfschmerzen und Übelkeit. Die Schwester wollte ihm Tee und Schmerzmittel besorgen, musste sich aber zuvor um einen anderen Patienten kümmern. Sie meinte, es habe höchstens zehn Minuten gedauert. Sie traf ihn schon bewusstlos an und löste unverzüglich Alarm aus. Ich denke, sie handelte absolut korrekt.»

Braun schüttelte bedauernd den Kopf: «Leider konnte ich nicht mehr viel ausrichten. Als wir eintrafen, war er pulslos. Ich habe ihn unverzüglich reanimiert. Wir brachten nie einen vernünftigen Blutdruck hin, trotzdem verlegten wir ihn auf die Intensiv. Doch hier war es definitiv aus.»

Er hob die Lider des Verstorbenen leicht an. Die Pupillen waren ungleich weit.

«Der Befund spricht für eine Hirnblutung. Ein Herzversagen scheint mir eher unwahrscheinlich, ist aber selbstverständlich noch nicht ausgeschlossen.»

Natürlich wussten beide, dass dies für den Patienten keine Rolle mehr spielte, aber für das Projekt von entscheidender Bedeutung sein konnte. Falls ein direkter Zusammenhang zwischen dem plötzlichen Tod und der Operation der letzten Woche auch nur vermutet werden musste, würde das Projekt «minimal invasive Herzchirurgie» mindestens unterbrochen, wenn nicht sogar abgebrochen werden.

Franco nickte stumm. Er konnte es nicht fassen. Noch gestern hatte er den Spenglermeister in der Cafeteria sitzen sehen. Er stellte seinem Kollegen noch einige Fragen zur Reanimation, aber sie waren im Grunde sinnlos. Braun war ein erfahrener Anästhesist und wenn es eine Chance zur Rettung des Patienten gegeben hätte, würde er sie gepackt haben.

«Weiss es seine Frau?», frage er schliesslich.

Braun schüttelte den Kopf: «Sie ist auf dem Weg ins Spital. Wir teilten ihr bisher lediglich mit, dass ihr Mann verlegt werden musste. Sie weiss noch nicht, dass er gestorben ist. Soll ich mit ihr sprechen oder übernimmst du das?»

Franco sagte: «Ich denke, es ist meine Pflicht. Ich werde sie zudem bitten müssen, in eine Obduktion einzuwilligen. Es ist eine verdammte Scheisse.»

Die leitende Schwester sah ihn tadelnd an.

Franco brachte keine Entschuldigung über die Lippen. Er fand, es war so, wie er es sagte.

Beim Verlassen der Intensivpflegestation stiess er schmerzhaft gegen den zur Seite gestellten Defibrillator.

«Heute ist nicht mein Tag», murmelte er, als er auf den Gang trat.

Das Operationsprogramm dauerte nicht überaus lange. Trotzdem ausgepumpt und ziemlich übernächtigt begab sich Franco kurz nach vierzehn Uhr auf die Abteilung. Sein Stimmungsbarometer lag nur wenig über dem absoluten Tiefpunkt.

Frau Bühler war durch den unerwarteten Tod ihres Mannes schockiert gewesen. Franco hatte schon während des Gesprächs gespürt, wie sich ihre ganze Enttäuschung auf das Spital und vor allem auch auf ihn zu übertragen begann. Sie hatte mindestens viermal gefragt, was bei der Operation schief gelaufen sei, was man ihr verheimlicht habe.

Franco hatte erfolglos versucht, ihre Zweifel zu beseitigen. Immerhin hatte er erreicht, dass sie ohne Zögern in die Obduktion einwilligte. Er wusste, dass sie beide nicht die gleiche Motivation zur Klärung der Situation bewog. Ihm ging es darum, das Projekt zu retten, Frau Bühler hingegen vermutete einen Behandlungsfehler. Sie hatte ihm mit rechtlichen Schritten gedroht, falls an ihrem Mann experimentiert worden sei.

Die Ereignisse der Nacht hatten Franco mehr zugesetzt als die sieben Stunden Operieren. Er legte sich für eine halbe Stunde auf sein Klappbett im Büro. Er fand aber keinen Schlaf und trotz anschliessender Dusche fühlte er sich an diesem Nachmittag wie ein welker Gummibaum.

Die nächste Enttäuschung erwartete ihn bei der abendlichen Visite. In Zimmer 108 sass Herr Grossenbacher angekleidet und zur Abreise bereit auf seinem Bett. Die Infusion am Vorderarm war abgestöpselt.

Franco bemerkte erstaunt: «Was ist denn mit Ihnen los? Der Austritt ist auf Samstag geplant. Sie riskieren eine Infektion, wenn ...»

«Ich glaube ich riskiere gar nichts, wenn ich dieses Spital verlasse», unterbrach ihn Herr Grossenbacher gereizt. «Im Gegenteil. Ich war schon zu lange hier.»

Er machte eine kurze Pause, um den folgenden Worten besonderes Gewicht zu verleihen: «Ich möchte nicht auch das Opfer irgendwelcher Experimente werden.»

Franco war sprachlos. Diesen Vorwurf hatte er nicht erwartet. Er suchte nach einer passenden Antwort, aber es kam ihm nichts Gescheites in den Sinn.

Herr Grossenbacher sprach weiter: «Herr Bühler und ich hatten ein herzliches Verhältnis. Sein Tod geht mir sehr nahe. – Ich war ziemlich durcheinander heute Morgen. Ich verlangte eine Erklärung – aber Sie waren ja am Operieren.» Wobei er das Wort «operieren» bösartig betonte.

Bevor Franco etwas einwenden konnte, fuhr er fort: «Sie gehen doch mit mir einig, wenn ich sage, dass die Beziehung zwischen uns von Anfang an problematisch war?»

Dies war nicht als Frage, sondern als Feststellung zu verstehen.

«Herr Doktor Zimmer hatte die Freundlichkeit, mir alles zu erklären. Wir kamen überein, dass ein Tapetenwechsel das Beste für mich sei. Ich werde noch heute

Morgen in die Parkklinik Eiger übertreten. Dort wird mich Doktor Zimmer weiter betreuen.»

Franco erwiderte tonlos: «Ich versteh das zwar nicht, aber ich muss es akzeptieren. Sie haben freie Arzt- und Spitalwahl. Aber wie kommen Sie auf die Parkklinik?»

Herr Grossenbacher blickte Franco herausfordernd an: «Doktor Zimmers Rat. Er hat mir erklärt, dass dort alle für meine Krankheit nötigen Therapien und Eingriffe vorgenommen werden könnten. Und die Warteliste für eine neue Niere sei dort bedeutend kürzer. Was ich übrigens auch schon von anderer Seite gehört habe.»

Franco wollte widersprechen, ahnte jedoch, dass er die Sache dadurch nur noch schlimmer machen würde. Er hatte weder die Kraft noch die Lust zu einem Disput.

So sagte er nur: «Dann verabschiede ich mich und wünsche Ihnen alles Gute.»

Sie reichten einander kurz die Hand, und er verliess Herrn Grossenbacher.

Kaum hatte er die Tür geschlossen, zischte er: «Blödmann», wobei ihm selber nicht klar war, ob er damit den Patienten oder seinen Kollegen betitelte.

11

Am Freitagabend der gleichen Woche gab Heiner Zurflüh seinen Abschiedsapéro.

Während über fünf Jahren hatte er in verschiedenen Abteilungen des Inselspitals gedient, und entsprechend gross war die Schar ehemaliger und momentaner Mitarbeiter und Vorgesetzter, die gekommen war, um sich von ihm zu verabschieden. Freundlichkeiten und Geschenke wurden überreicht, die üblichen Sprüche geklopft, die frechen mit schallendem Lachen quittiert, die schwachen geflissentlich überhört und da und dort ergaben sich Diskussionen und ernste Gespräche.

Aber wie immer bei solchen Anlässen war man vorwiegend nett zueinander, froh, dass man nicht derjenige war, der eine neue Stelle antreten musste, obwohl man vielleicht noch am gleichen Morgen die Arbeit inklusive KollegInnen verwünscht hatte.

Adrian Zimmer hielt ein kurze Rede, in welcher er den Einsatz und Eigenschaften des Abtretenden würdigte und sich gleichzeitig glücklich schätzte, weiterhin mit Kollega Zurflüh zusammen zu arbeiten und ihn in Zukunft bei den Operationen in der Parkklinik Eiger an seiner Seite zu wissen und so weiter und so fort.

Er überreichte ihm im Namen der Klinikleitung ein kleines Geschenk. Es enthielt eine Sammlung satirischer Zeichnungen zum Thema Chirurgie. Auf der ersten Seite stand eine kurze Widmung: «Als Dank und zur Erinnerung» oder so etwas Ähnliches. Sie hatten alle unterschrieben.

Franco beobachtete die Szenen mit leichtem Unbehagen. Ihm stand der Sinn nicht nach Feiern und Austauschen von Gemeinplätzen. Was hätte er wohl gesagt, wenn er selbst eine Abschiedsrede hätte halten müssen? – Wahrscheinlich auch nur Nettigkeiten.

«Ich bereue seinen Abgang nicht», hörte er plötzlich eine leise Stimme hinter sich.

Er drehte sich um. Es war Dimitra.

«Haben Sie meine Gedanken gelesen?», fragte Franco.

«Überhaupt nicht; ich sage lediglich, was ich empfinde. Das tut man bei solchen Anlässen zwar offenbar nicht, aber Ihnen kann ich das sagen. Ich denke, Sie beide waren nicht gerade das, was man dicke Freunde nennt.»

Sie sah ihn offen an.

«Wir können schliesslich nicht immer sagen, was wir denken», erwiderte er ernster als beabsichtigt.

«Was gibt es denn zum Beispiel, was Sie denken und nicht sagen können?»

«Nun, zum Beispiel, dass wir uns näher kennen lernen sollten.»

Er reichte ihr ein Glas Weisswein. «Ergreifen wir die günstige Gelegenheit. – Prost, ich heisse Franco.»

«Freut mich ehrlich, Franco. Dimitra.»

Sie stiessen an und tranken einen Schluck, wobei sie sich über den Gläserrand kurz in die Augen sahen.

Danach betrachteten sie schweigend das aufgeräumte Treiben der Gesellschaft.

«Irgendwie ist der Heiner zu beneiden», sagte Franco schliesslich. «Ich meine, ein Neubeginn hat auch seine guten Seiten, ist etwas, was wir uns alle gelegentlich wünschen.»

«Ach, der wird der Gleiche bleiben», erwiderte Dimitra. «Ein echter Neubeginn muss schlussendlich nicht mit einem Stellenwechsel beginnen, findest du nicht?»

Franco nickte. «Und trotzdem, eine kleine Veränderung kann manchmal eine grosse Wirkung haben. – Ich zum Beispiel habe mir über Pfingsten fünf Tage frei genommen. Das ist seit langem mein erster Urlaub und das bedeutet für mich auch so etwas wie einen Neuanfang – wenn auch zugegebenermassen einen bescheidenen. Ich werde für einige Tage nach Frankreich verreisen, halb Ferien und halb Arbeit.»

«Was heisst das denn? Besuchst du einen Kongress?»

«Nein, nichts dergleichen. Ich muss einige Dinge klären. Das heisst, ich muss eigentlich gar nichts, aber ich will», geriet nun Franco beinahe ins Stottern. Dimitra sah ihn fragend an und er wusste nicht recht, wie viel er ihr erzählen sollte.

«Es ist eine recht komplizierte Geschichte», begann er und suchte nach dem Anfang. Bestimmt würde Dimitra der Name Max Knecht nichts sagen.

In diesem Moment traten einige Kollegen hinzu. Bühlers plötzlicher Tod hatte sich herumgesprochen und zu wilden Gerüchten geführt. Franco wurde von allen Seiten mit Fragen bedrängt.

«Ich werde es dir ein anderes Mal erzählen», wandte er sich an Dimitra. Es tönte knapper als beabsichtigt, aber er hatte keine Lust, Frau Knechts Befürchtungen vor all seinen Kollegen auszubreiten.

Dimitra zuckte die Schultern. Sie hörte noch einen Moment zu, als er zum x-ten Mal erklärte, dass Herr Bühler höchstwahrscheinlich nicht an einem Herzversagen verstorben war, dass man bis zum Eintreffen des Obduktionsberichtes eigentlich nur spekulieren könne und dass das Projekt vorläufig gestoppt worden sei.

Franco realisierte, dass sich Dimitra abwandte. Er suchte erfolglos ihren Blick und er bekam auf einmal den Eindruck, dass sie ihm die kalte Schulter zeige. Als sie schon kurze Zeit später die Party verliess, befiel ihn eine eigenartige Unruhe, und er wäre ihr am liebsten gefolgt.

Stattdessen trat er an die frische Luft und seine Unruhe wich einer grossen Enttäuschung. Er ärgerte sich über sich selbst. Er war immer der Überzeugung gewesen, dass nur diejenigen Leute enttäuscht würden, die die Realität verkannten.

Aber seine Weisheit nützte ihm diesmal nichts, die Frustration blieb.

Innert dreier Tage hatte er zwei herbe Enttäuschungen erlitten: zuerst den unerwarteten Tod von Herrn Bühler, dann Grossenbachers Verlegung ins Eiger. Und jetzt wies ihm Dimitra auch noch die kalte Schulter.

In diesem Augenblick entschied er sich definitiv. Er würde nach Frankreich verreisen und einmal richtig abschalten. Er hatte die Nase gestrichen voll. In einem Zug leerte er sein Glas und machte sich auf die Suche nach Nachschub.

An diesem Abend trank er mehr als üblich.

Zweiter Teil

12

Die See war ruhig, die Wasseroberfläche fast glatt, nur der Fahrtwind wehte Heiner Zurflüh ins Gesicht. Er stand an der Reling der Vergine und beobachtete fasziniert, wie sich am Bug des Schiffes das Wasser teilte. Dieses kraftvolle Verdrängen und unentwegte Vorwärtstreiben mutete ihn beinahe unheimlich an.

Wahrscheinlich deshalb erinnerte er sich auf einmal an das kürzliche Telefonat mit Franco. Der unerwartete Anruf hatte ihn vor allem wegen der Bitte, die Franco an ihn richtete, überrascht.

Franco hatte ihm zunächst von Max Knecht und dessen Unfall berichtet und mit den Worten geschlossen: «In Zusammenhang mit dem Unfall gibt es noch immer offene Fragen. Die Antworten, an denen übrigens nur seine Mutter interessiert ist, könnten mindestens teilweise auf der Vergine zu finden sein. Der Mann, der Max nach Nizza brachte, ist jedenfalls ein schwerer Junge. Er heisst Bruno Hartmann. Er war möglicherweise in Drogengeschäfte verwickelt.»

«Du denkst, Max hat mit Drogen …»

«Ich denke gar nichts, aber ich wäre dir dankbar,

wenn du Augen und Ohren offen halten könntest. Vielleicht gibt es auf dem Schiff Geheimnisse, die auch Max betreffen. Sei bitte vorsichtig und sprich mit niemandem darüber, sonst kriegt am Ende Frau Knecht Ärger und die hats weiss Gott schon schwer genug.»

Er selbst hatte sich zurückhaltend gegeben: «Meine Aufgabe auf dem Schiff besteht nicht darin, in den Angelegenheiten anderer herumzustöbern, sondern die medizinische Station auf Vordermann zu bringen.»

«Ich weiss, du schuldest mir nichts, Heiner», hatte Franco erwidert. «Wenn du in dieser Sache etwas unternimmst, dann ist es nicht für mich, sondern für Max Knecht und dessen Mutter.»

Darauf hatte er versprochen, sich umzusehen.

Bis zum jetzigen Zeitpunkt war ihm allerdings absolut nichts Besonderes aufgefallen. Seit er gestern mit dem Helikopter auf der Vergine gelandet war, hatte er diesen Bruno Hartmann noch nicht zu Gesicht bekommen. Zunächst war er vom Kapitän und von Karl Frentzen mit einem Bier auf der Brücke begrüsst worden. Seine anfängliche Skepsis hatte sich angesichts des freundlichen Empfangs rasch verflüchtigt.

Frentzen hatte zwar nervös geschienen, aber nach dem dritten Bier gemeint: «Ich heisse Karl und gehöre sozusagen zum Inventar. Wir sind hier auf dem Schiff eine grosse Familie und duzen uns alle, natürlich abgesehen vom Chef.»

«Wer ist der Chef?», hatte er gefragt.

«Wir nennen Bruder Rohner aus Monaco so. Eigentlich ist er nicht direkt unser Chef, aber bei allen Problemen unser Ansprechpartner. Du wirst ihn bald kennen lernen. Er wirkt etwas altmodisch; wir sind trotzdem zufrieden mit ihm, vielleicht auch, weil er sich so selten blicken lässt.»

Dann hatte ihn Karl durch die Vergine geführt und ihm die Organisation an Bord erklärt. Er hatte erfreut vernommen, dass er auf der Mannschaftsliste als stellvertretender Leiter der medizinischen Station geführt wurde und in dieser Funktion entsprechende Privilegien genoss: eine Kabine mit zwei Räumen, freien Zugang zu Bar und Spielsalon, ein Büro im Operationstrakt und so weiter.

Karl hatte ihm den Schlüssel, welcher ihm Zugang zu den wichtigsten Abteilungen verschaffte, mit den Worten überreicht: «Auf der Vergine laufen zu viele Leute herum, die wir nicht genau kennen. Abschliessen ist einfacher als kontrollieren.»

Heiner hatte gefragt: «Sind denn schon Patienten an Bord?»

«Nein. Hat man dir nicht gesagt, was morgen los ist?»

Hatte man nicht.

«Die Krankenabteilung der Vergine hat sich beim französischen Gesundheitsamt um irgendeine Akkreditierung beworben und die zuständigen Behörden sind auf morgen, den 7. Juni, zur Inspektion angemeldet», hatte ihn Karl aufgeklärt.

Das war gestern gewesen und nun erwarteten sie jeden Moment den offiziellen Besuch aus Frankreich.

Heiner und Dr. Dupont hatten am Morgen noch einmal Einrichtung und Inventar des Operationssaales und der Intensivpflegestation kontrolliert. Im Gegensatz zu Karl hatte sich der Chefarzt zurückhaltend gegeben und war, vorsichtig ausgedrückt, förmlich geblieben. Heiner hatte nicht bedauert, dass sich sein Kollege gleich nach dem Kontrollgang wieder in seine Kabine zurückgezogen hatte.

Anschliessend war Heiner Bruder Rohner vorgestellt worden. Bruder Rohner war klein und drahtig, in seinem schwarzen Anzug mit zeitlosem Schnitt, abgewetzten Ellbogen und Knien sah er aus wie ein Pater aus vergangenen Zeiten. Er sprach sehr konzentriert und beim Zuhören zeigte er keinerlei Mimik, was Heiner verunsicherte. Ein humorloser Perfektionist, aber ein beeindruckender Redner, lautete Heiners Urteil.

Er war darauf über seinen ersten Eindruck von der medizinischen Station ausgefragt worden.

Als er seiner Begeisterung Ausdruck gegeben hatte, wurde er von Bruder Rohner unvermittelt gefragt: «Können Sie sich vorstellen, hier zu arbeiten und wenn nötig auch chirurgische Eingriffe durchzuführen?»

«Es wäre mir ein Vergnügen», hatte er geantwortet.

«Und finden Sie unsere Anliegen unterstützungswürdig?»

Heiner hatte nicht gleich begriffen, was die Frage bedeutete: «Wie meinen Sie das genau?»

«Wir bemühen uns um eine fachlich hoch stehende Versorgung. Wir betreuen hier mittellose Waisen aus Entwicklungsländern, unentgeltlich, wie Sie vielleicht noch nicht wissen. Die Aufnahme in die offizielle Spitalliste wäre für uns deshalb weit mehr als eine Anerkennung unserer Bemühungen. Im günstigsten Fall dürfen wir mit stattlichen staatlichen Beiträgen rechnen. Der heutige Tag ist für uns sehr wichtig.»

Während des Sprechens hatte er die Augen leicht zusammengekniffen und Heiner Zurflüh aufmerksam gemustert. Dieser war verwirrt gewesen, verwirrt nicht nur über das Gesagte, sondern auch über die konzentrierte Aufmerksamkeit, die ihm zuteil wurde.

«Dürfen wir auf Ihre volle Unterstützung zählen, Doktor Zurflüh?», hatte Bruder Rohner nochmals mit Nachdruck gefragt.

«Selbstverständlich. Ich unterstütze Ihre Anliegen voll und ganz und freue mich auf die Arbeit. Ich habe mich mit entsprechender Literatur eingedeckt. Die medizinischen Probleme in den Entwicklungsländern unterscheiden sich deutlich von denen in der Schweiz.»

Bruder Rohner hatte zufrieden genickt. «Wir schätzen Ihre Mitarbeit schon jetzt.»

Zum ersten Mal war ein wohlwollendes Lächeln über sein Gesicht gehuscht. «Wer unserer kleinen Bruderschaft dient, der wird belohnt werden.»

Und leidenschaftlich hatte er Heiner die mühsame Stellung einer religiösen Gemeinschaft in der heutigen, oberflächlichen Welt erklärt, einer Welt, welcher das Gespür für geistige Anliegen zunehmend verloren ginge.

«Immerhin, seit die Fondation monacale unser kleines Hospiz unterstützt, fühlen wir uns in unserem Bestreben, den Ärmsten zu helfen, bestätigt.» Worauf er ihm seine Beziehung zur Bruderschaft und zur Fondation monacale genauer erläutert hatte.

Heiner hatte nur mit einem Ohr hingehört. Geistliche Anliegen und ihre weltlichen Strukturen interessierten ihn wenig. Hingegen schmeichelte ihm das Gewicht, das

Bruder Rohner seiner Person gab. Wenn er richtig verstanden hatte, war er so etwas wie der Hoffnungsträger für die medizinische Station auf der Vergine – verständlich, wenn er an die Figur eines Dr. Dupont dachte.

Er konnte es kaum erwarten, den Inspektoren zu zeigen, welch bedeutungsvolle Arbeit er hier verrichtete.

Die Delegation traf eine Stunde später ein und wurde in der Offizierskombüse mit einem reichhaltigen Apéro empfangen.

Der Kapitän erörterte für die Gäste mit sichtlichem Stolz die technischen Details des Schiffes. Anschliessend stellte er die Mannschaft – soweit anwesend – vor: Doktor Dupont als medizinischen Leiter und Doktor Zurflüh als dessen Stellvertreter, flankiert von drei Krankenschwestern, die Heiner Zurflüh bei dieser Gelegenheit zum ersten Mal zu Gesicht bekam, sowie von Karl Frentzen, der als stellvertretender Leiter des Pflegeteams bezeichnet wurde.

Dann forderte der Koch die Besucher auf, seine Künste ausgiebig zu testen, nicht nur beim Apéro, sondern auch im Anschluss an die Inspektion anlässlich eines kalten Buffets.

Die Mitglieder der Delegation applaudierten begeistert und bedienten sich. Sie waren Beamte der Finanz- und Gesundheitsbehörde und dieser Besuch bot ihnen eine willkommene Abwechslung zum Büroalltag. Die umfangreiche Dokumentation, die ihnen von der Vergine zugestellt worden war, hatten sie mehr oder weniger genau studiert, die Meinungen waren gemacht und nichts sprach dagegen, den Ausflug zu geniessen. Die kleine

Schar glich eher einer lustigen Reisegesellschaft als einer Inspektionstruppe.

Die Gläser waren mehr als einmal nachgefüllt worden, als Bruder Rohner erschien.

Mit dem gleichen Feu sacré, mit dem er Heiner Zurflüh begrüsst hatte, sprach er vor der Delegation. Er redete von der christlichen Tradition, der humanitären Hilfe für die Ärmsten der Welt und diesmal hatte Heiner Zurflüh Mühe, ihn ernst zu nehmen. Seine Ansprache wirkte allzu geschliffen und stand in offensichtlichem Widerspruch zum üppigen Apéro. Er folgte der Rede diesmal aufmerksamer und versuchte vergeblich, Bruder Rohners genauere Funktion im Ganzen zu erfassen.

Er hörte von einer kleinen Bruderschaft des Jesuitenordens, die vor Jahren ein Spital für mittellose Kranke in Monaco gegründet hatte, das Hôpital monacal. Er vernahm, dass dieses Spital später infolge Nachwuchsmangels in ein Altersheim für die Angehörigen der Bruderschaft umfunktioniert worden war und dass Bruder Rohner offenbar in diesem Altersheim eine leitende Funktion wahrnahm. Aber gleichzeitig vertrat er hier vor der Delegation die Fondation monacale, eine Stiftung mit religiösem Hintergrund, welche die Ziele der Bruderschaft – mittellosen Menschen medizinische Hilfe zu bieten – mittrug. Diese Stiftung arbeitete mit Krankenstationen in der ganzen Welt zusammen, unterstützt unter anderem auch von Ärzten aus der Schweiz.

Bruder Rohner verneigte sich leicht in Richtung Heiner Zurflüh.

Er machte eine kurze Pause, um den folgenden Worten besonderes Gewicht zu verleihen: «Die Brüder des Hôpital monacal und die Frauen und Männer der Fondation monacale stellen ihr Leben in den Dienst benachteiligter Menschen. Sie haben etwas Grossartiges aufgebaut und stets im Verborgenen gearbeitet. Es liegt ihnen nicht daran, sich ihrer Werke zu rühmen, aber ihr grösster Wunsch ist es, dass ihre Ideen und Projekte weiterleben. Diese Vision unterstützen Sie, wenn Sie am heutigen Tag diese Krankenstation als vollwertiges Spital anerkennen. Ich danke Ihnen allen schon jetzt für Ihre Bemühungen – unabhängig davon, wie Sie sich entscheiden werden.»

Die Delegation war sichtlich beeindruckt von diesen feurigen Worten und startete schweigend zum Rundgang.

In der Krankenstation war ein anerkennendes Raunen zu vernehmen. Bruder Rohner erklärte, für die Qualität der Station bürgten die Ärzte Dupont und Zurflüh, beides erfahrene Chirurgen. Unterstützt würden diese durch ein kompetentes Pflegeteam. Dessen Leiter weile leider zurzeit in Indien. Er betonte, dass Dr. Zurflüh in einer äusserst renommierten Klinik in der Schweiz tätig sei, und schilderte kurz seinen Werdegang und seine Qualifikationen.

Heiner Zurflüh fühlte sich geschmeichelt, wunderte sich aber auch, wie genau Bruder Rohner über seine Person informiert war.

Bruder Rohner beendete seine Führung mit den Worten: «Sehen Sie sich in aller Ruhe um. Was Sie hier an Ausrüstung und Technik finden, geht weit über den Standard eines durchschnittlichen Landspitals hinaus. Diese Einrichtung taugt natürlich nur dann etwas, wenn das Personal entsprechend ausgebildet ist. Wir schätzen es, über beides zu verfügen: Spitzentechnik und Spitzenpersonal.»

Die Damen und Herren der Delegation sahen sich in den Räumen um, nur Monsieur Leblanc vom französischen Gesundheitsamt stellte ein paar Fragen.

Dr. Dupont schien sehr nervös, und so beantwortete Bruder Rohner die Fragen nach der Hygiene und der Wartung der Geräte. Er beauftragte den Chefarzt kurzerhand, die Liste der vierteljährlichen Material- und Funktionskontrollen zu holen.

Herr Leblanc verlangte zudem Einblick in das Operationsjournal.

Hier bemerkte Heiner Zurflüh bei Bruder Rohner zum ersten Mal eine leichte Unsicherheit.

«Das ist einer der Punkte, den wir noch ändern müssen», meinte er bedauernd. «Doktor Dupont fand es bislang nicht für nötig, ein Journal zu führen. Weil er in den Anfängen weit gehend alleine arbeitete, glaubte er die Übersicht auch so behalten zu können.»

Monsieur Leblanc schien nicht ganz zufrieden, und Bruder Rohner fuhr fort: «Natürlich wird sich das sofort ändern – nicht wahr, Doktor Zurflüh.»

Heiner Zurflüh nickte eifrig, wenn auch etwas überrumpelt. Einen Operationssaal ohne Operationsjournal gab es nicht. Das schien ihm ungefähr gleich nachlässig wie ein Hotel ohne Gästeliste.

Monsieur Leblanc zeigte sich hartnäckig: «In diesem Fall sollten Sie uns die Operationsberichte zustellen, selbstverständlich zuhanden unseres vertrauensärztlichen Dienstes.»

Bruder Rohner versicherte: «Aber natürlich, wenn es der Sache dient und das Arztgeheimnis garantiert ist, werden wir Ihnen alles Gewünschte innert weniger Tage zustellen – sofern Monsieur es wirklich ausdrücklich wünscht.»

Monsieur wünschte es. Ausdrücklich.

Die Teilnehmer der Delegation guckten erstaunt zu Monsieur Leblanc, als müssten sie sich vergewissern, dass ihm mit dieser Aufforderung wirklich ernst war. Sein Beamtengesicht verriet, dass er nicht scherzte.

Es entstand eine kurze, peinliche Pause. Heiner Zurflüh dachte, was wohl alle dachten: ein kleinlicher Bürokrat, der glücklich war, einen Haken zu finden. Das einzig Positive an seinem sturen Verhalten war, dass er – entgegen seiner Absicht – die Sympathien der Anwesenden zur Vergine stärkte.

Wie gerufen erschien in diesem Moment der Koch. Er schlug kräftig den Gong und lud die ganze Gesellschaft auf das Sonnendeck zum Fischbuffet. Die Stimmung besserte sich zunehmend. Die Delegationsmitglieder langten kräftig zu und liessen ihr positives Urteil durchblicken. Einzig Monsieur Leblanc blieb förmlich.

Als Bruder Rohner beim Abschied zu ihm sagte: «Ich hoffe, wir dürfen auch auf Ihre Zustimmung zählen, Monsieur», antwortete dieser knapp: «Ich äussere mich in solchen Fragen nie im Voraus.» Er betonte «ich» und kritisierte damit indirekt seine Kollegen, welche gut gelaunt ins Beiboot stiegen.

«Klugscheisser», dachte Heiner Zurflüh, als er ihm mit einem überfreundlichen Lächeln ins Boot half.

*

Bruno trank Schluck um Schluck sein Bier und bestellte gleich ein zweites. Er spülte seinen Ärger runter.

Seit gut einer Woche sass er in Kalkutta fest. Wegen seiner unrühmlichen Vergangenheit hatte man ihn geheissen, hier zu bleiben, bis die Inspektion auf der Vergine vorbei war. Zu allem Übel hatte vor zwei Tagen der Monsun eingesetzt. Es goss die ganze Zeit in Strömen. Wenn er nicht vom Schweiss durchnässt war, dann sicher vom Regen.

Trotz den angenehmen Seiten dieser Reisen blieb er ungern länger als nötig in Indien. Der Aufenthalt in diesem Land machte ihm nicht nur der tropischen Temperaturen wegen zu schaffen. Das chaotische Knäuel von Strassen, Gässchen, Markständen, Häusern und Menschen – Menschen und noch mehr Menschen –, welches ihm früher ein Gefühl der Sicherheit und Unauffindbarkeit gegeben hatte, begann ihn in letzter Zeit zu beunruhigen.

Er starrte mit düsterem Blick um sich.

Kein Stück Land in dieser Stadt, welches nicht bevölkert – oder besser gesagt – überbevölkert war. Es wurde von Jahr zu Jahr schlimmer: Händler, Kulis, Bettler, Handwerker, Schuhputzer, Mönche, Kranke – alle schienen auf der Strasse zu leben. Und überall die lärmenden Kinder, die sich bettelnd an jeden Fremden hängten. Wie ein Schwarm lästiger Insekten folgten sie ihm durch die Stadt.

Er trank auch das zweite Bier in kräftigen, kurzen Zügen und sein Ärger wich langsam einer gewissen Gleichgültigkeit.

Er hatte in den endlosen Slums vor der Stadt neun Krankenstationen aufgesucht, war dreimal mit Gopal, seinem indischen Kontaktmann, ins Hinterland gefahren, um auch dort Heime zu besuchen. Wie befohlen, hatte er die verschiedenen Listen eingesammelt, geordnet und jeweils am Abend an die Fondation monacale gefaxt.

Darauf hatte er fünf Indern einen Reisepass, einen Koffer und ein Ticket für den Flug Palermo retour besorgt. Sie würden am Donnerstag abfliegen und dort von den Leuten der Vergine abgeholt werden.

Er hatte sich lange Zeit überhaupt nicht erklären können, nach welchen Kriterien die Patienten der Vergine ausgewählt wurden. «Nach der Blutgruppe», hatte ihm Dr. Dupont einmal in nicht ganz nüchternem Zustand mit einem breiten Grinsen erklärt.

Bruno war sich damals ziemlich verarscht vorgekommen. Heute begann er gewisse Zusammenhänge mehr als nur zu erahnen. Er vermutete, dass Dupont damals die Wahrheit gesagt hatte.

*

Bruder Rohner betrachtete einen Moment das bunte Treiben.

Nach der Abreise der Delegation war das Buffet der Mannschaft überlassen worden. Die liess sich nicht zweimal bitten und feierte hemmungslos.

Er selber war nicht zufrieden. Er befürchtete, der Mensch vom Gesundheitsamt könnte ihnen einen Strich durch die sorgfältig vorbereitete Rechnung machen. Nun hoffte er inständig, Monsieur Leblanc sei lediglich einer der zahlreichen notorischen Nörgler, wie sie sich in jeder

Verwaltung fanden: einer, der sich wichtig machen wollte und am Schluss doch zustimmen würde.

Andernfalls könnte es schwierig werden. Er wusste zu gut, wie wichtig diese Zulassung für die Fondation monacale war. Es ging nicht in erster Linie um die Auszeichnung, sondern um die Vertrauenswürdigkeit. Dieses Papier sicherte ihnen Wohlwollen und Erleichterungen bei vielen Kontrollstellen und Behörden. Es musste einfach klappen.

Mit Unmut erinnerte er sich an Duponts Verhalten. Dieser strahlte nicht das aus, was man als «Vertrauen erweckend» bezeichnen würde. Im Gegenteil – durch seine nervöse und gleichzeitig verschlossene Art machte er jeden, der mit ihm zu tun hatte, kopfscheu. Duponts Tage auf dem Schiff waren gezählt. Dieser Chefarzt stellte ganz klar ein Risiko dar, nicht nur für das Schiff, sondern für die ganze Organisation.

Nachdenklich betrachtete er Heiner Zurflüh. Ob er ihr Mann der Zukunft war?

Er schien anpasserisch, egoistisch, eitel – aber nicht sehr mutig. Ein Draufgängertyp wie Max Knecht wäre Rohner lieber gewesen; auf der anderen Seite wirkte ein pflichtbewusster Schweizer Langweiler längerfristig wahrscheinlich vertrauenswürdiger.

Er beobachtete, wie sich Heiner Zurflüh für Schwester Melanie – die ebenso wenig Krankenschwester war wie er Ordensbruder – zu interessieren begann.

Was er sah, gefiel ihm. Dieser Doktor war leicht formbar – er würde ihnen früher oder später die gewünschten Dienste erbringen.

Bruder Rohner verliess den Raum und stieg hinunter zur Überwachungszentrale.

13

Sie sassen im gleichen Boot und segelten bei kräftigem Wind über den Thunersee. Max war in ausgelassener Stimmung und trieb allerlei Unfug. Er balancierte seitlich auf dem Bootsrand, so dass Franco nur mit Mühe den Kurs zu halten vermochte.

Plötzlich begann das Boot stark zu schaukeln, die Segel flatterten wild und rüttelten am Mast. Auf einmal löste sich der Baum, schwang rauschend herum und traf Maxens Kopf mit einem lauten Krachen. Max verlor das Gleichgewicht und stürzte rücklings an Franco vorbei ins kalte Wasser.

Rasch lehnte sich Franco über den Bootsrand und streckte Max seine Hand entgegen – doch er griff ins Leere. Nun drohte er seinerseits das Gleichgewicht zu verlieren. Er langte suchend nach hinten, und es gelang ihm in letzter Sekunde, sich an einer Gurte festzuhalten.

Entsetzt starrte er ins Wasser. Von Max fehlte jede Spur. Er sah lediglich eine schwarze, undurchsichtige Masse.

Wie gelähmt verharrte er in dieser Stellung – und fand langsam zu sich. Die schwarze Masse unter ihm wurde allmählich zum Boden des Schlafwagenabteils. Seine rechte Hand umklammerte die Aufhängung des Bettes, die Linke hing ins Leere.

Es setzte ein heftiges Rütteln ein und Franco begriff, dass der Zug eine Weiche passierte. Am Boden des Abteils rollte eine Flasche hin und her. Das war der vermeintliche Schlag an Maxens Kopf gewesen: der Aufschlag seiner Trinkflasche, welche ihm im Schlaf entglitten sein musste.

Franco setzte sich mühsam auf und massierte seine Schläfen.

Er konnte sich nicht erinnern, im Urlaub jemals so schlecht geträumt zu haben. Es musste am übermässigen Rumkonsum liegen. Sein Hirn hämmerte von innen an die Schädeldecke und rief ihm schmerzhaft ins Gedächtnis, dass er am Vorabend ziemlich viel getrunken hatte – und dies erst noch absichtlich.

Nachdem er nämlich seinen Abteilsgenossen zu Gesicht bekommen hatte, musste er sich darauf einstellen, die Nacht mit einem Schnarcher zu verbringen. Der Mann litt an deutlichem Übergewicht und an einer behinderten Nasenatmung. Dazu gesellte sich unnötigerweise noch ein fliehendes Kinn. Die Anatomie sprach für sich, Franco brauchte gar nicht erst die Nacht abzuwarten und stattete der Bar im Speisewagen prophylaktisch einen längeren Besuch ab.

Er blickte nach unten zu seinem Reisegefährten.

Dieser schlief noch tief und – Franco registrierte das frustriert – ohne Schnarchen. Sein brummender Schädel ärgerte ihn doppelt und er fluchte leise: «Merde.»

Er war völlig schweissgebadet. Als er gestern Abend Bern verlassen hatte, zeigte das Thermometer ganze dreizehn Grad und bei seiner Abreise hatte er sich warm angezogen – zu warm für den Süden, wie sich jetzt herausstellte.

Er schob den Vorhang ein wenig zur Seite.

Der Zug wand sich in einer kurvenreichen Strecke der Küste entgegen. Im fahlen Licht des frühen Morgens sah er das zögernde Erwachen einer Stadt. Sie befanden sich kurz vor dem Ziel.

Er hangelte sich nach unten, hob die Trinkflasche auf, trank einen Schluck und packte leise seine wenigen Sachen zusammen. Er verliess das Abteil, um die Einfahrt des Zuges in Nizza auf dem Korridor zu erwarten.

Dankbar nahm er den Kaffee entgegen, welchen ihm der Waggonchef anbot. Er schlürfte am Pappbecher und beobachtete aus dem Fenster das friedliche Erwachen der Landschaft.

In seinem Innern rumorte es gewaltig. Vor seinen Augen wiederholten sich die Bilder des Traumes. Der Schrecken und die Angst, als er im Boot ins Leere gegriffen hatte, sassen ihm in den Gliedern. Auch ein unbestimmtes Schuldgefühl war noch da.

In diesem Moment hielt der Zug mit einem Ruck.

Ursprünglich hatte Franco geplant, nach der Ankunft in Nizza direkt zum Hotel zu gehen, aber im Moment spürte er kein Verlangen, möglichst bald auf Maxens Spuren zu stossen. So wandte er sich zunächst in Richtung Strandpromenade, um im nächstgelegenen Café mit Meersicht das Frühstück einzunehmen.

Der Strand war verlassen. Auf der Promenade diskutierten ein paar Frauen, beladen mit ihren Einkaufstaschen, aus welchen Baguette und Lauchstengel keck herausguckten. Das kräftige Rauschen der Strandwellen schluckte sowohl ihre Worte als auch den morgendlichen Verkehrslärm und wurde nur von den gelegentlichen Schreien der Möwen übertönt.

«Vive la France», stöhnte er zufrieden, als er ins Croissant biss.

So anders und so schön konnte das Leben sein – nur eine Nacht vom Inselspital entfernt.

Er atmete tief durch. Diesen Augenblick hätte er gerne mit jemandem geteilt, und er erinnerte sich daran, wie Eveline ihn mehrmals zu solchen Abstechern zu überzeugen versucht hatte. Aber damals war ihm seine Arbeit wichtiger gewesen. Heute – oder wenigstens in diesem Moment – sah er die Sache anders.

Mit Dimitra würde er nicht mehr die gleichen Fehler machen, schoss es ihm unwillkürlich durch den Kopf. Dieser spontane Gedanke verwirrte und verärgerte ihn gleichermassen. Eigentlich wollte er jetzt nicht an sie denken. Bei der Abschiedsparty von Heiner Zurflüh hatte er ihretwegen ein Wechselbad der Gefühle durchlebt. Trotzig nahm er sich vor, vorläufig keine Beziehung zu suchen.

Er lehnte sich entspannt zurück und liess den Blick schweifen.

Die Sonne stand nun schon höher und spiegelte sich tausendfach in der bewegten Wasseroberfläche. Franco versuchte dem Gang der Wellen zu folgen, aber immer wieder verlor sich sein Blick in der Tiefe des Horizonts. Dort, wo Himmel und Meer sich ineinander verwoben, erschien ihm die Welt unendlich. Im Gegensatz zu seinem Wohnort in der Schweiz kam ihm hier alles offen und unbegrenzt vor.

Aber es wollte ihm nicht recht gelingen, sich diesem starken Eindruck hinzugeben.

Schliesslich brach er auf.

*

Das Hôtel des Terrasses war ein schöner Bau aus der Jahrhundertwende. Die massive Steinfassade mit ihren vorgelagerten, schmiedeeisernen Balkonen und den hohen schmalen Fenstern sowie die breite Treppe, welche einladend zu einer messingbeschlagenen Tür emporführte, gaben dem Bau einen mondänen Charakter. Die mit antiken Möbeln bestückte Eingangshalle passte gut zum äusseren Erscheinungsbild; es herrschte eine gepflegte und doch ungezwungene Atmosphäre.

Franco fühlte sich auf Anhieb wohl in diesem Haus. Nur ungern erinnerte er sich an den eigentlichen Zweck seiner Reise und widerstrebend entschloss er sich, zunächst den Bootsverleih aufzusuchen.

Er erkundigte sich beim Concierge, einem freundlichen, älteren Herrn, nach dem Weg. Dieser gab bereitwillig Auskunft. Wenige Kilometer östlich von Nizza befand sich eine Bucht, die wegen ihrem feinen Sandstrand beliebt war. Die Lokalität hiess «Les Mimosas» und lag an der Hauptstrasse in Richtung Monaco.

Der Concierge fügte geflissentlich an: «Ich mache Sie darauf aufmerksam, dass unser Hotel gleich hier am Strand einen eigenen Bootsverleih unterhält. Unsere Gäste bezahlen nur die Hälfte des angeschriebenen Preises.»

Franco zögerte. «Nun ich werde möglicherweise später auf Ihr Angebot zurückkommen, aber im Moment will ich gar kein Boot mieten. Ich ...»

Er zögerte und musterte den Concierge: «Ein Freund von mir ist hier vor einem Monat tödlich verunglückt – beim Segeln. Er lieh sich das Boot beim Verleih ‹Chez François› in Les Mimosas. Er wohnte übrigens in Ihrem Hotel.»

Er zog die Aufnahme von Max aus der Westentasche und streckte sie dem Concierge unter die Nase: «Können Sie sich an ihn erinnern?»

Der Concierge studierte das Bild eingehend. Er sagte feierlich: «Ja, ich erinnere mich an Herrn Knecht.»

Franco staunte: «Wie – Sie wissen noch seinen Namen?»

«Ich versuche stets, mir die Namen der Gäste zu merken, Monsieur Weber», erwiderte der Concierge mit Stolz. «Es fällt mir zwar von Jahr zu Jahr schwerer – aber das ist und bleibt Ehrensache in unserem Beruf. Natürlich vergisst man den Namen gewisser Gäste, sobald sie abgereist sind. Aber der Herr Doktor Knecht mit seiner Freundin Jeanne – das war ein besonderes Paar.»

Er schüttelte traurig denn Kopf: «Und dann passiert dieser tragische Unfall.»

Franco überreichte ihm das Foto von Jeanne.

«Das ist Jeanne, nicht wahr?»

«Ja, ja. Das ist sie. Hübsch, nicht? Die Ärmste erlitt einen Nervenzusammenbruch, als man sie über das Unglück informierte.»

«Kennen Sie Ihre Adresse?»

Der Concierge musterte ihn jetzt aufmerksamer, um nicht zu sagen: misstrauisch: «Sind Sie Polizist?»

«Nein, natürlich nicht. Ich bin Arzt – wie mein Freund

Max Knecht. Die Polizei hat ihre Untersuchungen längst abgeschlossen. Frau Knecht, seine Mutter, hat Schwierigkeiten, sich mit dem Unfall abzufinden. Sie hat mich gebeten, noch einmal den Spuren ihres Sohnes zu folgen. Ich denke, es soll ihr dabei helfen, seinen unerwarteten Tod zu akzeptieren.»

Der Concierge war noch nicht ganz zufrieden: «Warum kommt sie denn nicht selber hierher?»

«Sie spricht kein Französisch und ist das Reisen nicht gewohnt», antwortete Franco.

Jetzt erst griff der Concierge zum Gästebuch und blätterte zurück.

«Ich bin zwar nicht ganz sicher, aber so weit ich mich erinnere, hat sich nur der Herr Doktor eingetragen ...» Doch plötzlich hielt er inne. «Ah, non. Ich glaube, Sie haben Glück, docteur. Bevor Madame Jeanne abreiste, hinterliess sie uns – oder besser gesagt der Polizei – ihre Adresse: 165, Rue des Platanes Marseille.»

Franco notierte sich die Adresse und fragte weiter: «Ist Ihnen etwas Besonderes aufgefallen an diesem Tag?»

Der Concierge ordnete bedächtig einige Papiere: «Nun, ich hatte Frühdienst. Kurz bevor meine Schicht zu Ende war, verliess Herr Knecht das Hotel. Er war ein offener Mensch, wissen Sie. Er sagte nicht nur ‹bonjour›. Wir plauderten oft ein paar Sätze ...»

Der Concierge blickte auf seine Hände. «Acht Stunden später musste ich ihn dann auf dem Polizeiposten identifizieren. Der Kollege, der an diesem Tag den Spätdienst verrichtete, hatte zuvor einige Tage frei und kannte den Doktor nicht.»

Er genehmigte sich einen Schluck Wasser. «Es war ein fürchterlicher Schock. Die Sache verfolgte mich während Tagen. Ich habe mich oft gefragt, warum er das Boot nicht bei uns mieten wollte. Er wusste doch von unserem Verleih. Zudem befinden sich unsere Boote in besserem Zustand.»

An dieser Stelle klang ein leiser Vorwurf in seiner Stimme mit.

«Im Nachhinein fiel mir auf, dass er mir überhaupt nichts von seinen Segelabsichten erzählt hatte. Sonst teilte er mir nämlich seine Pläne meistens mit. Auch erinnerte ich mich, dass er auf dem Boot offenbar nicht die gleichen Kleider trug wie am Morgen, als er das Hotel verlassen hatte. Diesen Umstand meldete ich später der Polizei, aber da war der Fall schon geklärt und niemand interessierte sich für meine Beobachtungen.»

Franco erwiderte verständnisvoll: «Wir beobachten oft Dinge, die wir ...»

Der Concierge unterbrach ihn abwesend: «Ich versteh wirklich nicht, warum er das Boot nicht bei uns gemietet hatte. Dann wäre alles anders gekommen.»

Franco machte sich eine kurze Notiz in seine Agenda und hörte dem Concierge noch eine Weile zu, wie er sich über die Besonderheiten seiner Gäste äusserte. Zum Glück traf wenig später eine Reisegruppe aus Deutschland ein. Der Concierge bekam alle Hände voll zu tun, und Franco verliess das Hotel.

Es drängte ihn, den Bootsverleih aufzusuchen.

*

Es gab nur einen Bootsverleih in der Bucht Les Mimosas. Eine weiss gestrichene Baracke, eine Theke, eine Holztafel mit der Inschrift «Location Bateaux – Bistro chez François» und am Strand einige Segelboote. Mit dieser bescheidenen Infrastruktur verdient man sich hier offenbar den Lebensunterhalt, dachte Franco neidisch.

Ein Mann, etwas älter als Franco, braun gebrannt und drahtig, schrubbte an einem der Boote. Eine erloschene Gauloise hing an seinen Lippen.

Franco sprach ihn auf Französisch an. «Sind Sie François?»

«Ja, der bin ich», und nach einem prüfenden Blick auf Franco fuhr er fort: «Möchten Sie ein Boot mieten? Es sind alle Boote frei. Die Preisliste sehen Sie auf der Tafel über der Theke.» Er sah auf seine Uhr und fügte an: «Sie können schon jetzt zum Nachmittagstarif mieten.»

«Nein, ich will kein Boot», Franco winkte ab. «Ich möchte mit Ihnen über einen Unfall sprechen. Ein Freund von mir ist hier gestorben.»

Er zog das Foto von Max Knecht aus der Tasche: «Erinnern Sie sich?»

Der Mann betrachtete zuerst Franco und dann die Aufnahme. Er hielt die Augen leicht zusammengekniffen: «Vor einem Monat, sagen Sie?»

Er war ein schlechter Schauspieler.

Schon während Franco gesprochen hatte, war die Farbe aus seinem Gesicht gewichen. Kein Zweifel, dass er sich genau und unangenehm erinnerte. Jetzt kratzte er sich am Hinterkopf und tat, als ob er angestrengt nachdenken würde.

«Sind Sie von der Polizei?», fragte er schliesslich mit tonloser Stimme.

Franco wehrte ab: «Nein; ich entschuldige mich. Ich habe mich gar nicht vorgestellt. Weber ist mein Name. Ich bin ein Freund des Verunglückten.»

François atmete sichtlich auf, sagte aber noch immer nichts.

Franco hakte nach: «Es ist einfach nicht zu fassen. Er war ein guter Segler, wissen Sie. Und dann widerfährt ihm ein so dummer Unfall.»

François blieb weiterhin stumm. Franco fuhr fort: «Nun bin ich zufällig in der Gegend und da dachte ich mir, ich schaue mir das mal an – ich meine das Boot und so. Vielleicht hilft es mir, das Ganze zu begreifen – Sie verstehen, nicht wahr?»

François nickte jetzt – mehr unsicher als abweisend und sagte mit kräftigerer Stimme: «Ja, ja. Das war ein Schock. Auch für mich – das können Sie mir glauben. Ich kann mich genau erinnern. Es war ein ruhiger Tag, ich hatte keine drei Kunden. Und das Meer war so friedlich.»

Er hielt inne und deutete zum Horizont: «Das Unglück geschah weiter östlich von hier, ausserhalb der Bucht. Ich befürchtete schon, der Kerl wäre mit dem Boot abgehauen.»

«Ist mein Freund allein gekommen?»

«Ja natürlich – er war allein.»

«Ich hätte mir das Unglücksboot ganz gern einmal angesehen.»

François wies mit der Hand nach hinten: «Es geschah auf diesem Katamaran dort, eigentlich kein anspruchsvolles Schiff.»

Franco schritt zum Boot. Es war ein Hobby-Cat, die kleinste Ausgabe dieses zweikufigen Bootstyps. Er bot genügend Platz für einen Segler, aber bereits zu zweit käme man sich in die Quere.

Er setzte sich auf den Cat. Die Segel waren nicht gesetzt und der Baum hing lose am Mast. Er hob den Baum leicht an, bis er horizontal stand, und bewegte ihn auf sich zu. Wenn er so normal dasass, war der Baum auf Brusthöhe. Erst wenn er sich duckte und den Kopf nach oben richtete, konnte der Baum auf seine Stirne treffen.

Franco verharrte einen Moment in dieser zweifellos ungewöhnlichen Stellung. Dann wandte er sich wieder an den Bootsverleiher, der ihn aufmerksam beobachtet hatte.

«Was halten Sie von diesem Unfall?»

«Ich weiss es nicht. Wenn man Pech hat, kann alles passieren.»

François zuckte die Schulter und wandte sich wieder seiner Arbeit zu.

Franco stellte noch einige Fragen, aber je bestimmter er nachfragte, desto kürzer und nichts sagender fielen die Antworten aus. Er vermutete, dass François ihm etwas Wichtiges verschwieg; aber noch deutlicher spürte er, dass er keine weiteren Auskünfte erhalten würde.

Er verabschiedete sich. Immerhin eines hatte er erfahren: Die See war am Tag des Unglücks ruhig gewesen. Ein tödlicher Unfall mit diesem leichten Boot bei Flaute erschien ihm selbst bei einem unerfahrenen Segler fast unmöglich.

Er blickte zurück. François arbeitete wieder an seinem Boot.

Warum war er dermassen erschrocken, als er Maxens Foto sah? Wovor fürchtete er sich?

Franco dachte an Frau Knecht und ihren Mutterinstinkt.

*

François schrubbte mit mechanischen Bewegungen die Bootswand. Seine Konzentration galt offensichtlich nicht der Arbeit, denn er merkte zu spät, dass sich unter der Bürste nicht nur der Dreck, sondern auch der Lack zu lösen begann. Er fluchte leise.

Obwohl er nicht direkt hinsah, richtete er seine Aufmerksamkeit auf Monsieur Weber, der sich langsam von ihm entfernte. Erst einige Zeit nachdem der Mann aus seinem Blickfeld verschwunden war, hielt François inne und ging zu seinem Schuppen.

Er goss sich einen doppelten Pastis ins Glas und positionierte sich so hinter die Theke, dass er die Stelle, wo der Fremde verschwunden war, im Auge behalten konnte, ohne selber gesehen zu werden. In kleinen, nervösen Zügen trank er den Pastis. Seine Knie, welche sich noch ganz schwach anfühlten, wurden dadurch zwar nicht kräftiger, aber das Pochen an seinen Schläfen liess nach.

Eigentlich sollte er jetzt anrufen.

Der Hüne mit dem deutschen Akzent, welcher ihn am Unglückstag noch vor der Polizei besucht hatte, hatte es ihm eingeschärft. Jeder, der sich nach dem Toten erkundigte, musste sofort gemeldet werden – sonst … Er hatte nicht weiter gesprochen, aber der Blick sprach für sich.

François erinnert sich an den 4. Mai, als sei es gestern

gewesen. An diesem Tag hatte er nur einen Mieter gehabt: einen blonden Mann mit Aknenarben und dunkler Sonnenbrille. François störte es, wenn Leute die Sonnenbrille nicht beiseite schoben, wenn sie mit ihm sprachen. Er blickte seinen Kunden gern in die Augen.

Als er zwei Stunden später den Toten identifizieren musste, war dessen Gesicht blutverschmiert. Trotzdem glaubte François zu erkennen, dass die Aknenarben fehlten. Er sagte der Polizei nichts davon. Der Hüne hatte ihm auch das eingeschärft: Er solle auf die Kleidung achten und sonst auf gar nichts. Er tat, wie ihm geheissen, und identifizierte den Toten anhand der Kleidung als seinen Mieter.

Er hatte gar keine andere Wahl. Irgendwoher wusste der Hüne, dass er mit seinem Boot ab und zu Schmuggelware lieferte. Er wusste genau Bescheid – aber umgekehrt hatte François keine Ahnung, mit wem er es zu tun hatte. Einzig eine Handynummer hatte ihm der Teutone zurückgelassen.

Das Ganze gefiel François überhaupt nicht. Es machte ihm Angst.

Er fragte sich, wie er sich grösseren Ärger ersparen konnte: indem er den heutigen Besuch einfach vergass oder indem er ihn meldete.

Nach dem zweiten Pastis holte er sein Handy.

*

Gleich nach seiner Rückkehr ins Hotel telefonierte Franco mit Aldo.

Der war erleichtert und verärgert in einem: «Hör mal, Franco. Ich versuche seit zwei Tagen, dich zu erreichen. Du könntest dir endlich mal ein Handy leisten. In welchem Zeitalter lebst du eigentlich?»

Franco erwiderte unbeschwert: «Der grösste Luxus, den ich mir im Moment leisten kann, ist der, nicht ständig erreichbar zu sein. Schliesslich mache ich Urlaub. Ich bin übrigens auch ohne Telefon genug beschäftigt.»

Er erzählte Aldo von seinem Ausflug zum Bootsverleih und von seinem Gespräch mit dem Concierge. «Weder seiner Mutter noch dem Concierge gegenüber äusserte Max Segelabsichten. Das will mir nicht so recht zum gesprächigen Max passen. Dazu kommen die Ungereimtheiten mit der Kleidung, und der Unfall an sich ist auch nicht über alle Zweifel erhaben.»

«Wieso denn das?»

«Bei dem Wetter, das damals geherrscht haben soll, und mit dem Boot würde man eher einen Sonnenstich als einen K.-o.-Schlag erwarten. Zudem hängt der Baum etwas gar tief, als dass Max auf Kopfhöhe getroffen worden sein könnte. Der Unfall ist natürlich nicht unmöglich, aber trotzdem auch nicht sehr wahrscheinlich. In der medizinischen Diagnostik gilt die Regel: Nichts ist unmöglich, aber was selten ist, ist selten und was häufig ist, ist häufig.»

«Aha. Wie darf ich das verstehen, Herr Doktor?»

«Ich meine, die Wahrscheinlichkeit einer Frontalkollision ist in einer Einbahnstrasse kleiner als auf einer Hauptstrasse, aber nicht ausgeschlossen», und Franco erklärte ihm den Zusammenhang zwischen Windstärke, Segeldruck und Ausschwenken des Baumes.

Aldo schien nicht sehr beeindruckt. Viel mehr beschäftigte ihn, was er über die Vergine in Erfahrung gebracht hatte. «Dieses Schiff, das seit über drei Jahren einer gemeinnützigen Organisation gehört, war vor weniger als zwei Jahren in eine ziemlich üble Schmuggelaffäre verwickelt. Es bestand der starke Verdacht, dass das Schiff oder mindestens ein Teil der Mannschaft am Drogen- und Zigarettenschmuggel von Nordafrika nach Sizilien beteiligt gewesen sein könnte. Es wurde zweimal eine Razzia durchgeführt. Beide Male ohne Erfolg und beide Male fehlten auf der Vergine das Beiboot und ein Teil der Mannschaft. Laut den Polizeiberichten wird nicht ausgeschlossen, dass die Leute vorgewarnt wurden. Wie das geschehen konnte, blieb unklar, die undichte Stelle in der Fahndung wurde nie gefunden. In einem der Berichte fand sich zudem ein Hinweis, wonach Bruno Hartmann möglicherweise unter falschem Namen an Bord weilte.»

Aldos Papiere raschelten. «Und kannst du dir vorstellen, weshalb später weitere Abklärungen unterlassen wurden? Unter anderem, weil sich ein Minister aus Sizilien und der Bischof von Monaco für die Vergine oder besser gesagt für die Fondation monacale stark machten. Ich fürchte, die Vergine oder vielmehr die Fondation monacale hat starke Paten.»

Aldo macht eine Kunstpause, bevor er warnte: «Drogen, Schmuggel, Protektion – da denkt man an die Mafia. Das ist für uns mehr als eine Nummer zu gross, Franco.»

Franco war verwirrt: «Überall, wo wir grübeln, stossen wir auf Ungereimtheiten. Vielleicht müssen wir doch davon ausgehen, dass Max in irgendwelche dunkle Geschäfte verwickelt war.»

Aldo antwortete nicht und fuhr fort: «Über die Fondation monacale konnte ich noch nicht viel Neues in Erfahrung bringen. Immerhin verfügt sie über ein Spendenkonto in der Schweiz. Ein solches Konto ist doch mit recht strengen Auflagen verbunden und bürgt für eine gewisse Seriosität.»

«Was sagen wir Frau Knecht?», fragte Franco.

«Apropos Frau Knecht», nahm Aldo die Frage auf, «sie hat dich um Informationen zu Doktor Saurers Person gebeten. Er hat eine recht interessante Vergangenheit. Ich habe alles, was ich finden konnte, an Frau Knecht weitergeleitet – natürlich in deinem Namen. Und ich nehme alles zurück, was ich über die Frau gelästert habe.»

«Also gibt es auch da interessante Neuigkeiten?»

«Dieser Doktor wäre gerne ein Priester geworden», mimte Aldo die Stimme eines Geistlichen, «er ist schweizerisch-österreichischer Doppelbürger und hat abgesehen vom Priestergewand noch einige andere dunkle Punkte in seiner Vergangenheit.»

«Und die wären?»

«Unser Herr Chefarzt wurde vom Internat der Klosterschule in Unteregg ausgeschlossen.»

«In meinen Augen wertet ihn das ungeheuer auf», warf Franco ein.

Aldo fuhr unbeirrt weiter: «Er hatte wiederholt gegen die Hausordnung verstossen – in welcher Form ist leider nicht aktenkundig. Später absolvierte er das Medizinstudium in Österreich, arbeitete danach zunächst als Assistenzarzt an verschiedenen Kliniken in Wien und in Bern und leitete schliesslich eine Missionsstation in Indien. Von dort kehrte er nach zwei Jahren mit dem Doktortitel zurück. – Wo hast du dir eigentlich deinen Doktortitel geholt?»

«Ich finde das weniger sympathisch.»

«Nach einem Intermezzo in einer Kurklinik in der Nähe von Innsbruck übernahm er vor drei Jahren die Leitung der Parkklinik. Und im Übrigen: Der Präsident des Verwaltungsrates der Parkklinik hat das gleiche Internat wie unser Doktor Saurer besucht.»

Franco schwieg und Aldo fragte: «Was verbindet einen verhinderten Priester mit einer schwimmenden Jungfrau?»

Franco überhörte die Frage.

«Ich frage mich ernsthaft, ob ich der Vergine nicht einen Besuch abstatten sollte …»

«Hör schon auf und nimm das nicht zu locker», unterbrach ihn Aldo, «ich habe das mehr als einmal erlebt – es gibt Leute, die haben nicht gern, wenn man sich in ihre Angelegenheiten mischt. Du magst ein akzeptabler Arzt sein, aber das Zeug zu einem Detektiv hast du nicht; dazu fehlt dir nicht nur der nötige Spürsinn, sondern auch eine Portion Muskelmasse.»

«Ich beginne sofort mein Training, Aldo. Ich stemm heute Abend ein paar Bier», sagte Franco gequält und sie verabschiedeten sich.

Franco legte auf und überdachte das Gespräch.

Es war verwirrend: Wo immer sie nachforschten, sie

stiessen auf Ungereimtheiten, lückenhafte Dossiers und dubiose Gestalten, aber sie fanden keine Antworten auf ihre Fragen. Was hatte das zu bedeuten? Suchten sie an der falschen Stelle? Interpretierten sie die gefundenen Informationen falsch?

Sein Forschertrieb war geweckt.

Vier Stunden später sass Franco an der Bar des «Tropical».

Nach dem Telefon mit Aldo hatte er sich vorerst hingelegt, eigentlich in der Absicht, seine Gedanken zu ordnen. Doch kaum auf dem Bett, war er eingeschlafen und erst bei Einbruch der Dämmerung wieder erwacht.

Auf Rat des Concierge begab er sich danach direkt ins Tropical, angeblich das einzige Dancing, welches ausserhalb der Saison einen Besuch wert war.

Der Aperitif stieg ihm ungewöhnlich rasch zu Kopf.

Er erinnerte sich, dass er seit dem Frühstück noch nichts gegessen hatte. Wenn er heute noch zu einer warmen Mahlzeit kommen wollte, müsste er sich nun auf die Suche nach einem geeigneten Restaurant machen. Doch die leise Hintergrundsmusik lullte ihn angenehm ein, und eine träge Behaglichkeit liess ihn sitzen bleiben.

Er bestellte ein paar Snacks und einen zweiten Tropical spezial. Das Lokal begann sich langsam zu füllen, und wenig später eröffnete die Band den Abend mit Songs aus den Achtzigern.

So hatte er sich seine Freitage in Nizza vorgestellt, einmal richtig abschalten und ausspannen, in den Tag – oder besser gesagt – in die Nacht hineinleben, ohne Termindruck und ohne Notfälle. Aber die Gedanken in seinem

Kopf wollten sich nicht so recht beruhigen und die Fragen rund um Maxens Tod drangen bohrend in sein Bewusstsein.

Er genehmigte sich in kleinen Schlucken den dritten Tropical spezial und die Band spielte «Where do broken hearts go», als sich Mireille zu ihm setzte.

Sie war eine attraktive Brünette, etwa in seinem Alter und schien in ähnlich verlorener Stimmung zu sein wie er selber. Er freute sich über die unerwartete Gesellschaft. Sie war zwar für seinen Geschmack eine Spur zu aufdringlich geschminkt und zu leicht gekleidet, aber je länger er mit ihr tanzte, plauderte und trank, desto weniger störte ihn Letzteres.

Anfangs wirbelten sie locker und ausgelassen über die Tanzfläche, später wurden ihre Schritte langsamer und schliesslich tanzten sie eng umschlungen. Franco drückte Mireille vorsichtig an sich und er glaubte in ihrer Reaktion Zustimmung zu spüren. Das Blut schoss ihm nicht nur in den Kopf. Ein angenehmer Taumel befiel ihn, er wollte sich für diese Nacht alle Möglichkeiten offen lassen. Als sich Mireille später aufregend nahe zu ihm setzte, verfing sich sein Blick in ihrem grosszügigen Décolleté.

Da bemerkte er die feinen, überpuderten Gefässveränderungen auf ihrer Haut.

Eigentlich wollte Franco in diesem Moment überhaupt nicht denken, aber automatisch meldete ihm sein Hirn die Diagnoseliste: Gefässveränderungen bei schwerer Lebererkrankung – entweder als Folge des Alkoholmissbrauchs oder als Folge einer chronischen Hepatitis.

Sein Höhenflug wurde abrupt gestoppt, Franco geriet

in den Sinkflug, vom Kopf bis in die Unterhose. Er blies zum Rückzug.

Mireille spielte nur kurz die Enttäuschte. Sie merkte rasch, dass es ihm ernst war mit seinen Bedenken, und sie rückte schulterzuckend von ihm ab.

«Schade, dass du sogar in deinen Ferien den Doktor markieren musst», bemerkte sie abschätzig, als ihr Franco mitteilte, sie sei ernstlich krank.

Er blickte ihr nach, wie sie mit schwingenden Hüften die Bar verliess. Er kämpfte gegen eine unbestimmte Übelkeit und fragte sich, ob er schon wieder zu viel getrunken hatte.

Innerlich aufgewühlt kehrte er ins Hotel zurück. Es hatte einen Menschen gegeben, mit dem er jetzt hätte sprechen können, aber dieser Mensch war tot.

Trauer und Selbstmitleid stiegen in ihm hoch, als er sich ins Bett verkroch.

14

Nach einem tiefen und traumlosen Schlaf erwachte Franco am andern Morgen später als üblich, wahrscheinlich dank dem beachtlichen Blutalkoholpegel und der Gewissheit, dass ihn kein nächtlicher Anruf aus dem Spital erreichen konnte.

Trotzdem fühlte er sich nicht vollständig ausgeruht, als er sich kurz nach zehn frisch geduscht auf die sonnige Hotelterrasse an den Frühstückstisch setzte. Er wechselte seinen Sitzplatz nach kurzer Zeit in den Schatten. Nicht nur, dass ihm die Butter davonlief, sein brummender Schädel ertrug die Sonne schlecht.

Nach einem lustlosen Morgenessen schnappte er sich die Badesachen und schlenderte zum Strand.

Das Wasser war kälter als vermutet, höchstens siebzehn Grad warm, und vom Meer wehte eine leichte Brise; für ein Bad war es eindeutig zu frisch. So beschloss er, das beabsichtigte Schwimmen zu verschieben und sich erst einmal aufzuwärmen.

Er legte sich in den warmen Sand und konzentrierte sich auf die Meldungen seiner Sinnesorgane: die Wärme der Sonne, die Weichheit des Sandes, die streichelnden Berührungen des Windes, das melodiöse Rauschen der Wellen, den unverwechselbaren Geruch des Meeres. Einmal mehr fiel ihm auf, wie sehr er im Spital seine ganze Konzentration für die Arbeit verwendete, wie wenig Raum er derlei Wahrnehmungen liess, wie zweckgebunden dort sein ganzes Dasein war.

«Fachidiot», entfuhr es ihm.

Erschrocken blickte er um sich. Er war allein.

So liess er sich wieder einnehmen von dieser Welt, die so verschieden war von seinem Alltag. Er versuchte sich ein Leben vorzustellen, in dem nur noch der Moment zählte – die einzige Aufgabe darin bestünde, die Harmonie mit der Natur zu suchen und zu erleben –, bis ihn unangenehme Regungen in die Realität zurückholten.

Er schwitzte leicht und die Blase drückte schmerzhaft. Mit einem Seufzer richtete er sich auf, erwog ein erlösendes Bad im Meer, bevorzugte aber schliesslich den Gang zur Toilette.

Wieder auf seiner Badematte starrte er grübelnd aufs Meer hinaus. Das unterbrochene Sandstrandgefühl wollte sich nicht wieder einstellen. Seine Gedanken wanderten immer wieder zu Max.

Vor etwas mehr als einem Monat hatte dieser möglicherweise auch hier am Strand gesessen, hatte eine Fotografie mit einem bekannten Gesicht in der Zeitung gesehen, wollte seine Beobachtung jemandem mitteilen, aber hatte sich vielleicht gerade an dieser Stelle aus irgendwelchen Gründen dazu entschlossen, ein Boot zu mieten, und zwar nicht im Hotel, sondern bei diesem Bootsverleih ausserhalb der Stadt. Es herrschten ausgezeichnete Wetterbedingungen und trotzdem wurde er Opfer eines Segelunfalls, welcher normalerweise nur bei böigen Windverhältnissen vorkam.

Er überdachte Frau Knechts Vermutungen. Gab es

wirklich diesen Zusammenhang zwischen der Leiche des Inders und Maxens Tod? Ihre Ahnungen der Ungereimtheiten hatten sich zu tatsächlichen Widersprüchen verdichtet.

Die Suche ging weiter; die Frage war lediglich wie und wo.

Zu Maxens Segeltour würde er kaum mehr viel Neues erfahren. Der Mann im Bootsverleih wusste mit ziemlicher Sicherheit mehr, als er ihm mitgeteilt hatte, aber es hatte keinen grossen Sinn, noch einmal zu ihm zurückzugehen. Um die Vergine oder gar die Fondation monacale zu besuchen, fehlten ihm nicht nur ein Konzept, eine klare Vorstellung, was er dort zu suchen hätte, sondern auch Mittel und Zeit.

Etwas jedoch konnte und wollte er noch vor Ort erledigen: Der heutige Tag bot die letzte Gelegenheit, dem Gerichtsmedizinischen Institut einen Besuch abzustatten. Morgen Samstag würde dort mit Sicherheit nicht mehr gearbeitet, und schon gar nicht an einem Pfingstwochenende.

Es bereitete ihm keine besonderen Schwierigkeiten, das Gebäude zu finden. Die Uhr über dem Eingang zeigte kurz nach drei. Er befürchtete schon, das Institut könnte bereits geschlossen haben, aber die altehrwürdige Eingangstür aus massivem Pinienholz liess sich mit einem lauten Knarren öffnen.

Was ihn zunächst erwartete, war der übliche Verwaltungsdschungel. Um sich zur Sekretärin des verantwortlichen Gerichtsmediziners durchzufragen, benötigte er eine gute halbe Stunde.

Madame Tassi sass hinter ihrem Schreibtisch und sortierte energisch Papiere. Sie war spindeldürr, und Franco schätzte sie mindestens so alt ein wie die Jugendstillampe, welche den Schreibtisch zierte.

Ausser dem Alter verband sie aber nichts mit dieser verspielten Epoche. Das Haar trug sie zu einem schmucklosen Knoten gebunden. Kein Härchen schien der strengen Kraft der knorrigen Finger entgangen zu sein. Der Eindruck der Ordnung wurde noch verstärkt durch die feine Brille mit dünnem Goldgestell.

Sie blickte kaum auf, als Franco eintrat. Ihre Geschäftigkeit war wohl erst durch seine Anwesenheit ausgelöst worden. Er begrüsste sie trotz – oder vielleicht gerade wegen – ihrer abweisenden Haltung besonders freundlich.

Erst nachdem er sein Anliegen hervorgebracht hatte, sah sie ihn kurz durch die runden Brillengläser an. Ihr Blick glitt nach unten, blieb etwa auf Höhe seiner Knie hängen und sie teilte ihm mit bestimmt ausdrucksloser Stimme mit: «Ich kann Ihnen keine Auskunft geben. Wie Sie wissen, unterstehen wir der Schweigepflicht. Falls Sie Einsicht in einen Untersuchungsbericht wünschen, können Sie einen Antrag stellen. Die entsprechenden Formulare erhalten Sie im Büro 125 im Parterre.»

Ob so viel bürokratischer Korrektheit geriet Franco in Kampfstimmung. Die Türe neben den beiden Besucherstühlen stand leicht offen. «Dr. Fournier – leitender Arzt» las er.

Madame Tassi folgte seinem Blick und wiederholte rasch und giftig: «Büro 125 im Parterre.»

Franco überhörte ihre Aufforderung geflissentlich. «Ich danke Ihnen, dass Sie die Freundlichkeit hatten, mich zu empfangen», formulierte er in seinem besten Französisch. «Ich weiss, dass Sie mir keine Auskünfte geben können. Deshalb möchte ich ja auch mit dem verantwortlichen Arzt sprechen. Von Arzt zu Arzt, wenn Sie verstehen.»

Madame Tassi unterbrach ihre Tätigkeit. Sie sah ihn streng an – in etwa wie die Lehrerin den ungezogenen Schüler – und ihre Stimme klang scharf, als sie bemerkte: «Nein, ich fürchte, Sie verstehen mich nicht richtig. Bitte wenden Sie sich an das Büro im Parterre.»

Franco liess sich nicht beirren. «Ich möchte zuerst mit Doktor Fournier sprechen. Er könnte mir behilflich sein, meinen Antrag zu formulieren. Als Schweizer kenne ich mich mit dem hiesigen System nicht aus.»

Zum ersten Mal zeigte Madame Tassi so etwas wie Unschlüssigkeit. Sie warf einen Hilfe suchenden Blick auf die Bürotür ihres Chefs, woraus Franco den Schluss zog, dass dieser anwesend war.

Er hakte nach: «Ich bin überzeugt, er wünschte mich zu sehen, wenn er wüsste, dass ich da bin.»

Madame Tassi gab sich noch nicht geschlagen. «Ich werde nachschauen, ob er noch da ist.»

Franco reagierte schnell. Er trat zur Bürotür. Bevor sie etwas erwidern konnte, meinte er bösartig hilfsbereit: «Ich erledige das für Sie.»

Und unter Madame Tassis entrüsteten Blick trat er durch die Tür.

Dr. Fournier sass hinter seinem Schreibtisch.

«Er ist da», meldete Franco mit fröhlichem Triumph zurück.

Die Scham stand Madame Tassi ins Gesicht geschrieben. Sie öffnete den Mund, aber schon zog Franco die Türe hinter sich zu.

Kollege Fournier war gut zehn Jahre älter als Franco, von athletischer Statur, braun gebrannt, elegant gekleidet und sichtlich verärgert. Er entsprach in keiner Weise dem herkömmlichen Bild des Pathologen. Pathologen legten nach Francos Erfahrung wenig Wert auf ihr Erscheinen, wahrscheinlich werden Äusserlichkeiten unwichtig, wenn man sich vornehmlich mit Toten beschäftigt. Aber wie überall, gibt es auch hier Ausnahmen und Fournier bestätigte die Regel.

Seine Gesichtsfarbe wechselte jetzt vom anfänglichen Blass auf Rot.

Ehe er seiner Entrüstung Luft machen konnte, plapperte Franco freundschaftlich kollegial drauflos: «Guten Tag, Herr Kollege. Es tut mir furchtbar Leid, Sie so zu überfallen. Sicher haben Sie Wichtigeres zu tun, als einen Kollegen aus der Schweiz zu empfangen. Trotzdem möchte ich Sie kurz sprechen – selbstverständlich nur, falls Sie Zeit haben.»

Ohne seinen Gruss zu erwidern, antwortete Dr. Fournier gereizt: «Madame Tassi wird Ihnen sicher einen Termin für nächste Woche geben – jetzt habe ich leider keine Zeit für Sie.»

Er blickte gestresst auf seine Uhr.

Franco stellte sich naiv: «Das ist sehr nett von Ihnen, Herr Kollege. Das Dumme ist nur, dass ich schon morgen in die Schweiz zurückreise.»

Fournier wollte etwas einwenden, doch Franco fuhr fort: «Ich habe wichtige Fragen und vielleicht sogar Hinweise zu einem ungeklärten Todesfall, den Sie bearbeiten. Deshalb erlaube ich mir ja auch, Sie so ganz ohne jede Voranmeldung aufzusuchen.»

Hier blickte Fournier zum ersten Mal interessiert auf: «Wie soll ich das verstehen?»

«Vor gut einem Monat, am 1. Mai, um genau zu sein, fand man am Strand von Cap d'Antibes eine Leiche. Die Identität dieser Leiche ist meines Wissens bis heute nicht geklärt. Soweit ich unterrichtet bin, ist der Fall noch hängig, und Sie leiten die Untersuchungen.»

«Ja – ich erinnere mich an den Vorfall. Der Obduktionsbericht ist mir allerdings nicht mehr geläufig, und er ist zurzeit leider auch nicht verfügbar. Ich habe die Unterlagen zu Abklärungen nach Marseille weitergeleitet. Tut mir wirklich Leid, dass ich Ihnen nicht helfen kann. Zudem ist Ihnen wohl klar, dass ich Ihnen ohne schriftliches Gesuch mit detaillierter Begründung keine Auskünfte geben könnte. Auch nicht von Kollege zu – eh Kollege, Docteur?»

«Weber. Doktor Weber aus Bern», antwortete Franco und fuhr fort: «Ich dachte, Sie wären an allen Hinweisen interessiert.»

«Was glauben Sie denn, was Sie zu diesem Fall Interessantes zu sagen haben?»

«Ein Freund von mir behauptet, den gefundenen Leichnam identifizieren zu können», log Franco, plötzlich unsicher, wie viel er Fournier erzählen sollte.

«Warum kommt Ihr Freund nicht persönlich vorbei?

Warum meldet er sich nicht bei der Polizei?», fragte Fournier misstrauisch.

«Er war sich nicht sicher, an welche Stelle er sich wenden sollte. Er hat keine Erfahrung mit der Justiz und ist nicht Mediziner.»

«Sagen Sie Ihrem Freund, er soll mich kontaktieren. Ich könnte eine Leichenschau arrangieren», zeigte sich Fournier zum ersten Mal freundlicher.

«Sollte er nicht erst ein schriftliches Gesuch einreichen …»

Fournier unterbrach ihn eilig: «Das lassen Sie dann mal meine Sorge sein. Wenn sich herausstellt, dass er wirklich etwas zur Klärung des Falles beizutragen hat, wird sich das regeln lassen.»

Es klang sogar nett, als er fragte: «Wie hiess er doch gleich, Ihr Freund?»

Die Frage tönte beiläufig, aber in seinem Gesicht las Franco gespannte Aufmerksamkeit.

«Er wird sich bei Ihnen melden, Herr Kollege», wich Franco aus, und bevor ihm Fournier weitere Fragen stellen konnte, verabschiedete er sich dankend.

Er konnte es nicht lassen, im Vorzimmer Madame Tassi ein schönes Pfingstwochenende zu wünschen, so dass sie nicht umhinkam, ihn eines giftigen Blickes zu würdigen.

Als er auf die Strasse trat, atmete er tief durch.

Sein Gefühl sagte ihm, dass Fournier ihm ausgewichen war. Als Mediziner konnte er sich nur allzu gut vorstellen, welche Aufregung der Fall im Institut verursacht haben musste: Die Leiche eines Frischoperierten wird gefunden, ein Skandal liegt in der Luft, etwa nach dem Motto

«Schlamperei in Küstenspital, Kunstfehler werden im Meer entsorgt …», verdächtigt man die Spitäler in der Umgebung. Aber hier geraten die Untersuchungen ins Stocken – niemand wird vermisst, keiner weiss etwas: das Gesprächsthema des Monats Mai, nicht nur im Institut.

Aber selbst wenn er eine Woche Zeit gehabt hätte, weder Madame Tassi noch Fournier würden ihm weiterhelfen.

Franco ärgerte sich über Förmlichkeit, Bürokratie, Amts- und Arztgeheimnis und was sonst noch an zwischenmenschlichen und administrativen Hürden existierte auf dieser Welt.

*

Noch lange, nachdem dieser Arzt aus der Schweiz gegangen war, sass Dr. Fournier regungslos an seinem Pult. Der Schrecken klebte ihn förmlich an seinen Sessel.

Ausgerechnet jetzt, als langsam Gras über die leidige Angelegenheit wuchs und sich eine definitive Lösung abzuzeichnen begann, bedrängte ihn dieser Kollege mit seiner Neugierde. Es kam ihm vor, als sei eine verheilte Narbe aufgerissen worden. Alles, was seit dem 2. Mai geschehen war, erschien ihm plötzlich wieder unheimlich nahe.

Als der Inder an Land gespült worden war, hatte er die Untersuchung an sich gerissen und von Anfang an persönlich geleitet. Denn eine Leiche, gespickt mit Hinweisen und einem möglichen medizinischen Skandal, das war klar ein Fall, um sich zu profilieren.

Aber es kam völlig anders. Nicht nur, dass die Untersuchungen ins Stocken gerieten; am Tag, als man sich an die Öffentlichkeit wandte, als der Artikel in der Zeitung erschien, hatte ihn ein Unbekannter kontaktiert. Er kannte bis zum heutigen Tag weder den Namen des Mannes noch wie dieser herausgefunden hatte, dass er Spielschulden hatte – hingegen hatte er eine furchtbare Vermutung, warum jemandem so viel an der Vertuschung des Falles lag.

Tatsache war, dass Fourniers Schulden äusserst grosszügig beglichen wurden, aber auch, dass man ihm unmissverständlich gedroht hatte.

Mit List und Lüge hatte er es schliesslich geschafft, die Untersuchungen zu blockieren. Es gab bis zur Stunde keinen offiziellen Obduktionsbericht – oder besser gesagt: keinen mehr. Gemäss den aktuellen Unterlagen war der Fall längst an das staatliche Untersuchungsrichteramt in Paris weitergeleitet worden, obwohl die Leiche noch immer in Nizza lagerte.

Seine vorgesetzten Stellen kümmerten sich weniger hartnäckig um den Fall als die Journalisten. Diese abzuspeisen bereitete ihm grosse Mühe, bis ihm der Zufall zu Hilfe kam: Zunächst passierte der Segelunfall des Schweizer Arztes, dann kam der Waldbrand in Renens und schliesslich zogen die Filmfestspiele die Aufmerksamkeit der Presse auf sich. Der Leichenfund von Cap d'Antibes schien endlich in die grosse Schublade der Vergessenheit zu verschwinden.

Und jetzt tauchte dieser Weber auf, offenbar entschlossen, den Fall zurück ins Licht der Aktualität zu zerren.

Fournier fluchte. Die Angst wich einer echten Wut. Er ballte unwillkürlich die Faust. Er wollte sich die Sache nicht verderben lassen. Er würde die Leiche baldmöglichst entsorgen. Bestimmt halfen ihm seine unbekannten Freunde dabei, sie hatten es ja versprochen.

In der untersten Schublade seines Schreibtisches fand er den gesuchten Zettel und wählte die notierte Telefonnummer.

«Oui», meldete sich die namenlose Stimme mit deutschem Akzent.

*

Schon François' Anruf hatte auf der Vergine einige Unruhe ausgelöst.

Bruno, der gestern aus Indien zurückgekehrt war, musste sogleich an Dr. Weber aus Bern denken, als ihm François von seinem neugierigen Besucher erzählte. Aber die Bestätigung aus Nizza erhielten sie erst an diesem Morgen. Bruno und Bruder Rohner waren sich nicht einig, was sie von diesem Besuch halten sollten.

War Weber lediglich dabei, seine Trauer zu verarbeiten, oder suchte er etwas Bestimmtes?

Nach dem heutigen Anruf von Dr. Fournier hatten sie die Antwort: Weber interessierte sich offensichtlich nicht nur für Knechts Unfall, er schien einen Zusammenhang zwischen der Wasserleiche und Knechts Tod zu vermuten.

Wahrscheinlich hatte Dr. Fournier die Tragweite der Vorkommnisse in seinem Institut nicht erfasst. Aber mit seinem Vorschlag, die Leiche zu entsorgen, waren sie mehr als einverstanden. Karl und Bruno sollten möglichst bald nach Nizza übersetzen, um Fournier behilflich zu sein. Das Pfingstwochenende schien für eine solche

Aktion geradezu ideal. Das Institut war an diesen Tagen verwaist und man würde das Verschwinden einer Leiche frühestens am Dienstag feststellen. Bis dann hatten sie genügend Zeit, sämtliche Spuren zu verwischen.

Die andere Frage lautete, wie mit Dr. Weber zu verfahren sei. Sie kannten ihn kaum und besassen lediglich die relativ spärlichen Informationen, welche sie nach dem Begräbnis von Max Knecht eingeholt hatten.

Bruder Rohner meinte: «Wir müssen Weber vorerst gewähren lassen. Aber nach der Beseitigung der Leiche in Nizza werden wir auf ihn zurückkommen.»

Bruno wiegte den Kopf.

Rohner fuhr fort: «Er hat die Polizei nicht eingeschaltet und bis jetzt lediglich Kontakt mit Frau Knecht gehabt. Er ist ein ehrgeiziger Chirurg, neben seinem Beruf scheint ihn sonst kaum etwas zu interessieren. Er lebt alleine, er ist in keinem Verein, er ist ein Einzelgänger.»

«Ein Fachidiot», warf Karl abschätzig ein.

«Aber im Moment schnüffelt der Idiot gehörig ausserhalb seines Faches herum», bemerkte Bruno.

*

Es war dunkel und unheimlich still.

Durch die Oberlichter drang der fahle Schein der Strassenlampen in den Korridor. Wie ein gespenstisches Lichtspiel huschte ab und zu der Strahl eines Autoscheinwerfers über die Wand. Das alte Gebälk knarrte und Franco war nicht ganz sicher, ob er sich tatsächlich alleine im Gebäude befand. Vorsichtig tastete er sich den Gang entlang.

Nach seinem abrupten Aufbruch bei Dr. Fournier hatte sich Franco vorerst zu einer Denkpause in die nahe gelegene Bar zurückgezogen. Hier hatte er zunächst erwogen, doch noch den offiziellen Weg mit schriftlichem Gesuch zu versuchen. Andererseits fehlte ihm dazu schlicht die Zeit, zumal Rückfragen vorprogrammiert waren. Vielleicht hätte er Aldo damit beauftragen können.

Von der Bar aus beobachtete er, wie sich das Institut langsam leerte. Als er beim zweiten Pastis auch Madame Tassi im Stechschritt ihr Wochenende antreten sah, fasste er einen Entschluss.

Im Supermarkt um die Ecke besorgte er sich Taschenlampe und Gummihandschuhe. Kurz vor fünf betrat er das Gerichtsmedizinische Institut zum zweiten Mal. Jetzt folgte er zielstrebig den Schildern zum Demonstrationsraum, den er schon bei seinem offiziellen Besuch entdeckt hatte.

Er kam in eine Art Hörsaal. Bänke und Pulte für die Zuhörer waren wie in einem Amphitheater in einem Halbkreis und treppenförmig angeordnet. Franco legte sich in der Mitte der zweithintersten Reihe auf den Boden und suchte eine bequeme Position. Er machte sich auf eine längere Wartezeit gefasst, denn er beabsichtigte, sich einschliessen zu lassen, und vor zwanzig Uhr würde er sich nicht von hier fortbewegen.

Sein Versteck war gut.

Nur einmal wurde er kurz gestört. Zwei Leute betraten den Raum, tuschelten und kicherten miteinander. Ohne sie direkt zu sehen, konnte Franco unschwer hören, dass es sich um ein Liebespaar handelte. Er befürchtete schon, die beiden würden sich hier ein Nest für die Nacht suchen, aber sie verliessen den Raum nach wenigen Minuten wieder.

Danach wurde es stiller im Haus und Franco döste vor sich hin.

Als er später auf seine Armbanduhr schaute, zeigten die Zeiger auf dreiundzwanzig Uhr. Er hatte über sechs Stunden auf dem Boden des Hörsaals verbracht. Jeder Knochen tat ihm weh, und das Gehen bereitete ihm Mühe. Beinahe wäre er die steile Treppe hinuntergestürzt. Er machte deshalb zunächst ein paar Dehnübungen. Danach wartete er lauschend weitere zehn Minuten ab, bevor er sich die Handschuhe überstreifte und die Tür zum Korridor öffnete.

Für einen kurzen Moment machte er sich Sorgen, wie er das Gebäude wieder verlassen könnte. Bestimmt war alles abgeschlossen und keinesfalls wollte er bis am Montagmorgen im Institut bleiben. Aber dieses Problem musste er später lösen.

Er tastete sich den Gang entlang zum Treppenhaus. Fourniers Büro lag ein Stockwerk höher. Die Türe zum Sekretariat war nicht abgeschlossen.

Franco interessierte sich für die Obduktionsberichte, und er fand den entsprechenden Karteischrank in Madame Tassis Büro. Alles war fein säuberlich nach Datum in einer Hängeregistratur geordnet.

Es existierte tatsächlich ein Dossier «1. Mai 1999»! Aber schon beim Herausziehen der Mappe fiel Franco auf, wie dünn diese war. Sie enthielt dann auch lediglich die kurze Notiz «In Bearbeitung».

Er durchstöberte Madame Tassis Schreibtisch, sichtete jeden Papierstapel im Büro: nichts. Dann suchte er nach einem Schlüssel zu Fourniers abgeschlossenem Büro: wiederum ohne Erfolg.

Deprimiert liess er sich auf Madame Tassis Stuhl sinken und stierte auf die leere Mappe. «M-345-99» stand auf dem Deckblatt. Zweifellos die Obduktionsnummer. Sämtliche Untersuchungen zu diesem Fall trugen die entsprechende Nummer und natürlich auch die Leiche selber.

Die Leiche!

Das war seine letzte Chance. Obwohl – allzu viel Hoffnung, dass ihn diese weiterbringen würde, machte er sich nicht, denn bei einer Obduktion wurden die entscheidenden Gewebe und Organe zur weiteren Untersuchung entnommen, aufgearbeitet und oft bis zur Unkenntlichkeit zerschnitten. Übrig blieb lediglich eine leere Hülle.

Aber er hatte keine andere Wahl.

«On y va», sprach er sich selber Mut zu und begab sich auf die Suche nach dem Kühlraum. Er hatte genügend Erfahrungen mit derartigen Institutionen, um zu wissen, wo er zu suchen hatte. Wie erwartet befand sich der Kühlraum im Keller, und wie erwartet war er abgeschlossen.

Auch hier half ihm seine Erfahrung weiter, er kannte das Problem aus dem Inselspital. Zu diesen Räumen haben viele Leute Zutritt; einerseits muss die Türe abgeschlossen sein, andererseits wird man mit der Zeit bequem und richtet sich entsprechend ein.

Franco suchte mit der Taschenlampe die Umgebung

der Tür ab. Direkt über seinem Kopf zog sich ein schmaler Mauervorsprung den ganzen Gang entlang. An einer Stelle glänzte der Stein speckig. Franco langte hinauf und hielt den gesuchten Schlüssel in der Hand.

Im Kühlraum war es eisig kalt. Er liess den Lichtkegel der Lampe durch den Raum gleiten: Die Kühlfächer befanden sich an der Wand zu seiner Rechten, wie Schliessfächer in einem Bahnhof. Er schritt die Reihe ab und studierte die Kennzeichen an den Fächern. Er fand die Nummern M-344-99 und M-346-99, aber ein Fach mit der Nummer M-345-99 existierte nicht.

Fünf Kühlfächer in der untersten Reihe waren nicht beschriftet. Vier davon waren leer, ein einziges mit einem Bügelschloss gesichert.

Franco sah sich suchend um. In der Ecke stand eine Art Garderobeständer, welchen er als Brechstange benutzen konnte. Mit einem dumpfen Knall brach die Halterung des Schlosses entzwei.

Vorsichtig zog er die Bahre aus dem Fach und schlug die Plane zurück.

Ein leiser Schauer durchlief ihn. Vor ihm lag ein Mensch, der ihn mit leerem Blick anzustarren schien.

Franco verdrängte seine Bedenken und begann mit der Untersuchung. Das Gesicht des Toten war aufgedunsen. Über den Schädel, den Brustkasten und den Bauch zogen sich lange Narben, mit groben Stichen genäht, die typischen Spuren einer Obduktion. Am Fuss der dunkelhäutigen Leiche hing ein Zettel. «M-345-99» las er mit Genugtuung. Er drehte die Leiche auf die Seite und sah sich den Rücken an.

Er stutzte. Wo befand sich die Narbe der Operation, von der im Zeitungsartikel die Rede gewesen war? Hatte er sich getäuscht? Lag vor ihm doch nicht der gesuchte Tote?

Er musste die Leiche genauer untersuchen. Seine Ratlosigkeit wich der professionellen Routine. Neben dem Spülstein fand er die nötigen Instrumente. Auf eine weitere illegale Handlung kam es nicht mehr an.

Mit raschen Schnitten durchtrennte er die Fäden und spreizte das Brustbein auseinander.

Der Thorax war leer. Ganz offensichtlich hatte man Herz und Lunge zur Untersuchung entnommen.

Er entfernte nun auch die restlichen Fäden und eröffnete den Bauch. Es kostete ihn einige Überwindung, mit der Taschenlampe den leeren Körper auszuleuchten. Er nahm sich vor, die Haut wenn möglich wenigstens behelfsmässig mit einigen Stichen wieder zu verschliessen, um die Leiche in einem würdigen Zustand zurückzulassen.

Er dachte schon ans Zunähen, als er innehielt. Er sah sich die leere rechte Nierenloge genauer an. Etwas irritierte ihn.

«Donnerwetter», entfuhr es ihm, als er die Naht an der Nierenarterie und am Harnleiter inspizierte.

Die rechte Niere war vor der Obduktion entfernt worden!

Schnitt- und Nahttechnik von Chirurg und Pathologe liessen sich so klar unterscheiden wie die Fährte einer Gazelle von der eines Elefanten.

Franco war absolut sicher: Diese Niere war von einem Chirurgen entfernt worden!

Und eine weitere Erkenntnis erstaunte Franco noch

mehr: Die Art der Narben verriet den Grund für die Entfernung der Niere – der Tote war ein Organspender.

«Ein Organspender», wiederholte er ungläubig und richtete sich auf.

Er hatte zwar nichts Bestimmtes erwartet, aber diese Entdeckung überraschte ihn über alle Massen. Es wurde ihm etwas schwindlig und sein Puls hämmerte unangenehm in seinem Kopf.

Sämtliche Eingriffe, sei es die Entnahme oder sei es das Einsetzen eines Organs, unterlagen strengen Kontroll- und Meldepflichten. Es hätte eigentlich ein Einfaches sein müssen, diesen Mann zu identifizieren. Jetzt erschien ihm erst recht schleierhaft, warum die Identität des Mannes noch nicht geklärt worden war.

Fieberhaft beugte sich Franco erneut über die Leiche und sah sich nochmals den Brustkorb an. Jetzt erst fiel ihm auf, dass möglicherweise auch das Herz schon vor der Obduktion entfernt worden war! Hier hatte der Obduzent leider grob gearbeitet und wichtige Spuren verwischt. Und nun wurde ihm auch klar, warum er zunächst keine Operationsnarbe hatte entdecken können: Der Obduzent war bei der Eröffnung der Leiche dem Schnitt des Chirurgen gefolgt.

Franco überprüfte die Naht am Kopf. Höchstwahrscheinlich war das Hirn ebenfalls zur weiteren Untersuchung entnommen worden. Vielleicht war der Mann an einer Hirnblutung oder etwas ähnlichem gestorben.

Er starrte grübelnd auf die Leiche. Ein nicht identifizierter Organspender – das eröffnete grausige Perspektiven …

Das Pochen in seinem Kopf verstärkte sich unangenehm – bis ihm auf einmal bewusst wurde, dass dieses Pochen nichts mehr mit seiner Aufregung zu tun hatte.

Was er pochen hörte, war nicht sein Herzschlag, sondern feste Tritte direkt über ihm.

Er befand sich nicht mehr alleine im Gebäude! Jemand schritt im Erdgeschoss in Richtung der Treppe, welche ins Kellergeschoss führte.

Franco steckte wie die Maus in der Falle.

«Jetzt nur nicht den Kopf verlieren», sagte er sich leise.

Vorsichtig schob er den Leichnam zurück ins Kühlfach. Das defekte Schloss und die losen Fäden, welche auf dem Boden lagen, wischte er unter das Gestell neben dem Kühlfach. Er machte sich keine Illusionen. Sein Einbruch würde so oder so bald entdeckt werden.

Er hastete aus dem Kühlraum. Die Schritte waren nun schon auf der Treppe zu vernehmen.

Um keinen weiteren Lärm zu verursachen, liess er die Türe des Kühlraums angelehnt. Er schlich geduckt durch den Korridor und drückte sich in eine Türnische.

Die Schritte verstummten am Fuss der Treppe. Das Licht einer Stablampe zuckte durch den Gang. Dann – nach einem undefinierbaren Grunzen – entfernten sich die Schritte wieder.

Franco riskierte einen Blick. Er konnte eben noch feststellen, wie der Mann, wahrscheinlich der Nachtwächter, die Treppe hochstieg.

Franco schlich in vorsichtigem Abstand hinter ihm die Stufen hoch. In der Nähe des Ausgangs fiel ein Lichtschein durch eine halb geöffnete Tür auf den Gang. Der Aufenthaltsraum des Wachmanns, vermutete Franco und beobachtete, wie sich dieser langsam dem Licht näherte. Franco überlegte gerade, wie und wo er das Gebäude wohl unbemerkt verlassen könnte, als der Alarm losging.

Der Kühlraum!

Er hätte daran denken müssen! Wenn die Türe zum Kühlraum nicht richtig geschlossen wurde, ging nach einigen Minuten der Alarm los.

Der Nachtwächter hielt horchend inne. Er schien nicht gleich zu realisieren, wo der durchdringende Signalton herkam. Franco reagierte blitzschnell. Er flüchtete ins Obergeschoss, bevor der Nachtwächter kehrtmachte und erneut die Treppe hinunterstieg.

Franco wartete, bis der Mann den Keller erreicht hatte, dann schlich er zurück ins Erdgeschoss. Der Haupteingang war abgeschlossen, und es blieb nichts anderes übrig, als durch eines der Fenster zu verschwinden. Bei der ersten unverschlossenen Bürotür trat er ein. Die Fenster waren nicht gesichert. Franco stieg ungehindert ins Freie und durchschritt rasch den schmalen Rasen.

Hinter einer Hecke gönnte er sich eine kurze Verschnaufpause und entledigte sich seiner Handschuhe. Ein Blick auf die Uhr zeigte ihm, dass es auf Mitternacht ging.

Die Strasse vor ihm war menschenleer. Er betrat den Gehsteig, und ohne sich umzusehen entfernte er sich mit gesenktem Haupt vom Gerichtsmedizinischen Institut.

Kurz bevor er um die nächste Ecke bog, riskierte er einen Blick zurück. Das Erdgeschoss des Gebäudes war bereits hell erleuchtet, und Franco erwartete jeden Moment das Aufheulen einer Sirene.

15

Er schlief ausserordentlich schlecht in dieser Nacht und zum zweiten Mal in seinem Urlaub erwachte er aus einem Alptraum. Bevor er sich schwitzend in seinem Bett fand, glaubte er sich eingeschlossen im Kühlraum des Gerichtsmedizinischen Institutes und die Polizei gegen die Tür poltern zu hören.

Nur zögernd wurde ihm bewusst, dass es der Nachtportier war, der da ungeduldig an seine Zimmertür pochte, weil er ihm gestern Nacht aufgetragen hatte, ihn zeitig zu wecken. Er brummte ein «Merci» durch den Türspalt.

Der Portier entfernte sich.

Franco drängte es, rasch abzureisen, nicht nur, um in Marseille genügend Zeit zu haben, Jeanne aufzusuchen, sondern auch, weil er befürchtete, dass die Spuren, die er im Institut hinterlassen hatte, die Polizei direkt zu ihm führen würden.

Er hatte an einem einzigen Abend gegen mehr Gesetze verstossen als in seinem ganzen bisherigen Leben. Eigenartigerweise plagte ihn dennoch kaum ein schlechtes Gewissen – dafür umso deutlicher die Angst vor der Polizei. Mit den bisherigen Fakten konnte er sein Vorgehen zwar vor sich selber ohne weiteres verantworten, aber vor dem Richter liess sich der gestrige Einbruch kaum rechtfertigen.

Nach einer flüchtigen Dusche und einem noch flüchtigeren Frühstück in der Hotelhalle begab er sich sogleich zum Bahnhof. Es war kurz nach acht, als er abreisebereit und mit zunehmender Nervosität im Wartesaal sass.

Er hielt es nicht lange sitzend aus. In seiner Phantasie sah er die Gendarmerie mit grimmigem Blick um die Ecke schreiten. Er verliess den Saal, um die Abfahrt des Zuges in einer abgelegenen Ecke der Bahnhofshalle zu erwarten. Es blieben ihm noch gut zwanzig Minuten Zeit und, um sich abzulenken, beschloss er, Aldo anzurufen.

Aldos belegte Stimme und die Geräusche im Hintergrund verrieten, dass er noch im Bett steckte.

«Du brauchst gar nichts zu sagen, Aldo», entschuldigte sich Franco. «Falls du weiterschlafen möchtest, legst du jetzt einfach den Hörer auf. Wenn du aber erfahren möchtest, warum ich seit der letzten Nacht ganz oben auf der Fahndungsliste der Kripo von Nizza stehe, dann schleichst du dich jetzt leise aus dem Schlafzimmer und ...»

«Schon gut», unterbrach ihn Aldo, in der Zwischenzeit wohl im Wohnzimmer angelangt. «Ich hoffe, deine Neuigkeiten sind es wert, an einem freien Samstagmorgen aus dem Bett geholt zu werden. Bei uns hat nämlich einmal mehr der obligate Pfingstregen eingesetzt, und da wird der Tag verdammt lang, wenn man zum Jux aus den Federn gejagt wird.»

Franco hörte aus dem Tonfall der Stimme, dass Aldo ihm schon verziehen hatte.

«Von wegen früh», erwiderte Franco. «Und zudem, die Sonne scheint ...»

«Die Sonne scheint?», fragte Aldo ungläubig.

«Sommer pur», antwortete Franco, der in T-Shirt und leichter Jacke schwitzte. «Stell dir einfach einen Tag vor, an dem du schon vor dem Frühstück Lust auf ein Bad im Meer hast, an dem du als Erstes ein Bier in die Kühle stellst, weil du weisst …»

«Hör schon auf», stöhnte Aldo.

«Es war deine Frage. Aber eigentlich wollte ich mit dir überhaupt nicht über das Wetter sprechen.» Und Franco erzählte ihm in kurzen Zügen die Erlebnisse der letzten Nacht.

Aldo hörte geduldig zu, nur bei der Schilderung der Leicheninspektion unterbrach er mehrmals.

Als Franco ausgeredet hatte, meinte er: «Das ist ja ein Ding. Und du bist überzeugt, dass die Organe nicht erst im Institut entnommen wurden. Ich meine …»

«Ich bin absolut sicher», warf Franco ein. «Die Arbeitsweise des Pathologen unterscheidet sich von der des Chirurgen so klar, wie sich deine Handschrift von der meinen unterscheidet.»

«Warum stand davon nichts in der Zeitung?»

«Wenn ich das wüsste. Jedenfalls nehmen die Untersuchungen nicht den üblichen Weg. Ich vermute, Fournier hat etwas zu verbergen. Als ich ihn auf die Leiche ansprach, zeigte sein Verhalten etwas zwischen Angst und Interesse. Ich frage mich, was er tatsächlich über den Fall weiss. Vielleicht ist die Angelegenheit ja so brisant, dass er von höchster Stelle die Weisung zu absolutem Stillschweigen erhalten hatte, andererseits müsste er dann erst recht an jedem Hinweis interessiert sein. Ich werde aus der Sache nicht klug.»

Franco hielt in seiner Ratlosigkeit einen Moment inne.

«Aldo, du könntest bei der französischen Untersuchungsbehörde nachfragen, ob über den unbekannten Organspender, welcher vor einem Monat an Cap d'Antibes gefunden worden war, schon mehr bekannt geworden ist. Eine derartige Nachfrage könnte vielleicht einigen Staub aufwirbeln.»

Aldo war nicht sehr begeistert. «Ich weiss nicht recht. Ob wir damit etwas erreichen?»

«Versuchen wirs doch. Den Organspender, der nicht identifiziert werden kann, den gibt es nicht. Die Auflagen und die formellen Verfahren, die bei einer Organentnahme eingehalten werden müssen, sind zu umfangreich und lassen sich nicht umgehen. – Es sei denn, in diesem Fall wäre nicht das übliche Verfahren angewendet worden.»

«Du denkst, dass Organe illegal entnommen würden?»

«Ich weiss noch gar nichts, Aldo. Aber ich kann dir versichern, wenn diesem Inder die Organe in einer legalen Operation entnommen worden waren, dann ist seine Identifizierung keine Detektiv-, sondern Fleissarbeit.»

«Das ganze Spendenwesen ist doch anonymisiert», wandte Aldo ein.

«Ach was. Du weisst doch, wie relativ Anonymität sein kann. Und im Falle einer polizeilichen Ermittlung sind diese Daten bestimmt zugänglich. Ich frage mich, was die Vergine ...»

«Apropos Vergine», unterbrach ihn Aldo, «ich habe auch Neuigkeiten. Unser Bruno Hartmann ist tatsächlich kein unbeschriebenes Blatt. Er hat gleich mehrere Einträge bei Interpol: Drogenhandel, Drogenbesitz, unerlaubter Waffenbesitz und Verwicklung in eine tödliche Schlägerei vor vier Jahren. Er wurde unter Mordverdacht festgenommen, aber einen Monat später wieder freigelassen – mangels Beweisen. Ich vermute, es hat sich um eine Abrechnung in der Drogenszene gehandelt. Nach diesem Vorfall verliess Hartmann Deutschland, und es gibt keine weiteren Informationen, ausser dass er eine militärische Ausbildung in der Fremdenlegion begann. Er brach diese aber aus nicht näher beschriebenen Gründen vorzeitig ab. Der aktuelle Aufenthaltsort ist unbekannt. – Das sieht gefährlich aus, Franco. Solche Kerle vertragen keinen Spass. Soll ich dir sagen, wonach das riecht. Nach Drogenhandel und Mafia. Ich vermute …»

«Du wiederholst dich, Aldo», fiel ihm Franco ins Wort. «Ich muss mich sputen. Mein Zug fährt gleich. Nur noch eine letzte Bitte: Versuch die Adressen sämtlicher regionaler Transplantationszentren in Südfrankreich und in Monaco herauszufinden.»

«Und wie stellst du dir das vor?», fragte Aldo missmutig. «Ich rufe an und sage, ich wüsste gern, wo welche Organe …»

«Wenn du Schwierigkeiten kriegst, wende dich an die entsprechende Stelle in Bern, ich denke, die könnten dir weiterhelfen», erwiderte Franco eifrig. «Mit etwas Glück finde ich heute noch Maxens Freundin. Das kann uns eventuell einen Gang auf die Vergine ersparen. Dann reise ich in der Nacht zurück nach Bern, und wir sehen uns morgen Nachmittag. Wir ordnen unsere gesammelten Werke und übergeben sie der Polizei. Am Montagabend spielen wir eine Partie Schach an der Aare und …»

Hier brach Franco ab: «Ich melde mich. Mein Zug fährt. Tschüss.»

Er rannte zum Perron. Noch bevor er sich gesetzt hatte, rollte der Zug mit einem Ruck an.

*

Die Nachricht vom nächtlichen Einbruch erreichte Fournier am Samstagmorgen kurz vor acht. Der Nachtwächter, ein gewisser Monsieur Triponez, der sich mit dieser Arbeit seine Rente aufbesserte, hatte schon in der Nacht versucht, ihn zu erreichen.

«Aber der Herr Doktor hat das Telefon wohl nicht gehört. Also bin ich bis jetzt im Institut geblieben, damit ich Sie direkt informieren kann.» Die krächzende Stimme des Nachtwächters tönte mit dem vorwurfsvollen Unterton noch unsympathischer.

«Ich komme sofort», antwortete Fournier mit mühsamer Beherrschung.

Er beeilte sich aber nicht besonders, ins Institut zu gelangen. Er liess sich nicht von einem Nachtwächter hetzen und schon gar nicht irgendwelche Vorwürfe machen.

Im Institut erwartete ihn Monsieur Triponez in der Loge, bereits umgezogen. Fournier genoss es, den Mann noch etwas auf die Folter zu spannen. Er ging vorerst in sein Büro, zog gemächlich seine Jacke aus und überlegte, ob er sich einen Kaffee zubereiten sollte. Er beschloss dann aber doch, nicht allzu hässlich zu dem Mann zu sein – man wusste ja nie.

Triponez schilderte nervös, wie er bei Dienstantritt

sämtliche Fenster und Türen kontrolliert und verschlossen vorgefunden, wie er kurz vor Mitternacht aus dem Keller verdächtige Geräusche vernommen habe und wie wenig später die Alarmanlage des Kühlraumes losgegangen sei.

«Und noch währenddem ich den offenen Kühlraum abschliesse, höre ich im Erdgeschoss eine Türe gehen. Sofort bin ich wieder nach oben geeilt, habe aber niemanden gesehen; erst später habe ich dann das offene Fenster im Sekretariat der Histopathologie bemerkt. Weiter konnte ich nichts Verdächtiges feststellen. Deshalb habe ich schliesslich darauf verzichtet, die Polizei zu rufen.»

Triponez schüttelte immer wieder den Kopf. «Ich weiss genau, dass bei Dienstantritt alle Fenster geschlossen waren. Da schaue ich nämlich immer als Erstes nach seit dem Vorfall mit der Katze im Seziersaal, als die Leiche des Herrn Vikar ...»

«Ich glaube Ihnen», unterbrach ihn Fournier ungeduldig. «Vielleicht haben Sie lediglich einen verspäteten Mitarbeiter gehört. Gehen wir erst einmal in den Keller.»

Gemeinsam stiegen sie die Treppe runter.

«Den Keller kontrolliere ich natürlich nicht so genau», erklärte Triponez halb schuldbewusst, halb protestierend. «Hier sind alle Fenster vergittert. Aber einmal pro Nacht gehe ich ohnehin nach unten. Manchmal brennt noch irgendwo ein Licht, oder ein Wasserhahn tropft. Neulich war sogar der ...»

«Sie machen Ihre Sache bestimmt ganz gut», unterbrach ihn Fournier erneut.

Sie standen mittlerweile vor der Tür des Kühlraums und die Temperaturanzeigen waren ihm wichtiger als Triponez' Rechtfertigungen. Die Anlage funktionierte einwandfrei. Die Tür war verschlossen. Mechanisch langte er auf den Mauersims, griff aber ins Leere.

Der Nachtwächter händigte ihm den Schlüssel aus. «Der hat gesteckt, falls Sie den suchen.»

Fournier ergriff den Schlüssel wortlos und schloss die Türe auf. Er knipste das Licht an und durchschritt den Kühlraum.

Der Nachtwächter trottete hinter ihm her.

Fournier sah sich kurz um. Der Vorraum war sauber aufgeräumt, die Dokumente der hängigen Fälle steckten korrekt in den Ablagefächern. Als er sich wieder zum Gehen wandte, fiel sein Blick auf den beschädigten Verschluss in der untersten Kühlfachreihe.

Trotz der minus acht Grad, die im Kühlraum herrschten, begann Fournier auf einmal zu schwitzen. Beim näheren Hinsehen bestätigte sich seine Befürchtung: Jemand hatte sich am fraglichen Fach zu schaffen gemacht. Er warf einen raschen Blick auf Triponez, der offensichtlich mehr an anatomischen Präparaten als an Einbruchspuren interessiert war.

Fournier bemerkte knapp: «Hier ist alles in Ordnung. Gehen wir.»

Er ergriff Triponez am Arm und führte ihn fast drängend aus dem Kühlraum.

Der liess dies gerne mit sich geschehen, erleichtert, dass ihm in der Nacht nichts Wesentliches entgangen war.

«Weiss sonst noch jemand von unserem nächtlichen Besucher?», fragte Fournier jetzt freundlicher.

«Nein. Ich hielt es nicht für nötig ...»

«Schon gut. Sie haben Ihre Sache gut gemacht», Fournier klopfte ihm auf die Schulter, «es ist mir absolut recht, wenn die Sache unter uns bleibt. Ich denke, das Rätsel wird sich lösen, sobald ich meine Mitarbeiter befragt habe. So können wir uns anderweitige Umtriebe ersparen.»

Triponez nickte. Er druckste etwas herum, bevor er sagte: «Wenn ich jetzt gehen dürfte, ich habe nämlich ...»

«Schon gut, verschwinden Sie – und seien Sie in den nächsten Nächten besonders wachsam. Man weiss ja nie.» Fournier überreichte ihm hundert Francs und fuhr mit bedeutungsvoller Stimme fort: «Das ist für Ihre Umstände – und auch für Ihre Diskretion. Die Sache sollte unter uns bleiben.»

«Merci, ich danke Ihnen», stammelte der Nachtwächter erleichtert und verschwand eilig, als ob er befürchtete, Dr. Fournier könnte es sich noch anders überlegen.

Dieser blieb mit freundlicher Miene im Gang stehen. Aber kaum hatte der Nachtwächter das Institut verlassen, veränderten sich seine Gesichtszüge jäh.

Er machte auf dem Absatz kehrt und stürzte zurück ins Kellergeschoss.

Mit zittrigen Händen öffnete er das aufgebrochene Fach. Als er durch die Plane den starren Körper ertastete, atmete er auf. Aber seine Erleichterung dauerte nur kurz. Er öffnete den Sack, da traf ihn schier der Schlag.

Der Leichnam kam ihm vor wie ein offenes Buch.

Fournier fluchte laut. Obwohl es ihm absurd erschien, vermutete er hinter dem nächtlichen Besucher sogleich diesen Doktor Weber aus der Schweiz. Wie zum Teufel hatte der es geschafft, unbemerkt ins Institut zu gelangen? Was war das überhaupt für eine Art Arzt?

Er ärgerte sich, dass er gestern mit Weber nicht länger gesprochen hatte. Er hatte ihn sich möglichst rasch vom Hals schaffen wollen. Das war ein Fehler gewesen. Er hätte mehr über ihn herauskriegen sollen. Denn gesetzt den Fall, dieser kannte sich in Pathologie aus, genügten ihm wenige Blicke und er würde die Krankengeschichte des Mannes besser kennen, als wenn er mit ihm gesprochen hätte.

Benommen starrte Fournier auf das Fach. «Die Leiche muss weg», sagte er mehrmals und überlegte fieberhaft.

Er benötigte Hilfe, und er wusste, wo er diese erhalten würde.

Er verstaute die Leiche im benachbarten Kühlfach und verliess den Raum. Am Treppenabsatz blieb er stehen, lauschte einen Moment in die leeren Korridore. Er war allein.

Der Nachtwächter hat die Polizei nicht gerufen, und heute war Samstag. Es blieben ihm volle drei Tage, um die Leiche verschwinden zu lassen.

Er stieg die Treppe hoch. Vielleicht wurde der Pfingstsamstag doch noch zu einem Glückstag. Er konnte es kaum erwarten, an den Roulettisch zurückzukehren.

*

Der neuerliche Anruf aus Nizza führte zu einem grundlegenden Stimmungsumschwung auf der Vergine. Wie Fournier bezweifelte auch Bruno keinen Moment, dass der Eindringling im Gerichtsmedizinischen Institut Dr. Weber aus der Schweiz war. Kein gutes Zeichen. Weber folgte nicht nur Max Knechts Spuren. Der Mann war hartnäckig wie ein Hund, der Fährte aufgenommen hat.

Sie mussten vorsichtiger werden.

Selbst Bruder Rohner, der sich noch gestern völlig ruhig gegeben hatte, schien nervös und telefonierte seit einer halben Stunde. Er stand mit seinem Handy draussen auf der Brücke und gestikulierte mit der freien Hand. Bruno und Karl hätten zu gerne gewusst, mit wem er sprach.

Schliesslich klappte er das Telefon zu und betrat den Kartenraum mit den Worten: «Die Sache geht zu weit. Weber hat Nizza bereits verlassen und ist auf dem Weg nach Marseille.»

Bruno sah besorgt auf: «Er beabsichtigt doch nicht etwa auch noch ...»

«Wir kennen seine Pläne zurzeit nicht, aber wir werden es bald wissen», unterbrach ihn Rohner scharf. «Wir kriegen Verstärkung. Die Männer aus Italien übernehmen das Problem in Nizza. Ihr beide geht direkt nach Marseille und versucht Weber zuvorzukommen. Am besten, ihr überzeugt Jeanne zu einer kleinen Kreuzfahrt auf der Vergine.»

*

Der Schnellzug näherte sich Marseille. Franco sass im Speisewagen und genehmigte sich Kaffee und Croissants. Eigentlich liebte er dieses französische Gebäck über alles, aber heute wollte es ihm nicht schmecken. Die Leiche im

Kühlraum tauchte immer wieder vor seinem geistigen Auge auf, das Bild des unvollständigen Körpers schien wie eingebrannt in der Sehrinde seines Gehirns.

In seiner Erinnerung untersuchte er den Leichnam nochmals von Kopf bis Fuss nach einer möglichen Todesursache. Die Tatsache, dass der Mann ein Organspender gewesen war, schränkte die Auswahl stark ein. Voraussetzung für jede Organentnahme bildete der Nachweis des eindeutigen Hirntodes bei funktionierendem Kreislauf, eine Konstellation, wie sie meist bei Unfällen mit Kopfverletzungen und bei Hirnblutungen vorkommt.

Er hatte das auf der Notaufnahme miterlebt: Äusserlich schienen diese Menschen nicht selten relativ unbehelligt, der Kreislauf, die Lungen, der Darm – alles funktionierte, aber das Hirn stand still. Und Franco kannte das eigenartige Gefühl, das ihn befiel, wenn er einen hirntoten Menschen vor sich liegen sah: ein an sich lebender Körper – aber der Mensch, der diesen Körper bewohnt hatte, war entschwunden.

So jedenfalls interpretierte die moderne Medizin die Nulllinie auf der Hirnstromkurve.

Franco selber schien an dieser Stelle die Vorstellung einer scharfen Grenze zwischen Leben und Tod nicht mehr möglich. Trotzdem oder gerade deshalb hielt er die Organspende für eine gute Sache. Mit der Organspende bekam dieser Zustand einen neuen Sinn. Der verlassene Körper wurde zu einem Hoffnungsträger für unheilbar kranke Menschen.

Auch Franco trug einen Spenderausweis auf sich. Die Möglichkeit, dass sein Herz einmal in der Brust zum Beispiel eines Kollegen Zimmer schlagen könnte, verdrängte er allerdings lieber.

Seine Gedanken kehrten zurück in den Kühlraum, und in ihm regte sich eine stille Empörung. Dieser Mann hatte etwas Besseres verdient als einen Lagerplatz im Kühlfach des Gerichtsmedizinischen Instituts.

Er schüttelte unwillkürlich den Kopf und seine Tischnachbarn beobachteten ihn erstaunt. Er lächelte entschuldigend, blickte aus dem Fenster und nach wenigen Augenblicken kehrten seine Gedanken zurück nach Nizza.

Warum hatte sich der Operateur nicht gemeldet? War gar Max der Operateur gewesen?

Im Grunde war jetzt der Moment gekommen, wo er der Vergine einen Besuch abstatten sollte. Auf der andern Seite hatte er aber absolut keine Lust, sich noch einmal irgendwo einzuschleichen. Als er an seine Beinahe-Begegnung mit dem Nachtwächter dachte, wurde ihm schwindlig und eine leise Panik beschlich ihn. Nein – einen solchen Nervenkitzel brauchte er wirklich nicht mehr. Dazu kam die Schwierigkeit, aufs Schiff zu gelangen und dann von dort wieder wegzukommen.

Er sah ein, dass ihm die ganze Geschichte langsam über den Kopf zu wachsen begann. Wahrscheinlich hatte Aldo Recht, früher oder später mussten sie die Polizei einschalten. Aber noch hatte er Hemmungen – vor allem wegen seines Einbruchs im Institut.

Dieses schlechte Gefühl, auf oder nach frischer Tat ertappt zu werden, das hatte ihn seit seiner Jugendzeit nicht mehr geplagt. Und nun trat es bei jedem Halt des Zuges auf. Er befürchtete in jedem Bahnhof, die Gendarmerie könnte ihn auf dem Bahnsteig erwarten. Er entwickelte eine eigentliche Uniformunverträglichkeit und schrak zusammen, nur schon wenn der Bahnhofsvorstand aus seinem Büro trat.

In Marseille entstieg er dem Zug fluchtartig. Er deponierte sein Gepäck in einem Schliessfach und kaufte sich eine dunkle Sonnenbrille. Er verliess den Bahnhof durch den Hauptausgang und mischte sich unter die Leute.

Er konnte sich nicht erinnern, wann er zum letzten Mal an einem Samstagnachmittag im Geschäftsviertel einer Stadt unterwegs gewesen war. Es herrschte ein unheimliches Gewühl und Gedränge. Unter normalen Umständen hätte er jetzt rechtsumkehrt gemacht. Aber heute gab ihm das Bad in der Menge Sicherheit und mit jedem Schritt verringerten sich seine Angstgefühle.

Er nahm sich gar nicht erst die Mühe, einen Stadtplan zu studieren, und hielt nach einem Taxi Ausschau.

«Zur Rue des Platanes, bitte», sagte er, als er in den Wagen stieg.

Die Fahrt dauerte gut dreissig Minuten. Das lag nicht so sehr an der Distanz als vielmehr am samstäglichen Verkehrschaos. In den Hauptstrassen stauten sich die Wagen Stossstange an Stossstange. Gleich einer verendenden Schlange zuckte die Blechkolonne Meter um Meter durch die Häuserschluchten.

Der Taxichauffeur gab sich alle Mühe, redete und fluchte ununterbrochen, bog bald links, bald rechts in enge Seitengassen ein und geizte nicht mit Tiernamen und eindeutigen Handzeichen.

Franco kümmerte das alles wenig, zu sehr war er mit seinen eigenen Gedanken beschäftigt. Der Taxifahrer hiess ihn schliesslich am Rande einer Fussgängerzone aussteigen und erklärte ihm, wie die gesuchte Hausnummer zu Fuss zu erreichen war.

Unter andern Umständen hätte Franco die Rechnung von knapp neunzig Francs wahrscheinlich nicht ohne weiteres bezahlt. Aber heute bemerkte er weder die Tatsache, dass er sich nicht sehr weit vom Bahnhof entfernt hatte, noch das schlechte Gewissen des Chauffeurs, als er das Fahrgeld grosszügig auf hundert Francs aufrundete.

Er schlenderte durch die Gasse und sah sich um.

Ab und zu wurde hinter den relativ niedrig gebauten Häuserreihen ein Schiffsmast sichtbar, der Hafen musste ganz in der Nähe liegen. Das bunte Bild mit allerlei Leuchttafeln, Reklameschildern und andern Farbtupfern und Stilbrüchen verlieh der Strasse einen eigenen, einnehmenden Charme. Kleine Läden mit exotischen Angeboten, zahlreiche Bars, Kneipen und Sexshops liessen unschwer erkennen, dass er sich im Rotlichtviertel der Stadt befand.

Das Haus mit der Nummer 165 beherbergte eine bestenfalls zweideutige Bar und neben der Eingangstür waren mindestens zehn Klingeln angebracht. Franco las Salon Mireille, Salon Thai, Salon Loulou und so weiter. Nach einem Salon Jeanne suchte er vergeblich.

Er betrat die Bar.

Um diese Zeit, an einem gewöhnlichen Samstagmorgen kurz vor Mittag, war hier verständlicherweise nicht viel los. Hinter der Theke hantierte eine ältere Frau mit

Gläsern. Franco setzte sich auf einen der Barhocker und wartete.

Die Frau arbeitete zunächst ruhig weiter, bevor sie sich an ihn wandte. Sie musterte ihn kurz, dann etwas länger, nun sichtlich neugierig. Offenbar passte er nicht ins Schema ihrer Gäste.

«Oui», sagte sie schliesslich.

«Ich möchte zwei Dinge», Franco beabsichtigte nicht lange um den heissen Brei zu reden. «Erstens einen Espresso und zweitens eine Auskunft.»

Die Frau schenkte ihm einen weiteren Blick.

«Den Kaffee können Sie haben. Für Auskünfte bin ich nicht zuständig.»

Nachdem das Rattern der Kaffeemühle verklungen war, sagte Franco: «Ich suche eine gewisse Jeanne. Soweit ich orientiert bin, wohnt sie hier oder hat zumindest hier gewohnt.»

«Ich kenne keine Jeanne – und schon gar nicht eine, die hier wohnt», erwiderte die Frau beinahe erleichtert.

Franco schloss aus ihrer Reaktion, dass sie die Wahrheit sprach.

«Arbeiten Sie schon lange hier?» Noch während er sprach, ärgerte er sich über die plumpe Frage.

Die Frau sah ihn herausfordernd an. «Na, hören Sie mal, hier liegt mein Zuhause. Was soll denn die Fragerei, junger Mann», aber die Stimme klang nicht allzu empört, wie Franco beruhigt feststellte. «Sind Sie vielleicht gar einer von der Sittenpolizei?»

«Oh, das tut mir Leid. Ich habe mich gar nicht vorgestellt. Mein Name ist Weber. Ich komme aus der Schweiz.

Ich bin ganz privat hier. Jeanne und ich haben – oder besser gesagt: hatten – einen gemeinsamen Freund. Ich hätte sie gerne kennen gelernt, weil ...?»

«Wie heisst sie denn mit Nachnamen, Ihre Jeanne?», fragte die Frau nun wenigstens mit der Freundlichkeit der Neugierde.

«Ich weiss leider nur ihren Vornamen, aber ich habe eine Aufnahme dabei.»

Franco überreichte ihr das Bild von Jeanne, welches Frau Knecht in Maxens Kleider gefunden hatte.

Sie schaute die Aufnahme kurz an und rief erstaunt: «Aber das ist doch Aisha!»

«Aisha?», Franco war verwirrt.

*

Der Lieferwagen arbeitete sich mühsam den Hang hinauf.

Sie befanden sich auf einer gefährlich engen Strasse im unwirtlichen Gelände der Alpenausläufer. Nizza lag gut zwanzig Kilometer hinter ihnen, und obgleich Dr. Fournier in der Region aufgewachsen war, kannte er diesen Weg nicht. Er nahm an, dass sie ihr Ziel schon bald erreichen würden, denn das Tal verengte sich immer mehr zu einer Schlucht.

Er löste mit knetenden Bewegungen seine schmerzenden Finger, welche sich am Lenkrad festgekrampft hatten. Er folgte konzentriert dem schnittigen Alfa mit den Männern, die ihm so rasch zu Hilfe geeilt waren.

Er kannte die beiden nicht, und sie hatten sich nicht

vorgestellt. Sie hatten plötzlich in seinem Institut gestanden und gesagt: «Wir helfen Ihnen, Ihr Problem zu lösen.»

Einen vertrauenswürdigen Eindruck machten sie zwar nicht unbedingt, aber sie verrichteten ihre Arbeit prompt. Mit geübten Griffen verstauten sie die Leiche in einer Art Teppichrolle und verluden das Paket in den schmucklosen Lieferwagen. Sie erklärten ihm, wie der Wagen zu fahren sei, und ihm blieb nichts anderes zu tun, als ihnen zu folgen.

Sie hatten an alles gedacht. Erst nach Pfingsten solle er das Verschwinden der Leiche melden. Das aufgebrochene Schloss und die Aussage des Nachtwächters deuteten auf eine gewaltsame Entfernung der Leiche in jener Nacht. Ihm selber blieb genügend Zeit, um einen passenden Autopsiebericht zu verfassen.

«Lassen Sie sich was einfallen», hatte ihm der Mann mit dem deutschen Akzent am Telefon erklärt, «aber erst, wenn die Leiche entsorgt ist.»

Fournier trat scharf auf die Bremse.

Der Alfa hatte kurz nach einer engen Rechtskurve angehalten. Die Strasse klebte an dieser Stelle wie ein Band am Berghang, kaum breiter als der Wagen. Der Fels schien überhängend. Eine lose Steinmauer bot nur notdürftigen Schutz vor dem Abgrund.

Fournier vermied tunlichst den Blick in die Tiefe.

Einer der Männer zu trat ihm. «Fahren Sie den Wagen etwas zurück, möglichst nahe an den Strassenrand heran. So können wir das Paket direkt von der Ladefläche in die Schlucht abwerfen.»

Fournier tat wie ihm geheissen und fuhr vorsichtig

rückwärts, bis ihm der Mann deutete anzuhalten. Dann stieg er aus und ging um den Wagen herum. Die Mauer war an dieser Stelle unterbrochen. Die Schlucht schien bodenlos, der ideale Ort für eine Endlagerung.

«Gibt es nirgends einen Zugang?», fragte er den Mann, welcher mit einem Fernglas den Talgrund absuchte.

«Nein», kam die knappe Antwort. «Und nun binden Sie die Fracht los und schieben Sie sie nach hinten, den Abwurf übernehme ich.»

Fournier stieg auf die Ladefläche. Die Teppichrolle war mit einem Strick direkt an der Rückseite der Fahrerkabine befestigt. Er kniete nieder und begann den Knoten zu lösen.

In diesem Moment ging ein Rucken durch den Wagen.

Fournier blickte erschrocken auf.

Es dauerte einen Augenblick, bis er begriff, was geschah. Der Wagen bewegte sich rückwärts auf den Abgrund zu!

Fournier stürzte nach hinten, um abzuspringen, aber die hintere Ladefläche überragte den Wegrand bereits. Er war gefangen. Reflexartig klammerte er sich an die Wand des Laderaumes und wartete wie gelähmt auf das Anhalten des Wagens.

Als die hinteren Räder die Kante erreichten, sackte der Wagen mit einem hässlichen Knirschen weg.

Mit ungläubigem Entsetzen starrte Dr. Fournier in die grauenvolle Leere, welche sich unter ihm auftat und der er immer schneller entgegenstürzte.

*

Aisha alias Jeanne liess sich Zeit.

Über zwei Stunden wartete Franco an der Bar und trank Espresso um Espresso. Dabei hatte er nicht nur Gelegenheit, die Besonderheiten des erwachenden Milieus zu studieren, sondern auch das zweifelhafte Glück, ausgedehnt mit der in die Jahre gekommenen Bardame zu plaudern.

Marianne hiess sie und stammte ursprünglich aus Tunesien – wie übrigens auch Aisha. Sie hatte vorerst illegal gearbeitet, erhielt aber bald einmal eine Aufenthaltsbewilligung – mit etwas Schmieren und andern Diensten an der richtigen Stelle, wie sie Franco mit eindeutigem Augenzwinkern erklärte. Bestimmt hatte ihr dieses verführerisch-verschwörerische Getue früher Hosen und Türen geöffnet, aber jetzt wirkte es nur komisch, wenn nicht gar tragisch.

Sie erzählte weiter von ihren Seemännern, von ihren Auftritten in den Nachtclubs und von ihrem beruflichen Erfolg. Immerhin besass sie heute eine eigene Bar – und darauf war sie sichtlich stolz. Franco sah sich anerkennend um, doch innerlich schwankte er zwischen Mitleid und Belustigung.

Als Marianne erfuhr, dass er Arzt war, leierte sie ihm ihre volle Krankengeschichte herunter. Franco gönnte ihr wohl oder übel diese Gratissprechstunde; schliesslich führte der Weg zu Aisha über sie. Sie war gerade auf ihren dritten Schwangerschaftsabbruch zu sprechen gekommen, als Aisha erschien.

Sie sah in Wirklichkeit noch besser aus als auf dem Foto: eine Nordafrikanerin mit dem typischen kaffeebraunen

Teint, schwarzem Haar und grossen dunklen Augen, die ihn gespannt musterten. Ihre Gesichtszüge waren regelmässig und hübsch. Er stellte sie sich an der Seite von Max Knecht vor, ein beneidenswert schönes Paar.

Jetzt erst, auf den zweiten Blick, sah er in ihrem Gesicht die Spuren der Trauer und, wie ihm schien, der Angst.

«Der Mann ist in Ordnung», versicherte Marianne Aisha mehrmals in mütterlichem Ton. «Ich habe genügend Menschenkenntnis, um das zu beurteilen. Ich weiss, wem man vertrauen darf.»

Sie betonte «ich» und Franco ahnte, dass die beiden bezüglich Menschenkenntnisse nicht immer der gleichen Meinung waren.

Aisha lebte seit knapp einem Jahr in Marseille, hatte anfänglich in einer Bar als Tänzerin und Animatrice gearbeitet. Mit Max hatte sie erst vor wenigen Monaten Bekanntschaft gemacht, als ihre Truppe zur Abendunterhaltung auf der Vergine engagiert worden war. Danach erhielt sie dank Max eine feste Anstellung als Pflegerin auf dem Schiff, obwohl sie diesen Beruf nie erlernt hatte. Die Arbeit war leicht und sauber, die Bezahlung besser als im Milieu. Auf Diskretion wurde grösseren Wert gelegt als auf eine entsprechende Ausbildung. Für Aisha kein Problem, sie hatte gelernt, keine dummen Fragen zu stellen und den Mund zu halten.

Sie war glücklich bis zu dem Tag, als Max verunfallte.

«Und warum arbeiten Sie jetzt nicht mehr auf der Vergine?», fragte Franco.

«Nach dem Unfall hat man mich fristlos entlassen.»

«Warum das denn?»

Aisha zögerte. Sie blickte sich unsicher um, bevor sie leise sagte: «Eigentlich hat man mir verboten, darüber sprechen. Aber ich denke, bei Ihnen darf ich eine Ausnahme machen. Sie müssen mir aber versprechen, auf gar keinen Fall den Leuten der Vergine von unserem Gespräch zu erzählen.»

«Versprochen», sagte Franco feierlich.

Aisha nickte ernsthaft und fuhr fort: «An jenem Tag beabsichtigte Max, sich mit den Leuten der Vergine zu treffen. Den genauen Grund dieser Zusammenkunft wollte er mir nicht verraten. ‹Lies die Zeitung›, sagte er nur, bevor er ging. Ich verstand ihn damals nicht und natürlich habe ich die Zeitung an diesem Tag nicht gelesen. Was interessierte mich das schon. Wir verabredeten uns für den späteren Nachmittag in der Hotelhalle. Ich vertrieb mir die Zeit in der Stadt. Als ich später ins Zimmer zurückkehren wollte, fing mich Karl wenige Schritte vor dem Hotel ab.»

«Wer ist Karl?»

«Die rechte Hand von Bruno», sagte Aisha, indem sie erstaunt aufblickte, als könnte sie nicht begreifen, dass man Bruno und Karl nicht kannte.

«Was wollte Karl?», fragte Franco.

«Er drängte mich in einen Hauseingang und teilte mir mit, die Polizei sei da wegen Max. Ich müsse jetzt genau das tun, was er mir sage, sonst würde ich auf der Stelle festgenommen. Vor allem sollte ich unbedingt bestätigen, dass Max am Morgen segeln gegangen sei. Nur das, sonst nichts. Nur so könne ich Max helfen, sagte Karl und steckte mir einen gültigen Pass zu. Bevor er mich zum Hotel liess, drohte er mir noch einmal mit der Ausweisung, falls ich nicht bestätigen würde, dass Max die Absicht geäussert hatte, segeln zu gehen. Ich war verwirrt.»

Aisha sah abwesend aus dem Fenster.

«Es kam, wie Karl sagte. Die Polizei erwartete mich im Hotel. Sie stellten mir allerlei Fragen, wollten wissen, wann ich Max das letzte Mal gesehen hätte, wohin er gegangen sei, welche Pläne er geäussert hätte. Ich machte meine Aussagen wahrheitsgemäss, bis auf das Treffen mit der Vergine. Ich erzählte der Polizei, dass Max eine Segelfahrt geplant hatte. Sie waren zufrieden. Erst ganz am Schluss teilte man mir mit, dass Max tot war. Ich glaube, da erlitt ich einen Schock und man liess mich in Ruhe.»

Aishas Augen füllten sich mit Tränen.

«Haben Sie später wieder mit der Vergine Kontakt gehabt?», fragte Franco behutsam.

«Man bot mir wenige Tage später eine Stelle in einem Spital in Indien an. Aber da will ich nicht hin. Ich will in Frankreich leben.»

«Wäre das nicht eine Chance gewesen, aus diesem Milieu zu entfliehen, einer neuen Zukunft entgegen ...»

«Von wegen Zukunft», unterbrach Aisha. «Eins können Sie mir glauben, die haben ihre Leute häufiger ausgewechselt als Sie Ihre Wäsche. Ich war insgesamt fünfmal auf dem Schiff, jedes Mal mit einer andern Pflegeequipe. Neben dem Kapitän waren Karl und Bruno die einzigen Konstanten an Bord.»

Franco zeigte ihr eine der Aufnahmen, die er bei sich trug, und tippte auf Bruno.

«Ich nehme an, das ist Bruno?»

Aisha nickte stumm.

«Und wie sieht Karl aus?», fragte Franco weiter.

«Gross, blond, mit Aknenarben im Gesicht ...»

«...und tief sitzenden Ohren», Franco zog seine Ohren nach unten.

«Ja, genau», Aisha lächelte zum ersten Mal. Dann verfinsterte sich ihr Gesicht wieder: «Die beiden sind mir unheimlich. Das ganze Schiff ist mir unheimlich. Wenn ich zurückdenke, habe ich dort ausser Max keinen normalen Menschen getroffen. Für die Patienten wurde alles getan. Doch kaum war man wieder unter sich, herrschten raue, rücksichtslose Sitten. Nur Max war anders.»

«Hat Max auf dem Schiff operiert?»

«Ich weiss es nicht», antwortete Aisha. «Er erwähnte einmal, dass auf dem Schiff Operationen durchgeführt werden. Aber wir haben eigentlich wenig über die Arbeit gesprochen.»

«Was war mit dem Zeitungsartikel?»

«Ach ja», erwiderte Aisha schwach, «ich habe ihn später gelesen. Ich dachte mir, dass sich Max mit Bruno und Karl wegen diesem toten Inder treffen wollte. Ich bin mir aber nicht sicher, ob dieser ein Patient der Vergine war, wenn Sie das wissen möchten.»

Franco war enttäuscht.

Er wollte etwas einwenden, aber Aisha fuhr fort: «Ich bin wirklich froh, dass ich vorläufig bei Marianne bleiben darf. Ich glaube, sonst wäre ich jetzt in Indien.»

Franco sann nach und fragte noch einmal: «Hatte Max an diesem Tag je die Absicht geäussert, ein Boot zu mieten?»

«Nein, nie», antwortete Aisha bestimmt. Sie blickte an ihm vorbei: «Max hatte mir versprochen, einmal mit mir nach Afrika zu segeln. Er war ein feiner Kerl.»

Dann weinte sie still vor sich hin.

Er reichte ihr sein Taschentuch und blieb unschlüssig sitzen.

Aisha wusste kaum wesentlich mehr, als sie ihm erzählt hatte. Er beschloss, seine Zweifel zu Maxens Unfall für sich zu behalten. Er hätte sie gerne noch näher über die Vergine ausgefragt, aber er spürte, wie sie die Erinnerung schmerzte. Er hatte ja noch Heiner Zurflüh, den er fragen konnte.

Zum Glück trat in diesem Moment Marianne zu ihnen und legte tröstend den Arm um Aishas Schulter.

«Ich denke, ich gehe jetzt besser. Ich reise nämlich noch heute in die Schweiz zurück. Falls Sie Hilfe brauchen oder falls Ihnen noch etwas Wichtiges zu Maxens letztem Tag einfällt...» Mit diesen Worten überreichte er Aisha seine Adresse und verabschiedete sich.

Er trat auf den Gehsteig und wandte sich nach Norden, wo er den Bahnhof vermutete. Wenn er sich beeilte, erwischte er den Abendzug und könnte es schaffen, vor Mitternacht Bern zu erreichen.

Wenige Häuser neben Mariannes Bar stiess er auf ein kleines Geschäft mit einheimischen Spezialitäten. Er beschloss, Isabella und Aldo mit einem Mitbringsel zu überraschen.

Drinnen wehte ihm ein würziges Duftbouquet entgegen. Hinter einer Glasscheibe waren Käsespezialitäten aufgetischt, und von der Decke hingen Wurstwaren. Franco realisierte, dass er richtig hungrig war.

«Kann man hier in der Nähe gut essen?», fragte er spontan, nachdem er für die Girardis Wein und für Frau Knecht Käse besorgt hatte.

«Ich empfehle Ihnen das ‹Manoir› – oder wenn Sie gerne im alten Hafen speisen möchten, dann ist ‹Chez Jacques› sehr nett», sagte die Verkäuferin und Franco liess sich den Weg erklären.

Vor dem Laden sah er sich suchend um. Das warme, klare Licht der Abendsonne leuchtete einladend in die Gassen. Die wenigen Leute auf der Strasse bewegten sich ohne Hast oder standen schwatzend in kleinen Gruppen zusammen. Von Süden wehte eine leichte Brise. Ein intensiver Geruch von Meer und Fisch hing in der Luft und der Wind trug die Klänge einer fernen Blasmusik an sein Ohr.

Was er sah, roch und hörte, begann ihm zu gefallen.

Die Lust, in einen überfüllten Zug zu steigen und hinter geschlossenen Fenstern schwitzend den Sonnenuntergang abzuwarten, war ihm definitiv vergangen. Viel eher sehnte er sich nach einem Plätzchen unter freiem Himmel, einem Glas Wein und einem frischen Fisch vom Grill.

Es reichte vollumfänglich, wenn er mit dem Nachtzug nach Bern zurückkehrte. Mit vollem Magen liess sich ohnehin angenehmer reisen und mit der entsprechenden Portion Wein würde er schlimmstenfalls auch auf einem Sitzplatz schlafen können.

Nach kurzem Überlegen wandte er sich nach Süden dem alten Hafen zu.

16

Karl Frentzen versuchte sich zu entspannen. Er streckte die Beine, drückte den Rücken gegen die Sitzlehne und blickte aus dem Fenster.

Der internationale Nachtzug von Marseille nach Genf fuhr mit monotonem Rollen durch die Dunkelheit. Unmittelbar neben dem Bahntrassee erstreckte sich eine schwarze, glatte Fläche, die Rhone, wie Karl vermutete. In der Ferne leuchteten die spärlichen Lichter schlafender Ortschaften.

Karl tastete nach dem Griff des Dolchs. Sein Auftrag war klar. Weber musste ausgeschaltet werden – definitiv. «Im Nachtzug jemanden zu beseitigen ist einfacher, als in der Stadt einen leeren Pappbecher zu entsorgen», hatte Bruno geringschätzig verkündet, bevor Karl den Zug bestieg.

Eigentlich hätte Bruno diese Arbeit lieber selber erledigt, doch im Moment war äusserste Vorsicht geboten. Sie mussten davon ausgehen, dass Weber ihn erkennen könnte. Gemäss Aishas Angaben besass er ein Bild von ihm. Somit hatte Karl die Mission übernehmen müssen.

«Auf jeden Fall nimmst du ihm diese Aufnahmen ab», hatte ihn Bruno ermahnt. «Und auch die Brieftasche, damit das Tatmotiv klar ist. Am besten, du machst ihn schon vor der Abfahrt des Zuges kalt. Ich kanns kaum erwarten, den Kerl von der Bildfläche verschwinden zu sehen.»

In diesem Punkt war Karl mit Bruno einig.

Es war tatsächlich beunruhigend, wie zielstrebig dieser

Fachidiot innert kürzester Zeit die Stationen von Max Knechts letztem Tag aufgesucht hatte: das gleiche Hotel als Absteige, der Besuch beim Bootsverleih, der Einbruch im Gerichtsmedizinischen Institut – dort auf direktem Weg zur Leiche – und schliesslich der Zwischenhalt bei Aisha in Marseille. Bruder Rohner hielt es nicht für ausgeschlossen, dass dieser Schnüffler als Nächstes auf der Vergine aufkreuzen könnte.

Er trank einen Schluck aus dem Flachmann. Jetzt lag alles an ihm und das machte ihn nervös.

Im Moment war seine grösste Sorge, Dr. Weber könnte es sich plötzlich anders überlegen und den Zug vor Genf verlassen. Um ihn im Auge zu behalten, erwog Karl sogar, sich zu ihm ins Abteil zu setzen. Natürlich wäre das zu riskant gewesen.

So hielt er bei jedem Zwischenhalt krampfhaft Ausschau nach Franco Weber. Den Bahnsteig zu überblicken, bot von Halt zu Halt weniger Probleme, immer spärlicher wurde die Schar der Leute, die den Zug verliessen oder zustiegen. Das war in Marseille schon schwieriger gewesen. Sie verdankten es Brunos Ausdauer und auch ein wenig dem Zufall, dass sie Weber im Bahnhof in der Menschenmenge entdeckt hatten.

Karl stand auf und schritt den Gang entlang. Franco Weber sass unverändert an seinem Platz, leider nach wie vor nicht alleine im Abteil. Doch Karl war zuversichtlich. Er rechnete fest damit, dass Lyon für den grössten Teil der Reisenden in den Sitzabteilen Endstation bedeuten würde.

*

Aus Francos Absicht, im Schlafwagen zu reisen, war nichts geworden, sämtliche Betten waren belegt. Er hatte sich nur kurz geärgert. Als der Zug Marseille verliess, blieben viele Sitze leer. Selbst das Billett erster Klasse wäre nicht unbedingt nötig gewesen, er hätte auch in der zweiten Klasse genügend Platz gefunden, seine Beine zu strecken.

Von Station zu Station leerte sich der Zug zusehends und ab Lyon war er allein im Abteil. Nachdem ihn sein Vis-à-vis verlassen hatte, machte er sich ungeniert breit, zog die Schuhe aus, lagerte seine Beine hoch und bettete sich bequem in die Ecke am Fenster.

Er fühlte sich gut: Das Abendessen in Marseille hatte ihm die ersehnte Zerstreuung und Entspannung gebracht. Seine Arbeit war erledigt und er hatte den Abend in vollen Zügen geniessen können. An der Mole des alten Hafens, mit dem Filet de sole auf dem Teller, umgeben von diskutierenden, gestikulierenden und Gitane rauchenden Franzosen, verspürte er ein Lebensgefühl, welches ihm in seinem Alltag verloren gegangen war.

Wäre da nicht die Geschichte um Max, die Leiche in Nizza und die Vergine gewesen, die Welt wäre ihm in Ordnung erschienen. Sogar der Dieselgestank der einlaufenden Boote und das obligate Schaukeln des Bistrotisches hätten ihn nicht gestört.

Jetzt lullte ihn das gleichmässige Rattern der Räder ein. Er versuchte zu schlafen, gähnte einige Male, kratzte sich an Kopf und Knie, rückte etwas tiefer in die Ecke – ohne Erfolg: Seine Augen öffneten sich immer wieder und starrten ins Dunkel der Nacht.

Die vorbeihuschenden Lichter und Silhouetten beachtete er kaum, denn im schwarzen Viereck der Fensterscheiben zogen die Bilder der vergangenen Tage vorbei, allen voran die nächtlichen Bilder im Gerichtsmedizinischen Institut. Zuerst der leere Korridor, dann der Kühlraum, und Franco schien, als blicke er direkt in die offene Schublade.

Als in diesem Moment auch noch Schritte im Gang zu hören waren, erwartete er für einen bangen Augenblick, dass der Nachtwächter gleich in der Abteilstür auftauchen würde.

Langsam zweifelte Franco an seiner Wahrnehmung. Nicht genug damit, dass er ins Dunkel der Nacht die Bilder der vergangenen Tage projizierte. Im Spiegelbild des Fensterglases erinnerte ihn der Passant an den Mann mit den Aknenarben.

Wie hiess er doch gleich? Aisha hatte es ihm gesagt, aber der Name war ihm entfallen.

Franco stöhnte gequält. Im Grunde wollte er einfach nur schlafen, aber sein Hirn gehorchte ihm nicht, arbeitete unentwegt weiter. Da er einsah, dass Widerstand zwecklos war, richtete er sich auf. Er beschloss, die Zeit bis Genf zu nutzen, um die letzten Tage zu überdenken.

Er musste dann doch noch eingenickt sein.

«Entschuldigung, wie spät ist es?»

Die Frage drang von weit, weit her in Francos Bewusstsein und verursachte ihm ernsthafte Orientierungsschwierigkeiten.

Er hörte die Stimme, er sah das Gesicht – und je wacher

er wurde, desto stärker glaubte er zu träumen. Zuerst misstraute er seinen Ohren, dann seinen Augen.

Er befand sich in Frankreich und wurde auf Deutsch angesprochen. Das Gesicht, in welches er blickte, gehörte jedoch nach Bern – und zwar in die Laubengänge vor der Konditorei, in der Frau Knecht wartend an der Kasse steht.

Aber das Holpern des Zuges war real und erschwerte ihm den Blick auf die Uhr. Etwas Unglaubliches war im Tun. In seinem Hirn funkte und krachte es – und plötzlich war er hellwach.

«Karl!», schoss es ihm durch den Kopf.

Er staunte, dass ihm der Name, den er noch vor kurzer Zeit vergebens abzurufen versucht hatte, nun ohne weiteres einfiel. Währenddem er weiter auf seine Uhr blickte, beobachtete er gleichzeitig den Mann, der ihm diese Frage gestellt hatte und nun sein Abteil betrat.

Und dann ging alles sehr schnell.

Ohne ihn direkt anzusehen, realisierte Franco, dass Karls rechter Arm plötzlich nach oben schnellte. Instinktiv duckte er sich. Er warf sich von seinem Sitz nach vorne und stiess Karl hart gegen den Unterleib. Im gleichen Augenblick verspürte er selber einen heftigen Stich seitlich am Brustkorb.

Sein Angreifer trat einen Schritt zurück und er taumelte zu Boden. Franco wollte sich aufrichten, aber der Schmerz in der linken Brust wurde so stark, dass er sich unwillkürlich zusammenkrümmte. Er hob lediglich den Kopf und sah, wie sich Karl rückwärts aus dem Abteil entfernte und das Licht löschte.

Franco griff sich benommen an die linke Seite und tastete nach der schmerzhaften Stelle an seiner Brust. Er erschrak, als er den kalten Schaft eines Messers in seiner Hand hielt. Er versuchte zu schreien, aber er kriegte keine Luft. Das Stechen in der Lunge verunmöglichte jeden Atemzug.

Unheimlich klar sah er in diesem Moment die Anatomie des menschlichen Brustkastens vor sich: Der Schaft des Messers wies in Richtung des Herzens. Franco überkam die grauenhafte Gewissheit, dass er sterben würde, wenn nicht unverzüglich Hilfe eintraf.

Mit der Kraft der Verzweiflung versuchte er sich aufzurichten und die Türe zu öffnen. Doch in diesem Moment ratterte der Zug über eine Weiche und Franco fiel hart zurück ins Abteil.

Gerade noch konnte er sehen, wie ihn Karl mit gespanntem Blick durch das Fenster der Abteiltür beobachtete, dann verschwamm das Bild vor seinen Augen. Der Lärm des Zuges verebbte in einer Wolke von Watte, eine Wolke, welche ihn gleichzeitig niederdrückte und wegtrug.

*

Karl stand schwer atmend im Gang und blickte in gespannter Erwartung auf den am Boden liegenden Weber. Sein Auftrag war erst zu Ende, wenn er das Messer, die Brieftasche und die Fotos an sich genommen hatte.

Er sah sich um. Ein Reisender am Ende des Korridors fixierte ihn besorgt.

Karl versuchte ihn nicht zu beachten. Aber der Mann beobachtete ihn weiter und trat schliesslich auf ihn zu. Karl öffnete rasch die Abteiltüre und zog die Vorhänge zu. Wieder im Gang, lehnte er sich an die geschlossene Tür.

«Kann ich Ihnen helfen? Haben Sie Schmerzen?», fragte der Unbekannte vorsichtig.

Karl hätte ihm am liebsten eine runtergehauen, aber er beherrschte sich. «Nein, danke. Nur die übliche Reisekrankheit», er wischte sich die Stirn, «die Übelkeit wissen Sie, wenn der Zug über die Weichen fährt. Es geht schon besser. Ich brauche lediglich meine Ruhe.»

Der Fremde musterte ihn beunruhigt, ging aber mit einem «Wie Sie meinen» zurück an seinen Platz.

Karl blieb mit dem Rücken zum Abteil stehen. Er atmete erleichtert auf, schon fuhr der Zug in den Bahnhof von Genf ein und die Leute strebten dem Ausgang zu. Für diesen Waggon war hier Endstation. Einige Passagiere drängten an Karl vorbei. Er wich nicht von der Tür.

Als die letzten Passagiere ausgestiegen waren, versuchte er vorsichtig die Türe zu öffnen. Sie klemmte. Wahrscheinlich lag Weber direkt dahinter. Er griff etwas kräftiger nach.

In diesem Moment erschien der Schaffner. «Alles aussteigen!», rief er ungeduldig durch den Gang.

Karl löste sich widerwillig von der Tür und verliess den Zug unter dem drängenden Blick des Schaffners. Er schlenderte langsam in Richtung Bahnhofshalle und beobachtete verstohlen, wie auch der Schaffner den Zug verliess und die Türen abschloss. Er blieb hinter einer

Fahrplantafel stehen und erwog, noch einmal in den Waggon zurückzukehren, um seinen Auftrag fertig auszuführen.

Da ertönte ein grelles Quietschen und schon kam die Rangierlokomotive angefahren. Die Lichter im Waggon gingen aus und nachdem die Rangierlok angekoppelt worden war, löste sich der Waggon mit einem lauten «Klong» vom Rest des Zuges.

Langsam entschwand der Wagen mit Weber in Richtung Abstellgeleise.

Karl begann sich zu entspannen. Bis zu diesem Moment hatte er befürchtet, hinter einer der Scheiben könnte plötzlich ein schmerzverzerrtes Gesicht auftauchen. Aber nichts dergleichen geschah. Er hatte die Klinge zwar nicht ganz optimal platzieren können, aber der Stich war auf jeden Fall tödlich. Auch wenn er Messer und Portemonnaie zurücklassen musste, er würde den nächsten Zug in Richtung Marseille besteigen. Falls Weber nicht auf der Stelle gestorben war, dann würde er spätestens jetzt verbluten.

Dieses Problem war gelöst. Ein für allemal.

17

Karls Anruf erreichte Bruno bei Tagesanbruch im Hafen von Marseille. Er lag angekleidet in der Koje des Schnellbootes. Das Handy hatte ihn aus einem unruhigen, ermüdenden Schlaf geweckt. Die Hektik der letzten Tage setzte ihm zu. Seit seiner Rückkehr aus Indien hatte er kaum eine ruhige Minute gehabt, und er war erleichtert, als er Karls Bericht hörte.

Stolz rapportierte dieser, wie er den Auftrag trotz schwierigen Umständen ausgeführt habe. «Ich habe ihm das Messer bis zum Schaft in die linke Brust gerammt. Er gab keinen Ton von sich.»

«Niemand hat dich beobachtet?», fragte Bruno skeptisch.

«Mit Sicherheit nicht», und Karl erzählte ihm, wie der Eisenbahnwagen weggeschleppt wurde. «Wenn wir Glück haben, bleibt dieser Waggon bis zum nächsten Wochenende auf dem Abstellgeleise.»

Bruno wandte trocken ein: «Wir brauchen nicht Glück, sondern perfekte Arbeit.»

«Die Fotos und die Brieftasche musste ich leider zurücklassen», fuhr Karl fort. «Es wäre zu riskant gewesen; schliesslich war ich nicht allein im Zug.»

«Es passt mir überhaupt nicht, wenn ein Toter mein Foto auf sich trägt. Verdammt, Karl, jetzt, da wir in Frankreich alle Spuren verwischt haben, legst du in Genf eine neue Fährte. Fournier und Aisha sind weg …»

«Mein Gott, warum Aisha?», entfuhr es Karl.

«Was heisst da mein Gott. Wir geben uns alle Mühe und du ...» Bruno brach ab und sagte abschliessend: «Wenn es auch nur die geringste Möglichkeit gibt, holen wir uns die Fotos. Du bleibst in Arles, bis ich mich wieder melde.»

Nachdem er den Hörer aufgelegt hatte, überdachte er Karls Bericht. Weber war aus dem Weg, und das schien ihm die Hauptsache. Aber der Tote trug sein Foto in der Tasche – eindeutiger als eine Visitenkarte.

Das war mehr als beunruhigend.

Er stand auf und trat an Deck. Im Hafen herrschte schon emsiges Treiben. Verspätete Fischerboote liefen ein. Auf der Yacht neben ihm traf man letzte Vorbereitungen zum Ablegen. Bruno hätte am liebsten ebenfalls die Leinen gelöst.

Sein Blick fiel auf den Bootshaken, mit dem er vor gut fünf Wochen Max Knecht niedergeschlagen hatte. Es war ihm damals nicht leicht gefallen, den Bewusstlosen im Schöpfeimer zu ertränken. Aber er hatte noch immer ganze Arbeit geleistet, und er würde auch diesmal nicht auf halber Strecke umkehren.

Es gab eine Möglichkeit, Karls Versäumnis auszubügeln. Es schien Bruno denkbar, dass die Leiche noch im verlassenen Waggon lag, und an einem Sonntag sollte es eigentlich ein Einfaches sein, unbemerkt einen Eisenbahnwaggon zu durchsuchen.

Er überlegte angestrengt, wie er in Erfahrung bringen konnte, ob die Leiche bereits entdeckt worden war. Er erwog für kurze Zeit, unter dem Vorwand einer Vermisstenanzeige die Polizei in der Schweiz zu kontaktieren. Aber das war zu riskant. Er durfte sich jetzt auf gar keinen Fall einen weiteren Fehler erlauben.

Da kam ihm eine andere Idee. Er stieg in die Kajüte zurück, um beim internationalen Auskunftsdienst die Nummern sämtlicher Kliniken in Genf zu erfragen. Er erhielt eine beachtliche Liste.

Er begann seine Suche bei den grossen Spitälern.

«Stadtspital Genf, guten Tag», meldete sich sogleich eine frische Stimme.

«Guten Tag. Hier ist Weber», log Bruno geflissentlich. «Ich hätte gern meinen Bruder – Franco Weber – gesprochen. Er ist diese Nacht bei Ihnen eingeliefert worden.»

Es dauerte keine zwei Minuten, bis ihm die freundliche Dame am Telefon ausrichtete: «Tut mir Leid; wir haben in den letzten vierundzwanzig Stunden keinen Patienten unter diesem Namen aufgenommen.»

«Oh, das erstaunt mich aber», antwortete Bruno erleichtert.

«Am besten, Sie erkundigen sich im Universitätsspital oder in der Klinik Bethesda», half ihm die freundliche Stimme. «Diese Kliniken unterhalten ebenfalls eine öffentliche Notaufnahme.»

«Das ist eine sehr gute Idee, ich danke Ihnen.»

«Kein Problem», antwortete die Telefonistin und legte auf.

Als Bruno in der Klinik Bethesda die gleiche Auskunft erhielt, wurde er schon fast fröhlich.

Im Universitätsspital dauerte es etwas länger. Die Dame am Empfang gab sich nicht sehr gesprächig: «Am Telefon geben wir grundsätzlich keine Auskünfte.»

«Aber ich bin doch sein Bruder», insistierte Bruno.

«Das könnte jeder sagen», erwiderte die Dame wichtig. «Wie heisst Ihr Bruder mit vollem Namen?»

«Weber, Franco Weber.»

«Ich kann Ihnen lediglich mitteilen, dass ein Herr Franco Weber auf der Intensivpflegestation liegt. Er nimmt keine Anrufe entgegen. Und ich versichere Ihnen, telefonisch wird die zuständige Schwester kaum weitere Auskünfte geben.»

Bruno musste sich am Kartentisch festhalten. Auf einmal schien das Boot zu wanken.

«Hallo ...», hörte er von ferne die Stimme aus dem Hörer. «Möchten Sie, dass ich etwas ausrichte?»

Er wollte laut «Merde» schreien. Aber er konnte sich beherrschen. Aus dem Mmm wurde ein »Mmmerci», und er stammelte: «Eh, ja. Ich lasse ihn grüssen. Ich meine: Nein. Es ist gut. Ich werde vorbeikommen. Ich danke Ihnen.»

Bruno legte auf.

«Der Scheisskerl lebt.» Er verharrte einige Minuten regungslos im Sessel.

Endlich wählte er Karls Nummer in Arles und brummte grimmig: «Na warte. Ich komme.» Bei diesen Worten dachte er mit demselben Hass an Karl Frentzen wie an Franco Weber.

*

Franco lag auf dem Rücken, die Kleider schweissgebadet. Er konnte sich nicht rühren. Seine Arme und Beine waren gefesselt. Er starrte nach oben, direkt in das Gesicht mit den Aknenarben und den tief sitzenden Ohren. Er versuchte sich aufzurichten, doch der Druck auf seinen Schultern war stärker. Sein Kopf hämmerte gegen den harten Boden. Er drehte sich weg von diesen kalten blauen Augen, dabei spürte er, wie sich die Klinge des Messers mit jeder Bewegung tiefer in seine linke Seite bohrte. Er vermied es durchzuatmen, weil ihm jeder Atemzug einen stechenden Schmerz verursachte.

Eine unheimliche, erstickende Angst befiel ihn.

Da schrie er aus voller Kehle. Er schrie nichts Bestimmtes. Er schrie und brüllte gleichzeitig – bis sein eigenes Gebrüll dröhnend an seine Ohren drang.

Er wurde heftig geschüttelt. Der Schmerz in seinem Körper liess nach und langsam wurde es hell um ihn. Ein unbekanntes Gesicht mit einem aufmerksamen Augenpaar musterte ihn besorgt.

«Ich vermute eine paradoxe Reaktion auf die Narkotika, Herr Kollege», dozierte das Gegenüber im weissen Kittel grinsend.

Franco nickte abwesend und schloss die Lider. Der Schweiss brannte in seinen Augen. Er lauschte auf die Stimmen, der Arzt besprach sich leise mit der Schwester. Franco interessierte das Gespräch eigenartigerweise überhaupt nicht, er wartete, bis die beiden das Zimmer verliessen.

Jetzt öffnete er die Augen, starrte angestrengt zur Decke.

Er versuchte sich zu erinnern. Es bereitete ihm Schwierigkeiten, Geträumtes von Erlebtem zu unterscheiden.

Noch immer sah er Karls Gesicht drohend über sich. Er schluckte leer. Sein Hals schmerzte und war so verkrampft, dass er nach Luft ringen musste.

Allmählich verwandelte sich Karls Gesicht in den Bügelgriff, der über seinem Kopf von der Bettstange baumelte. Die vermeintliche Fessel am Arm erwies sich als ein Infusionsschlauch, der sich um sein Handgelenk verwickelt hatte, und der Druck auf dem Kopf entpuppte sich als schmerzhafte Beule. Als sich Franco an die Stirne griff, stach es ihn schmerzhaft in der linken Brust. Er ertastete an seinem Thorax einen dicken Verband.

Er lauschte ins Zimmer.

Zu seiner Rechten vernahm er ein leises Ticken. Er kannte dieses Geräusch ganz genau, trotzdem dauerte es einige Zeit, bis ihm dämmerte, dass neben dem Bett eine elektronisch gesteuerte Infusion stand.

Er drehte vorsichtig den Kopf und betrachtete den Apparat. Gerät und Einrichtung passten nicht zu «seiner» Abteilung im Inselspital, sie passten überhaupt zu keinem ihm bekannten Spital. Er hatte keine Ahnung, wo er sich befand, und er wusste nicht, wie er hierher gekommen war.

Wieder versuchte er sich zu erinnern.

Aber nicht nur die Erinnerung war wie gelöscht, alles, was er sah und hörte, schien mit unendlicher Verzögerung zu seinem Gehirn zu gelangen. Das beunruhigte ihn zunehmend, und er war froh, als sich die Türe öffnete. Eine Schwester trat an sein Bett und betrachtete ihn mit besorgtem Interesse. Sie sprach ihn an, aber er verstand sie nicht.

«Wo bin ich?», fragte Franco verstört.

Die Schwester lächelte nachsichtig: «Genève, Genf. Universitätsspital.»

Sie wiederholte es dreimal. Sie sprach die Worte langsam und deutlich aus, wie wenn sie mit einem Kind oder mit einem Volltrottel spräche – bis Franco schliesslich brav und blöd nickte.

«Ich hole noch einmal den Arzt», sagte sie schliesslich in gebrochenem Deutsch und verschwand wieder.

Franco versuchte erneut zurückzudenken. Warum hing er an der Infusion? Warum schmerzte ihn die Brust? Warum befand er sich nicht in Bern?

Eine halbe Stunde später wusste er fast alles.

Er lag auf der Überwachungsstation der Universitätsklinik in Genf. Er war in der Nacht vom Hauptbahnhof ins Spital gebracht worden. Ein Mann der Reinigungsequipe hatte ihn beim üblichen Kontrollgang durch den Zug entdeckt, knapp zehn Minuten, nachdem der Zug in Genf eingefahren war. Der Waggon sollte für eine neue Zugskomposition bereitgestellt werden. Deshalb wurden die Abfallbehälter und Aschenbecher unverzüglich geleert. Das rettete ihm das Leben.

Der Bahnangestellte fand ihn in einer eindrücklichen Blutlache. Franco war nicht ansprechbar gewesen, geschweige denn in der Lage, Auskunft zu geben. Der Mann alarmierte unverzüglich die Sanitätspolizei und kurze Zeit später brachte ihn ein Rettungswagen in die Klinik. Erst dort entdeckte man die Stichverletzung.

Die Röntgenuntersuchung zeigte, dass in seiner linken Brust die Klinge eines Dolchs steckte. Zum Glück war die

Klinge an einer Rippe zerbrochen, sonst wäre die Spitze bis ins Herz gedrungen. Den Rest des Messers fand man später im Abteil.

Die abgebrochene Klinge wurde unverzüglich operativ entfernt. Dabei stellte man fest, dass die verletzte Lunge Luft verlor. Deshalb steckte seitlich in seiner Brust ein an einem Sauggerät angeschlossener Drainageschlauch.

Wahrscheinlich infolge einer Gehirnerschütterung, aber vielleicht auch infolge des Schocks und der verabreichten Medikamente sei er nach der Operation ziemlich verwirrt gewesen. Er habe schlecht auf die Beruhigungsmittel angesprochen und wiederholt versucht, den Thoraxschlauch und die Infusion zu entfernen.

«Aber jetzt haben wir alles im Griff, Herr Kollege», beruhigte ihn der Dienstarzt. «Ich denke, in achtundvierzig Stunden sind Sie transportfähig. Nun ruhen Sie sich erst einmal aus. Die Polizei wird Sie natürlich bald befragen wollen, denn vom Täter fehlt zurzeit jede Spur. Immerhin – er hat Ihre Geldbörse nicht gekriegt. Wahrscheinlich ist er gestört worden.»

Der Dienstarzt plapperte munter weiter. Franco war froh, als er sich verabschiedete.

«Wir sehen uns heute Abend wieder. Um zweiundzwanzig Uhr übernehme ich den Nachtdienst. Wenn Sie noch einen Wunsch haben, sagen Sie es mir jetzt.»

«Nein, danke», erwiderte Franco müde. «Danke für alles. Ich brauche jetzt vor allem ein bisschen Ruhe.»

Wieder alleine, überdachte Franco das Gehörte.

Es kam ihm vor, als hätte der Dienstarzt die ganze Zeit von jemand anderem gesprochen. Aber nach und nach wurde die Erinnerung an das Geschehene deutlicher: seine Begegnungen in Nizza und in Marseille, seine Abreise und schliesslich der kurze Kampf im Zug. Beim Gedanken an Max und an den Toten im Gerichtsmedizinischen Institut erfüllte ihn auf einmal eine tiefe Dankbarkeit, denn es wurde ihm bewusst, dass er jetzt ebenso gut in der Schublade eines Kühlraums hätte liegen können.

Je länger er über seine Situation nachdachte, desto klarer wurde ihm, dass noch nicht alles durchgestanden war.

Das Gefühl der Dankbarkeit vermischte sich mit einer dunklen Vorahnung.

*

Franco hatte vergeblich versucht, Aldo zu erreichen.

Als die Polizisten sein Zimmer betraten, war er fest entschlossen, ihnen die ganze Geschichte zu erzählen. Er hatte genug von seiner Detektivarbeit. Sein Kopf schmerzte, seine Wunde brannte und der Schlauch an seiner Seite stach ihn bei jedem Atemzug in die linke Lunge. Er war die ganze Sache leid.

Die beiden Beamten schienen ganz nett, aber mindestens ebenso gestresst zu sein. «Wenn Sie darauf bestehen, organisieren wir Ihnen einen Übersetzer», bot der Ältere, nach den üblichen Fragen zur Person, an.

Während Franco dankend ablehnte, ging das Funkgerät los. Franco verstand das Gekrächze nicht. Der ältere der beiden Polizisten setzte die Befragung zunächst ruhig fort. Je länger aber der Jüngere funkte, desto häufiger und nervöser blickte er zu seinem Kollegen.

«Was ist los?», fragte er schliesslich, als jener das Gespräch beendet hatte.

«Im Einkaufszentrum am Bahnhof ist eingebrochen worden. Wir sollten die Spurensicherung übernehmen. Ich habe Alec erklärt, dass wir hier eben erst angefangen haben. Er versucht nun, die beiden Kollegen, die den Unfall beim Parkhaus aufgenommen haben, hinzuschicken.»

Der Ältere wandte sich wieder Franco zu und sagte betont ruhig: «Und nun erzählen Sie uns mal, was im Zug geschehen ist.»

Der Unwille in der Stimme des Polizisten verunsicherte Franco, obwohl er wusste, dass der Ärger nicht ihm galt. Er bezweifelte, ob er bei seiner Schilderung wirklich ganz am Anfang, nämlich bei der Beerdigung von Max, beginnen sollte.

So fragte er: «Wollen Sie die ganze Geschichte hören oder nur das, was im Zug geschah?»

«Ich würde meinen, Sie erzählen uns erst einmal, was im Zug geschah.» Der Polizist lehnte sich zurück.

Franco sprach langsam und konzentriert: «Ab Lyon war ich alleine im Abteil. Ich versuchte etwas zu schlafen. Da trat dieser Mann ins Abteil und fragte, wie spät es sei. Ich habe sein Gesicht erkannt, deshalb …»

«Wie? Sie kennen den Täter?», unterbrach ihn der Polizist erstaunt.

«Ja und nein. Ich weiss nicht, wer er ist, aber ich glaube, ihn schon einmal gesehen zu haben – in Bern.» Wieder zögerte Franco, wie weit er ausholen sollte.

«Erzählen Sie vorerst weiter», sagte der Polizist.

«Aus diesem Grund war ich vorsichtig, als ich auf meine Uhr blickte, seine Attacke überraschte mich nicht wirklich ...»

Das Funkgerät meldete sich wieder und Franco hielt inne.

Der Ältere übernahm das Gerät und sprach ungehalten ins Mikrofon: «Hallo, Alec. Jean-Pierre hier. Wir sind im Spital wegen dieser Messerstecherei im Nachtzug, du weisst schon, der Arzt aus Bern. Das beansprucht uns wahrscheinlich den Rest des Tages. Tut mir Leid.»

Alecs Antwort verstand Franco nicht, dafür umso deutlicher Jean-Pierres: «Ja, natürlich, du bist nicht dafür verantwortlich. Trotzdem, es ist zum Kotzen.»

Er übergab das Gerät seinem Kollegen mit den Worten: «Es fehlen ihm zwei Leute. Er meint, die Spurensicherung beim Einbruch geht vor – der Patient springe uns ja nicht davon und eine etwas längere Ruhepause würde ihm nicht schaden. Zudem mache es keinen guten Eindruck, wenn die Presse vor der Polizei im Kaufhaus auftauche.»

Er fügte einige Kraftausdrücke an.

Der Jüngere zuckte die Schultern und packte seine Sachen zusammen. «Tut uns Leid, Herr Weber. Wir können noch nicht zwei Dinge gleichzeitig erledigen, auch wenn dies unsere Vorgesetzten dauernd von uns verlangen. Wir sprechen uns später.»

Sie verabschiedeten sich und verliessen eilig das Zimmer.

Franco bemerkte, wie die Spannung in seinem Körper einer schweren Müdigkeit wich. Er sank zurück ins Kissen und dachte an gar nichts mehr. Die Bilder der vergangenen Tage, die er sich mühsam in seinem auf einmal so trägen Hirn zusammengesucht hatte, verblassten.

Er schlief auf der Stelle ein.

*

Die offizielle Arztvisite fand gut zwei Stunden später statt.

Franco schlief tief, als ihm jemand sachte auf die Schulter tippte. Am Fussende des Bettes standen zwei Ärzte und eine Krankenschwester.

«Na, Herr Kollege, Sie hatten wirklich Glück – im Unglück, meine ich.»

Es folgte eine freundliche Plauderei, und alles, was Dr. Bettex – so hiess der Dienst tuende Oberarzt – sagte, klang beruhigend: mässiger Blutverlust, keine Hinweise auf eine bedeutende Verletzung der Lunge, aber wahrscheinlich eine leichte Hirnerschütterung. Die Stichwunde war genäht worden und sollte keine Probleme bieten. Der Saugschlauch im Thorax lieferte schon seit Stunden keine Luft mehr, trotzdem belasse man diesen besser noch eine Nacht.

«Wir beide wissen es ja», meinte er kollegial, «Mediziner sind ungemütliche Patienten und neigen bekanntlich zu Komplikationen.»

Dr. Bettex lachte einnehmend.

Franco konnte nicht recht mitlachen. Erstens war er noch schlaftrunken und zweitens schmerzte die Wunde bei der leisesten unkontrollierten Atmung. So nickte er nur mit gezwungener Freundlichkeit nach der einen oder andern Seite.

Bettex fuhr fort: «Die Polizei wird die Befragung später fortsetzen. Wenn Sie Ruhe wünschen, attestiere ich Ihnen selbstverständlich, dass Sie aus medizinischen Gründen noch nicht zur Einvernahme bereit sind.»

Franco schüttelte den Kopf: «Nein, nein, das geht schon. Ich bringe es lieber gleich hinter mich. Jetzt habe ich Zeit. Wenn ich wieder arbeite, wird das schwieriger...»

«Nun denken Sie nicht schon an die Arbeit», unterbrach ihn Bettex mit gut gemeintem Tadel. «Eine Woche zu Hause werden Sie sich im Minimum gönnen müssen. Sie kennen ja die möglichen Komplikationen! Überlegen Sie sich doch einfach einmal, was Sie Ihren Patienten nach einer solchen Verletzung raten würden.»

Franco nickte artig.

Dr. Bettex verabschiedete sich mit den Worten: «Ich schaue am Nachmittag noch einmal bei Ihnen vorbei. Bis dann sollten Sie das Bett nicht ohne Hilfe verlassen.»

Der Visitentross setzte sich in Bewegung. Franco winkte müde.

Die Schwester wandte sich vor dem Verlassen des Zimmers kurz an ihn: «Dass ichs nicht vergesse, Ihr Bruder hat angerufen. Er lässt Sie grüssen.»

Franco bedankte sich abwesend und lehnte sich vorsichtig zurück. Kaum war er wieder allein, kehrte die schwere Müdigkeit zurück, und er wünschte nichts sehnlicher, als den gestörten Schlaf fortzusetzen.

Doch er blieb wach.

Er versuchte herauszufinden, was ihm den Schlaf raubte. Waren es die Schmerzen, sein verletzter Körper? –

Nein. Wenn er sich still verhielt, war der Schmerz durchaus erträglich. Auch das gleichmässige Geräusch der Saugvorrichtung störte ihn nicht. Es musste an etwas anderem liegen.

In seinem Kopf hatte ein diffuses Rumoren eingesetzt.

Irgendetwas im Zusammenhang mit der Arztvisite behagte ihm nicht, vielleicht, weil er sozusagen die Seite gewechselt hatte. Bis vor vier Tagen war er der Arzt – und jetzt, auf einmal, war er der Patient. Diese Tatsache gefiel ihm zwar ganz und gar nicht, aber sie war logisch. Etwas anderes wollte nicht aufgehen.

Vielleicht die Aussicht, hier bleiben zu müssen und eine Woche auszufallen? Seinem Chef die unerfreuliche Nachricht mitzuteilen?

Er konnte die Fragen nicht beantworten, das ungute Gefühl blieb.

Er kannte das von seiner Arbeit her. Bevor er aus einer Fülle von Informationen eine Diagnose stellen konnte, musste sich alles zu einem Bild zusammenfügen – ähnlich wie bei einem Puzzle. Jede Information als ein Teil des Ganzen. Und dann taucht manchmal ein Puzzlestück auf, welches nicht ins begonnene Bild passen will. Dann dreht und wendet man das Stück und kann nicht wahrhaben, dass das begonnene Bild falsch war, dass die vermutete Diagnose nicht stimmen kann – bis ein nächstes Stück auftaucht, das wiederum nicht passen will.

Und jetzt schwelte in seinem Innern genau dieses Gefühl. Irgendwo in seinem Kopf lag ein faules Puzzlestück.

Eine Sekunde später sass er kerzengerade im Bett.

Schmerzen und Müdigkeit waren wie weggeblasen.

Die Worte der Abteilungsschwester drangen umso klarer in sein Bewusstsein. «Ihr Bruder hat angerufen.»

Da war das falsche Puzzleteil: Franco Weber hatte keinen Bruder.

*

Bruno stand länger als nötig vor dem Stadtplan.

Er studierte nicht die Strassen, sondern betrachtete aufmerksam sein Spiegelbild im Abdeckglas der Tafel. Die neue Haarfarbe gefiel ihm nicht. Blond machte ihn jünger und kleiner. Aber wenn er sich Franco Weber unerkannt nähern wollte, benötigte er diese Veränderung.

Natürlich bestand eine leise Hoffnung, dass Weber in der Zwischenzeit seinen Verletzungen erlegen war. Sollte er jedoch den Messerstich überlebt haben, dann würde ihm Bruno keine weitere Chance mehr lassen. Er hoffte, dass Franco in diesem Fall auf eine Abteilung verlegt worden war, denn auf der gut überwachten Intensivpflegestation konnte er seinen Auftrag kaum ausführen.

Er warf einen Blick auf die Uhr über der Tafel. Es war kurz vor Mittag, für sein Vorhaben noch etwas zu früh. Er beschloss, unterwegs eine Kleinigkeit zu essen, und verliess mit gesenktem Haupt die Wartehalle des Genfer Flughafens.

*

Franco starrte wie hypnotisiert auf das Bild an der gegenüberliegenden Wand.

Es zeigte eine stimmungsvolle Aufnahme des Jet d'eau, des Wahrzeichens von Genf. Vor der imposanten Kulisse der Savoyer Alpen stieg die Wasserfontäne in das wolkenlose Blau eines klaren Frühlingshimmels. In den zahllosen Tropfen des fallenden Wassers bildete sich ein farbenprächtiger Regenbogen.

Es war aber nicht dieses Bild, das Franco beschäftigte. Bis vor wenigen Minuten hatte er angenommen, er sei seine Verfolger losgeworden, sei im Spital in Sicherheit. Doch die Bemerkung der Schwester änderte seine Stimmung schlagartig.

Er war in höchstem Masse beunruhigt, nahe der Panik. Es war ihm sogleich klar geworden, dass nur eine Person wissen konnte, wo er sich befand: Karl. Franco realisierte erstmals ganz bewusst, dieser Mann hatte versucht, ihn zu töten, und wahrscheinlich würde er den begonnenen Auftrag zu Ende führen. Franco konnte sich nicht erklären, was dieser Anruf bezweckte. Falls es eine Einschüchterung sein sollte, hatte der Anrufer sein Ziel erreicht.

Aber gleichzeitig – und noch fast deutlicher – fühlte sich Franco gewarnt.

Er blickte besorgt um sich. Festgebunden durch Infusion und Thoraxsaugdrainage, kam er sich hilflos und gefangen vor.

Auf einmal erinnerte er sich an die ungeklärten Todesfälle im Inselspital. Ein prominenter Patient war gestorben, weil bei ihm die Infusionsschläuche durchtrennt worden waren. Es blieb ein Rätsel, ob es sich um Selbstmord oder ein Verbrechen gehandelt hatte. Ebenfalls ungeklärt geblieben war der tödliche Sturz einer Patientin aus dem Fenster des zwölften Stockwerks. Man vermutete damals einen Unfall, aber der Beweis dafür war nie erbracht worden.

Je länger er darüber nachdachte, desto klarer wurde ihm, dass er hier für seine Verfolger ein leichtes Opfer war. Um auf sich selber aufzupassen, war er zu müde und zu krank. Er benötigte dringend Hilfe. Den ersten Gedanken – er könnte die beiden Polizisten zu erreichen versuchen – verwarf er nach kurzem Überlegen. Die beste Lösung schien ihm, das Spital möglichst bald zu verlassen.

Er griff zum Telefon und wählte Aldos Nummer. Isabellas Stimme hallte unangenehm durch seinen Schädel: «Guten Tag. Unser Büro ist zurzeit nicht besetzt. Das Band wird spätestens acht Stunden nach Ihrem Anruf abgehört. Wünschen Sie einen Rückruf, dann sprechen Sie nach dem Tonzeichen Ihre Meldung …»

Franco blickte auf die Uhr. Es ging gegen Mittag. Er sah Aldo und Isabella gemütlich in der Stube sitzen, sehr wahrscheinlich mit einem Digestivo nach dem allzu üppigen Brunch. Bestimmt hatten sie den Lautsprecher des Telefonbeantworters eingeschaltet und lauschten jetzt mehr oder weniger gespannt, wer sich melden würde.

Franco sprach, noch bevor das Tonzeichen erklang: «Komm schon, Aldo. Ich bins. Franco. Beweg deinen trägen Hintern und nimm den verdammten Hörer ab. Hast dus mitgekriegt, Aldo? Franco am Apparat. Ich brauche deine Hilfe, und zwar nicht erst am Montagmorgen. S-O-S.»

Er wartete einen Moment. Die Leitung blieb stumm.

«Mach schon, Aldo», fuhr Franco mit eindringlicherer

Stimme fort. «Sei für einmal ein netter Mensch und geh ans Telefon. Dies ist kein Scherz. Ich liege im Universitätsspital in Genf; und zwar nicht als Arzt, sondern als Patient. Ich erkläre dir alles, sobald du den Hörer abhebst.»

Franco wiederholte ernsthaft: «Chirurgie. Universitätsklinik Genf. Ich brauche möglichst bald deine Hilfe. Kein Scherz ...»

Als sich auch auf diese Mitteilung niemand meldete, legte er auf. Wenn Aldo mitgehört hätte, dann hätte er sich jetzt zuschalten müssen.

Franco lehnte sich zurück und blickte aus dem Fenster. Die Sonne, welche am Morgen verheissungsvoll ins Zimmer geschienen hatte, war hinter dunklen Wolken verschwunden, ein Sommergewitter braute sich zusammen.

«Passt ganz zur Entwicklung der Dinge», dachte er beunruhigt.

Er setzte sich vorsichtig an den Bettrand. Der Rücken schmerzte, der Schädel brummte, das Zimmer begann bedrohlich zu wanken – aber es klappte.

Er studierte aufmerksam die Infusion und die Saugvorrichtung.

Während er auf Aldos Rückruf wartete, überlegte er schon mal, wie er sich von diesen Schläuchen befreien könnte.

*

Bruno fand, er passe gut ins Bild der sonntäglichen Spitalbesucher. Entgegen seiner Gewohnheit trug er Bundfaltenhosen und unter dem gutbürgerlichen Kittel ein weisses Hemd. Er betrat das Spital durch den Haupteingang und schritt direkt zur Information. Er stellte sich in die kurze Reihe der Wartenden.

Jetzt kam ein erster heikler Teil seiner Mission. Er hatte keine Ahnung, ob und wie viel Dr. Weber bis zur Stunde hatte aussagen können. Es war wahrscheinlich, dass jeder Besucher, der sich für ihn interessierte, gleich abgefangen wurde. Er war auf diese Situation vorbereitet. Er hatte vor dem Betreten des Spitals einen Rundgang gemacht und den Fluchtweg festgelegt.

Er zwang sich, ruhig zu bleiben, aber als er an den Schalter trat und sein Anliegen vorbrachte, war jeder Muskel seines Körpers gespannt: «Guten Tag. Ich möchte Franco Weber besuchen. Liegt er noch auf der Intensivpflegestation?»

Er beobachtete die Dame am Schalter gebannt. Falls er bei ihr auch nur die kleinste Unsicherheit bemerkte, würde er verschwinden. Aber nichts dergleichen geschah.

Nach dem suchenden Blick auf den Bildschirm gab sie im Ton der täglichen Routine die Antwort: «Herr Weber liegt auf der chirurgischen Abteilung im sechsten Stockwerk, Zimmer 618. Benutzen Sie bitte den Aufzug links.»

Und schon wandte sich die Dame dem nächsten Besucher zu.

Bruno brummte ein «Merci» und ging zum Treppenhaus.

Das Spital schien zu ruhen, das Personal machte Mittagspause, und der Besucherstrom setzte später ein. Er würde direkt zum Zimmer 618 gehen und seinen Auftrag möglichst unverzüglich erledigen. Je schneller, desto besser.

Im fünften Stockwerk hielt er inne und verliess nach kurzem Nachdenken das Treppenhaus. Er stand direkt vor dem Zimmer 501. Er durchmass den Gang mit einem prüfenden Blick, Zimmer 518 musste so ziemlich am andern Ende der Etage liegen.

Ohne Hast ging er den Gang entlang. Im Stationszimmer sass ein Pfleger, vertieft in irgendwelche Papiere. Er blickte kaum auf, als Bruno vorbeischritt. Zimmer 518 war das drittletzte Zimmer.

Bruno hatte es nicht zu hoffen gewagt, aber an dieser Seite des Ganges befand sich ebenfalls ein Treppenhaus. Er atmete beruhigt auf. Das Glück war auf seiner Seite. Nach einem kurzen Blick zurück verliess er das fünfte Stockwerk. Er hatte sich jedes Detail eingeprägt.

Nun stieg er langsam eine Etage höher. Vorsichtig griff er in die Innentasche seiner Jacke. Die Pistole mit Schalldämpfer lag griffbereit. Er spannte den Hahn, kurz bevor er die schwere Brandschutztüre zum sechsten Stockwerk öffnete. Kein Mensch war in Sicht als er den Gang durchquerte. Das Kontrolllicht des Pflegepersonals brannte einzig über dem Stationszimmer.

Er hatte freie Bahn.

Er war jetzt ganz ruhig. Das war seine Stärke. In den entscheidenden Momenten konnte er die ganze Nervosität ablegen und sich voll auf sein Ziel konzentrieren.

Behutsam öffnete er die Türe zu Zimmer 618 und schlüpfte ins Zimmer. Ein kurzer Gang führte an der Toilette vorbei zum Bett, von dem er lediglich das Fussende sehen konnte. Er stellte zufrieden fest, dass im Zimmer nur ein Bett stand. Leise schloss er die Tür.

Aus der Richtung des Bettes hörte er ein feines Zischen. Er sah vor seinem geistigen Auge den verletzten Weber schwer atmend mit der Sauerstoffsonde in der Nase im Bett liegen. Bruno zog seine Pistole. Sein Gesichtsausdruck zeigte jetzt grimmige Entschlossenheit. Er horchte noch einmal nach allen Seiten.

Dann reckte er sich plötzlich, sprang mit katzenhaften Bewegungen ins Zimmer und richtete seine Pistole aufs Bett.

Das Bett war leer.

18

Erstmals in diesem Jahr herrschten in der Deutschschweiz sommerliche Temperaturen. Wie so manche Berner verbrachten Isabella und Aldo den Sonntag an der Aare. Entlang des Flusses erstreckte sich oberhalb der Stadt eine fast unberührte Grünzone, die seit jeher als Naherholungsgebiet diente. Zahlreiche Sandbänke und Befestigungsdämme am Ufer luden zum Verweilen und Sonnenbaden.

Schon früh am Vormittag fanden sich die ersten Ausflügler ein – beladen mit Liegestühlen, Luftmatratzen, Transistoranlagen, Büchern, Picknickkörben und Kühlboxen. Nach und nach bevölkerte sich das ganze Ufer. An einigen Stellen bildeten sich regelrechte Kolonien. Man kannte sich, teilte den knappen Raum, tauschte Wein, Brot und CDs, las, diskutierte, spielte und verbrachte einen kurzweiligen Nachmittag im Grünen.

Die ganz Harten liessen es sich nicht nehmen, unter allgemeinem Gegröle und Beifall in den vom Schmelzwasser noch eiskalten Fluss zu springen. Rasch trug die Strömung die Badenden davon und einige hundert Meter flussabwärts stiegen sie unterkühlt und steif aus dem knapp vierzehn Grad warmen Wasser.

Das kräftige Rauschen des Flusses schluckte jeden Lärm, schon auf wenige Meter Entfernung wurde es schwierig, sich zu verständigen, und sogar der nahe Flugplatz störte kaum. Die hoch gewachsenen Uferbäume versperrten jede Sicht auf die Stadt und man wähnte sich in der freien Natur.

Aldo und Isabella hatten auf einer etwas breiteren Betonmole ihre Klappstühle aufgestellt und sich zu einem gemütlichen Picknick eingerichtet. Zwei befreundete Paare gesellten sich zu ihnen. Der Tag liess sich gut an.

Kurz nach der Grillade mit Fleisch, Tomaten, Kartoffeln und Zucchini verschwand die Sonne zum ersten Mal hinter einer grauen Wolke. Wegen der fehlenden Fernsicht war es recht schwierig, die Wetterlage richtig abzuschätzen. Als überzeugte Optimisten entschlossen sie sich dennoch, die Bananen auf die Glut zu legen.

Aber die sonnigen Abschnitte wurden immer kürzer und die Wolken zusehends schwerer und dunkler. Keine Viertelstunde später wurde das Rauschen der Aare erstmals von einem nahen Donnerrollen übertönt, und kurz darauf fegten die ersten Windböen durch die Baumkronen.

Erst nach einem gefährlich hellen Blitz, gefolgt von schwerem Donner, beeilten sie sich, ihre Sachen zusammenzuräumen. Die Bananen überliessen sie der Glut, in der die ersten Regentropfen zischend verdampften.

Minuten später goss es wie aus Kübeln.

Mit heftigen Windstössen fegte ein sommerliches Gewitter über Bern. Bis Isabella und Aldo ihre Wohnung erreicht hatten, waren sie zwar völlig durchnässt, aber nichtsdestotrotz noch immer in bester Stimmung.

Mechanisch, so, wie andere Leute vor dem Betreten der Wohnung rasch einen Blick in den Briefkasten werfen, selbst wenn sie den Briefkasten an diesem Tag schon geleert haben, schaltete Aldo den Telefonbeantworter ein. Das Display zeigte drei Anrufe an.

Als Erstes ertönte die vorwurfsvolle Stimme seiner potentiellen Schwiegermutter. Aldo stellte den Lautsprecher etwas lauter und warf einen bedeutungsvollen Blick zu Isabella.

Sie lächelte verständnisvoll. Das Thema Schwiegereltern hatten sie oft genug durchdiskutiert und sie wusste, dass Aldo stärker an ihrer Familie hing, als er zugab. Seine Sticheleien entsprangen einer gewissen Eifersucht, wahrscheinlich weil er selber kein richtiges Familienleben erfahren hatte.

Aldo hörte nur mit halbem Ohr hin. Einmal mehr hatte er den richtigen Riecher gehabt, als er das Handy vorsorglich ausgeschaltet hatte. Es verging kein Sonntag ohne den obligaten Anruf aus Italien.

Es waren die üblichen Sorgen und Fragen, die Mamma plagten: Wie geht es Euch, warum habt ihr nicht angerufen, es ist doch hoffentlich nichts Schlimmes passiert und so weiter und so fort. Es fehlte auch nicht die Ermahnung an Isabella, weniger zu arbeiten, ansonsten sei es kein Wunder, wenn es mit dem Nachwuchs nicht klappe. Und dann folgten gleich die neusten Ratschläge zu diesem Thema von ihrer Nachbarin und deren Frauenarzt, schliesslich die Klage, wie traurig es sei, das Pfingstfest nun schon zum zweiten Mal ohne die Lieben aus der Schweiz feiern zu müssen und …

Hier unterbrach ein Piepser den südländischen Wortschwall.

Aldo seufzte, ging in die Küche und mixte sich einen

Drink. Der nächste Anrufer war Bernhard, sein Squashpartner. Er meldete sich fürs morgendliche Spiel ab.

«Die Schulter, du weisst ja», hörte er Bernhard jammern.

«Wers glaubt, Prost», antwortete Aldo gut gelaunt und hob sein Glas in Richtung Beantworter.

Der letzte Anruf kam von Franco. Aldo hörte zunächst amüsiert zu, doch wenig später erkannte er den Ernst in Francos Stimme.

Er rief auf der Stelle zurück. Die Frau an der Loge bestätigte ihm, dass Franco Weber auf der chirurgischen Abteilung des Kantonsspitals lag, und stellte ihn bereitwillig durch.

*

Im Zimmer roch es nach Schweiss und Blut. Der Infusionsapparat blinkte nervös. Es war ein Schlauch, welcher lose an der Wand hing, der leise zischte.

Ungläubig starrte Bruno aufs leere Bett. Er kontrollierte die Toilette: leer. Er betastete das Leintuch, es war noch warm. Das Teeglas auf dem Nachttisch war unberührt. Weber konnte nicht weit sein.

Also musste er warten. Er hielt es für sicherer, sich irgendwo auf der Abteilung zu verstecken als im Zimmer zu bleiben. Er wollte vermeiden, dass ihn jemand sah oder gar ansprach. Gerade als er im Begriff war, das Zimmer zu verlassen, klingelte das Telefon.

Nach kurzem Überlegen ergriff er den Hörer und sagte: «Hallo ...»

«Hier Girardi aus Bern», meldete sich in holprigem

Französisch eine männliche Stimme. «Könnte ich bitte Herrn Weber sprechen. Es ist dringend.»

Bruno antwortete ausweichend auf Deutsch: «Herr Weber ist im Moment nicht im Zimmer, kann ich ihm etwas ausrichten.»

«Sagen sie ihm, er soll zurückrufen – möglichst bald.» Die Stimme klang besorgt.

«Wie war Ihr Name?»

«Girardi aus Bern. Aldo Girardi.»

«In Ordnung, ich werde es ihm mitteilen.»

Bruno legte auf. «Girardi?», wiederholte er nachdenklich.

Noch jemand, der sich für Weber interessierte! Der Name sagte ihm nichts, aber das liess sich ändern.

Er trat auf den Gang und drückte sich in eine Nische neben dem Liftschacht. Wenn er in Richtung Fenster sah, überblickte er im Spiegelbild der Scheiben den Gang in seiner vollen Länge.

Wenig später wusste er, dass sein Entscheid, das Zimmer zu verlassen, richtig gewesen war. Zwei Polizisten traten aus dem Lift und gingen direkt ins Zimmer 618 Sie erschienen wenig später wieder und wandten sich in Richtung Stationszimmer. Wiederum kurze Zeit später kamen sie mit der Schwester zurück und betraten abermals das Zimmer.

Sie liessen die Türe hinter sich geöffnet und Bruno konnte bruchstückhaft verstehen, was gesprochen wurde. «Das versteh ich nicht ... weniger als eine halbe Stunde ... Infusionsflasche gewechselt ... noch sehr schwachen ...» Die Schwester klang ratlos.

Die Gruppe trat wieder auf den Gang.

«Vielleicht ist er zu einer Untersuchung gegangen ...», mutmasste einer der Polizisten.

«Das sollte ich eigentlich wissen», erwiderte die Schwester verunsichert. «Falls Sie es wünschen, kann ich den zuständigen Arzt rufen.»

«Das wäre nett», erwiderte der Polizist mit Nachdruck.

Bruno war unentschlossen. Ein Zusammentreffen mit der Polizei musste er unter allen Umständen vermeiden. Im Grunde war es besser, gleich zu verschwinden. Andererseits würde er hier möglicherweise erfahren, wo sich Weber aufhielt.

So wartete er, bis die Schwester ziemlich aufgeregt zurückkehrte und meldete: «Doktor Chanton wird gleich kommen. Er hat ebenfalls keine Ahnung, wo Doktor Weber stecken könnte.»

Während die Polizisten mit der Schwester über Franco Weber diskutierten, war Bruno vorsichtig zum Treppenhaus geschlichen. Als er langsam die Treppe hinunterstieg, fragte er sich, ob Weber geahnt hatte, dass ihm jemand auf den Fersen war. Er hielt es für ziemlich unwahrscheinlich. Dieser Mensch hatte entweder unwahrscheinliches Glück oder aber einen sechsten Sinn. Bruno vermutete Ersteres.

Wahrscheinlich hatte er ihn nur um Minuten verfehlt. Weit konnte er mit seiner Verletzung in der Zwischenzeit nicht gekommen sein. Er würde ihn kriegen.

Bruno beschleunigte seinen Schritt. Im Foyer besorgte er sich die aktuelle Zeitung und eine Büchse Bier. Dann setzte er sich so, dass er den gesamten Eingangsbereich überblicken konnte. Niemand verliess oder betrat das Spital ungesehen und dank der grossen Glasfront hatte er sogar den Taxistand unter Kontrolle.

Die Belagerung konnte beginnen.

*

Aldo wartete vergeblich auf einen Rückruf.

Als er am späteren Nachmittag zum vierten Mal mit Genf telefonierte, fehlte von Franco noch immer jede Spur. Die Verwirrung, welche im Spital herrschte, war deutlich spürbar. Es schien unmöglich, eine genaue Auskunft zu kriegen. Immerhin wusste er nach dem Gespräch mit Dr. Chanton, dass Franco das Spital sehr wahrscheinlich verlassen hatte.

Dr. Chanton wirkte eher verärgert als beunruhigt, als er sagte: «Wie es aussieht, hat sich ihr Freund in der Garderobe der Notaufnahme neu eingekleidet. Der Chirurg fand nach der Blinddarmoperation anstelle seiner Kleider einen Spitalmantel am Haken hängen und der Anästhesist vermisst seine Lederjacke. Glücklicherweise trugen beide nur Kleingeld in den Taschen.»

Aldo unterbrach kleinlaut: «Das ist gar nicht seine Art. Ich vermute, er steckt in Schwierigkeiten …»

«Aha», schnaubte Dr. Chanton. «Dann sind wir ja gleicher Meinung. Das ist nicht das normale Verhalten eines Verletzten, nicht wahr. Zuerst eine Messerstecherei, dann fluchtartiges Verlassen des Spitals – beim Auftauchen der Polizei notabene – und im Vorbeigang noch Selbstbedienung in der Ärztegarderobe.»

Aldo ahnte, dass es zwecklos war, Franco zu verteidigen. So fragte er nur: «Sind Sie sicher, dass er keine Nachricht oder Adresse für mich deponiert hat?»

«Natürlich nicht!», meinte Dr. Chanton beinahe triumphierend. «Ich denke, sonst hätte die Polizei ihn längst zurückgebracht. Aber in diesem Fall nicht zu mir, sondern gleich auf die geschlossene Abteilung ...»

«Ich danke Ihnen», unterbrach Aldo und legte auf.

Er fragte sich, was Franco vor der Polizei zu verbergen hatte. Er musste ziemlich tief in der Klemme stecken, anders liess sich sein plötzlicher Austritt aus dem Spital nicht erklären.

Unruhig ging Aldo auf und ab. Sollte er nach Genf fahren oder hier auf einen nächsten Anruf von Franco warten? Er ärgerte sich einmal mehr über Francos Abneigung gegen Handys. Dass er in dieser Beziehung nicht viel besser war, entging ihm im Moment.

*

Trotz ungünstigen Wetterverhältnissen landete der Hubschrauber präzise auf dem vorgezeichneten Feld im Garten der Parkklinik Eiger. Der Flug hatte knapp anderthalb Stunden länger gedauert als vorgesehen.

Die Verspätung war aber nicht allein durch das Gewitter verursacht worden. Auch bei der Zwischenlandung in Arles ging wertvolle Zeit verloren und Karl musste sich deswegen Vorwürfe anhören. Der Einwand, es sei nicht seine Idee gewesen, in Arles zuzusteigen, beruhigte den Piloten überhaupt nicht.

«Ein Organ fliegt immer express», nervte sich dieser, «da liegt ein Zwischenhalt nicht drin, erst recht nicht bei diesem Sauwetter.»

Sie wurden sehnlichst erwartet. Schon vor dem Auslaufen der Rotorblätter hastete das Operationsteam zum Hubschrauber, um die wertvolle Fracht entgegenzunehmen.

Karl öffnete vorsichtig die Türe und half beim Umladen des Behälters. Erleichtert beobachtete er, wie die Equipe im Gebäude verschwand, ohne ihn weiter zu beachten. Mit einem kurzen Winken verabschiedete er sich vom Piloten und schritt zum Ausgang.

Er freute sich darauf, einige Tage allein zu sein. Bruno, der ihn nach Bern beordert hatte, blieb vorläufig in Genf. Er war auf der Suche nach Weber, er hatte ihn verloren, oder besser gesagt, gar nie gefunden.

Karl hatte eine gewisse Schadenfreude nicht verbergen können, als ihm Bruno rapportierte: «Aber ich war ganz nah dran, das Bett war noch warm.»

«Es soll dir nicht besser gehen als mir. Ich war auch ganz nah dran, als ...», wollte Karl sein eigenes Versagen relativieren.

Bruno unterbrach ihn scharf und kommandierte: «Du reist unverzüglich nach Bern und beobachtest seine Wohnung. Wenn sich etwas regt, gibst du mir sofort Bescheid. Und du färbst dir die Haare schwarz und kaufst dir eine neue Sonnenbrille.»

Karl wusste zunächst nicht recht, ob er sich über den neuen Auftrag freuen oder ärgern sollte. Bern behagte ihm nicht, es weckte in ihm unangenehme Erinnerungen.

Auf der andern Seite war die Stimmung auf der Vergine im Moment sehr gespannt und der Gedanke, den Chef für eine Weile los zu sein, gefiel ihm.

Wie ihm Bruno versprochen hatte, stand auf dem Parkplatz der Parkklinik ein dunkler Geländewagen mit Mietschildern. Zündschlüssel und Stadtplan fand er unter dem Beifahrersitz. Karl studierte den Plan und sah, dass die Lage von Webers Wohnung rot angezeichnet war.

Er fragte sich einmal mehr, wer hinter dieser prompten und präzisen Organisation stecken mochte.

*

Auf der Autobahn hatte der sonntägliche Rückreiseverkehr eingesetzt, in beiden Spuren reihte sich Auto an Auto und Dimitra musste sich ganz auf die Strasse konzentrieren. Während die Hinfahrt noch relativ problemlos verlaufen war, gestaltete sich die Rückreise zunehmend mühsamer. Schon aus Genf hinauszugelangen, brauchte viel Zeit und Nerven.

Ein Nachtragsspiel zwischen dem FC Servette-Genf und dem FC Sion war an diesem Nachmittag ausgetragen worden. Die Fussballfans drängten mit ihren Wagen von allen Seiten in die Kolonnen und verursachten zusätzlichen Stau vor jeder Ampel. An ihrem Verhalten liess sich unschwer erkennen, dass die Genfer ihr Heimspiel verloren hatten.

Auf der Autobahn sorgten die Fans aus Sion für gefährliche Unruhe. Hier ein Hupkonzert, dort eine Fahne zum offenen Wagenfenster hinaus, Winken, Bremsen und

Überholen – die Doppelkolonne Richtung Lausanne geriet zunehmend ins Stocken.

Zu allem Übel zeichnete sich der Wetterumschwung immer deutlicher ab. Aus Westen näherte sich rasch eine Gewitterfront und der Himmel begann sich zu verdunkeln. Kurz vor Lausanne fielen erste, schwere Regentropfen und wenig später setzte ein heftiges Gewitter ein. Die Sichtverhältnisse verschlechterten sich und der Verkehrskollaps zeichnete sich ab.

Franco betrachtete Dimitra verstohlen von der Seite.

Sie trug ihre dunkelbraunen Haare locker hochgesteckt, was sie jünger erscheinen liess. Sie schaute mit ruhigem Blick auf die Strasse. In heiklen Situationen biss sie sich leicht auf die Unterlippe, eine Angewohnheit, die ihm schon im Spital aufgefallen war.

Sie sagte etwas von «U-Boot fahren» und beugte sich nach vorne. Franco blickte auf die Strasse. Sie überholten einen Reisecar und für einen Moment schienen sie in eine spritzende Wassergischt einzutauchen.

Dimitra anzurufen war ihm nicht leicht gefallen, obwohl er in diesen Tagen oft an sie gedacht hatte und es ihm manchmal vorgekommen war, als würde sie ihn auf seiner Reise begleiten. Er wusste nicht, ob diese Vertrautheit auf Gegenseitigkeit beruhte, aber sie war nach Genf gekommen, ohne viele Fragen zu stellen. Das gab ihm Mut.

«Mist», sagte Dimitra.

Sie verlangsamte die Fahrt und wechselte die Fahrspur. Die Spannung in ihrem Blick löste sich und sie lehnte sich zurück. «Dann nehmen wirs eben gemütlich.»

Franco liebte ihre Stimme. Sie klang rau und er fragte sich, ob sie rauchte. Er sah sich im Wagen um. Am Boden lagen leere Smarties-Packungen und der Rücksitz war belegt mit allerlei Schachteln und Papierkram.

Dimitra warf ihm einen kurzen, prüfenden Blick zu und meinte erklärend: «Der Wagen gehört meinem Bruder. Er ist viel unterwegs und führt den halben Haushalt mit.»

«Hab ich etwas gesagt?», fragte Franco ertappt.

«Nein – aber gedacht», lachte ihn Dimitra an und ihre Augen blitzten angriffslustig.

Franco galt eigentlich als ziemlich schlagfertig, aber heute fehlte ihm jede Reaktionsfähigkeit. Das Denken bereitete ihm Mühe, ihm war, als ob in seinem Hirn eine Dose Kleister ausgelaufen wäre. Er fragte sich, ob dies von der Gehirnerschütterung oder von Dimitras Gesellschaft herrührte.

Er sagte nur: «Mich störts überhaupt nicht», und kam sich noch dümmer vor.

Dimitra fragte indessen: «Wo waren wir stehen geblieben? Ach ja, bei diesem Anruf. Du denkst, er wird es noch einmal versuchen?»

Franco hatte ihr schon fast die ganze Geschichte erzählt, zuerst im Bahnhofbuffet in Genf und jetzt im Auto. Dies gestaltete sich komplizierter und langwieriger, als er gedacht hatte. Eigentlich hatte er ganz von vorne beginnen, alles schön der Reihe nach erzählen wollen, doch dazu war er nicht gekommen.

Erst einmal hatte er Dimitra erklären müssen, warum sie ihm die Hand nicht so stark schütteln durfte. Dann, warum er so schief auf dem Stuhl sass, und später, wieso er weder husten noch lachen durfte. Natürlich war sogleich die vorwurfsvolle Frage gekommen, warum er sich nicht – wie jeder normale Mensch – im Spital gesund pflegen liess, gefolgt vom Vorschlag, ihn ins nächste Krankenhaus zu bringen. Zuerst hatte er Dimitra klar machen müssen, dass der Anschlag im Zug kein Zufall gewesen und dass er wahrscheinlich immer noch in Gefahr war.

Sie hatte während seiner Schilderungen mehrmals ungläubig den Kopf geschüttelt und sagte jetzt: «Wenn ich dich nicht kennte, glaubte ich dir kein Wort. Die Geschichte tönt ziemlich unwahrscheinlich, ich hoffe wirklich, du stehst nicht unter irgendwelchen halluzinogenen Medikamenten. Ich erinnere mich an einen Patienten, der sah überall Gespenster, nur wegen einer halben Ampulle Morphium.»

«Ich wäre selber beinahe zum Gespenst geworden», erwiderte Franco ernst.

«Warum hast du nicht auf die beiden Polizisten gewartet?»

«Ich wusste nicht, wann sie zurückkehren würden. Ich fühlte mich plötzlich schrecklich bedroht. Es ist schwer zu beschreiben.»

Sie hatten Genf vor gut einer Stunde verlassen. Mit jedem Meter Distanz zu dieser Stadt löste sich die Spannung in seinem Brustkorb.

«Wenn die einmal merken, dass du nicht mehr in deinem Bett in Genf liegst, dann kommen sie nach Bern», meinte Dimitra zweifelnd. «Ich jedenfalls würde dich in dieser Situation zuerst in deiner Wohnung suchen.»

«Ich will gar nicht in meine Wohnung zurück.»

«Wohin dann?», fragte Dimitra erstaunt.

«Ich kenne ein ideales Versteck – es ist ein richtiger Fuchsbau.»

Franco lachte kurz, aber es bekam ihm nicht gar gut. Mit schmerzverzerrtem Gesicht griff er an die Brust.

«Scheisse», entfuhr es ihm. «Ich glaube die Schmerzmittel lassen nach.»

In diesem Moment geriet die Kolonne ins Stocken. Durch den Regen schimmerte das nervöse Leuchten einer Blinklichtanlage.

Dimitra stellte die Scheibenwischer auf die höchste Stufe. Trotzdem reichte die Sicht kaum zwanzig Meter. «Was haben wir denn da?», sagte sie mehr zu sich selber.

Eine Lichterreihe wies die Fahrspur auf den Pannenstreifen, sie passierten eine der zahlreichen Baustellen. Es ging immer langsamer vorwärts und schliesslich standen sie still. Der Regen trommelte auf das Wagendach und wurde nur vom Donnerrollen übertönt.

Franco war froh über die Pause.

«Tja», sagte Dimitra leichthin und kuppelte den Gang aus. «Rien ne va plus.»

Sie wandte sich an Franco: «Hast du Schmerzmittel dabei?»

Sie sprach nicht weiter und blickte ihn erstaunt an: «Stimmt etwas nicht?»

Franco genoss ihren besorgten, warmen Blick. Er fühlte keinen Schmerz, wenn ihre Augen auf ihm ruhten. Sein Zustand wurde ihm völlig gleichgültig, ihn beschäftigte etwas ganz anderes.

«Ich brauche eigentlich keine Schmerzmittel», antwortete er schliesslich leise und schaute verlegen auf seine Hände.

Er spürte, wie ihn Dimitra forschend ansah. Er war verwirrt und stammelte wohl einige unverständliche Worte, denn als er wieder aufblickte, las er in ihren Augen echte Besorgnis. Aber er glaubte auch Zärtlichkeit und gespannte Erwartung zu sehen und er gab sich einen Ruck.

«Ich ...»

Er sprach nicht weiter, denn in diesem Moment schraken sie beide zusammen.

Hinter ihnen hupte es laut und ungeduldig.

Sie hatten nicht bemerkt, dass sich die Kolonne wieder in Bewegung gesetzt hatte. Die Schlusslichter des Vorderwagens waren im Dunst des Regens kaum mehr zu erkennen. Die Autos auf der Überholspur zogen in flotter Fahrt an ihnen vorbei.

Franco sagte anstelle einer Liebeserklärung: «Der Stau hat sich aufgelöst.»

Dimitra nickte und biss sich auf die Unterlippe. Mit der Bemerkung «Jedenfalls auf der Strasse ...» fuhr sie los.

19

Das Gewitter vom Vortag hatte wie eine gründliche Reinigung gewirkt. Die Luft war klar und frisch und als am Pfingstmontag die ersten Sonnenstrahlen in flachem Winkel in die Häuserreihen fielen, spiegelten diese sich gleissend hell auf den nassen Strassen. Blumen und Sträucher leuchteten in kräftigen Farben und selbst die Menschen wirkten sauber und herausgeputzt.

Karl passte das grelle Licht nicht, er hatte sich eine dunkle Sonnenbrille aufgesetzt.

Er sass hinter dem Steuer des Mietwagens und blätterte lustlos in einer Illustrierten. Nachdem Franco Weber nicht in seiner Wohnung aufgetaucht war, hiess ihn Bruno den Hauseingang an der Jubiläumsstrasse neun beobachten. Ein gewisser Aldo Girardi wohne hier, ein Privatdetektiv – und Bruno hielt es für wahrscheinlich, dass Franco mit diesem Schnüffler in Verbindung stand, wenn nicht sogar bei ihm Unterschlupf gesucht hatte!

Karl machte die Entwicklung der Dinge echte Sorgen. Immerhin gab es noch keine Hinweise, dass die Polizei auf sie aufmerksam geworden wäre, aber er wusste, das war eine Frage der Zeit. Der Privatdetektiv bildete wahrscheinlich nur den Anfang. Ihre Arbeit wurde immer riskanter.

Karl hatte keine Ahnung, wie er diesen Menschen erkennen sollte, und Brunos Angabe, Girardi müsse etwa in Webers Alter sein, half ihm nicht wirklich weiter. Aber der Zufall kam ihm zu Hilfe.

Kurz nach neun Uhr tauchte Frau Knecht in der Jubiläumsstrasse auf und verschwand zielstrebig im Eingang Nummer neun. Nur wenig später verliess sie das Haus gemeinsam mit einem Mann, der niemand anderes als Aldo Girardi sein konnte.

Karl folgte den beiden quer durch die Stadt zum Inselspital.

«Darauf hätten wir selber kommen müssen», entfuhr es ihm. Es war so nahe liegend. Weber lag im Inselspital. Er wunderte sich, dass Brunos Spürsinn diesmal versagt hatte.

Frau Knecht und Girardi betraten ein Gebäude neben dem Bettenhochhaus. Karl las auf der Tafel neben dem Eingang «Polikliniktrakt I» und weiter «Bettenstation für Infektiologie», dann folgte eine Liste der verschiedenen Polikliniken. Er versuchte gar nicht erst, die komischen Namen zu entziffern. Bettenstation, das interessierte ihn.

Vorsichtig stieg er zur Infektiologie im ersten Stockwerk hoch und warf einen Blick in den Gang. Er konnte die beiden nirgends entdecken. Er wollte auf keinen Fall riskieren, dass ihn Franco Weber sah, deshalb machte er kehrt und wandte sich an die Information in der Eingangshalle.

Die Dame am Schalter tippte den Namen in den Computer und schüttelte bedauernd den Kopf: «Einen Franco Weber haben wir nicht.»

«Er liegt auf der Infektiologie. Vielleicht ist er noch nicht in ihrem System ...»

«Absolut unmöglich», unterbrach sie ihn stolz, «es sei denn, er wäre vor weniger als dreissig Minuten im Notfall eingeliefert worden. Jeder Patient wird bei Eintritt im Computer erfasst. Unabhängig davon, an welcher Station die Daten eingegeben werden, haben wir hier seine Personalien und seinen Standort unverzüglich zur Verfügung.»

Karl stierte ungläubig auf den Bildschirm, während ihm die Dame die Vorteile des neuen Netzwerkes zu erklären versuchte. Er bedankte sich und verzog sich in eine ruhige Ecke, um Bruno anzurufen.

«Die Maus sitzt in der Falle», meinte dieser grimmig, als ihm Karl seine Beobachtungen mitteilte. «Jetzt müssen wir nur noch seine Zimmernummer herausfinden.»

«Da liegt das Problem», erwiderte Karl. «Es gibt keinen Patienten Franco Weber.»

«Wir werden ihn finden, selbst wenn er nicht registriert ist. Frau Knecht oder dieser Schnüffler wird uns zu ihm führen.»

Auf Brunos Anweisung bezog Karl gegenüber dem Eingang des Polikliniktraktes Stellung. Während er ein Sandwich verdrückte und Kaffee mit Rum aus dem Pappbecher schlürfte, beschlich ihn die Befürchtung, Brunos Optimismus könnte verfrüht sein.

*

Franco hielt sich den schmerzenden Brustkasten und rang nach Luft. Er hatte die ganze Zeit geredet und war erschöpft. Er versuchte vorsichtig, sich zurückzulehnen. Es half nichts, die Liege war zu hart und zu unbequem.

Er stand mühsam auf, murmelte eine Entschuldigung und ging zur Toilette.

Spritze und Nadel lagen bereit. Er desinfizierte die Ellenbeuge und injizierte sich eine halbe Ampulle Morphium. Bis die Spritze wirkte, blieb er auf der Toilette sitzen.

Aldo und Frau Knecht geduldeten sich verständnisvoll.

Sie befanden sich in einem Untersuchungszimmer der Neurologischen Poliklinik im zweiten Stockwerk des Polikliniktraktes. Franco hatte ihnen erklärt, aus welchen Gründen er dieses Zimmer ausgewählt hatte: Es handelte sich um eine Art Labor, das lediglich mittwochs und freitags benutzt wurde, lag abgelegen in einem Seitenflügel des Polikliniktraktes und verfügte über eine Toilette mit Dusche.

Franco hatte sich am Vorabend von Dimitra direkt in die Insel fahren lassen. Zum einen benötigte er dringend Schmerzmittel, zum andern konnte er sich nirgends so gut verstecken wie in diesem Spital. Das war sein Fuchsbau. Hier fühlte er sich sicher.

Er hielt es für klüger, seinen Aufenthaltsort vorläufig geheim zu halten, deshalb mied er seine Abteilung. Schmerzmittel und Schlüsselbund besorgte ihm Dimitra aus seinem Büro.

Als «Ankleide» benutzte er die Garderobe des Fundbüros im zweiten Untergeschoss. Es kam ihm zugute, dass die Leute so vergesslich waren und vom Pelzmantel bis zur Unterwäsche so ziemlich alles liegen liessen. Lediglich bei den Schuhen blieb ihm keine grosse Auswahl. Er entschied sich für Sandalen, die konnten ihn wenigstens nicht drücken. Die Jacke war ihm eine Nummer zu gross, aber so spürte er die Wunde am Brustkorb weniger. In seiner Bekleidung mit Lederjacke, weisser Hose und weissem Hemd sah er aus wie ein Helfer der Rettungssanität.

Auch das Essen besorgte er sich auf ungewöhnliche Weise. Täglich blieben zahlreiche Menüs unangetastet in den Speisewagen stehen. Sie gehörten Patienten, die vorzeitig austraten oder durch irgendwelche Untersuchungen und Komplikationen vom Essen abgehalten wurden. Die Speisewagen standen oft über eine halbe Stunde in den Abstellplätzen oder im Gang, bevor sie vom Transportdienst abgeholt wurden.

Franco hatte sich sein Menü ohne Eile zusammenstellen können: ein Kraftmüsli mit Joghurt und verschiedenen Fruchtdrinks und – den Privatpatienten sei Dank – einen Viertelliter Dôle als Schlummertrunk. Seine Beute hatte er in einem Blechkoffer, der normalerweise zum Transport von Blutkonserven benutzt wurde, verstaut.

«Dracula lässt grüssen», meinte er schmunzelnd, als er Frau Knecht und Aldo davon erzählte.

Die Spritze begann zu wirken, die Schmerzen liessen nach. Franco verliess die Toilette. Er tastete der Wand entlang und stützte sich an den Geräten leicht ab, als er zur Liege zurückkehrte.

Aldo und Frau Knecht beobachteten ihn besorgt.

«Mensch, Franco», sagte Aldo heftig. «Du solltest schleunigst die Abteilung wechseln. Du bist verletzt.»

«Es ist nur das Morphium ...», erklärte Franco nicht ganz überzeugend.

«Du benötigst Pflege. Und vielleicht sollte man einmal die Lunge röntgen. Es könnte nämlich sein ...» Hier brach Aldo ab. Er ärgerte sich über den belustigten Blick, den ihm Franco zuwarf.

«Sprechen Sie ruhig weiter, Herr Doktor», spottete Franco.

Aldo sagte nur: «Pah!»

Frau Knecht nickte ernst: «Seine Sorgen sind verständlich und, bitte sehr, berechtigt, Franco. Sie sehen in der Tat sehr blass aus. Ihre Gesundheit ist genauso wichtig wie Ihre Sicherheit.»

Franco erwiderte nichts, und so sagte Aldo: «Ich gehe noch heute zur Polizei. Deine Beobachtungen sollten ausreichen, um eine Untersuchung auf der Vergine und im Gerichtsmedizinischen Institut in Nizza zu bewirken. Ich hoffe, damit schaffen wir dir auch Frentzen und Hartmann vom Hals.»

Er betrachtete Franco nachdenklich: «Wenn deine Theorie stimmt, Franco, dann hast du in ein verdammt gefährliches Wespennest gestochen.»

«Natürlich hab ich das», erwiderte Franco müde und griff sich an die Brust, «und diese Wespen stechen nicht mit Stacheln!»

Keiner lachte so richtig.

Frau Knecht fragte: «Aber wie wäre das möglich, bitte sehr? Ich meine, das ganze Organwesen wird doch genauestens kontrolliert. Es gibt bestimmt klare Richtlinien ...»

«Ich hätte bis vor wenigen Tagen etwas Derartiges ebenfalls für undenkbar gehalten», antwortete Franco. «Aber heute muss ich sagen: Es ist möglich. Denn. Bei uns wird das Organ recht oft durch ein und dieselbe Equipe entnommen und eingepflanzt. Doch das muss nicht zwingend so sein. Ein Organ zu entnehmen ist keine Hexerei. Nehmen wir an, auf der Vergine wird eine Niere entnommen. Diese Niere kann anschliessend an einen beliebigen Ort überführt werden. Die Echtheit der Papiere zu überprüfen ist dem Empfänger dann kaum mehr möglich. Einzig der Zeitfaktor könnte Probleme bieten.»

«Wie das?», fragte Aldo gespannt.

«Von der Entnahme bis zur Implantation dürfen je nach Organ nicht mehr als vier bis vierundzwanzig Stunden verstreichen», erklärte Franco. «Ein Herz zum Beispiel sollte innerhalb von vier Stunden beim Empfänger sein, eine Niere dagegen kann unter optimalen Bedingungen bis zu einem Tag gelagert werden. Nun können wir rechnen: Ein Hubschrauber schafft meines Wissens in einer Stunde bis dreihundert Kilometer. Wenn wir einmal davon ausgehen, dass die Organentnahmen auf dem Schiff stattfinden und dass sich die Vergine auf dem ganzen Mittelmeer bewegt, dann käme von ihrer Position aus noch der Radius eines mehrstündigen Fluges hinzu. Das bedeutet, der potentielle Empfänger könnte irgendwo zwischen Oslo und Kenia beziehungsweise zwischen Portugal und dem Iran in einem Spital liegen.»

Aldo winkte resigniert ab: «Mit andern Worten wieder das berühmte Spiel von der Stecknadel im Heuhaufen.»

«Ja, aber ich habe da eine Idee», antwortete Franco.

«Und die wäre?»

«Während du zur Polizei gehst, werde ich mich mal

hinter einen Computer setzen», seine Müdigkeit schien plötzlich verflogen, und er richtete sich auf. «Wenn der Organspender von Nizza kein Einzelfall war, dann sollten sich die betroffenen Spitäler herausfinden lassen, zum Beispiel aufgrund der Flugbewegungen, des Schiffskurses, der Operationsstatistiken oder – und diese Spur scheint mir besonders Erfolg versprechend – aufgrund der Lieferungen von Medikamenten an die entsprechenden Spitalapotheken.»

Aldo und Frau Knecht blickten ihn fragend an.

«Es gibt keine Organtransplantation ohne entsprechende Medizin», erklärte Franco. «Zur Konservierung der Organe braucht es spezielle Lösungen und nach der Transplantation benötigt der Empfänger bestimmte Medikamente. Wenn wir von diesen Herstellerfirmen eine Liste der belieferten Spitäler erhalten könnten, liesse sich daraus unschwer ableiten, wo überall Organe transplantiert werden. Das würde die Suche stark einschränken.»

Franco suchte nach Papier und Bleistift. «Ich sollte unbedingt ...»

«Nun ruhen Sie sich erst einmal aus, bitte sehr», beschwichtigte ihn Frau Knecht.

Franco überhörte ihren Einwand: «Ja, ja. Ich denke, ihr beide habt völlig Recht, wenn ihr mir zum Umzug ratet. Ich verschiebe mich noch heute Nacht in die Nähe der Inselapotheke.»

Aldo schüttelte den Kopf: «Beruhige dich, Franco. Erst suchen wir dir ein Bett und ...»

«Nein», warf Franco entschieden ein. «Ich muss mich alleine zurechtfinden. Ich will kein Aufsehen.»

«Wohin werden Sie gehen?», fragte Frau Knecht besorgt. «Ich möchte Ihnen nämlich noch ein paar Sachen bringen. Ich habe Kleider und bitte sehr …»

«Heute wünsche ich keine Besuche mehr. – Ich muss mich ausruhen», antwortete Franco heuchlerisch. «Aber ihr beide könnt mich jederzeit über meinen Sucher erreichen.»

«Von wegen ausruhen», wandte Aldo ein.

Franco musste schliesslich versprechen, spätestens morgen ein Zimmer mit einem richtigen Bett zu beziehen, dann verabschiedeten sich Frau Knecht und Aldo.

*

Aldo verbrachte den ganzen Nachmittag auf dem Polizeirevier. Allein die zuständige Amtsstelle zu finden, kostete ihn viel Zeit. Er benötigte mehr als eine Stunde und grosse Überredungskünste, damit sich die Beamten seiner Sache überhaupt annahmen.

Erst nach einem Anruf bei den französischen Kollegen interessierte sich plötzlich nicht mehr nur der verantwortliche Wachtmeister, sondern die gesamte Dienststelle für den Fall. Es stellte sich heraus, dass Dr. Fournier in Nizza seit Sonntag spurlos verschwunden war, ebenso eine Leiche aus seinem Institut. In Bern begann man zu ahnen, dass Herr Girardi mit seinen Aussagen ernst zu nehmen war. Seine Mitteilungen stiessen in Frankreich auf reges Interesse und führten zu Rückfragen – nicht nur aus Nizza, sondern sogar aus Paris.

Der Zusammenhang zwischen der Leiche in Nizza

und der Vergine schien für die Untersuchungsbehörde genauso neu wie der Verdacht, dass Max Knecht einem Verbrechen zum Opfer gefallen sein könnte.

Schon sehr bald drängte die Polizei auf eine direkte Befragung von Franco Weber. Doch Aldo hatte Franco versprochen, niemandem seinen Aufenthaltsort mitzuteilen. Unter dem Vorwand des schlechten Gesundheitszustandes gelang es ihm anfänglich, die Behörden auf später zu vertrösten.

Aber als gegen Abend eine Durchsuchung der Vergine ernsthaft diskutiert wurde, verlangte die französische Polizei mit allem Nachdruck die direkte Einvernahme von Doktor Weber. Aldo versuchte vergeblich, Franco telefonisch zu erreichen. Weder über den Sucher noch über den Anschluss im Zimmer der Poliklinik erhielt er eine Verbindung.

Im Verlaufe des Nachmittags tauchten immer mehr Fragen auf, die nur Franco beantworten konnte, und Aldo musste sich schliesslich bereit erklären, einen Polizeibeamten zu Franco zu führen.

Kurz nach achtzehn Uhr betrat Aldo zusammen mit Inspektor Blaser den Polikliniktrakt. Im Gegensatz zum belebten Bettenhochhaus wirkte das Gebäude um diese Zeit verlassen, die Schalter und Wartesäle der Polikliniken waren leer, am Empfang der Neurologischen Poliklinik schrubbte die Putzequipe den Boden. Das Untersuchungszimmer, in welchem Franco hauste, befand sich am Ende des Ganges.

Schon von weitem sah Aldo, dass die Türe leicht offen stand.

«Das sieht Franco gar nicht ähnlich», sagte er besorgt.

Das Zimmer lag im Halbdunkel, die Jalousien waren geschlossen. Auf dem Bett befand sich ein weisses Spitalhemd mit einem grossen dunklen Fleck.

Inspektor Blaser knipste das Licht an und betrachtete das Hemd.

«Ein Blutfleck», bemerkte er trocken und zog aus der Tasche des Hemdes ein kleines Kästchen.

Aldo erbleichte. Es war Francos Sucher.

*

Das lange Gespräch mit Aldo und Frau Knecht hatte Franco stark ermüdet, aber auch erleichtert. Es kam ihm vor, als hätte er eine schwere Last abgelegt. Das Morphium trug seinen Teil zur wohligen Behaglichkeit bei und so gönnte er sich vorerst eine Pause. Er bettete sich auf der Liege so bequem wie möglich. Als er sich hinlegte, schlief er auf der Stelle ein.

Zwei Dinge weckten ihn einige Stunden später: Erstens schmerzte ihn die Wunde und zweitens plagte ihn der Hunger.

Zunächst erneuerte er den Verband. Das Material lag im Schrank der Dusche. Vorsichtig zog er den Bademantel aus. Die Bandage war nach unten gerutscht und auf dem Hemd zeichnete sich ein grosser Blutfleck ab. Abgesehen von der Blutung sah die Wunde zufriedenstellend aus.

Er hatte in einem der Schränke sogar ein Stethoskop gefunden und nun horchte er still in sich hinein. Er stellte beruhigt fest, dass das Atemgeräusch seiner linken Lunge normal war. Danach legte er den Verband neu an.

Er fühlte sich bedeutend besser als noch am Morgen, und es schien ihm, als seien seine Gedanken klarer geworden. Vielleicht rührte das auch daher, dass das Morphium langsam an Wirkung verlor. Trotz der aufkommenden Schmerzen wollte er vorläufig auf eine weitere Spritze verzichten. Er musste einen klaren Kopf behalten, wenn er sich an diesem Abend noch hinter einen der Computer in der Inselapotheke setzen wollte, um so Zugang zu den gewünschten Daten zu erhalten.

Mittlerweile ging es gegen siebzehn Uhr, eindeutig zu früh, um die Apotheke aufzusuchen. Wenn er dort ungestört arbeiten wollte, tat er gut daran, zu warten, bis die Angestellten das Institut verlassen hatten. Er beschloss, die Zwischenzeit zu nutzen, um sich etwas Essbares zu organisieren.

Zu diesem Zweck war es unumgänglich, das Gebäude zu verlassen, und da er unerkannt bleiben wollte, hielt er es für klüger, sein Äusseres ein wenig zu verändern. Sorgfältig legte er sich einen dicken Wundverband um den Kopf, der abgesehen von der Augenpartie praktisch das ganze Gesicht verdeckte.

Zufrieden betrachtete er sich im Spiegel. Er sah bemitleidenswert aus.

In einen Spitalmantel gehüllt machte er sich mit schleppendem Gang auf den Weg. Als er das Gebäude verliess, hielt er den Blick gesenkt und wandte sich in Richtung Bettenhochhaus. Er plante, in einem der Versorgungsstollen einen Esstransport zu «überfallen».

Er wollte eben um die Ecke biegen, als er seine Pläne

abrupt ändern musste. An der Mauer gegenüber lehnte ein Mann und beobachtete aufmerksam den Gehsteig.

Franco stutzte. Auf den ersten Blick erkannte er den Mann nicht. Aber als er die Aknenarben sah, traf ihn schier der Schlag.

«Karl mit schwarz gefärbtem Haar!»

Er zwang sich, nicht gleich loszurennen. Mit unendlicher Anstrengung behielt er den schleppenden Gang bei, wandte sich aber anstatt zum Versorgungsstollen auf die andere Seite, in Richtung Kinderspital. Er wagte nicht, sich umzusehen.

Erst nachdem sich die automatische Türe des Kinderspitals hinter ihm geschlossen hatte, sah er zurück. Karl stand unverändert und blickte in Richtung der Poliklinik. Er schien ihn nicht erkannt zu haben.

Trotzdem stieg Franco rasch ein Stockwerk tiefer.

Er befand sich nun vor dem Personalrestaurant. Als ihn einige Angestellte neugierig musterten, wurde ihm bewusst, dass er als Patient hier unten nichts verloren hatte. Verunsichert verzog er sich auf die Toilette. Er setzte sich auf den Deckel der WC-Schüssel und stierte vor sich hin. Das unangenehme Rauschen in seinem Kopf liess langsam nach.

Er war mehr als geschockt. Er fühlte sich einmal mehr ungeheuer in die Enge getrieben. Eigentlich war ihm seit dem Angriff im Zug klar, dass man ihn aus dem Weg räumen wollte, dennoch hatte er sich bis zum jetzigen Zeitpunkt im Inselspital einigermassen sicher gefühlt. Und nun musste er erkennen, dass seine Verfolger bereits wieder vor seiner Zimmertür standen.

Neben der Angst spürte er aber auch eine stille Wut in sich aufsteigen.

Er ahnte, dass diese Gefühlskombination ihm keine Hilfe sein würde und eher dazu geeignet war, ihn den Kopf verlieren zu lassen. Er benötigte jetzt dringend einen sicheren Ort, wo er das weitere Vorgehen in Ruhe überlegen konnte. Er griff in seine Manteltasche und musste feststellen, dass er nicht einmal seinen Sucher auf sich trug.

«Scheisse», zischte er.

«Und noch mal Scheisse», fügte er an, als er realisierte, dass sein momentaner Aufenthaltsort genau seiner Lage entsprach.

*

Karl trat ungeduldig von einem Bein aufs andere. Er hätte es vorgezogen, Frau Knecht und Aldo zu folgen, als die beiden die Poliklinik verliessen, Bruno jedoch war überzeugt, dass es gescheiter war, in Webers Nähe zu bleiben.

«Er ahnt noch nicht, dass wir hier sind, und irgendwann kommt er raus aus seinem Versteck.»

Das hatte Bruno vor gut fünf Stunden gesagt und seither verschob sich Karl in einem strengen Rhythmus einmal auf die linke und einmal auf die rechte Seite des Polikliniktraktes, immer mit freiem Blick auf den Eingang. Nur am frühen Nachmittag hatte ihn Bruno kurz abgelöst, für keine drei Biere hatte es gereicht.

Vor einer halben Stunde war Aldo Girardi in Begleitung eines Mannes aufgetaucht, der nicht ins Bild des normalen Krankenbesuchers passte. Karl hatte kaum Zeit, Bruno zu orientieren, als die beiden das Gebäude auch schon wieder verliessen – etwas ratlos – wie es Karl schien.

Nur wenig später erschien Bruno mit zwei Männern.

«Das ist Luigi», stellte ihm Bruno den Jüngeren der beiden vor, «er ist spezialisiert auf Feinarbeit und hat ein Gesicht, das unser Doktor noch nicht kennt.»

Luigi verzog keine Miene und musterte Karl abschätzig.

«Und das ist Simon, unser Inselspezialist.» Bruno deutete auf den stämmigen Mann Mitte fünfzig zu seiner Linken.

Simon schüttelte Karl kurz die Hand.

Bruno erklärte zufrieden: «Simon hat über zwanzig Jahre in der privaten Bewachungsfirma gearbeitet, welche unter anderem für die Sicherheit im Inselareal verantwortlich ist. Er kennt das Spital wie seine Westentasche.»

Karl erzählte, was er vor wenigen Minuten beobachtet hatte.

«Wenn ich das Verhalten der beiden richtig deute, fanden sie ein leeres Nest vor.»

Karl befürchtete schon einen von Brunos Ausbrüchen. Aber erstaunlicherweise schien dieser nicht besonders beeindruckt.

«Wir haben einen andern Plan. Anstatt das ganze Gelände zu durchsuchen, scheuchen wir das Wild auf – wie bei einer Treibjagd.»

«Treibjagd?», staunte Karl.

«Wir machen etwas Rauch vor seinem Bau», fuhr Bruno fort.

«Rauch?»

«Natürlich keinen echten Rauch, Blödmann», antwortete Bruno unwirsch.

«Ich versteh überhaupt nichts mehr.»

«Warts ab!», sagte Bruno bedeutungsvoll.

20

Herr Grossenbacher stand im luxuriösen Bad seines Zimmers im Privatspital Eiger und beobachtete fasziniert den feinen Harnstrahl, der sich ins Messglas ergoss. Selbst wenn aus seiner Harnröhre pures Gold geflossen wäre, hätte es ihn nicht glücklicher machen können. Diese wenigen Deziliter Urin bedeuteten ihm im Moment mehr als seine ganze Kunstsammlung.

Er hielt den Becher gegen das Licht und betrachtete die Skala.

«Zweihundert Milliliter innert vier Stunden.» Er sprach es laut vor sich hin. Am liebsten hätte er das Gefäss geküsst. «Sie arbeitet. Ich liebe sie.»

Sie – das war die neue Niere, die ihm vor knapp einer Woche eingepflanzt worden war. Sie arbeitete schon so gut, dass er keine Blutwäsche mehr benötigte.

Er trug den Wert sorgfältig in eine Tabelle ein. Er hatte versprechen müssen, die Anweisungen peinlich genau zu befolgen, sonst würde er wieder einen Blasenkatheter kriegen.

«Nur mit einer genauen Flüssigkeitsbilanz lassen sich die Medikamente richtig dosieren», hatte ihn der verantwortliche Arzt ermahnt.

Herrn Grossenbacher störte die Schreibarbeit nicht. Er tat, wie ihm befohlen wurde. Er kannte sich selber nicht mehr. Er, der sonst Mühe hatte, sich unterzuordnen, gehorchte wie ein Lamm. Sein einziges Bestreben war jetzt, alles daran zu setzen, dass sich die neue Niere bei ihm optimal einlebte.

Er verliess das Badezimmer und setzte sich an den Tisch.

Das Frühstück sah lecker aus. Die Tabletten, die er schlucken musste, lagen in einem Porzellanschälchen bereit. Die Parkklinik Eiger legte Wert auf Stil – sogar bei der Arzneimittelabgabe. Nur farblich passten die Pillen nicht zusammen.

Auch bei Snobs hört die Eitelkeit irgendwo auf, dachte Herr Grossenbacher. Acht verschiedene Tabletten zählte er. Auch das kümmerte ihn nicht. Der Arzt hatte ihm erklärt, dass jede einzelne notwendig war, damit sein Körper das neue Organ nicht abstossen würde.

Wenn er religiös gewesen wäre, hätte er jetzt ein Dankgebet ausgesprochen. Stattdessen gedachte er einen Moment des unbekannten Spenders. Er hatte sich das fest vorgenommen, es war das Mindeste, was er tun konnte: Jedes Mal, wenn er seine Medizin schluckte, und jedes Mal, wenn er urinierte, wollte er an den unbekannten Spender seiner Niere denken.

Ganz gern hätte er auch der Familie des Spenders seine Dankbarkeit gezeigt. Als er vor wenigen Tagen Dr. Saurer darauf angesprochen hatte, hatte dieser abgewunken: «Das Spendenwesen ist absolut anonymisiert. Selbst wenn wir wollten, könnten wir Ihren Spender nicht ausfindig machen.»

Dr. Saurer hatte ihm stattdessen zu einer weiteren Gabe an eine wohltätige Organisation, für welche das Eiger eine Art Patenschaft übernommen hatte, geraten. Herr Grossenbacher überwies einen namhaften Betrag auf das Konto.

Daran dachte er jetzt.

Mit einem Schluck Mineralwasser spülte er die Medikamente hinunter. Jetzt konnte das Frühstück beginnen, mit der Operation war der Appetit zurückgekehrt. Er bereitete sich zwei Butterbrote zu und goss eine Tasse Kaffee ein. Dann rückte er das Tablett etwas zur Seite und griff nach der Zeitung.

Er schob sich ein Stück Brot in den Mund und begann seine Lektüre – wie immer auf der letzten Seite. Normalerweise betrachtete er zuerst den Cartoon, aber heute blieb sein Blick an der Fotografie eines jungen Mannes hängen. Er erkannte ihn nicht gleich wieder.

Doch als er die Schlagzeile «Schweizer Arzt gesucht» las, fiel der Groschen: Das Gesicht gehörte dem jungen Oberarzt, der ihm vor knapp vier Wochen am Inselspital den Gefässzugang am Arm angelegt hatte. Er überflog den kurzen Artikel.

Seine Augen wurden grösser und grösser.

*

Bruno sass gestresst in der Cafeteria und trank mit Widerwillen den vierten Espresso. Der Magen rebellierte mit heftigen Krämpfen, weshalb er lustlos eines der belegten Brote zu verzehren versuchte. Auf den Kaffee konnte er nun mal nicht verzichten, umso mehr, als die Spannung einer gefährlichen Müdigkeit zu weichen begann.

Er befand sich seit dem frühen Morgen in der Eingangshalle des Bettenhochhauses. Er beobachtete das Kommen und Gehen rund um den Kiosk beim Haupteingang. Die verschiedensten Leute trafen sich hier. Anfänglich waren es hauptsächlich Angestellte, die in die Halle strömten, später kamen von den Abteilungen Patienten, die sich meist erst einmal in die Raucherecke verzogen.

Bruno betrachtete die vielfältigen Formen ihrer Verbände und Behinderungen: da ein abgedecktes Auge, dort ein verbundenes Ohr, hier ein bandagierter Brustkasten; ein Gipsbein, ein Gipsarm, ein fehlendes Bein, ein entstelltes Gesicht und alle Formen von Rollstühlen, Krücken, Infusionsständern und weiteren Hilfsapparaten.

Bruno sehnte sich zunehmend nach frischer Luft, nicht nur der stickigen Wärme und dem Krankenhausmoder wegen. Er befürchtete, ohne weissen Kittel oder Verband aufzufallen. Erst als auch Besucher eintrafen, kam er sich nicht mehr so unpassend vor.

Von Franco Weber fehlte noch immer jede Spur.

Sie hatten gehofft, er würde irgendwann am Kiosk auftauchen, um sich eine Zeitung zu besorgen. Schliesslich stand er in den Schlagzeilen – sogar mit Foto.

Der Artikel im «Blick» gefiel Bruno besonders gut. Allein der reisserische Titel «Tote Dirne in Marseille – Schweizer Chirurg unter Mordverdacht» erregte Aufmerksamkeit. Er beobachtete mit Genugtuung, wie sich in den Gesichtern der Angestellten Betroffenheit und Ratlosigkeit breit machte.

Zweifellos würde der Artikel sein Ziel erreichen: Sein Versteck sollte Weber zur Falle werden. Hier kannte ihn jedermann. Es war lediglich eine Frage der Zeit, bis er entdeckt wurde. Er war ein gesuchter Mann, und sobald ihn jemand sichtete, würde es einen riesigen Rummel geben.

Bruno wusste, noch etwas anderes war lediglich eine Frage der Zeit: Spätestens nach diesem Artikel würde auch die Polizei Webers Spuren folgen, würde seine letzten Tage untersuchen und dabei unweigerlich auf ihn, Bruno Hartmann, stossen.

Er hatte bereits Anweisung erhalten, sich nach getaner Arbeit nach Mailand abzusetzen. Der Kontakt zur Vergine und zu Bruder Rohner war vorsorglich abgebrochen worden. Er erhielt seine Instruktionen via SMS, von wem, wusste er nicht. Er hatte ernsthaft erwogen abzuhauen, aber die in Aussicht gestellte Sonderprämie und die Tatsache, dass Weber wahrscheinlich noch immer sein Bild auf sich trug, hielten ihn zurück.

Bruno überlegte sich zum x-ten Mal, wie er sich Weber unauffällig nähern würde, als ihn die Melodie seines Handys aus den Gedanken riss.

Der Anruf kam von Posten Nummer vier, welcher als einziger ausserhalb des Inselspitals, in der Jubiläumsstrasse, positioniert war. Er meldete, Girardi habe soeben das Haus verlassen und befinde sich nun auf dem Weg zum Inselspital. Die Vermutung, dass der Schnüffler Franco Weber einen Besuch abstatten wollte, lag nahe.

Bruno grinste zufrieden: Die Rechnung ging voll auf, endlich geschah etwas Greifbares. Er war auf diese Situation bestens vorbereitet. Rasch bestellte er Karl ins Foyer, um sich ablösen zu lassen. Er selber begab sich zum Standort, wo er die Ein- und Ausgänge des Parkhauses überblicken konnte.

Wegen der allgegenwärtigen Kameras sandte er Luigi, dessen Gesicht mit Garantie noch unbekannt war, ins Innere des Parkhauses. Luigi sollte Aldo möglichst vor dem Verlassen des Parkhauses aufspüren, Simon die Verfolgung im Spital übernehmen.

Zufrieden lehnte er sich an die Wand und richtete seinen Blick zur Parkingeinfahrt. Der klapprige Alfa von Aldo Girardi war schlicht nicht zu übersehen.

Die Schlinge um Doktor Webers Hals zog sich zu.

*

Aldo fuhr direkt ins vierte Untergeschoss.

Er blieb einen Moment in seinem Wagen sitzen. Nach allem, was in den letzten vierundzwanzig Stunden geschehen war, hielt auch er es nicht mehr für ausgeschlossen, dass man ihn beobachtete. Von Franco hatte er erfahren, dass sich die Leute von der Vergine längst im Inselareal aufhielten. Er hatte ihm zudem erklärt, warum er das Zimmer gewechselt und seinen Sucher in der Poliklinik zurückgelassen hatte.

Aldo seinerseits hatte Franco mitteilen müssen, dass sich die Polizei neuerdings mehr als nur heftig für ihn interessierte. Ausserdem hatte er ihn über die Hiobsbotschaften in der Zeitung informiert und versprechen müssen, Franco eine Ausgabe mitzubringen.

Er sah sich um und entdeckte wenige Meter neben

seinem Parkfeld den gesuchten Notausstieg. Er angelte die Taschenlampe aus dem Handschuhfach, vergewisserte sich nochmals, dass niemand in Sichtweite war, und verliess den Wagen. In raschen Schritten ging er zum Notausgang und ohne sich umzusehen trat er ein.

Er stand im Dunkeln.

Wie ihm Franco erklärt hatte, ging das Licht nur im Brandfall an. Aldo schaltete seine Taschenlampe ein und stieg die Treppe runter. Ein Stockwerk tiefer fand er die schmale Tür mit der Anschrift «Nur für Dienstpersonal». Sie liess sich mit einem Inbusschlüssel öffnen.

Die Anweisungen stimmten präzise. Francos Aushilfsarbeiten beim technischen Dienst des Inselspitals, mit welchen er sich sein Studium mitfinanziert hatte, machten sich nachträglich noch einmal bezahlt.

Aldo befand sich nun in einem Versorgungsstollen. Es war heiss und sehr eng. An beiden Seiten verliefen bündelweise Kabel und Rohre, heisse Rohre, wie Aldo schmerzhaft feststellen musste. Er fluchte leise und schlich vorsichtig vorwärts. In der Ferne wurden pfeifende Geräusche hörbar.

Nach schätzungsweise dreihundert Metern bogen Gang und Leitungen abrupt nach unten ab, der Leitungsstollen unterquerte die Kellergeschosse des Bettenhochhauses.

Aldo hielt sich strikte an Francos Instruktionen. Er stieg die schmale Leiter hinunter und fand im Schein der Lampe den Ausstieg. Er knipste das Licht aus und horchte. Als alles ruhig war, öffnete er die Türe mit dem Inbusschlüssel und verliess den Versorgungsstollen.

Er stand nun in der Nische eines grösseren, beleuchteten Ganges. Wiederum ertönte ein pfeifendes Geräusch, welches sich rasch verstärkte.

Er schrak zurück. Wenige Zentimeter vor seiner Nase brauste ein Elektrofahrzeug vorbei, eine Art Kleintransporter, beladen mit einem Spitalbett.

Staunend registrierte Aldo, dass im Bett ein Patient lag, angeschlossen an ein Gerät, welches nervös blinkte. Franco hatte ihm zwar erklärt, dass praktisch sämtliche Krankentransporte zwischen den einzelnen Kliniken unterirdisch abgewickelt wurden, das Beobachtete kam ihm jetzt trotzdem unwirklich vor.

Als der Transport ausser Sichtweite war, folgte Aldo dem Gang fünfzig Schritte nach rechts bis zur kurzen, mit «Ökonomie» bezeichneten Abzweigung. Er befand sich nun im dritten Untergeschoss des Ökonomiegebäudes.

Aldo hatte die fünfte Etage erreicht, als ihm Franco nervös entgegenkam und eindringlich deutete, nicht zu sprechen. Über ihnen erklangen Stimmen, und Franco geleitete ihn in ein Zimmer.

Er schloss die Türe ab und erklärte ausser Atem: «Die Sitzung der Einkaufsabteilung ging gerade zu Ende. Ein Teil dieser Leute kennt mich. Hier sind wir in Sicherheit. Dies ist das Büro des Lebensmittelinspektors. Dienstags arbeitet er in der Kinderklinik.»

Jetzt erst begrüssten sie sich herzlich. Franco jaulte, als ihm Aldo freundschaftlich auf die Schulter klopfte: «Hey, nimm bitte Rücksicht auf die Kranken und Gebrechlichen.»

Aldo meinte halb im Spass und halb im Ernst: «Deine Schonzeit ist vorbei. Hast du das noch nicht kapiert?»

Er hielt Franco die neuste Ausgabe des «Blick» unter die Nase.

Franco starrte zuerst auf sein Bild, dann auf die Schlagzeile und erbleichte. «Die Aufnahme muss sich jemand aus meiner Wohnung besorgt haben. Das ist schlimmer, als ich befürchtet habe.»

Er überflog den kurzen Artikel und wurde noch blasser. Da stand zu lesen, dass am Samstag im Marseiller Rotlichtmilieu die Prostituierte Aisha ermordet worden sei. Ihr letzter Kunde sei der Schweizer Chirurg Dr. Weber aus Bern gewesen. Diese präzisen Angaben habe eine Barbesitzerin aus dem Milieu liefern können. Sie habe der Arzt zuvor vergeblich umworben, aufgrund ihrer Menschenkenntnisse habe sie gleich erkannt, dass mit diesem Mann etwas nicht stimmen könne.

Franco betrachtete ungläubig Mariannes Aufnahme, welche deutlicher ihren Busen erkennen liess als ihr Gesicht. Er las weiter.

Das Tatmotiv sei unbekannt, Tatsache sei aber, dass eben dieser Dr. Weber am gleichen Abend im Nachtzug nach Genf niedergestochen worden sei. Die Polizei vermute eine Abrechnung im Milieu. Dr. Weber sei in Genf verarztet worden, es sei ihm aber anschliessend gelungen, sich den polizeilichen Ermittlungen zu entziehen. Die Fahndung laufe auf Hochtouren.

Franco liess die Zeitung sinken. «Diese Leute schrecken vor nichts zurück. Aisha. Ich kann es nicht glauben.»

Aldo betrachtete Franco besorgt. «Was mit Aisha geschehen ist, finde auch ich schrecklich. Aber weisst du, deine Lage ist im Grunde nicht viel besser. Du stehst als

Nächster auf der Liste. Zu allem Übel sucht dich nun auch noch die Polizei. Mir gegenüber wurde schon eine Drohung von wegen Beihilfe und so ausgesprochen. Die Polizei verlangt ganz genaue Auskunft darüber, was in den vier Stunden nach dem Gespräch mit Aisha geschah, bevor du in den Nachtzug nach Genf gestiegen bist.»

Franco erzählte ihm von seinem Nachtessen im Hafenviertel und schloss mit den Worten: «Ich hoffe, der Wirt wird das bestätigen. Aber Marianne hat uns mit ihrer Falschaussage gezeigt, dass wir uns nicht darauf verlassen dürfen. Andererseits – wenn sie wüsste, dass die Mörder dingfest sind, würde sie vielleicht zur Wahrheit stehen können ...»

«Etwas viel Optimismus, mein Lieber.»

«Das ist nicht Optimismus, Aldo. Das ist die Wahrheit. Oder hast du jemals an meiner Unschuld gezweifelt?»

«Eigentlich nicht», erwiderte Aldo fest. «Aber bei der Fahndungspolizei ist man – vorsichtig formuliert – verunsichert. Doch immerhin gibt es auch positive Neuigkeiten.»

«Zum Beispiel?»

«Zum Beispiel, dass die Polizei auf der Vergine noch gestern Abend eine Razzia durchgeführt hat und dass sich deine Vermutungen bestätigt haben. An Bord waren tatsächlich mehrere junge Männer aus Indien. Gemäss den polizeiärztlichen Untersuchungen ist bei einem von ihnen vor wenigen Tagen die linke Niere entfernt worden.»

Franco pfiff durch die Zähne: «Also doch.»

«Es kommt noch besser», fuhr Aldo fort. «Der Chirurg an Bord, ein gewisser Dr. Dupont, ist geständig. Er bestätigte, dass auf der Vergine in den letzten zwei Jahren praktisch wöchentlich eine Organentnahme vorgenommen wurde.»

«Jede Woche?»

Aldo nickte: «Zum Teil liegen schriftliche Einwilligungen der Spender vor. Anscheinend ist ihnen als Gegenleistung zur Organspende eine Ausbildung in Aussicht gestellt worden. Obschon Dr. Dupont ganz offensichtlich wusste, dass das, was er tat, illegal war, verteidigte er sein Vorgehen, schliesslich hätten dabei Spender und Empfänger profitiert; sich selber hatte er dabei offenbar vergessen. Dem Arzt war übrigens wegen seiner Drogenkrankheit in Belgien die Arbeitsbewilligung entzogen worden.»

Franco schüttelte den Kopf: «Ich verstehe das trotzdem nicht. Es braucht Papiere, Bewilligungen, Kontrollen, und schliesslich müssten ja auch die Organempfänger neugierig werden.»

«Wahrscheinlich genau aus diesem Grund wurde vieles über das Hôpital monacal abgewickelt», erklärte Aldo. «Früher war das ein Spital für die Armen, heute haben es die Mönche zu einer Art Altersheim für sich selber umfunktioniert. Die Bewohner des Hôpital monacal sind Greise, sie hatten keine Ahnung von den Machenschaften auf der Vergine. Hingegen haben die Ermittlungen ergeben, dass ein gewisser Bruder Rohner – er ist kein Angehöriger des Ordens, sondern lediglich der Verwalter des Heims – als Schaltstelle zwischen Spender und Empfänger funktionierte. Es scheint, dass man bei ihm Bestellungen aufgeben konnte. Die entnommenen Organe wurden ins Hôpital monacal gebracht und von dort verteilt. Die notwendigen Dokumente besorgte Bruder Rohner. Sie sind im Hôpital monacal sichergestellt worden. Die Ärzte, welche für die Bewilligungsverfahren verantwortlich zeichneten, existieren zum Teil gar nicht. Es liegt über zehn Jahre zurück, seit in diesem Hôpital der letzte Patient behandelt wurde. Aber es kam offensichtlich niemandem in den Sinn, die frommen Mönche zu kontrollieren.»

Aldo sah auf seine Notizen: «Noch unklar ist, auf welche Weise Bruder Rohner mit der Fondation monacale verbunden war. Diese Wohltätigkeitsorganisation unterstützt einerseits verschiedene medizinische Projekte in Indien; andererseits scheint die gleiche Organisation die vertraulichen medizinischen Daten benutzt zu haben, um die potentiellen Spender zu selektionieren und bei Bedarf auf die Vergine zu bestellen.»

«Unglaublich. Obwohl ich zu behaupten wage, dass ein medizinisches Engagement in der Dritten Welt nur selten aus reiner Menschenfreundlichkeit erfolgt. Früher sind auf diese Weise die Kirchen zu ihren Schäfchen gekommen, heute sammeln Firmen auf diesem Weg Daten und Erfahrungen oder im besten Fall neue Märkte – Und ist bekannt, wohin die Organe geliefert wurden?»

«Leider noch nicht. Die Organe wurden von der Vergine ins Hôpital gebracht. Wohin sie dann gingen, weiss auf der Vergine niemand. Dr. Dupont war angeblich fest davon überzeugt, dass sie dort auch eingepflanzt würden. Aber im Hôpital monacal gibt es keine entsprechende Ausrüstung. Bruder Rohner könnte da vielleicht Auskunft geben. Natürlich fehlt von ihm jede Spur. – Wie übrigens auch von Hartmann und Frentzen», fügte Aldo bedeutungsvoll an.

«Dieser Leiche in Nizza wurde nicht nur die Niere entnommen», sinnierte Franco.

«Ach ja, apropos», meinte Aldo. «Es wird noch besser! Vor zwei Tagen hat ein Botaniker in einer Schlucht in der Nähe von Nizza zwei Leichen gefunden. Erst aufgrund deines Hinweises sind die beiden identifiziert worden. Es sind die Leichen von Dr. Fournier und dem toten Inder. Möglicherweise verunfallte Fournier beim Versuch, die Leiche zu entsorgen. Aber ein weiteres Verbrechen kann noch nicht ausgeschlossen werden.»

«Überall tauchen Leichen auf. Werde ich wenigstens in diesem Fall nicht verdächtigt?», fragte Franco mit bitterer Ironie.

«Wie mans nimmt», erwiderte Aldo besorgt. «In diesem Zusammenhang erzählte der Nachtwächter des Pathologischen Institutes von einem Einbruch und Fourniers Sekretärin von einem hartnäckigen Besucher aus der Schweiz. Sogar an den Namen des Besuchers konnte sie sich erinnern: Dr. Weber. Du kannst dir vorstellen, was man sich zusammenreimt.»

«Scheisse», entfuhr es Franco.

Aldo sagte leise: «Du siehst, es wird langsam eng für dich. Ich denke, du solltest mit mir aufs Revier kommen ...»

«Gib mir noch etwas Zeit, Aldo», entgegnete Franco.

«Ich kann die Ferientage in Frankreich lückenlos rekonstruieren und meine Alibis lassen sich überprüfen. Meine Aufgabe ist noch nicht ganz abgeschlossen. Ich will die Lieferlisten der fraglichen Medikamente überprüfen. Das kann ich hier bedeutend besser als auf dem Polizeiposten.»

Und ich muss noch mit Dimitra sprechen, dachte er eigenwillig.

«Du bleibst in diesem Büro?», fragte Aldo schliesslich.

Franco schüttelte den Kopf.

«Und wie willst du hier wegkommen?», fragte Aldo weiter.

Franco deutete aus dem Fenster.

Aldo sah lediglich die abweisende Nordfassade des Bettenhochhauses.

Franco sagte: «Sieh nach unten. Im vierten Stockwerk gibt es eine geschlossene Brücke zwischen den beiden Gebäuden. Durch diese Brücke werden Essen, Wäsche und anderes Material ins Bettenhochhaus angeliefert. Es existiert zudem noch eine andere Verbindung im zweiten Untergeschoss. Wie du selber gesehen hast, ist das Spital das reinste Labyrinth und ich kenne mich gut aus. Ich fühle mich hier trotz Hartmann und Frentzen sicherer als im Gebäude der Polizeidirektion und ich kann mich frei bewegen.»

Aldo war anzusehen, dass er überhaupt nicht einverstanden war. Andererseits wusste er, Franco umzustimmen war aussichtslos.

«Ich halte dir den Rücken frei, solange ich kann», meinte er schliesslich.

«Wie ein echter Freund», sagte Franco ironisch und herzlich zugleich.

Sie verabschiedeten sich.

*

Bruno regte sich fürchterlich auf. Er stand mit Luigi und Simon in der Nähe des Parkhauses und konnte nicht fassen, dass Aldo Girardi verschwunden blieb – buchstäblich wie vom Erdboden verschluckt.

Selbst Simon konnte keine Erklärung geben. «Jeder Ausgang, sogar die Notausgänge führen letztendlich neben dem Parkhaus an die Oberfläche. Entweder er befindet sich noch im Parkhaus oder aber es war jemand anderes, der den Alfa fuhr.»

«Quatsch», warf Bruno ein, «ich habe ihn mit eigenen Augen gesehen.»

Schliesslich kam Simon die rettende Idee. «Tasso könnte ihn finden», meinte er vorsichtig.

«Wer ist Tasso?», fragte Bruno irritiert.

Simon erklärte es ihm. Tasso, das war sein Hund, ein gut dressierter Deutscher Schäfer, mit einem perfekten Riecher.

«Wie lange dauert es, bis der Hund da ist?», fragte Bruno ungeduldig.

«Keine halbe Stunde.»

Bruno überlegte noch, als eine Meldung vom Posten an der Notfallpforte hereinkam.

«Aldo Girardi hat soeben das Gebäude gegenüber verlassen», gab Bruno zufrieden bekannt.

«Was liegt dort?», fragte Luigi Simon.

«Das Ökonomiegebäude.»

«Dann nichts wie hin!», zischte Bruno.

«Ich denke, der Hund wäre uns trotzdem eine grosse Hilfe», meinte Simon.

«In Ordnung», sagte Bruno, «du holst den Hund, und wir stopfen die Ausgänge.»

*

Nachdem ihn Aldo verlassen hatte, blieb Franco zunächst regungslos am Pult des Lebensmittelinspektors sitzen. Er ahnte, er sollte nun unverzüglich handeln, aber er war wie gelähmt, nicht in der Lage, auf irgendeine Weise zu reagieren. Tausend Gedanken verwirrten seinen Kopf. Er konzentrierte sich darauf, einen einzufangen, aber es gelang ihm nicht. Es war, als versuchte er eine Welle im Wasser zu fassen.

Er starrte auf den Artikel im «Blick» und sah einfach nur Aisha vor sich. Dass auch er tot sein könnte – oder genauer gesagt: tot sein sollte –, dämmerte ihm nur undeutlich.

Aber nicht nur der Zeitungsartikel beunruhigte und verwirrte ihn.

Seit gestern Abend hatte er wiederholt versucht, Dimitra zu erreichen. Auf der gemeinsamen Reise von Genf nach Bern war ihm erst richtig klar geworden, dass er sie liebte. Im Grunde hatte er das schon längst geahnt. Vielleicht hatte er seine Gefühle nur aus der Angst, abgewiesen zu werden, zurückgedrängt.

Doch jetzt war alles anders. Er fürchtete ihre Antwort

nicht mehr. Je stärker er sich bedroht fühlte, desto dringender überkam ihn das Bedürfnis, sich ihr mitzuteilen.

Er blickte auf die Uhr. Es war kurz vor halb sechs. Ihre Schicht endete in wenigen Minuten.

Er griff zum Telefon und wählte die Aufwachstation auf Etage sechzehn. Eine ihm unbekannte Stimme meldete sich: «Aufwachstation Herzchirurgie.»

«Ich möchte mit Schwester Dimitra sprechen», sagte Franco.

«Sie ist zurzeit mit der Abendvisite beschäftigt. Aber ich kann ihr eine Mitteilung überbringen», meldete die Stimme hilfsbereit zurück.

Franco zögerte: «Richten Sie ihr bitte aus, Franco habe angerufen. Ich melde mich wieder.»

«In Ordnung. Ich denke, in einer Stunde sollte sie frei sein, die Visite hat eben erst angefangen.»

«Danke.» Franco legte auf.

Er stierte aufs Telefon. Durch die geschlossene Tür klang ein blechernes Rattern. Franco kannte das Geräusch. Zwei Stockwerke unter ihm befand sich die Küche. Die Wagen mit den Abendessen verliessen das Ökonomiegebäude in Richtung Bettenhochhaus.

«Zunächst wird gegessen, dann sehen wir weiter», versuchte er sich zu beruhigen.

Der Gedanke ans Essen wirkte wie eine Befreiung.

Endlich ein Problem, das lösbar war. Und zudem – beim Essen war ihm schon manch gute Idee gekommen. Er riss die Titelstory aus der Zeitung und stopfte das lose Blatt in seine Jackentasche. Jetzt brauchte er nur noch einen Ort, wo er ungestört nachdenken konnte.

Im obersten Geschoss des Bettenhochhauses lagen Schulungsräume, die um diese Zeit bestimmt nicht mehr belegt waren und die einen direkten Zugang zur Dachterrasse hatten. Er sah aus dem Fenster. Der Himmel war klar und wolkenlos, und er beschloss, im Freien zu speisen. Das Essen würde er sich unterwegs besorgen.

*

Simon hatte nicht übertrieben. Tasso war eine Klasse für sich. Sie liessen den Hund kurz an der Tür, durch welche Aldo das Ökonomiegebäude verlassen hatte, schnuppern, und schon strebte er die Stufen hoch. Er zerrte seinen Herrn förmlich ins fünfte Stockwerk und hielt vor einer Tür, die mit «Lebensmittelinspektor» beschriftet war.

Bruno drückte vorsichtig die Klinke, aber die Tür war verschlossen. Es kostete ihn keine fünf Sekunden, das Schloss zu knacken.

Der Hund irrte sich nicht.

Auf sein Knurren fanden sie im Papierkorb eine leere Packung Schmerzmittel und eine aktuelle Ausgabe des «Blick». Der Artikel über den Dirnenmord in Marseille war herausgerissen worden. Bruno fühlte, wie ihm das Blut in die Wangen schoss. Er war überzeugt, dass sich Aldo Girardi und Franco Weber in diesem Raum getroffen hatten.

«Von nun an folgen wir Webers Spur», verkündete Simon stolz, nachdem Tasso an der Zeitung die neue Witterung aufgenommen hatte.

Bruno nickte und sie verliessen das Büro. Bloss ein

Stockwerk tiefer führte sie der Hund weg vom Treppenhaus. Sie betraten einen grösseren Raum, eine Art Parkplatz, wo verschiedene Elektrofahrzeuge mit Anhängern bereit standen.

«Von hier wird das Essen verteilt. Dieser Gang führt zum Bettenhochhaus», erklärte Simon.

Sie folgten dem Hund.

Um die Essenszeit herrschte reger Verkehr. Der Gang war nicht sehr breit und sie mussten sich mehrmals an die Wand drücken, um die Fahrzeuge vorbeizulassen.

Einer der Fahrer hielt an und meinte unfreundlich: «Das ist kein öffentlicher Durchgang, verdammt noch mal.»

Simon zeigte ihm seine Marke als Sicherheitsbeamter und der Fahrer entschuldigte sich.

Tasso führte sie ins Bettenhochhaus und zögerte im Vorraum mit den Aufzügen.

«Wie finden wir die richtige Etage?», fragte Bruno.

«Wir müssen Stockwerk um Stockwerk die Lifthallen kontrollieren, bis Tasso die Spur wieder aufnimmt», erwiderte Simon. «Ich denke, wir sollten unten beginnen, denn wenn Weber das Gebäude verlassen hat, dann entweder über den Keller oder durchs Erdgeschoss. Nach oben kann er nicht entkommen!»

Bruno nickte und sah sich um. Unmittelbar neben den Aufzügen lag das Treppenhaus.

«Dann nichts wie los», sagte er und stürzte zur Treppe.

21

Franco ertappte sich dabei, wie er das Messer wie ein Skalpell führte. Obwohl sein letzter Operationstag noch keine Woche zurücklag, begann er seine Arbeit zu vermissen.

«Mal sehen», sagte er zu sich selber, indem er sich erhob, um die Pouletbrust stehend zu schneiden – so als stände er am Operationstisch. Als er sich vorsichtig nach vorne neigen wollte, stach es ihn jedoch derart schmerzhaft in der linken Brust, dass er sich gleich wieder setzte.

«Die Arbeit muss wohl noch eine Weile warten», seufzte er.

Grübelnd betrachtete er den Teller.

Das Essen gehörte eigentlich dem Patienten in Zimmer 14 der fünften Etage, wahrscheinlich einem Mann, denn auf dieser Etage lag die Urologische Klinik. Der Wagen mit den Speisen hatte einsam im Vorraum gestanden, Franco brauchte sich nur zu bedienen.

Er schob ein Stück Fleisch in den Mund. Während er langsam kaute, überlegte er, aus welchen Gründen wohl dies Essen im Wagen geblieben war: wegen einer kürzlichen Operation, einem vorzeitigen Austritt, vielleicht aber auch wegen einem unerwarteten Todesfall?

Hier stockten seine Gedanken, das Gesicht des verstorbenen Herrn Bühler tauchte vor seinem inneren Auge auf. Er versuchte mit lahmer Kraft, das unliebsame Bild zu verscheuchen. Es gelang ihm nicht.

Während er in Frankreich eine gesunde Distanz zu seiner Arbeit erhalten hatte, kam es ihm jetzt vor, als sei er nie weg gewesen. Immerhin hatte ihm Dimitra auf der Fahrt von Genf nach Bern erzählt, dass Bühler wahrscheinlich nicht an den Folgen der Operation, sondern an einer Hirnblutung verstorben war. Falls Frau Bühler keine Klage einreichte, konnte das Projekt «minimal invasive Herzchirurgie» vielleicht doch noch fortgesetzt werden.

Unlustig stocherte er im Reis.

Was verdarb ihm den Appetit? Der Zeitungsartikel? Unwahrscheinlich, denn im Grunde war er überzeugt, dass sich seine Unschuld im Laufe der Untersuchungen von selbst bestätigen würde.

Schon eher belastete ihn das Schicksal von Aisha und Max. Franco vermutete, dass beide als ahnungslose Beteiligte in die unheilvolle Maschinerie einer kriminellen Organisation geraten waren. Im Fall von Aishas Tod fühlte er sich zudem mitschuldig. Er befürchtete, dass sie erst durch seinen Besuch zu einer unerwünschten Zeugin geworden sein könnte.

Eine stille Wut der Ohnmacht stieg ihn ihm auf und sein Magen verkrampfte sich. Er schob den Teller zur Seite. «Zum Kotzen», brummte er und dachte nicht an das Essen.

Der Fall war mit der Untersuchung auf der Vergine noch lange nicht gelöst. Bruno und Karl waren noch da, und sie waren keinesfalls die treibende Kraft im ganzen Skandal.

Da war jemand, der die beiden dirigierte.

Franco glaubte zu spüren, dass die Lösung des Problems nahe lag. Er musste an Frau Knecht denken, wie sie rein aufgrund ihrer Gefühle auf die richtige Spur gekommen war. Diesen Instinkt hätte er jetzt nötig gehabt, aber er schien ihm zu fehlen – oder wurde unterdrückt durch ein weiteres ungelöstes Problem: Dimitra.

Die unausgesprochene Liebeserklärung drängte sich in seinem Kopf immer wieder in den Vordergrund. Franco plagte stärker und stärker die unangenehme Vorstellung, wonach Dimitra mit jeder Stunde, die verstrich, weiter von ihm wegrückte. Er befürchtete, dass sie spätestens nach der Lektüre des heutigen Zeitungsartikels an seiner Aufrichtigkeit zweifeln musste.

Noch während der Fahrt von Genf nach Bern war ihm ihre Nähe so selbstverständlich und vertraut erschienen, dass er überhaupt nicht daran gedacht hatte, Dimitra könnte etwas anderes empfinden als er selber. Aber je länger er alleine war, desto unsicherer wurde er.

Eine ungeheure Unruhe befiel ihn. Mechanisch stand er auf und trat an die Brüstung.

Nur fünf Geschosse unter ihm arbeitete Dimitra. Er versuchte abzuschätzen, wo sich ihre Station in etwa befinden musste. Er betrachtete die Fassade des Hochhauses, als ob er in Erwägung zöge, auf direktem Weg nach unten zu klettern. Ein leichter Schwindel befiel ihn und sein Blick suchte Halt am Boden.

Erst da sah er auf der Vorfahrt zur Notfallstation die drei Streifenwagen der Polizei. Er schrak zurück.

«He, Franco», sprach er zu sich selber, «was soll das? Du bist unschuldig!»

Kurz vor dem Ziel spielten seine Gefühle verrückt und er drohte den Kopf zu verlieren.

Irritiert kehrte er zurück zu seinem Nachtessen, schob den Teller jedoch weit von sich. Er lehnte sich zurück, legte die Füsse auf den Tisch und versuchte sich zu entspannen.

Bis zu diesem Zeitpunkt hatte er von seiner Umgebung überhaupt nichts wahrgenommen. Dabei liess der Sommerabend keine Wünsche offen: angenehme Temperatur, wolkenloser Himmel und ungetrübte Fernsicht.

Der Ausblick war schlicht fantastisch.

Im Lichte der untergehenden Sonne zeigte sich die ganze Landschaft in einem kontrastreichen, harmonischen Bild. Die Gebäude der Stadt lagen zum Teil schon im Schatten, zum Teil reflektierten sie in gebrochenem Rot die letzten Sonnenstrahlen. Die bewaldeten Hügel der Voralpen erschienen in einem matten Grauviolett und bildeten die passende Kulisse hinter dem Häusermeer. Und über allem erstrahlten in leuchtendem Weiss die Spitzen der Schneeberge.

Franco erinnerte sich mit Wehmut an den Abend mit Aldo im Schwellenmätteli. Er hätte jetzt gerne eine Partie Schach gespielt, es hätte ihm helfen können, seinen Kopf zu leeren. Er suchte die Aare, deren Lauf sich als grüner Gürtel durch die Stadt zog. Der Blick aufs Schwellenmätteli wurde verdeckt durch die Häuserzeilen der Altstadt.

Unter einem dieser Dächer lag auch Maxens Wohnung. Ob sie wohl noch leer stand?

In Gedanken durchschritt Franco die Räume. – Da hielt

er in seinem virtuellen Rundgang inne. Sein Blick ruhte auf der Ansichtskarte auf Maxens Pult.

Die Karte zeigte einen Ausschnitt des gleichen Panoramas, das sich ihm von hier aus bot.

Er betrachtete das Dreigestirn von Eiger, Mönch und Jungfrau, das Bild auf der unbeschriebenen Ansichtskarte, adressiert an Bruder Rohner.

«Eiger, Mönch und Jungfrau.»

Francos Gedanken stockten – und gleichzeitig rasten sie in eine bestimmte Richtung. Irgendwo in seinem Hirn war ein Funken gesprungen. Ein Funken, welcher nun ein ganzes Feuerwerk entfachte.

Mit einem Schlag sah es Franco ganz klar: Die Parkklinik Eiger und das Schiff Vergine standen genauso wenig ohne Mönch da wie der Eiger und die Jungfrau vor seinen Augen.

Am Nachmittag, als er mit Aldo an der «Front» gesessen hatte, war Isabella zu ihnen gestossen. Sie hatten sich über die Fondation monacale unterhalten und Isabella hatte behauptet, dass «monacal» nichts mit Monaco, wohl aber mit einem Mönch zu tun hätte.

Isabella hatte Recht. Die Fondation monacale hatte ihren Namen nicht von Monaco bekommen, sondern vom Mönch.

Erneut war Franco unwillkürlich aufgestanden und an die Brüstung getreten.

Eiger, Mönch und Jungfrau – Max hatte richtig kombiniert: Zur Parkklinik Eiger und zum Schiff La Vergine gehörte ein Mönch. Deshalb hatte Max diese Karte an Bruder Rohner senden wollen. Der Gedanke an Bruder

Rohner war nahe liegend und Franco begriff erst jetzt den tiefen und gefährlichen Sinn der Ansichtskarte.

«Aber ‹monacal› hat nichts mit Monaco zu tun», sinnierte Franco und eigenartigerweise war ihm gleich klar, dass Bruder Rohner nicht der gesuchte Mönch sein konnte.

Rohner war ein falscher Bruder, aber kein Mönch.

Franco starrte angestrengt auf die dunkle Nordwand des Berges – und er fuhr zusammen, als der Mönch ein Gesicht bekam.

Der Mönch war hier!

Er hatte auf einmal ein heftiges Verlangen, mit Frau Knecht zu sprechen. Sie verdiente es, als Erste informiert zu werden. Sie hatte entgegen aller scheinbaren Logik auf ihr Gefühl vertraut und dort gesucht, wo das Problem versteckt lag.

Er erinnerte sich, dass sich im Flur des Dachgeschosses, unmittelbar hinter dem südlichen Liftschacht, eine öffentliche Sprechzelle befand. Er liess sein Nachtessen stehen, schnappte sich die geliehene Jacke mit dem Kleingeld in der Tasche und verliess die Terrasse.

Vorsichtig betrat er den Korridor. Er schien allein zu sein. Das Restaurant hatte um diese Zeit geschlossen, die Schulungsräume und Büros waren längst verlassen. Er ging zum Telefon und warf ein paar Münzen ein. Zuerst musste er bei der Auskunft Frau Knechts Telefonnummer erfragen.

Er erschrak, als seine Stimme durch den leeren Gang hallte. Er sprach leiser, als er mit Frau Knecht telefonierte.

Sie überhäufte ihn zunächst mit Fragen. «Wo befinden Sie sich, bitte sehr? Wie geht es Ihnen? Wir machen uns grosse Sorgen, bitte sehr. Sie …»

Er unterbrach: «Ich hoffe, wir können uns bald in Ruhe sprechen. Im Moment wollte ich Ihnen lediglich eine einfache, aber wichtige Entdeckung mitteilen, eine Entdeckung, die Max wahrscheinlich ebenfalls gemacht hatte. Eiger, Mönch und Jungfrau, was sagen Ihnen diese Namen?»

Frau Knecht war völlig irritiert: «Mein Gott, Franco, bitte sehr. Ich mache mir schreckliche Sorgen um Sie. Sie stehen, bitte sehr, in jeder Zeitung. Wissen Sie …»

Franco unterbrach sie abermals: «Das sind Nebensächlichkeiten, die sich bald klären werden. Eiger, Mönch und Jungfrau. Verstehen Sie nicht, La Vergine ...»

Jetzt hielt Frau Knecht inne.

«Sie denken, ausser der Parkklinik Eiger und der Jungfrau existiert auch ein Mönch?», fragte sie schliesslich langsam.

«Genau das meine ich. Und noch viel mehr. Ich glaube, Max …»

Hier brach er ab.

Am andern Ende des Ganges öffnete sich die Türe zum nördlichen Treppenhaus. Ein Hund erschien. Die Nase am Boden, zerrte er kräftig an der Leine.

«Franco, was ist los, hallo, Franco?», hörte er Frau Knecht rufen.

«Ich fürchte, sie suchen mich. Ich gehe ins Eiger. Benachrichtigen Sie …»

Franco konnte nicht mehr weitersprechen.

Den Mann, der hinter dem Hund auftauchte, hatte er zwar noch nie gesehen, aber das nächste Gesicht kam ihm bekannt vor: Trotz der blond gefärbten Haare erkannte er unschwer Brunos Gesichtszüge.

«Franco, was ist ...», ihm schien, ihre Worte müssten durch den ganzen Gang zu hören sein. Er drückte die Gabel runter und liess den Hörer los.

Hilflos und unfähig, sich zu bewegen, sah er, wie der Hund direkt auf die Tür zusteuerte, hinter welcher er vor wenigen Minuten sein Nachtessen eingenommen hatte. Der Hund knurrte ungeduldig und streckte die Nase in die Luft, als die Männer vorsichtig das Zimmer betraten.

Genau in diesem Moment startete Franco.

Das südliche Treppenhaus lag nur wenige Meter neben ihm. Er erreichte knapp den Zugang, als im Korridor Hundegebell erschallte und eine aufgeregte Männerstimme seinen Namen rief. Noch bevor er die Türe hinter sich geschlossen hatte, hörte er die Männer fluchend losrennen.

Franco blickte nicht zurück. Mit gefährlich grossen Sprüngen flog er die Treppe runter. Er verliess das Treppenhaus, als seine Verfolger die oberste Stufe erreichten. Sein Vorsprung betrug vier Stockwerke.

Er befand sich auf der siebzehnten Etage. Wie auf jedem Geschoss des Bettenhochhauses durchzog ein einziger, langer Korridor die ganze Abteilung. Als Fluchtweg blieb nur der nördliche Liftschacht am andern Ende des Ganges.

Er hastete keuchend durchs Gebäude. Jemand rief: «Das ist Franco Weber!», und als er die verängstigten Gesichter der Schwestern sah, erinnerte er sich, dass er seit heute Morgen ein gesuchter Verbrecher war.

Er wollte zurückrufen: «Ich bin unschuldig!», aber im Moment benötigte er jedes einzelne Sauerstoffatom für die Flucht. Er hatte die Abteilung noch nicht ganz durchquert, als er hinter sich bereits wieder Hundegebell und Stimmengewirr vernahm.

Auch im nördlichen Liftschacht befand sich das Treppenhaus unmittelbar neben den Aufzügen. Franco rannte an den Aufzügen vorbei zur Treppe. Es war zu riskant, auf einen Lift zu warten.

Diesmal schaffte er lediglich drei Stockwerke, bis er seine Verfolger hinter sich hörte. Das Stechen in seiner Brust verstärkte sich zunehmend und er wusste, er würde dieses Tempo nicht mehr lange durchhalten können. Er musste einen andern Weg finden, seine Verfolger abzuhängen.

Als er das Treppenhaus im vierzehnten Geschoss verliess, eilte er schräg über den Gang zum Hygieneraum. Er ergriff eine Flasche mit Desinfektionsmittel und schüttete den Inhalt hinter sich auf den Boden, um den Hund zu verwirren.

Durch eine rückwärtige Türe gelangte er direkt zu einem der grossen Patientenzimmer, dem so genannten Saal. Er liess die Türe hinter sich zuknallen.

«Ich würde diese Türe in den nächsten zehn Minuten nicht öffnen, draussen ist ein bissiger Hund», keuchte er und stürzte auf die Veranda.

Unter den verdutzten Blicken der Patienten stieg er übers Geländer und erklomm die Rettungsleiter neben dem Balkon. Er vermied es, nach unten zu blicken, als er ein Stockwerk abstieg.

Die Wunde begann zu brennen und er hätte jetzt eine Verschnaufpause nötig gehabt, aber über sich hörte er verärgerte Stimmen. Er verzog sich ins nächste Zimmer.

Hier lagen acht pflegebedürftige Männer, der eine oder andere schenkte ihm einen leeren Blick. Erleichtert realisierte Franco, dass er sich auf der geriatrischen Abteilung befand. Niemand hielt ihn auf.

Gerade wollte er das Zimmer verlassen, als ihm eine Schwester entgegentrat. Sie blickte ihn misstrauisch an.

Er sagte nur: «Der Mann am Fenster atmet nicht mehr.»

Da nickte die Schwester erschrocken und rauschte an ihm vorbei.

Franco seinerseits hastete auf den Flur, diesmal in Richtung südlichen Lifttrakt. Vor den Aufzügen sah er sich um. Ausser einem Pfleger, der ihn neugierig musterte, war niemand zu sehen. In der Ferne war Hundegebell und aufgeregtes Rufen zu vernehmen. Offensichtlich befanden sich seine Verfolger noch ein Stockwerk höher.

Er fuhr mit dem Aufzug direkt ins dritte Untergeschoss. Von dort führte ihn ein unterirdischer Verbindungsstollen zur Kinderklinik. Er verliess diese durch einen Dienstausgang und befand sich nun in der Nähe eines Taxistandplatzes.

Leicht geduckt, als könnte er sich so einem allfälligen Beobachter entziehen, hetzte er zum Wagen und keuchte ausser Atem: «Zur Parkklinik Eiger bitte.»

Der Chauffeur nickte und fuhr los.

Franco liess sich ins Polster zurücksinken. Er war alles andere als beruhigt. Er kam sich vor wie ein Gefangener, der soeben ausgebrochen war, und er wusste, die Probleme würden nun erst richtig beginnen. Er versuchte ruhig durchzuatmen, aber das Stechen in der linken Brust hinderte ihn daran.

Er bemerkte nicht, wie ihn der Chauffeur verstohlen musterte.

*

Als Franco das Dachgeschoss verliess, stand Aldo unten in der Eingangshalle und beobachtete gebannt die Zahlen, welche über der Lifttüre aufleuchteten. Er betrat den ersten Lift, der hielt, und drückte den Knopf zum sechzehnten Stockwerk.

Franco hatte völlig Recht gehabt. Das Spital glich einem grossen Labyrinth. Kaum glaubte man sich an einem Ort auszukennen, eröffneten sich neue Durchgänge und Abzweigungen. Je weiter man in die Gebäude vordrang, desto verschlungener erschien der ganze Komplex.

Aldo suchte Franco seit über einer Stunde und je länger er suchte, desto klarer wurde ihm, dass dies ein absolut aussichtsloses Unterfangen war. Nachdem er im Ökonomiegebäude und im Polikliniktrakt nicht fündig geworden war, kam ihm die Idee, sich an Dimitra zu wenden. Sie war die einzige Person in der Insel, die er wenigstens dem Namen nach kannte.

Er ging direkt zum Aufenthaltsraum, wo sie sich verabredet hatten.

Am Tisch sass eine junge Frau, vertieft in irgendwelche

Arbeitsblätter. Sie blickte auf und musterte ihn aufmerksam.

«Aldo Girardi?»

«Jawohl, Aldo. Und Sie müssen Dimitra sein.»

Aldo reichte ihr die Hand und erklärte in wenigen Worten, warum er sie aufsuchte. Erst da realisierte er, dass Dimitra nicht nur begeistert war.

«Franco wollte sich mit mir treffen, hat sich aber nicht mehr gemeldet. Und nach allem, was heute geschehen ist, bin ich nicht mehr sicher ...» Sie sah Aldo offen an. «Ich bin ziemlich durcheinander. Was man in der Zeitung liest – es passt überhaupt nicht zusammen. Ich meine, es passt nicht zu dem, was mir Franco erzählte, und nicht zu dem Franco, den ich kenne – oder mindestens zu kennen glaubte.»

Sie errötete.

Aldo antwortete heftig: «Das ist doch Quatsch. Die versuchen Franco in die Enge zu treiben. Die Theorie im Zeitungsartikel ist so gut wie widerlegt. Deswegen bin ich hier. Ich will Franco mitteilen, dass er nicht mehr als Verdächtiger, sondern als Zeuge gesucht wird. Die Barbesitzerin hat gestanden, ihre Aussage unter dem Druck der Mörder gemacht zu haben. Und vermutlich sind es diese Leute, die jetzt hinter Franco her sind.»

«Mein Gott!», entfuhr es Dimitra. «Was können wir tun?»

«Ihn möglichst schnell finden», erwiderte Aldo ernst.

Dimitra überlegte laut: «Er wollte mich heute Abend nach meinem Dienst sprechen. Ich denke, er befindet sich hier im Bettenhochhaus.»

Sie biss sich auf die Unterlippe. «Als ich Franco vor zwei Tagen in die Insel brachte, schlug er vor, wir könnten uns einmal auf der Dachterrasse treffen. Er liebt diesen Ort der Aussicht wegen.»

Dimitra blickte aus dem Fenster: «Nach seinem Anruf heute Nachmittag, bei diesem prächtigen Wetter – da dachte ich gleich an einen Abend auf der Dachterrasse. Obwohl ich mir eigentlich überhaupt nicht sicher war, ob ich seine Einladung annehmen sollte.»

Sie erhob sich: «Ich glaube, da sollten wir zuerst nachsehen.»

«Wir?», fragte Aldo erleichtert.

Auf dem Weg zur Dachterrasse erklärte Aldo Dimitra die neuesten Entwicklungen auf der Vergine. «Einige Fragen sind geklärt, viele Fragen sind noch offen. Zum Beispiel wissen wir noch nicht, wohin die entnommenen Organe letztendlich gebracht wurden. Klar scheint einzig, dass Monaco nur als Umladestation funktionierte. Leider ist Bruder Rohner nach wie vor unauffindbar. Zurzeit laufen auch Untersuchungen in Indien. Es gibt Hinweise, wonach bestimmte medizinische Untersuchungen von der Schweiz aus veranlasst und finanziert wurden.»

«Und weshalb musste dieser Max Knecht sterben?»

«Auch das ist noch nicht ganz geklärt», antwortete Aldo. «Es scheint, dass die Vergine Ärzte aus der Schweiz engagierte, um dem ganzen Unternehmen einen seriösen Anstrich zu verleihen. Wie viel diese Ärzte von den Machenschaften mitbekamen, ist nicht bekannt. Immerhin war Max Knecht mit Aisha befreundet, und es wäre denkbar …»

Hier hielt Aldo inne. Sie waren im obersten Geschoss angelangt und auf den Gang getreten. Es herrschte Stille, nur ein feiner Luftzug wehte durch den Korridor. Etwa in der Mitte des Ganges stand eine Türe offen.

Aldo nickte Dimitra stumm zu und sie näherten sich der Türe.

«Franco!», rief Aldo in den leeren Raum.

Keine Antwort.

Sie sahen sich im Zimmer um und traten auf die Terrasse. Sie starrten stumm auf die unbeendigte Mahlzeit.

«Ich denke, wir sind zu spät», meinte Aldo ratlos.

Wortlos gingen sie zurück zu den Aufzügen.

Als sie auf den Lift warteten, hörte Aldo auf einmal einen leisen Summton. Er blickte sich um und sah den lose hängenden Hörer in der Sprechzelle.

«Das sieht ja nach einem sehr eiligen Abgang aus.» Er ergriff den Hörer und lauschte.

«Nichts als der Äther.»

«Drücken Sie doch einfach mal die Repeat-Taste», schlug Dimitra vor.

Aldo nickte. Der Apparat wählte durch.

«Knecht», tönte es aus der Leitung.

*

Dr. Saurer besuchte Herrn Grossenbacher täglich.

Der Verlauf war ausserordentlich erfreulich. Obwohl seit der Nierentransplantation erst wenige Tage vergangen waren, fragte der Patient schon nach dem voraussichtlichen Austrittstermin.

«Da müssen Sie sich noch etwas gedulden», bremste Dr. Saurer, «vor Ende der Woche wird Doktor Leupin Sie nicht ziehen lassen.»

Dr. Leupin war der verantwortliche Nierenspezialist.

«Ich weiss», erwiderte Herr Grossenbacher gut gelaunt. «Und ich werde mich fügen. Es macht mir nichts aus, Hauptsache, die Niere fühlt sich wohl bei mir.»

«Das Wichtigste ist, dass Sie sich jetzt und übrigens auch später zu Hause die nötige Ruhe gönnen. Dank der ausgezeichneten Übereinstimmung der Blutgruppen stehen die Chancen auf eine Annahme des Organs durch Ihren Körper sehr gut. An die Medikamente werden Sie sich allerdings für immer gewöhnen müssen.»

«Ich habe mich schon daran gewöhnt», sagte Herr Grossenbacher überzeugt und fügte an: «Nach den Aussichten, die mir im Inselspital eröffnet worden sind, habe ich kaum mehr damit gerechnet, dass sich je ein geeignetes Organ für mich finden liesse. Und jetzt bin ich schon operiert.»

Dr. Saurer nickte freundlich.

«Wie kam es, dass sich so rasch ein Spender fand?», fragte Herr Grossenbacher, den die Frage nach dem Spender nicht loslassen wollte.

Dr. Saurer überlegte einen Moment, bevor er antwortete: «Sie müssen wissen, die Parkklinik Eiger pflegt weit reichende Beziehungen zu andern Spitälern und Gesundheitsorganisationen. Dank diesen Beziehungen, aber vor allem auch dank dem Einsatz für unsere Partner in aller Welt dürfen wir in der Not ebenfalls mit Unterstützung rechnen.»

Er machte eine Pause und fuhr fort: «Jedes Land hat seine eigenen Institutionen, um das Spendenwesen zu organisieren. Wenn sich für ein gespendetes Organ im entsprechenden Land kein geeigneter Empfänger findet, wird das Organ international angeboten. Ich darf sagen, dass die guten internationalen Beziehungen eine der vielen Stärken des Eiger sind, die – wie Sie sehen – schlussendlich unseren Patienten zugute kommen.»

Herr Grossenbacher nickte dankbar.

Dr. Saurer sagte bedauernd: «Natürlich hat auch die Parkklinik Eiger ihre Kritiker und Neider, die sind bekanntlich schnell da, wenn jemand Aussergewöhnliches leistet. Es gibt Leute die nur darauf warten, uns Steine in den Weg zu legen, aber die vielen zufriedenen Patienten machen uns Mut, unsere Arbeit weiterzuführen. – Bestimmt kennen Sie dieses Problem auch aus Ihrer Branche. Und sagen Sie mir: Welche Leute versuchen, Ihre Bilder schlecht zu machen?»

Dr. Saurer gab die Antwort gleich selber: «Es sind diejenigen, die Sie darum beneiden. Und kennen Sie das wirksamste Gegenmittel?»

Dr. Saurer erwartete keine Antwort, machte aber doch eine längere Pause, bevor er fortfuhr: «Die Diskretion. Sie schützt uns vor allen Neidern. Ich werde Sie deshalb bitten, Ihre Dankbarkeit für sich zu behalten.»

Herr Grossenbacher fragte nicht weiter. Er kannte die Geschäftsregeln.

Er ahnte, dass die grosszügige Spende, die ihm in einem Schreiben der Leitung nahe gelegt worden war, das Verfahren beschleunigt haben könnte.

Hunderttausend Franken zur Unterstützung von Kranken- und Waisenhäusern in aller Welt.

Als Geschäftsmann konnte er sich vorstellen, wie nahe Gefälligkeit und Bestechung manchmal beieinander lagen. Er verscheuchte diesbezügliche Bedenken. Er hätte zwar gerne gewusst, wie Dr. Saurer darüber dachte, aber dieser schaute geschäftig auf die Uhr.

«Ich muss leider weiter. Haben Sie noch einen Wunsch?»

«Nein», antwortete Herr Grossenbacher. «Ich danke Ihnen.»

Dr. Saurer reichte ihm die Hand und verabschiedete sich mit einem «Bis morgen».

Dr. Saurer trat auf den Gang und blickte erneut auf seine Uhr. Die Nachricht, wonach Weber im Inselspital aufgespürt worden war, lag nun über eine halbe Stunde zurück. Er erwartete jeden Moment die definitive Erfolgsmeldung.

Nachdenklich fuhr er mit dem Aufzug nach unten und schritt rasch zu seinem Büro. Er wunderte sich, dass im Vorzimmer noch Licht brannte. Frau Bolliger, seine Sekretärin, war längst ausser Haus. Das Licht brennen zu lassen, war überhaupt nicht seine Art und es beunruhigte ihn. Offenbar brachte ihn die ganze Angelegenheit mehr durcheinander, als er sich bisher zugestanden hatte.

Er hängte den weissen Kittel in die Garderobe und warf einen Blick in den Spiegel. Er beachtete sein Gesicht nicht wirklich. Was in seinem Kopf steckte, das war ihm wichtiger, und da steckte mehr drin, als man ihm zutraute.

Schon in der Klosterschule war er ständig unterschätzt worden. Seine Klassenkameraden beachteten ihn kaum, und die Lehrer hielten ihn für dümmlich. Lange Zeit litt er unter dieser Geringschätzung. Er warb um die Anerkennung seiner Mitschüler. Aber seine Bemühungen bewirkten unter einer Horde vorpubertärer Jungen das Gegenteil: Er geriet unter die Räder und war ein willkommenes Opfer für allerlei Streiche.

In der Folge zog er sich mehr und mehr zurück. Und da entdeckte er seine wahre Stärke: Sie lag im Unsichtbaren, im Verborgenen. Im Geheimen musste er seine Entschlüsse fassen und im Geheimen begann er zu wirken.

Die erste Tat, die ihm seine eigentliche Stärke zeigte, vollbrachte er im Alter von zwölf Jahren im Internat der Klosterschule. Er hatte bemerkt, dass einer seiner Mitschüler rauchte. Er verpetzte ihn nicht, aber er liess sich sein Schweigen in Raten bezahlen. Diese Einnahmen wiederum ermöglichten es ihm, von älteren Schülern die Klausuren zu erwerben.

Wenn ihn fortan jemand nervte oder kränkte, störte ihn das nicht mehr. Er suchte im Stillen nach Möglichkeiten, sich Genugtuung zu verschaffen. Er fand immer eine Lösung, sei es, dass er Meerschweinchen erhängte oder den Freundinnen seiner Widersacher erfundene Liebesbriefe einer fiktiven Konkubine zukommen liess, sei es, dass er Hefte verschwinden oder vermisste Gegenstände im Pult eines Kameraden auftauchen liess.

Sein Selbstbewusstsein wuchs von Tag zu Tag, von Heimzahlung zu Heimzahlung. Keine Kränkung, keine

Demütigung, die unbeantwortet blieb. Im Laufe der Zeit begann er sich sogar zu freuen, wenn ihm jemand Anlass zur Rache bot.

Gegen Ende der Internatszeit war er vordergründig noch immer der schüchterne, zurückhaltende Fritz Saurer, aber im Verborgenen herrschte er über das halbe Internat. Sogar zwei der Lehrer hatte er unter seiner Kontrolle; den einen wegen einer Affäre mit der Sekretärin, den andern wegen seiner Liebe zu den Knaben. Niemals trat er gross auf, aber er genoss es, wenn er die unsicheren, ängstlichen Blicke seiner Opfer sah.

Den Ausschluss aus der Klosterschule wegen offensichtlichen Betrugs überstand er unbeschadet, denn er wusste, er würde sich später an jedem einzelnen der Verantwortlichen rächen. Jede Demütigung sah er als Herausforderung. Diese Haltung half ihm dabei, die Mittelschule doch noch abzuschliessen.

Während des Studiums war er nur einmal in ernsthafte Schwierigkeiten geraten: Bei einem Praktikum auf der Pflegeabteilung des Spitals hatte er sich nicht nur um die Gesundheit, sondern auch um den Nachlass einiger Bewohner gekümmert. Eine Pflegerin schöpfte Verdacht und es gelang ihm nicht, sie für sich zu gewinnen. Er musste das Feld räumen.

Dr. Saurer löste den Blick von seinem Spiegelbild.

Der Gedanke an Weber hatte ihn kurz beunruhigt. Aber jetzt war er gefasst. Er war herausgefordert worden, und er nahm die Herausforderung an. Darin lag seine Stärke: Krisensituationen boten Gelegenheit, neue Erfahrungen zu sammeln.

Auch die Räumung der Vergine würde er verkraften. Die Erneuerung dieser Equipe war überfällig, gemäss Bruder Rohner taugte die Besatzung nicht mehr viel, und einige der Leute wussten zudem zu viel. Nötigenfalls würde er auch Hartmann und Frentzen auffliegen lassen.

Er blickte auf sein Handy. Es war noch immer keine Nachricht eingetroffen, dabei hatte Bruno Hartmann die klare Instruktion, ein SMS zu übermitteln, sobald Weber ausgeschaltet worden war.

Natürlich wusste Hartmann weder, wer hinter der Handynummer stand, noch, woher er seine Instruktionen erhielt. Er glaubte, es mit einem Untergebenen von Bruder Rohner zu tun zu haben. Auch hier agierte Dr. Saurer im Verborgenen.

Er wandte sich zu seinem Büro – und blieb an der Tür für einen kurzen Moment wie angewurzelt stehen.

In seinem Büro sass Dr. Weber.

Er fasste sich rasch: «Kollega Weber. Was für eine Überraschung!»

Franco schwieg.

Dr. Saurer trat auf ihn zu, besann sich aber anders, als er Francos abweisenden Gesichtsausdruck bemerkte. Er setzte sich an seinen Schreibtisch. Er hatte sich wieder unter Kontrolle.

«Und nun erzählen Sie mir, was Sie zu mir führt.» Seine Stimme klang sicher. «Ich weiss, dass Sie in Schwierigkeiten stecken, und ich denke, ich kann Ihnen helfen.»

«Eiger, Mönch und Jungfrau.»

«Ich verstehe Sie nicht ganz», erwiderte Herr Saurer

rasch und kühl. Aber seine Schweinsaugen verrieten Unruhe.

«Eiger, Mönch und Jungfrau führen mich zu Ihnen», wiederholte Franco und fuhr unbeirrt fort: «Sie sind der Mönch. Sie sind der Kopf der Organisation, die überall ‹Gutes› tut und sich dafür selbstherrlich mit Organen bedient. Sie sind nicht nur der Leiter der Parkklinik Eiger, sondern auch der Leiter der Fondation monacale. Sie haben nicht nur das Leben dieses Inders auf dem Gewissen, sondern auch den Tod von Max Knecht. Ich fand bei Max eine Karte mit diesem Sujet: Eiger, Mönch und Jungfrau. Die Karte war zwar an Bruder Rohner adressiert, aber ich weiss, der wahre Mönch sind Sie. Ich vermute, Max Knecht musste sterben, weil er dieser Wahrheit zu nahe kam. Sie haben nicht nur die Notlage anderer Menschen skrupellos ausgenutzt, Sie haben ebenso hemmungslos jeden Kritiker und Gegner eliminiert.»

Saurer erblasste nur kurz. Er schwieg einen Moment, dann lief sein Gesicht zunehmend rot an.

«Ich habe Sie falsch eingeschätzt», sagte er eisig und aggressiv, «und Sie schätzen mich falsch ein.»

Franco erwiderte nichts.

«Meine Arbeit wurde und wird von allen Seiten geschätzt», fuhr Saurer mit Leidenschaft fort. «Meine Freunde in Indien freuen sich über jeden noch so kleinen Beitrag, der das Elend der Waisenkinder lindern hilft. Jeder Organspender erhielt für dortige Verhältnisse eine überaus grosszügige Abfindung. Das Geld hat den Jungen eine Ausbildung ermöglicht. Ganz zu schweigen von den unzähligen dankbaren Patienten. Ich könnte Ihnen eine ganze Reihe Dankesschreiben zeigen. Beiden Seiten ist gedient. Und dann kommen Besserwisser wie Sie, die denken, sie hätten die Gerechtigkeit gepachtet.»

«Und was war mit der Leiche von Cap d'Antibes?», fragte Franco heftig. «Hat sie auch ein Dankesschreiben verfasst?»

Saurer antwortete gereizt: «Hier ging es um übergeordnete Interessen. Wir müssen Opfer bringen, wenn wir von einer Sache überzeugt sind. Ein Bauernopfer kann manchmal den Weg für einen König öffnen. Der Inder war ein Bauernopfer ...»

Franco unterbrach ihn ungläubig: «Sie sind verrückt. Sie bilden sich ein, sie hätten das Recht, über Leben und Tod zu bestimmen.»

Franco versagte die Stimme.

Saurer machte eine wegwerfende Geste: «Glauben Sie mir. Ich weiss genau, was ich tue – wahrscheinlich besser als Sie. Ich kenne das. Solche Leute wie Sie sind die Schlimmsten. Bilden sich ein, es gäbe eine klare Grenze zwischen Gut und Böse, zwischen Gerecht und Ungerecht. Das masse ich mir nicht an. Aber ich kann jemandem helfen, und das meistens, ohne dass es auf Kosten anderer geht. Und die Gelder, die ich von meinen Patienten verlange, sind ihren Verhältnissen angepasst und absolut bezahlbar. Ich habe ein System erfunden, welches allen Menschen dient, und ich lasse es mir durch nichts zerstören. Wenn – gewisse – Opfer nötig waren, dann immer im Interesse der Organisation. Ich wage zu behaupten, dass mein Wirken auf der Welt menschlicher ist als so manches Gesetz.»

Franco war sprachlos.

Saurer fuhr mit leiser Stimme fort: «Ich plante, Dr. Knecht später auf der Vergine einzusetzen und langsam in die Organisation einzuführen. Leider versuchte er eigenmächtig Druck auf Bruder Rohner auszuüben. Ich weiss nicht genau, was er damit bezweckte, ob er sich nur wichtig machen wollte ...»

Er musterte Franco abschätzig: «Ich könnte auch Ihnen einen Platz in meiner Organisation anbieten. Sie würden leben wie ein Fürst. Sie können sich gar nicht vorstellen, über welche Mittel ich verfüge. Und Sie haben keine Ahnung, wie das ist, wenn man die Fäden in der Hand hält, Herr ist über Leben und Tod ...»

Er realisierte Francos Entsetzen und brach mit den Worten ab: «Aber ich denke, Sie wollen mich nicht verstehen, sondern mein Werk zerstören.»

Er hielt inne und fuhr leise fort: «Aber Sie können mich nicht an meinem Wirken hindern, genauso wenig wie Dr. Knecht. Jede Überzeugung fordert ihre Opfer.»

Er griff in die oberste Schublade seines Schreibtisches.

Plötzlich hielt er eine Pistole in der Hand.

«Das werden Sie besser nicht tun», wehrte sich Franco mit tonloser Stimme.

Dr. Saurer erwiderte kühl: «Ich muss das tun. Ich bedaure, dass es so weit kommen musste, aber es ist nicht mein Fehler. Sie haben sich mit mir angelegt, nicht ich mich mit Ihnen.»

Dr. Saurer hob die Pistole – da flog die Türe auf.

Blitzschnell liess sich Franco vom Stuhl fallen. Noch bevor er recht erkennen konnte, wer da im Türrahmen stand, krachten mehrere Schüsse.

Franco spürte einen heftigen Blitz in seinem Kopf, dann umgab ihn ein eigenartiges Dunkel, schwarz und grell zugleich, schwer und leicht in einem. Es war ihm, als seien alle seine Wahrnehmungen absolut klar und doch unscharf. Da standen auf einmal die Gedanken in seinem Hirn still und ein wunderbares Gefühl der Ruhe überkam ihn.

Er wehrte sich nicht, als sein Bewusstsein schwand, er wollte nur diese Ruhe geniessen.

22

Die Situation rund um die Notaufnahme wurde zusehends prekärer.

Entlang der Anfahrt parkten zahlreiche Fahrzeuge mit auffallenden Beschriftungen und an der Notfallpforte hatte sich eine ganze Traube von Menschen angesammelt. Die Rettungswagen der Sanitätspolizei pflügten sich ihren Weg immer mühsamer durch Fahrzeugkolonne und Menschenmenge. Manchmal bedurfte es des ungeduldigen Geheuls einer Sirene, bis sich für kurze Zeit eine Gasse öffnete.

Es waren mehrheitlich Journalisten und Fotografen, die mit ihren Mikrofonen und Kameras den Eingang belagerten. Verschiedene Fernsehstationen und Tageszeitungen aus dem In- und Ausland hatten sich im Inselareal improvisierte Sendestationen eingerichtet. Die dicken Kabelstränge und die zahllosen Antennen signalisierten den Kontakt zur Welt.

Eigentlich hatte die Leitung des Inselspitals die Eingangshalle des Pathologischen Institutes als Hauptquartier für die Presse bereitgestellt. Das Gebäude befand sich gegenüber der Notaufnahme und der geräumige Hörsaal schien für allfällige Pressekonferenzen geradezu ideal.

Doch das Augenmerk der Reporter richtete sich ganz auf die Notfallstation, und es schien, als befürchtete ein jeder von ihnen, etwas zu verpassen, wenn er auch nur einen Meter von seiner Position abrückte.

Zusammen mit dem Sicherheitsdienst des Spitals bemühte sich die Polizei, die Lage unter Kontrolle zu halten. Sie musste sich darauf beschränken, Unbefugten den Eintritt ins Spital zu verwehren.

Am frühen Nachmittag drohte trotzdem der Kollaps. Der Rettungswagen mit einem Herzinfarktpatienten an Bord benötigte für die letzten zweihundert Meter vor dem Spital über fünf Minuten. Als der Patient schliesslich durch die Pforte geschleust wurde, versuchten nicht weniger als fünf Reporter, sich durch die kurzfristig geöffnete Tür ins Gebäude zu drängen.

Nicht zuletzt deshalb wandte sich Inspektor Blaser kurz nach fünfzehn Uhr zum dritten Mal an diesem Tag an die Presse. Er hatte eingesehen, dass es keinen Sinn machte, die Konferenz ins Pathologische Institut zu verlegen, und so positionierte er sich mit seinen Assistenten ein wenig abseits der Eingangszone. Auf diese Weise verschaffte er den Helfern wenigstens für einige Minuten etwas Luft.

Kaum hatte er begonnen, Fragen zu beantworten, verzog sich der Schwarm der Journalisten vom Eingang weg zu ihm hin. Die Polizei nutzte die Gelegenheit und riegelte den Eingang grossräumig mit Stellzäunen ab.

Inspektor Blaser wurde von allen Seiten mit Fragen bedrängt. Er griff eine heraus, blickte nach rechts, ohne den Frager richtig orten zu können, und wiederholte: «Ja, er ist seinen Verletzungen erlegen.»

Dann nach links: «Nein, die Umstände sind noch nicht geklärt. Wir denken es war Notwehr. Aber das ist zurzeit der Gegenstand ballistischer Untersuchungen. Wir hoffen, Ihnen in einer Stunde Genaueres sagen zu können.»

Die Rede war von Bruno Hartmann, der noch am gestrigen Abend im Inselspital aufgespürt worden war. Zusammen mit seinen Komplizen hatte er der Polizei erbitterten Widerstand geliefert, und es war zu einer Schiesserei mit tödlichem Ausgang für Hartmann gekommen. Im Gegensatz dazu hatte sich Karl Frentzen widerstandslos ergeben und bereits wertvolle Aussagen gemacht.

Und wieder kam eine Frage von links: «Wie geht es Doktor Weber? Wann werden wir mit ihm sprechen können?»

Inspektor Blaser antwortete mechanisch: «Es geht ihm den Umständen entsprechend gut. Sie werden voraussichtlich am Abend Gelegenheit zu einem kurzen Interview erhalten. Definitiv entschieden wird allerdings erst bei der Arztvisite. Leutnant Chanton wird Ihnen nun einige neue Erkenntnisse zu den Vorkommnissen in Frankreich mitteilen.»

Er wollte sich abwenden, aber die Fragerei ging weiter. «Wird die Parkklinik Eiger geschlossen?»

«Im Moment nicht», erklärte Inspektor Blaser. «Das Spital ist zurzeit voll belegt. Bezüglich der fachlichen Kompetenz der Belegärzte bestehen keine Bedenken. Nicht alles, was im Eiger geschieht, ist illegal, und das Wohl der Patienten hat oberste Priorität. Aber die Akten werden sichergestellt, und in eben diesem Moment untersucht ein Team der Polizei und des Gerichtsmedizinischen Institutes Patientendossiers, Operationsberichte und Abrechnungen.»

«Stimmt es, dass Ärzte des Inselspitals im Eiger operieren?»

«Es gibt tatsächlich eine Zusammenarbeit zwischen einzelnen Kliniken des Inselspitals und dem Eiger, zum Teil haben diese Beziehungen eine lange Tradition und nichts mit Dr. Saurer zu tun. Etwas anders gelagert scheint die Zusammenarbeit rund um die Organtransplantationen. Hier besteht eine enge Beziehung zwischen Dr. Saurer und einem leitenden Arzt der Insel. Dessen Rolle ist noch unklar. Fest steht lediglich, dass er auf der Lohnliste des Eiger ganz oben stand und ab sofort vom Dienst im Inselspital suspendiert ist.»

«Weiss man schon etwas über die Anzahl der illegalen Transplantationen im Eiger?»

«Die genaue Anzahl ist noch nicht bekannt, aber es dürfte sich um eine dreistellige Zahl handeln.»

«Wie konnte das passieren? Warum haben die Kontrollen versagt – oder gab es überhaupt keine Kontrollen?»

«Natürlich gab es Kontrollen», antwortete Inspektor Blaser leicht gereizt.

Es war immer das gleiche Spiel: Geht etwas schief, verlangt man mehr Kontrollen, kontrolliert man vermehrt, empören sich die gleichen Journalisten über die Schikaniererei.

«Alles, was sich im Eiger ereignete, geschah offiziell und mit ordentlichen Papieren. Nur – die Organentnahme lag ausserhalb des Einflusses unserer Kontrollorgane. Stellen Sie sich vor, Sie kaufen ein Stück Rindfleisch aus Argentinien, und es wird als einwandfrei deklariert. Entweder vertrauen Sie der Deklaration oder Sie vertrauen ihr nicht. Aber wirklich kontrollieren können Sie das nicht.»

Ein Raunen verriet, dass dieser Vergleich zwar plausibel, aber nicht unbedingt passend erschien.

«Sie vergleichen eine gespendete Niere mit einem Stück Rindfleisch?», fragte einer der Journalisten maliziös.

Blaser wischte sich den Schweiss von der Stirne: «Leutnant Chanton wird Ihnen nun noch die genaueren Umstände um den Tod von Max Knecht in Frankreich erläutern.»

Er überhörte die Flut von weiteren Fragen und Bemerkungen und wandte sich nach hinten an den Leutnant.

«Halten Sie die Meute möglichst lange in Schach», raunte er ihm zu. «Gesprächsstoff gibt es ja genug. Wir werden unterdessen die Abschrankungen weiterverstärken. Ich möchte nochmals nach dem Doktor sehen.»

Inspektor Blaser verdrückte sich buchstäblich rückwärts durch die Tür mit der Anschrift «Kein Eintritt». Es war der Wartungszugang zur Klimaanlage, und über einen kurzen Umweg erreichte er die Notaufnahme.

Hier war es zwar bedeutend ruhiger als draussen, aber das Gedränge erschien ihm fast noch unerträglicher. Im Gegensatz zu draussen wimmelte es hier nicht von Mikrofonen und Kameras, sondern von weissen Kitteln. Es schien, als wollte sämtliches Personal des Spitals wissen, wie es ihrem Kollegen ging.

Dr. Weber lag in Koje fünf.

Die Kugel war ihm noch gestern Abend aus der linken Schulter operiert worden. Ein paar Stunden später machte er seine Aussage. Sie sprengte alles, was Inspektor Blaser in seiner langen Karriere als Polizist bisher erlebt hatte.

Der Chefarzt Saurer, von allen Leuten geschätzt und geachtet, bekannt für seine tadellose Parkklinik und für seine Grosszügigkeit, dieser Doktor, den er – der Polizist Blaser – selber schon mehrmals bei gesellschaftlichen Anlässen gesehen hatte, organisierte seit Jahren illegal Organe für die kranke Oberschicht. Er fühlte sich legitimiert zu entscheiden, welches Leben wie viel wert war, und sahnte dabei kräftig ab. Seine Habsucht und die Dankbarkeit der Empfänger liessen ihn immer dreister werden, und er scheute sich nicht, Kritiker und vermeintliche Störenfriede aus dem Weg zu räumen.

Er hatte den Organhandel so raffiniert organisiert, dass keiner der Mitwirkenden die Tragweite seiner eigenen Tat abschätzen konnte. Es gelang ihm immer wieder, renommierte Ärzte für seine Klinik zu verpflichten, und eine Tätigkeit im Eiger galt nicht nur als äusserst lukrativ, sondern auch als prestigeträchtig.

Selbst seine engsten Mitarbeiter waren ahnungslos geblieben. Niemand im Eiger wusste, dass Saurer gleichzeitig der Leiter der Fondation monacale war und dass er über Mittelsmänner – wie zum Beispiel Bruder Rohner in Monaco – auch das Geschehen auf der Vergine kontrollierte.

Die Leute, die für ihn die Drecksarbeit verrichteten, kannten den wahren Auftraggeber ebenso wenig wie Bruder Rohner oder die zahlreichen Mitarbeiter in Indien. Wohl besuchte Saurer die Vergine regelmässig im Auftrag der Parkklinik, aber niemand konnte erahnen, dass er sich diese Aufträge selber gab.

Inspektor Blaser errötete. Man mochte niemandem

einen Vorwurf machen. Auch er hatte sich, ohne es zu merken, von Dr. Saurer einspannen lassen, als er Webers Haftbefehl unterschrieben hatte. Und als der Taxichauffeur, der Dr. Weber ins Eiger gefahren hatte, seinen Fahrgast meldete, da zweifelte er noch immer an Frau Knechts Theorie, wonach Dr. Saurer der Leiter einer kriminellen Organisation sein könnte.

Weber schien ihm verdächtig, bis er Saurer mit der Waffe sah. Der Schweiss trat ihm auf die Stirn, als er an den kurzen Schusswechsel dachte, der so viel schlimmer hätte ausgehen können.

Inzwischen war er bei den Notfallkojen angelangt. Er las suchend die Schilder. Er bemerkte nicht, dass es hier auffallend still war und dass etwas abseits der Koje fünf Aldo Girardi und Frau Knecht miteinander flüsterten.

Er schob den Vorhang zur Seite, zog seinen Kopf aber sofort wieder zurück.

*

Franco versuchte dem Gespräch zu folgen. Es drehte sich um die Frage, wie ein solches Verbrechen mitten in Bern hatte geschehen können.

Aldo meinte: «Mindestens die Empfänger der Organe müssten doch misstrauisch geworden sein. Ich kann mir nicht vorstellen, dass keiner etwas vermutete.»

Frau Knecht wandte leise ein: «Das muss nicht sein, bitte sehr. Stellen Sie sich vor, wann Sie zum letzten Mal ein Billigprodukt aus einem Entwicklungsland gekauft haben. Zum Beispiel irgendeine Tasche made in India.

Sogar wenn wir vermuten müssen, dass diese Produkte von Kinderhänden unter unmenschlichen Bedingungen hergestellt werden, kaufen wir sie trotzdem. Vielleicht fragen sich die Mütter dieser Kinder auch, wie das möglich ist, dass keiner der Käufer reagiert. Es sind vor allem die Mütter, die diese Fragen stellen ...»

Für einen Moment herrschte betroffenes Schweigen.

«Eine Niere ist keine Tasche», erwiderte Aldo, der die Tragweite ihrer Aussage nicht vollständig erfasst hatte. Er fuhr fort: «Wenn mir ein Marokkaner eine Sonnenbrille von Colani für zwanzig Franken anbietet, wo ich doch weiss, dass ...»

Franco ahnte, was folgte. Die Geschichte von der gestohlenen Sonnenbrille kannte er zur Genüge. Er hörte nicht mehr hin. Er blickte verstohlen zu Dimitra, die aufmerksam Aldos Worten folgte.

Für Franco war der Fall abgeschlossen. Der Tod von Max Knecht war geklärt. Bruno Hartmann hatte ihn kaltblütig umgebracht – im Auftrag von Saurer, wahrscheinlich weil er die Bedeutung von Eiger, Mönch und Jungfrau zu erfassen drohte.

Auch das Rätsel um die Leiche von Cap d'Antibes stand vor der Auflösung. Wenige Tage bevor die Leiche aufgetaucht war und unmittelbar nachdem Max Knecht das Schiff verlassen hatte, hatte Dr. Saurer die Vergine besucht. Der Inder starb an einer Überdosis Insulin, höchstwahrscheinlich verabreicht durch Saurer persönlich.

Die Vergine kreuzte an diesem Tag vor der afrikanischen Küste. Ein Ärzteteam aus Algerien stellte den Hirntod fest. Ein Ärzteteam aus Libyen holte das Herz ab. Der

Empfänger war noch nicht endgültig bekannt. Auf das Konto der Fondation monacale war am selben Tag eine Million Dollar überwiesen worden. Ein Konto übrigens, das alleine von Saurer kontrolliert wurde.

Die Leiche des Inders war in einem Seemannsbegräbnis beigesetzt worden. Zu diesem Zeitpunkt kreuzte die Vergine schon wieder vor der Küste Frankreichs. Karl Frentzen war für die Entsorgung zuständig gewesen. Er hatte angeblich keine Ahnung, woran der Mann gestorben war.

Franco suchte abermals Dimitras Blick.

Das war der einzige Punkt, den er noch zu klären hatte. Er wartete seit dem Morgen auf eine günstige Gelegenheit. Die Vergänglichkeit des Lebens war ihm gestern noch einmal in aller Deutlichkeit vorgeführt worden. Er mochte sich nicht länger auf später vertrösten.

In diesem Moment erwiderte Dimitra seinen Blick, und was er sah, gab ihm Mut.

Gerade wollte er Aldo und Frau Knecht höflich bitten, die Koje zu verlassen, als sich Frau Knecht mit den Worten erhob: «Bitte sehr, Herr Girardi, wir werden uns bei einem Kaffee weiterunterhalten.»

Aldo blickte erstaunt auf und Franco sagte mit gespieltem Ernst: «Du musst das akzeptieren, Aldo, Frauen besitzen, bitte sehr, einen Sinn mehr als wir.»

Aldo wollte protestieren, aber Frau Knecht geleitete ihn sanft nach draussen.

Als sie alleine waren, blickten sich Franco und Dimitra wortlos in die Augen.

Franco ergriff ihre Hand. Er versuchte sich etwas aufzurichten und sagte: «Ich will ...»

Weiter konnte er nicht sprechen. Zu sehr schmerzte ihn seine Narbe. Er liess sich zurücksinken.

Dimitra lachte ihn an und setzte sich zu ihm auf den Bettrand.

Behutsam näherte sich ihr Gesicht. Franco hatte so viel zu fragen und zu erklären, aber er brachte kein Wort heraus.

Plötzlich überkam ihn ein ähnliches Gefühl der Leere wie gestern, als er in Saurers Büro zusammenbrach: Seine Gedanken standen still, in und um ihn wurde alles ruhig und leicht – aber diesmal blieb er bei Bewusstsein.

«Ich will auch …», flüsterte Dimitra.

Sie bemerkten beide nicht, dass sich der Vorhang bewegte und für kurze Zeit Inspektor Blasers Kopf sichtbar wurde.

Epilog

In aller Frühe war Louis aufs Meer hinausgefahren.

Gut vier Kilo Fisch und einige Krustentiere gingen ihm ins Netz. Er hätte ohne weiteres mehr fangen können, aber er war zufrieden, denn seine Einstellung gegenüber den Fischen hatte sich im Laufe der Jahre geändert.

Er erinnerte sich heute öfter an die Worte seines Grossvaters: «Der Mensch wird als Fisch wiedergeboren; wir erhalten auf diese Weise den Lohn für unsere Arbeit und gleichzeitig können wir uns ein zweites Mal nützlich machen. Auch ich werde dich eines Tages neben deinem Boot begleiten und mich in deinem Netz ausruhen, wenn ich müde bin.»

Damals hatte er seinen Grossvater nicht verstanden. Aber heute gefiel ihm diese Geschichte, denn er begriff deren tieferen Sinn. Er behandelte die Fische mit Respekt und Dankbarkeit, als Teil seiner selbst.

Er hatte die Fische ausgenommen, gehäutet und die Gräten entfernt. Die Abresten landeten im Kochtopf mit leise siedendem Wasser, es roch bereits kräftig nach Fischsuppe. Die schöneren Stücke packte er für die Feriengäste in gleichmässige Portionen ab.

Da es draussen schon recht warm war, hielt er es für klüger, die Beutel zusätzlich in ein Papier zu wickeln. Er langte zum Zeitungsstapel, ergriff die oberste Ausgabe und faltete sie bedächtig auseinander.

Er legte den ersten Beutel auf das Papier, als sein Blick auf die fette Überschrift fiel: «Grosser Fang in der Schweiz».

Das Wort «Fang» erregte seine Aufmerksamkeit.

Mechanisch schob er den Beutel zur Seite: «In Zusammenhang mit der Leiche von Cap d'Antibes und dem Skandal um den Organhandel (wir berichteten vor zwei Tagen darüber) ist der Polizei in der Schweiz ein wichtiger Fang gelungen. Der eigentliche Kopf der Bande, der Chefarzt einer renommierten Privatklinik, ist vor wenigen Tagen in Bern festgenommen worden. Laut der Mitteilung der Polizei war er verantwortlich für sämtliche ...»

Louis wurde klar, dass diese Mitteilung nichts mit der Fischerei zu tun hatte. Mit einem Grunzen, welches sowohl Ärger wie auch Zufriedenheit ausdrücken konnte, legte er die Zeitung auf den Tisch zurück und strich sie glatt.

Nachdenklich betrachtete er seinen Fisch.

Er erinnerte sich plötzlich, was er vor gut sechs Wochen, nachdem er die Leiche mit dem offenen Bauch ans Ufer gezogen, gedacht, aber nicht hatte aussprechen können: «Sieht aus wie ein ausgenommener Fisch.»